比较文学与世界文学名家讲堂
王向远 主编

艺文挥尘

方汉文教授讲世界文学史新构建

方汉文 著

中央编译出版社

作者简介

方汉文（1950— ），西安市人，苏州大学比较文学研究中心主任，苏州大学文学院学术委员会主任，江苏省比较文学学会副会长。留美博士后，教授博导，北京大学、美国图兰大学（Tulane University）特聘教授。

出版学术专著25部，在《中国社会科学》《国外社会科学》《外国文学评论》《外国文学研究》等刊物发表论文170余篇，专著代表作包括《后现代主义文化心理学 拉康研究》、《比较文学高等原理》（修订版）、《西方文化概论》（第三版）、《比较文化学》、《比较文明史》等。另有小说与散文集多部。

《比较文学与世界文学名家讲堂》前言

"比较文学与世界文学"学科，顺应改革开放的时代潮流，在上世纪最后二十年开始起步发展，到现在为止的三十多年时间里，已经有了丰厚的知识产出和思想建树。它的异军突起，是当代中国一道引人瞩目的学术文化景观，是中国走向世界、世界走进中国的鲜明印证，也是当代中国学术文化繁荣的一个重要表征。

三十多年的学科建设和学术发展史已经表明，要在人文研究及文学研究中建立世界观念和视野，要把中国文学置于世界文学背景下加以考察和研究，要把外国文学放在中国文化立场上加以审视和阐发，要连接中外文学，要打通文学研究与其他学科的壁垒，要把细致微观的实证研究与高屋建瓴的理论建构相结合，那必然会走向比较文学与世界文学。

在这里，"比较文学"与"世界文学"两者相辅相成、互为依存。"比较文学"是学术观念、研究范式与研究方法，"世界文学"则是学科资源与研究视野。它在贯中外、跨文化、通古今、越科界的学术视阈与研究方法上的优势，使其无可替代地成为当代中国学术文化中最有时代性、最有包容性、最有创新性的高端学科之一。

事实上，近二十年来，中国的比较文学不仅在中外文学关系史研究等方面生产了大量的新知识，而且逐步建立了既有中国特色又具有理论普适性的学科理论系统，逐步完善了比较诗学、中西比较文学、东方比较文学、翻译文学等分支学科，在学术成果的质与量上已居世界各国之首,还全面进入了大学中文系、外文系文学专业的课程体系,从而使中国比较文学成为当代世界比较文学的重心和中心,代表着世界比较文学兼收并蓄、超越学派的第三个发展阶段。

收在这套《比较文学与世界文学名家讲堂》的作者,在当代中国比较文学学术史上,是继季羡林、乐黛云等老一辈学者之后的第二代学人。这些作者固然只是第二代学者中的一部分,却有相当的代表性。他们现年多在四十五至六十五岁之间,从学术年龄上说大体属于中壮年,都是各大学的教授、博士生导师和学术带头人,大都在1980年代后走上比较文学与世界文学之道,1990年代后崭露头角或脱颖而出,进入21世纪后的十几年里,更成为我国比较文学与世界文学学术界的中坚力量。他们有幸拥有了可以安心治学的环境,赶上了数字化、信息化的新时代。既抬头看世界,又埋头务笔耕,既坚持学术的严谨,也保持思想的活跃,充分展示了中国学者的文化立场,充分发挥了中国学者的学术优势和想象力、思考力、创造力,取得了与时代要求相称的成果。这些成果不仅是个人学术履历的证明,也是对中国学术文化史上的一份奉献,更成为新时代"国人之学"即"国学"的重要组成部分。

《比较文学与世界文学名家讲堂》二十卷,选题上以比较文学与世界文学的学科理论为主,以讲述和示范学术方法为要,涉及比较文学与翻译文学基本理论、比较诗学、东方文学及东方比较文学、西方文学及中西文学关系、世界文学总体研究等方面。各卷均按一定的范围和主题,将作者有原创性、有特色的成果收编起来,将大学讲堂搬到书本上来,以读者为听众,以写代"讲",以言代"堂",深入浅出,以雅化俗,汇集中国比较文学第二代学者中的代表人物,以使五指成拳、十指合掌,形成大型丛书的规模效应,得以占书架之一角,入读者之法眼,从一个侧面展示近年来中国比较文学的新进展和新成果。而且,不同作者及著作之间也可以相互显彰、相互映照、相互补充,读者也可以在异中见同、同中见异,在参读和比照中领略五彩缤纷的文学世界和世界文学,得窥比较文学殿堂之门径。

《比较文学与世界文学名家讲堂》的编辑出版,得到了北京师范大学的资助和中央编译出版社的支持,编者和作者深表谢意!

愿"讲堂"满座,愿比较文学与世界文学学术事业更加繁荣!

王向远

2014年4月20日

自 序

"艺文挥尘"取前人的两种说法,合在一起,作为书名。

"艺文"一语来源是《汉书·艺文志》(以及《艺文类聚》)等名。"艺文志"原本是官司史中对于当时所存典籍的存目成编,也称经籍志。从《汉书》中首载。到了唐代欧阳询等编的《艺术文类聚》中,体例已经大变,将事类在前,诗文在后,成为中国类书之首了。如果按章太炎的说法,《艺文志》其实就是中国文史研究的发轫之作,"艺文"是中国的"文"的代称,这是明确的了。当然,古人的文包括极广,相当于当代的文史哲,实际上是指以文学中心的文化研究。在此,我们借用前人的这一说法,来表达世界文学史的研究,特别是21世纪以来,美国的"世界文学重构"中尤其重视"跨文化"的研究,也正合了本书的宗旨,即从理论与文本解读中,实现一种跨越东西方不同文明文化体系的世界文学史新建构。

"挥尘"就是解除旧说,发扬创新精神的意思,当然其中既有当前所提倡的"理论创新",也包括了索隐探幽的历史考据,而这种考据恰恰是当前的文学史研究所急需的。所以前人王海清的《挥尘录》一类书名的意义也都在于此。

前人论文章主要分三类:义理辞章和考据。相当于我们今天所说的理论研究、文本研究和历史阐释。其实正所谓新学旧学理不二端,笔者讲授世界文学课程,也主要是进行以上三个方面的研究。目的不过是在于持之有故,言之成理,既非立异,亦非苟同。因此本书中依将分为三辑。

世界文学史的讲授在我国学术来源并不太久,从20世纪初期起,"世界文学史"在国内滥觞,20到30年代,出现了第一个"世界文学史"研究的高潮,如郑振铎的《文学大纲》(商务印书馆,1926),项晓敏主编的《世界文学史》(上海东华图书公司,1932),啸南的《世界文学史大纲》(上海乐华图书出版公司,1937)。较早的译著有[美]约翰·麦茜(John Macy):《世界文学史》(由稚吾译,上海世界书局,1935)等论著。这仅是中国的世界文学史研究开端。而英美的世界文学史研究早已经成为显学,如著名的"诺顿世界文学作品选"已经出版了一百多年甚至更久。第二次世界文学研究高潮是20世纪80年代以后,中国的世界文学史研究再次高涨,多部世界文学史论著出版。各高校开设"比较文学与世界文学"课程,这一学科作为二级学科正式定名。

第三次则是世界文学史研究的转型,21世纪初期,国际世界文学史研究模式出现变化,主要是由于全球化时代中,非西方民族的文学史融入世界,成为关注的中心。如美国学者达姆若什形容:"我们确实生活在一个后经典主义时代,但是我们的后经典时代同时在许多方面也是后工业化的,后工业化时代经济的新转型而寻求更多不同于旧工业化的交易方式。"这种新的研究强调跨越文化的世界文学研究。即是破除传统的西方中心论,从多元文化的视域来研究和撰写世界文学史。

这是一种全新的观念,更是一种历史的重任。如何讲授与撰写这种跨文化的世界文学史,如何以全球化时代的新文学史理论来研究世界文学。

笔者近年来承担的国家社科基金重点课题与教育部课题,中心就是"世界文学史新建构的中国化阐释"。本书中收入作者近年来在国内外学术刊物与《光明日报》《文汇报》等报刊发表的学术论文、讲演、作者在国内各高校发表的讲演与在为本科和研究生和博士后访问学者等讲课中所发表的论文。逐一讨论了世界文学史目的 21 世纪新的世界文学史研究,包括文学史观、文学史认识论、本体论与实践论的建构,世界文学史的主体与经典文本的研究与阐释。

目 录

《比较文学与世界文学名家讲堂》前言 …………… 王向远 1
自 序 …………………………………………………………… 1

一 理论体系编 ……………………………………………… 1

"世界文学"的阐释与比较文学理论的建构 ……………… 3
马克思"世界历史"理论与当代后殖民主义批评 ……… 19
"世界文学史新建构"的中国化阐释 …………………… 40
理论体系创造：中国与世界比较文学的对话 …………… 61
走入世界经典的中国文学 ………………………………… 89
世界文学视域中的莫言本土文化寓言 …………………… 101
多元文化的中外文学比较：新辩证观念 ………………… 114

二 考据与翻译编 ………………………………………… 133

跨文化翻译中的历史阐释 ………………………………… 135
后殖民主义的无意识叙事话语分析 ……………………… 159
关于"支那"名称的来源 ………………………………… 175
"黄帝四面"：比较文明学的阐释 ……………………… 184

1

萨满、羡门与沙门：佛教入华时间新释义 …………… 192
　　甲骨文中的"亚凶"族、匈族（Huns）西迁与罗马帝国
　　　　的崩溃 ……………………………………………… 210

三　文本与阐释编 ………………………………………… 225

　　诗神的沦落 …………………………………………… 227
　　清叶燮《原诗》之"理"与柏拉图的"理念"（Idea）…… 241
　　历史语境视域：中西小说的文类学比较 ……………… 253
　　《锦瑟》的"意识流"批评阐释 ………………………… 278
　　中国古代文学理论中的"德言"说 …………………… 284
　　中国现当代文学史的"替代言说" …………………… 308
　　当代诗学话语中的中国诗学理论体系 ……………… 327
　　结构与解构之分野 …………………………………… 349
　　文明史观与多元现代化：爱森斯塔特的理论 ………… 365

后　记 ……………………………………………………… 385

一　理论体系编

"世界文学"的阐释与比较文学理论的建构[①]

当代比较文学研究中东西方对话的经验提醒我们,围绕重要概念发生争论乃是一种常见现象,刘勰《文心雕龙》中曾说过"经典隐暧,方册纷纶,简蠹帛裂,三写易字",诸多原因都会引发争议。同时也要看到,不同视域的学术争论有其不可替代的积极意义,阐释的多样化正表现出不同文明的价值尺度与视域的差异,东西方不同意见的交锋客观上有利于推动学术的深入发展,正所谓"不切不磋,不琢不磨"是也。歌德与马克思所提出的"世界文学"概念近年来就面临着这样的考验,国内外学术界关于这一概念议论纷纭,西方学者包括中国人熟悉的赛义德(Edward W. Said)、福山(Francis Fukuyama)与比较文学学者瓦尔特·柯亨(Walter Cohn)等人都认为,歌德与马克思的"世界文学"概念属于西方殖民主义观念,所以他们希望用后殖民主义理论来重新阐释这一概念;国内"世界文学"的争论也有其原因,由于高等院校"比较文学与世界文学"学科建立,关于"比较文学"与"世界文学"学科界限与内容等方面存在不同看法,所以中国学者也在重新探讨"世界文学"的具体含义、世界文学与比较文学之间关系等。

无论国内国外对于这一概念的讨论有什么不同的目标,对于中

[①] 本文是作者所主持的江苏省哲学社会科学基金项目《全球化时代的中国比较文学理论研究》(06JSBZW005)的成果之一。 曾发表于《东方丛刊》,2007年第3期。

国比较文学学科来说,考察"世界文学"这一概念产生的历史语境,阐释其意义都是相当必要的。

笔者认为,世界文学概念产生于特定的历史语境之中,歌德与马克思所提出的"世界文学"概念在比较文学的发展中是一个关键词,我国众多学者在对这个观念的研究都有重要贡献,但是阐释的主要观念也因受到时代视域的限制,未能形成对于这个观念的历史语境、它的意义与所指所应有的系统阐释,由于这一阐释直接关系到我国比较文学学科理论及其他相关学科的发展,所以提出以下看法。岂是君子好辩,实不得已也。

一、关于"世界文学"概念的争论

"世界文学"这个概念是欧洲学者提出的,根据西方学者的看法,它的历史根源可以追溯到柏拉图等人的《理想国》,其中提出了建立超越民族、政权等界限的世界统一体的"梦想"。其实这也是西方文明中一种重要思想,某些方面近似于中国的"天下大同"到理想,重要的是建立了一种对全人类不同文明与社会的联系及同一性进行研究的观念,这些思想观念以后被西方的一些思想家所继承与发扬,发展为多个研究领域里的"世界主义",主要有克罗齐、德·桑克蒂斯、威廉姆·冯·洪堡、赫尔德和黑格尔等人,这些学者的思想体系不同,但他们共同提出了"世界历史"的观念,与他们的思想直接相关的,也是影响最大的当数歌德与马克思的"世界文学"观念。

19世纪前期,歌德热衷于研究东方文学,陆续出版了《东西方合集》(1819年)、《中德四季晨昏杂咏》(1830年),他强调东西方文学之间有密切的联系,"东方与西方绝对不能再分开(Orinet und Occident sind nicht mehr zu trennen)"。歌德是第一位正式以德文提出"世界文学"概念的学者,1827年1月31日歌德与其秘书爱克曼的谈话中,先是称赞中国小说《好逑传》,然后首次使用了"世界文学"(Weltliteratur)一词,他认为:"民族文学在现代算不了很大的一回事,世界文学的时代已经来临了。现在每个人都应该出力促使它早日来临。"①同年7月15日,歌德在与爱克曼谈论托马斯·卡莱尔时,再一次谈到"世界文学"。

马克思关于世界文学方面的论述主要分为两个大的层次,第一是他的著作中大量征引世界文学名著,涉及西方文学史上的大量杰出作家作品。柏拉威尔《马克思与世界文学》中是这样描述马克思的:

> 他阅读希腊文、拉丁文、西班牙文、俄文、法文、英文、德文的富有想象力的作品,既作为消遣,又吸收教益。……为了论战的目的,他采用埃斯库罗斯的普罗米修斯的口吻,莎士比亚的忒耳西忒斯的口吻,歌德的靡非特托斐勒司的口吻。他引用世界上伟大作家——或者尽他记忆所及做到精确无误,或者有意改写——以最集中、最令人难忘的方式提出他的论点。②

马克思熟悉并热爱这些伟大作家,显示了他超越民族文学界限的广阔视域。第二则是他关于"世界文学"这一概念的论述,其中流行最广的是《共产党宣言》(1848年)中的那段名言:

---

① [德]艾克曼:《歌德谈话录》,朱光潜译,人民文学出版社,1982年,第113页。
② [英]希·萨·柏拉威尔:《马克思和世界文学》,梅绍武、苏绍亨、傅惟兹、董乐山译,生活·读书·新知三联书店,1982年,第555—556页。

资产阶级，由于开拓了世界市场，使一切国家的生产和消费都成为世界性的了。使反动派大为惋惜的是，资产阶级挖掉了工业脚下的民族基础。古老的民族工业被消灭了，并且每天还都在被消灭。它们被新工业排挤掉了，新的工业的建立已经成为一切文明民族的生命攸关的问题；这些工业所加工的，已经不是本地的原料，而是来自极其遥远的地区的原料；它们的产品不仅供本国消费，而且同时供世界各地消费。旧的、靠本国产品来满足的需要，被新的、要靠极其遥远的国家和地带的产品来满足的需要所代替了。过去那种地方的和民族的自给自足和闭关自守状态，被各民族的各方面的互相往来和各方面的互相依赖所代替了。物质的生产是如此，精神的生产也是如此。各民族的精神产品成了公共的财产。民族的片面性和局限性日益成为不可能，于是由许多种民族的和地方的文学形成一种世界的文学。①

对于歌德与马克思一个多世纪前提出的"世界文学"概念，近年来被西方学者在后殖民主义理论背景下进行多种评论。

　　赛义德将歌德"世界文学"仍然看成是欧洲中心主义的一种产物，他是这样评价的："歌德（Goethe, Johann Wolfgang von）的世界文学的思想——一种在'伟大的书'和全部世界文学之间模糊的综合物观念——对于20世纪初的专业比较文学家来说是很重要的。但是，尽管如此，像我所说过的那样，就文学与文化的实际意义与意识形态而论，欧洲还是起了领路的作用并且是兴趣的所在。"赛义德也从一个相关角度——东方学——联系到马克思，批评马克思关于东方的理论受到歌德影响，而歌德的东方其实是西方人的"东方化

---

① 《马克思恩格斯选集》第一卷，人民出版社，1995年，第276页。

了的东方",未能摆脱殖民主义的视域。

此外,美国康奈尔大学比较文学教授瓦尔特·柯亨也涉及马克思的世界文学概念,他也是有意将马克思"世界文学"的历史语境解释成19世纪黑格尔的"世界历史"理论及其时代,并与全球化时代的所谓"文化帝国主义""全球性的帝国主义"等联系起来。近年来,英美学者继续关注这一课题,相当多的比较文学与世界文学的论著中都涉及此。①

那么,马克思"世界文学"的所指到底是什么?它是不是产生于一种黑格尔式的世界历史观念,它会不会代表一种欧洲中心主义,它是否真的是"文化帝国主义"的先驱?

有必要对马克思"世界文学"概念产生的历史语境、它的真实所指,以及我们应当如何理解"世界文学"作出进一步的阐释。

二、如何看待马克思与黑格尔的差异

18世纪后期,美国资产阶级革命与法国大革命引发了欧洲思想革命,以德国思想家为代表的"世界主义"就是其中一种重要思潮,这是一种以历史哲学为中心的新思潮,赫尔德等的名著《人类历史哲学的观念》(*Ideen zur Phlosophie der Geschichte der Menscheit*)被一些人看成是历史哲学的开山之作。赫尔德认为人类历史分为四个阶段:幼年、童年、成年与老年,这些阶段是从低级向高级的发展。时间与空间是统一的,经由了野蛮、远东古代文明、近东古代文明再到古希腊罗马文明的过程。值得注意的是,康德早就对赫尔德理论中的"欧洲中心主义"观念进行了批判。

---

① 如近年出版的 Debating World Literature(Paperback), edited by Christopher Prendergast, Benedict R. OG Anderson, Verso, 2004 等著作中,都不同程度与这一问题相关。

1822年，时年52岁的黑格尔开始系统讲授《历史哲学》，直到1837年，黑格尔逝世之后7年，《历史哲学讲演录》(*Volesungen uber die Philoshophie der Weltgeschichte*)经过他的学生甘斯整理出版，黑格尔历史哲学的一个重要内容就是世界历史观，黑格尔把世界历史看成是世界民族交替实现的过程，世界历史的总体发展趋势是从东方向西方的时空递进，亚洲是起点，而欧洲是终点，是世界历史的实现。

　　马克思与恩格斯对于黑格尔《历史哲学》予以极高评价，恩格斯曾经在威廉·格雷培的信中说："……何况他（黑格尔的）的历史哲学本来就写出了我的心里话。"[①]青年时代的马克思与恩格斯都受到历史哲学的影响，虽然他们当时没有撰写历史哲学方面的著作，但是他们十分重视黑格尔的学说与历史哲学思想，则是明显的。

　　虽然如此，但马克思从来没有赞同过黑格尔的"世界主义"理论与西方中心主义的"世界历史"论。

　　马克思与恩格斯激烈批判了青年黑格尔派的世界文明史及其东方文明理论，马克思嘲笑施蒂纳是：利己主义者变成了黑格尔的"笨拙的'抄袭者'"。对于这个喜欢标榜"自我"的哲学家，马克思称其为"利己主义者"真是妙语中的，揭露了这种哲学的自我中心本质，它的精神危害远大于道德意义上的自私自利。黑格尔还只是把"自由精神"作为绝对观念实现的程度标志，这样，还可以有民族国家作为世界历史的形式，既然有民族国家，就是世界民族与文明的价值比较。而施蒂纳的学说则成了赤裸裸的自我展现，世界历史难道能用一个"自我"来衡量吗？所以马克思说："他连好好地读读黑格尔的《历史哲学》的功夫也没有！"[②]

---

① 《马克思恩格斯全集》，第41卷，人民出版社，1960年，第541页。
② 《马克思恩格斯全集》，第3卷，人民出版社，1960年，第183页。

黑格尔的世界史观有三个基本缺陷：第一点从认识论而言，是以自我意识与自由意识为主的唯心主义认识方式，是以意识发展来取代社会文明进步的唯心论，是以头来立地的鲜明例子，没有能建立科学的世界史。第二，黑格尔的研究方法是非科学的，他本人对于东方文明的知识竟然来自一些过时的欧洲学者二手资料，值得注意的是，在黑格尔时代，一些来过东方各国的传教士、已经为研究东方文明提供了丰富的资料，特别是风靡整个欧洲的"中国热"与"东方潮"等，使得欧洲稍有知识的人都相当熟悉东方。黑格尔是一个有科学精神的学者，他研究自然哲学时，对于物理学、数学与化学都有过比较深入的研究。可惜的是，在研究世界历史与东方文明时，竟然毫无科学方法，没有任何可靠的资料，凭借自己的主观臆断随意发表议论。第三，以欧洲与西方文化为中心的视域限制其见识，黑格尔更为突出地贯穿了一种民族主义的情绪，特别是大日耳曼主义的强烈情愫。对于这样的世界历史观念，只能得到民族主义者与种族主义者们的赞同。

　　马克思阐释自己的世界历史观时说过：

> 　　历史不外是各个世代的依次交替。每一代都利用以前各代遗留下来的材料、资金和生产力；由于这个缘故，每一代一方面在完全改变了的条件下继续从事所继承的活动，另一方面又通过完全改变了的活动来变更旧的环境。……
>
> 　　由此可见，历史向世界历史的转变，不是"自我意识"、宇宙精神或者某个形而上学怪影的某种纯粹的抽象行动，而是完全物质的、可以通过经验证明的行动，每一个过着实际生活的、需要吃、喝、穿的个人都可以证明这一行动。①

---

① 《马克思恩格斯选集》第一卷，人民出版社，1995年，第88—89页。

这与黑格尔的历史观是背道而驰的，黑格尔的精神发展史在这里荡然无存，马克思认为，历史是物质生产的、社会生产的、个人生存活动的历史；那么，精神的作用是不是完全取消了呢？并非如此，马克思指出，在社会中人人都在进行思维，这是无可怀疑的。但是社会上占统治地位的思想是统治阶级的思想，"一个阶级是社会上占统治地位的物质力量，同时也是社会上占统治地位的精神力量"。恩格斯曾有一段著名的论述，对于黑格尔与马克思之间的不同进行了具体的分析：

> 因此，在自然界和历史中所显露出来的辩证的发展，即经过一切迂回曲折和暂时退步而由低级到高级的前进运动的因果联系，在黑格尔那里，只是概念的自己运动的翻版，而这种概念的自己运动是从来就有的（不知在什么地方），但无论如何是不依任何能思维的人脑为转移的。……我们重新唯物地把我们头脑中的概念看作现实事物的反映，而不是把现实事物看作绝对概念的某一阶段的反映。……这样，概念的辩证法本身就变成只是现实世界的辩证运动的自觉的反映，从而黑格尔的辩证法就被倒转过来了，或者宁可说，不是用头立地而是重新用脚立地了。①

物质生产与精神生产都需要有生产资料，占有物质生产资料的地位是决定性的。占统治地位的思想不过是占统治地位的物质关系在观念上的表现，个人的思维并不具有决定作用，只有当个人作为统治阶级的成员为一个阶级服务时，他的思想才具有代表性。当然，统治阶级的思想并不是铁板一块，而可能为争夺政权而产生分权与共

---

① 《马克思恩格斯选集》第四卷，人民出版社，1995年，第243页。

享。例如欧洲历史上长期的王权与教廷的分权，中国历史上某一历史时期的儒释道思想共享等。从理论来源来说，黑格尔世界史观的核心是辩证法概念的自我发现，这个过程表现于世界历史。而马克思的世界史观是世界民族的生活现实与历史过程，这是根本的不同。

三、"世界文学"与比较文学的理论建构

理解了马克思"世界文学"概念的语境，才能判断它与比较文学学科之间的关系。

对于"世界文学"与比较文学学科关系，分为相互对立的两种主要看法。部分学者将两者看成是互相之间是既不能等同的，同时也不存在相容性。

勒内·韦勒克(René Wellek)在《文学理论》一书中认为：

> 然而，第三种概念避免了上述弊病：把"比较文学"与文学总体的研究等同起来，与"世界文学"或"总体文学"等同起来。这些等式同样也产生了一定的困难。"世界文学"这个名称是从歌德的"Weltliteratur"翻译过来的，似乎含有应该去研究从新西兰到冰岛的世界五大洲的文学这个意思，也许宏观得过分不必要。其实歌德并没有这样想。他用"世界文学"这个名称是期望有朝一日各国文学都将合而为一。这是一种要把各民族文学统一起来成为一个伟大综合体的理想，而每个民族都将在这样一个全球性的大合奏中演奏自己的声部。但是，歌德自己也看到，这是一个非常遥远的理想，没有任何一个民族愿意放弃其个性。今天，我们可能离这样一个合并的状态更加遥远了；并且，事实可以证明，我们甚至不会认真地希望各个民

族文学之间的差异消失。"世界文学"往往有第三种意思。它可指文豪巨匠的伟大宝库，如荷马、但丁、塞万提斯、莎士比亚以及歌德，他们誉满全球，经久不衰。这样，"世界文学"就变成了"杰作"的同义词，变成了一种文学作品选，这种文选在评论上和教学上都是合适的，但却很难满足要了了解世界文学全部历史和变化的学者的要求，他们如果要了解整个山脉，当然就不能仅仅局限于那些高大的山峰。①

韦勒克对于歌德原意的理解并非完全一致，歌德的世界文学并不是要求"各国文学合一"，歌德本人说得极清楚，只是强调要跳出民族文学的界限，理解世界其他民族文学。其次，歌德更没有要求任何一个民族"放弃其个性"。故此，韦勒克批评将"世界文学"与比较文学的等同也就成为无的放矢了。

对世界文学，中国学者的接受过程不同于西方，却无碍于产生相同或是相近的结论。

最早出现于中国学术界的"世界文学"是前苏联学者所提出的，前苏联成立了普希金世界文学研究所等机构，出版了一批所谓"外国文学"与世界文学史教材和专著，从20世纪50年代起，世界文学与外国文学成为中国高等院校的课程，中国学术界的特点是，"外国文学"与"世界文学"两个概念之间没有根本的区别，基本上是不包括中国文学在内的其他各国文学，研究的重点集中于文学史与评论实践。同时，各国别文学如英国、法国、德国、日本等文学与不同语种相结合，构成了外国语言文学研究，这种研究多由本语种为主，设立在高等院校的外国语言文学系。其发展趋势是，

---

① [美]勒内·韦勒克、奥斯汀·沃伦：《文学理论》，刘象愚、邢培明、陈圣生、李哲明译，江苏教育出版社、凤凰传媒出版集团，2005年，第43—44页。

直到20世纪80年代之前,"外国文学"仍是主要研究范围,来自上述各个领域的研究互相汇融。90年代之后,世界文学研究逐渐占据重要的地位。其主要内容分为两个大的部分即西方文学与东方文学,西方文学包括欧洲与美洲文学,东方文学则包括亚洲、非洲文学。20世纪90年代初期出版社的一部《世界文学史》中清楚地说明了这种研究的目标与内容:

> 在语言文学专业中开设"外国文学"课,研究世界文学史、世界名家名著是十分必要的。①

20世纪90年代后期,高等院校专业内容发生变化,"比较文学与世界文学"二级学科建立,围绕世界文学概念本身以及它与比较文学之间的关系发生了一系列的争论。相当多的学者反对将二者结合起来,认为世界文学不可能与比较文学相等同。反对的理由与韦勒克所见基本相同,认为世界文学只是对各国文学的概述,或是经典文学作品的介绍,同时不可能有全世界共同的、没有民族特色的文学,也有人强调比较文学是高层次的文学研究,具有独特性等,不一而足,兹不一一列举。

与以上看法相反的是另一种具有相当代表性的看法,即比较文学虽然不等于世界文学,但它们之间绝不是没有联系的,更不是对立的。笔者认为,世界文学与比较文学存在不可分离的学科构成关系,这种构成关系是基于它们研究内容、研究方法与目标定位的互补性,全球化时代中,世界文学与比较文学共同构成了一种完整的研究体系。

---

① 陶德臻、马家骏主编:《世界文学史·绪论》,高等教育出版社,1991年,第1页。

第一，世界文学与比较文学是将本民族文学与各国文学相结合的一种研究体系，它是破除民族文学封闭研究的学科手段。它有确定的研究范围，所谓"世界文学"就是各国文学的总和与汇集，其一，它既包括各国文学经典名著也包括不同民族文学的历史，这是基本的文献、资料与史实，是世界文学研究的基本构成，必不可缺。文学巨匠名著与普遍的文学史，各种作家的研究并不对立，名著与非名著、经典作家研究与普通作家研究相得益彰。其二，世界文学并不是要消除各民族文学，而恰恰是对民族文学特定历史属性的研究，民族文学只有处于世界文学的视域中，才可能见到其民族特性。可以说，如果没有世界文学研究，也就民族文学研究也就失去了价值与意义。

第二，比较文学是世界文学研究的认识理论、实践模式与方法论。比较文学以包括本国文学在内的世界各民族文学为研究内容，这是两者联系的前提。作为认识理论，比较文学打破单一民族思维方式，克服西方理性中心，通过民族文学同一性与差异性的研究，肯定民族文学特性，寻求世界文学共同规律性。马克思曾经谈到过比较研究的思维与认识论意义："人们不应当再拿某种不以个人为转移的用作比较的根据即标准来衡量自己，而比较**应当**转变成他们的自我区分，即转变成他们个性的自由发展，而这种转变是通过他们把'固定观念'从头脑中挤出去的办法来实现的。"[①]正是比较文学学科发展，才破除了西方文学自我中心观念，使不同民族的文学研究者可以互为主体。传统的外国文学研究认为，任何异己民族的文学研究者不可能超过本土文学的研究者，英国学者认为法国伏尔

---

① 马克思和恩格斯：《德意志意识形态》（1845—1846 年），转引自《马克思恩格斯论文学与艺术》（一），陆梅林辑注，人民文学出版社，1982 年，第 159 页。

泰、狄德罗等人的莎士比亚研究不中绳墨,德国人则把歌德席勒说成是德意志精神的化身,对法国学者的研究价值大打折扣。在东方文学研究中则更是典型的西方中心主义,西方学者关于中国诗经、汉唐明清文学乃至鲁迅沈从文小说的论著可以成为中国大学的教科书,但中国学者从不敢奢望自己关于希腊史诗、弥尔顿诗歌、莎士比亚戏剧的论著进入美国与欧洲的大学讲堂,甚至大陆学者关于比较文学、关于中国文学的论著也不可能进入欧美学术界的视域。其实比较文学应当是一种具有辩证思维的学科,学术面前人人平等,西方学者也应当认真阅读一下中国学者关于西方文学与文化的论著,特别是比较文学的论著,这种研究中的比较观念恰是西方学者所不可能具有的。

作为实践模式,比较文学通过历史影响与美学把握、跨学科与文化的界限的多种实践方式,丰富了传统的作家作品的板块研究结构。当然比较文学最大的贡献还是方法论,比较不再是类比与异同之辨,而是多元化的方法与对象的统一体,极大地推动了世界文学研究的前进。

第三,笔者认为,也不可忽略比较文学是世界文学的主要实践研究方式,它是通过两个以上民族与国家文学的比较与批评达到对于世界文学本质与规律理解的一种研究实践。研究东方与西方各国文学的对象主体、文学客体、方学方法、文本义理、辞章叙事、考据阐释、文学史、诗学体系、译介等方面,通过共时的美学的与历史交流的多种方式,既研究共同与相通,也研究差异,有同有异的分析,建立关于世界文学特性的认识。

第四,"世界文学"与比较文学在学科内部形成定位互补,创造了新的共同研究目标,它是世界各国文学发展的基本的、共同的规律性与各自历史特性的体系性研究。西方文学与东方文学都是文学，都是以语言文字表达人类艺术想象的形式，各国文学之间的共性是无可否认的，荷马史诗与中国诗经之间所具有的共同艺术规律性使其不会混同于其他文体，弥尔顿与屈原、莎士比亚与汤显祖之间即使有最大的差异，人们也会将他们看成是文学家。如同将希罗多德与司马迁看成是历史学家一样。同样，各民族文学之间存在差异性，思维与逻辑、语言、民族心理与性格、文明积累而成的美学原则、文学传统都使各民族文学之间保持差异性，这就是世界文学的辩证关系。世界文学与比较文学学科体系恰是基于这种辩证关系之基础上所形成的，美国学者弗朗西斯·约斯特(Francois Jost)曾经说过：

> "世界文学"与"比较文学"并非是等同的概念。前者乃是后者的决定条件，它为研究者提供原料和资料，研究者则按评论和历史原则将其分类。因此，比较文学可以说是有机的世界文学，它是对作为整体看待的文学现象的历史性和评论性的清晰描述。①

这并不是要将比较文学与世界文学完全认同，而是强调二者之间相辅相成，互为补充的关系，使这一学科既可以有世界性的学术视域，跨越各民族文学的界限，同时又保持了学科的基本规范，立足于比较与批评，寻求不同文学的共同性质与规律。

世界文学这一概念本身不是以西方为中心的，更不是文化帝国主义的产物。难道承认文学有共同规律就是文化帝国主义，反之就

---

① [美]弗朗西斯·约斯特：《比较文学导论》，廖鸿钧等译，湖南人民出版社，1988年，第22页。

不是文化帝国主义吗？西方文学家吉卜林等人并不认为世界文学各国文学有相同规律，相反认为"西方与东方永不相会"，而他们的创作却并不因此没有"文化帝国主义"的因素。个别作家或理论家的自我中心观念并不足以败坏世界文学的声誉，而只能从反面证明了世界文学研究的必要性。

最后要强调的是，世界文学与比较文学学科定位是当前比较文学发展的关键，如果脱离了世界文学，比较文学将会失去学科规范，也法建立起学科理论体系。近年来国内外关于比较文学"危机"与"衰落"的说法并不是危言耸听，笔者并不完全赞同苏姗·巴斯奈特、希勒斯·米勒等人所说的"比较文学"的危机与"语言危机"，但是我们应当看到这一学科在全球化时代的真实处境。笔者认为，20世纪80年代以来，欧美国家中的比较文学教学研究确实处于停滞不前的地步，其主要原因正在于这门学科的发展缺乏理论建构，所谓法国学派、美学学派等都一直没有建立起严密的理论体系，没有比较文学的认识论、方法论、本体论与实践论的完整体系，并且长期停留于"雷马克定义"与韦勒克等学者的"比较文学危机论"的影响之下，所以虽然经过数十年的学科扩展，比较文学已经从西方进入了东方，已经成为世界性的大学科，跨越文化、民族与语言界限的文学比较已经十分普及，但如果不重视学科理论体系的建构，仍然会面临发展停顿的危机。

笔者一直认为，中国学者对于世界比较文学发展的贡献并不仅仅是将中国文学带入比较文学这一研究领域，也不仅仅是建立了东西方文学比较研究的模式，最重要的是中国学者提出了完整的比较文学学科理论体系的建构，这一理论不同于美国、法国与俄国的比较文学理论，中国比较文学中相当重要的理论基础就是马克思的世界历史观。笔者近年来在比较文学原理、比较文学史与比较文学批评实践三大领域里所建立的"新辨证论"就是一种理论体系建构的努力,其中的一个主要观点就是比较文学研究对象是什么,笔者认为:比较文学就是以世界文学的同一性与差异性为研究对象的学科,这一观念的提出,改变了法国与美国学者长期以来对比较文学对象范围界定过狭和过宽的弊病,毋庸讳言,中国比较文学理论的基础与历史来源则正是马克思与歌德的世界文学观念。

马克思"世界历史"理论与当代后殖民主义批评[①]

近年来随着西方后殖民批评（Postcolonial Criticism）的兴起，学术界屡次掀起了关于马克思"世界历史"概念的争论，西方学者包括中国人熟悉的赛义德（Edward W. Said）、福山（Francis Fukuyama）与美国著名学者瓦尔特·柯亨（Walter Cohn）等人都认为，马克思的"世界历史"（也包括与之相关的"世界文学"）概念属于殖民主义观念，所以他们希望用后殖民主义理论来重新阐释这一概念。在这种情况下，无论国内国外对于这一概念的讨论有什么不同的目标，而考察马克思"世界历史"的语境与话语性质成为不可回避的问题。

一、"世界历史"概念的语境

马克思关于"世界历史"的看法中，流行最广的是1845—1846年间与恩格斯合写的《费尔巴哈》一书，其中说道：

> 大工业通过普遍的竞争迫使所有个人的全部精力处于高度紧张状态。它尽可能地消灭意识形态、宗教、道德等等，而在它无法做到这一点的地方，它就把它们变成赤裸裸的谎言。它

[①] 本文发表于《马克思主义研究》，2009年第8期。

首次开创了世界历史，因为它使每个文明国家以及这些国家中的每一个人的需要的满足都依赖于整个世界，因为消灭了各国以往自然形成的闭关自守的状态。①

19世纪中期是马克思使用"世界历史"概念较多的一段时期，这个概念从本质上来说，是指现代工业化进程中，世界各民族在大工业生产的推动下，产生世界性的生产与消费联系，客观上实现了经济的全球化。同时，马克思也指出，这种经济全球化必然带来民族文化之间的交往与联系，产生世界的文学与文化，这也是引发赛义德等人评论的起因之一。马克思与恩格斯在《共产党宣言》（1848年）中指出：

> 资产阶级，由于开拓了世界市场，使一切国家的生产和消费都成为世界性的了。使反动派大为惋惜的是，资产阶级挖掉了工业脚下的民族基础。古老的民族工业被消灭了，并且每天还都在被消灭。它们被新的工业排挤掉了，新的工业的建立已经成为一切文明民族的生命攸关的问题；这些工业所加工的，已经不是本地的原料，而是来自极其遥远的地区的原料；它们的产品不仅供本国消费，而且同时供世界各地消费。旧的、靠本国产品来满足的需要，被新的、要靠极其遥远的国家和地带的产品来满足的需要所代替了。过去那种地方的和民族的自给自足和闭关自守状态，被各民族的各方面的互相往来和各方面的互相依赖所代替了。物质的生是如此，精神的生产也是如此。各民族的精神产品成了公共的财产。民族的片面性和局限性日益成为不可能，于是由许多种民族的和地方的文学形成了

---

① 《马克思恩格斯选集》第一卷，人民出版社，1995年，第114页。

一种世界的文学。①

基本上在同一历史时期，德国伟大作家歌德提出了"世界文学"的概念.对于歌德与马克思一个多世纪前提出的"世界文学"概念，近年来被西方学者在后殖民主义理论背景下进行多种评论。

赛义德将歌德"世界文学"仍然看成是欧洲中心主义的一种产物，他是这样评价的："歌德（Goethe, Johann Wolfgang von）的世界文学的思想——一种在'伟大的书'和全部世界文学之间模糊的综合物观念——对于20世纪初的专业比较文学家来说是很重要的。但是，尽管如此，像我所说过的那样，就文学与文化的实际意义与意识形态而论，欧洲还是起了领路的作用并且是兴趣的所在。"同时他还认为：

> 世界文学在20世纪获得新生。一个关于世界文学的建设性的观念与殖民地理学理论家们的理论恰恰相符。在哈尔弗德·麦金德（Mackinder, Halford）、乔治·齐索姆、乔治·哈代（Hardy, Georges）、勒若伊—布留（Leroy-Beaulier）和鲁西安·费弗雷（Fevre, Lucien）的作品中，出现了对世界体系的坦诚得多的评价，也同样是以宗主国为中心的和帝国主义的。但是，现在不是单单提到历史。…我们需要认识到，当代的全球背景——重叠的领土、交织的历史——已经存在于对比较文学的先驱们来说非常重要的地理、文化和历史的巧合与汇合中。这样，我们才能以一种新的、有活力的方式把握住提出"世界文学"的比较文学的观点的历史理想主义。②

---

① 《马克思恩格斯选集》第一卷，人民出版社，1995年，第276页。
② ［美］爱德华·W·萨义德：《文化与帝国主义》，李琨译，生活·读书·新知三联书店，2003年，第63—64页。

赛义德也从另一个相关角度——东方学——联系到马克思，与以上看法大致相同，批评马克思关于东方的理论受到歌德影响，而歌德的东方其实是"东方化了的东方"，未能摆脱殖民主义的视域。在他看来：

> 马克思仍然能有一些同情心，仍然能认同于——即使只有一点点——可怜的亚洲，这说明那些定型化的标签取得控制权、在他转向歌德那里吸取东方智慧之前一定有什么事情发生了。就好像个体（就我们的话题而言，是马克思）可以在亚洲身上发现总体性的某种预备形式——发现这一形式并且屈服于它在其情感、情绪和感觉上所施加的压力——只有当他在不得不使用的词汇中遇到一种更可怕的压制力时才会将这种总体形式放弃。这一压制力所起的作用是阻断并且驱除同情心，与此相伴随的是一种言简意赅的盖棺论定：他们并不觉得痛苦——由于他们是东方人，因此处理他们的方式必须与我们一直在使用的方式不一样。①

赛义德虽然并没有直接抨击马克思，但是却已经将马克思的东方学与世界历史概念划入了后殖民主义的范围。

以笔者之见，赛义德关于"东方学"的讨论有一个重要背景——"东方化的东方"即西方对于东方的殖民主义——这是与他"东方学"的总体学术背景相联系的，所以他对于歌德和马克思的错误评价的根源也在此。首先，他对于歌德的批评中完全不顾及歌德东方研究的真实内容与意义，如果说在《东方学》（1978年）一

---

① ［美］爱德华·W·赛义德：《东方学》，王宇根译，生活·读书·新知三联书店，1999年，第200—201页。

书还提到了歌德的"东方文学"背景,那么在《文化与帝国主义》(1993年)中讨论歌德的"世界文学"时,就已经有意回避歌德东方诗歌的创作,不提歌德关于中国文学、阿拉伯文学等其他东方民族文学的研究。其次,对于马克思的批评就相差更远了,"刘郎已恨蓬山远,犹隔蓬山一万重。"在讨论马克思的"世界文学"时,第一,他抽去了马克思"世界文学"观念的理论基础——19世纪资本主义经济的全球扩展与殖民主义——这一最重要的历史语境。第二,他还有意抹杀马克思东方研究的价值,将马克思的学说也看成是黑格尔式的西方中心论与德国19世纪的"世界历史"等"定型化的标签"。

二、马克思对东方文明的研究

首先赛义德关于马克思对东方文明研究的看法是错误的。

如果仅就东方研究而言,马克思不但没有必要转向歌德吸取东方智慧,他对东方文明的研究绝不亚于歌德。只要读过马克思青年时代发表于《莱茵报》的大量政论与1873—1883年间的古代社会笔记的人,都会知道马克思研究东方社会长达40年,熟悉当时欧洲所有的关于东方的历史文献,特别是马克思定居伦敦后,从1851年开始,他从经济学入手研究东方文明。主要著作有两大类:第一类是以政治经济学理论来考察东西方文明间的差异,从文本内容与主题来说,并不是以东方国家为研究对象,却涉及相当多的人类古代社会、东西方文明方面的重要内容。这类著作中最重要的有《经济学手稿(1857—1858年)》,《资本论》等。第二类是部分东方国家政治经济的研究,主要是印度与中国两个大国。这方面的研究一批影响甚大的学术论文,如马克思发表于《纽约先驱论坛报》的一批篇论文:

1.《荷兰情况——丹麦——不列颠国债条款变更——印度——土耳其和俄国》（1853 年 6 月 9 日）；

2.《中国革命和欧洲革命》（1853 年 6 月 14 日）；

3.《俄国的欺骗——格莱斯顿的失败——查理·武德的东印度改革》（1853 年 6 月 22 日）；

4.《不列颠在印度的统治》（1853 年 6 月 25 日）；

5.《英国的繁荣——罢工——土耳其问题——印度》（1853 年 7 月 1 日）；

6.《东印度公司，它的历史与结果》（1853 年 7 月 11 日）；

7.《土耳其战争问题——〈纽约论坛报〉在下院——印度的管理》（1853 年 7 月 20 日）

8.《俄土纠纷——不列颠内阁的诡计和诡辩——涅谢尔罗迭最近的照会——东印度问题》（1853 年 7 月 25 日）；

9.《战争问题——议会动态——印度》（1853 年 8 月 5 日）；

10.《不列颠在印度统治的未来结果》（1853 年 8 月 8 日）；

11.《俄国的对华贸易》（1857 年 4 月 7 日）；

12.《英人在华的残暴行动》，（1857 年 4 月 10 日）；

13.《鸦片贸易史》，（1858 年 9 月 20 日）；

14.《中国和美国的条约》（1858 年 10 月 15 日）；

15.《新的对华战争》，（1859 年 9 月 27 日等）；

16.《对华贸易》，（1859 年 12 月 3 日）。

还有部分论文由于没有完全确定作者故未计入，以上论文主要是关于印度与中国的，其中印度占 9 篇，中国占 7 篇。

众所周知，马克思利用了大不列颠图书馆的丰富东方文献，主要包括三大类：第一是官方文件。如英国议会蓝皮书及议会委员会报告，东印度改革促进协会出版的《印度财政》、《关于印度的札记》、《政府对于印度的管理》，这些文件数量巨大，内容庞杂。第二是经济学与历史学的专著。包括我们所熟悉的威·希·普莱斯科特《墨西哥征服史》、《秘鲁征服史》、托·勃克斯顿《非洲的奴隶贸易》及《非洲的奴隶贸易及其解决办法》、乔·坎贝尔《现代印度：民政管理制度概述》、马·威尔克斯《印度南部的历史概要·迈索尔历史概要》、威·豪伊特的《殖民和基督教》、休默和詹·威尔逊的《英属印度古今历史概述》、托·斯·莱弗尔斯《爪哇史》、阿·培顿《亚洲民主政体的原则》、赫·梅里威尔《关于殖民和殖民地的演说》、爱·吉·威克菲尔德《略论殖民艺术》等。第三类是欧洲东方学家与基督教传教士关于东方的文学作品，游记笔记等。这些论著以南亚地区为主，如弗朗索瓦·贝尔尼埃的《大莫卧尔、印度斯坦、克什米尔王国等国游记》、阿·德·萨尔蒂柯夫的《关于印度的通信》、威·琼斯的《亚细亚诗歌释文》、查·福斯特的《阿拉伯的历史地理学》、雅·菲·法耳梅赖耶尔的《东方片断》等。由对于伊比利亚半岛的两个殖民主义先锋西班牙与葡萄牙而言，英国海外殖民较晚，所以关于东亚国家如中国日本的文献当时显得并不多。

1879年到1882年是马克思东方研究的又一个高潮，中共中央马恩著作编译局出版的《马克思古代社会史笔记》（1996）集中了马克思这方面的研究成果，包括对俄国学者马·柯瓦列夫基《公社土地占有制，其解体的原因、进程和结果》所作的摘记；对美国学者路·摩尔根《古代社会》的笔记；对英国官员约·菲尔的《印度和锡兰的雅利安人村社》的摘录；对英国法学家亨·梅恩的《古代法制史讲演录》作的摘要；对英国史学家约·拉伯克的《文明的起源和人类的原始状态》所作的摘要。这些古代史研究全都是以欧洲之外的广义"东方"为对象的。由于时间较为充裕，马克思已经可以集中思考东方文明，这是马克思生命的最后一段时间，他把它献给了亚洲与东方文明，所以马克思绝不是"一点点"认证"可怜的亚洲"，事实上，这位西方资本主义最伟大的批判者，在其生命的最后岁月满怀热情的关注着遥远的东方文明。

综观马克思关于东方文明的论述，马克思是以社会政治经济为中心对东方文明进行总体性把握，基本于严格的历史事实基础上进行科学分析，肯定了东方文明的伟大贡献及世界历史意义，愤怒抨击了西方列强对于印度与中国的殖民主义掠夺。可以肯定，马克思不仅不会赞同所谓的"后殖民理论"，而且是东方殖民国家人民真正的朋友。以《资本论》著称于世的马克思从来是掌握一手资料研究的杰出学者，正是基于对东西方文明的深入研究，马克思才可能提出"世界历史"的概念。

最后要提到的是美国康奈尔大学比较文学教授瓦尔特·柯亨等人从后殖民主义角度对马克思世界文学观念的批评，这种批评的出发点仍然是将世界文学看成是所谓"全球帝国"的"世界历史"观念的产物，他认为：

> 比较文学假定存在着一种既可以被称为文学并且至少有两个民族实际比较为基础的实践。这是一种对于差异性和特征——由表面的散漫与政治的实体的组合——并且同时表现为一种建立或是重建更大的意义单位的部分努力。这个任务如何完成？这个时期的一种答案——在我看来，它是正确的——这是马克思与恩格斯《共产党宣言》中提出的："资产阶级，由于开拓了世界市场，使一切国家的生产和消费都成为世界性的了。……物质的生是如此，精神的生产也是如此。各民族的精神产品成了公共的财产。民族的片面性和局限性日益成为不可能，于是由许多种民族的和地方的文学形成一种世界的文学。"正像他们其他许多著作一样，这个宣言也有预测的性质，140年后这一切都成为现实。但是它同样引导了19世纪后期才显露出来的比较文学的新理论，到那一时期中，实证论、民族主义、

科学主义与达尔文进化论占据了统治地位。……全球范围的文学理论化的状况并没有建立起一个全球的共同体反而生了全球性的帝国。……当然，这并不意味着，任何反映出受到最初是马克思恩格斯所提出的基本关于世界文学的著作都必然产生这样的结论。①

柯亨这里与赛义德大同小异，都有意将马克思"世界文学"的历史语境解释成19世纪黑格尔所的"世界历史"理论及其时代，并与全球化时代的所谓"文化帝国主义""全球性的帝国主义"等联系起来。近年来，英美学者继续关注这一课题。②

那么，马克思"世界历史"的所指到底是什么？它是不是产生于一种黑格尔式的世界历史观念，它会不会代表一种欧洲中心主义，它是否真的是"文化帝国主义"的先驱？

有必要对马克思"世界历史"概念产生的历史语境、它的真实所指，以及我们应当如何理解"世界历史"作出进一步的阐释。

三、"世界历史"分畛：黑格尔与马克思

世界历史观早在神话中就可见其端倪，古希腊神话中有人类五大时代的传说，神所创造的人类经历了黄金时代、白银时代、青铜时代、英雄时代和黑铁时代。神话以独特的语言表达了古代的世界历史观，它是一种元语言(metalanguage)，也是一种思维模式，它直

---

① "The Concept of World Literature" in *Comparative Literature East and West: Traditions and Trends*, Edited by Cornelia N. Moore, Raymond A. Moody, University of Hawaii Press, 1989, p.5.

② 如近年出版的 Debating World Literature(Paperback), edited by Christopher Prendergast, Benedict R. OG Anderson, Verso, 2004 等著作中，都不同程度与这一问题相关。

接影响整个西方文化观念的形成,希腊人的这种人类时代划分也就是西方世界历史观的先兆。

18世纪后期,美国资产阶级革命与法国大革命引发了欧洲思想革命,以德国思想家为代表的"世界主义"就是其中一种重要思潮。这是一种以历史哲学为研究手段的新思潮,1784年,康德在《柏林月刊》发表论文《从一个世界主义者的观点来看普遍历史的观念》,其中提出了这样的观点:

> 人类的历史大体上可以看作是大自然的一项隐蔽计划的实现,为的是要奠定一种对内的、并且为此目的同时也就是对外的完美的国家宪法,作为大自然得以在人类的身上充分发展其全部禀赋的唯一状态。①

这是康德对世界历史观念的批判,被认为是"三批判"之外的第四个批判,讨论的中心是当时德国学术界所关注的"世界主义"与"普遍历史"观念。康德认为历史的目的是先定的,历史的发展是一个呈现的过程,虽然这种唯心论的历史观是不正确的,但是在当时它仍然具有相当的进步性,特别是他所具有的启蒙理性的思想高度。这一观念中的历史自然主义与历史规律性的表述,使得人类对于历史过程的经验得到哲学的提升。当然,这并不意味着没有反对者,相反,正是赫尔德等人的不同看法才引起了世界的注意。赫尔德是康德的学生,他的名著《人类历史哲学的观念》(*Ideen zur Phlosophie der Geschichte der Menscheit*)被一些人看成是历史哲学的开山之作。赫尔德认为人类历史分为四个阶段:幼年、童年、成年与

---

① [德]康德:《历史理性批判文集》,何兆武译,商务印书馆,1990年,第15页。

老年，这些阶段是从低级向高级的发展。时间与空间是统一的，经由了野蛮、远东古代文明、近东古代文明再到古希腊罗马文明的过程。如果把黑格尔的世界历史分期与赫尔德比较，可谓如出一辙。值得注意的是，康德早就对赫尔德理论中的"欧洲中心主义"观念进行了批判。

1822 年，时年 52 岁的黑格尔开始系统讲授《历史哲学》课程，直到 1837 年，黑格尔逝世之后 7 年，《历史哲学讲演录》(Volesungen uber die Philosophie der Weltgeschichte)经过他的学生甘斯整理出版，它对历史哲学产生重要影响，恩格斯在《社会主义从空想到科学的发展》一文中评价道："黑格尔把历史观从形而上学中解放了出来，使它成为辩证的，可是他的历史观本质上是唯心主义的。"① 黑格尔历史哲学的一个重要内容就是世界历史观，黑格尔把世界历史看成是世界民族交替实现的过程，世界历史的总体发展趋势是从东方向西方的时空递进，亚洲是起点，而欧洲是终点，是世界历史的实现。

无可怀疑的是，马克思与恩格斯都曾对黑格尔《历史哲学》予以极高评价，恩格斯曾经在威廉·格雷培的信中说："……何况他（黑格尔的）的历史哲学本来就写出了我的心里话。"② 青年时代的马克思与恩格斯都受到历史哲学的影响，虽然他们当时没有撰写历史哲学方面的著作，但是他们十分重视黑格尔的历史学说则是明显的。

虽然如此，但马克思从来没有赞同过黑格尔的"世界主义"理论与西方中心主义的"世界历史"论。

马克思与恩格斯激烈批判了青年黑格尔派的世界文明史及其东方文明理论，马克思嘲笑施蒂纳是：利己主义者变成了黑格尔的

---

① 《马克思恩格斯全集》，第 19 卷，人民出版社，1963 年，第 226 页。
② 《马克思恩格斯全集》，第 41 卷，人民出版社，1982 年，第 540 页。

"笨拙的'抄袭者'"。对于这个喜欢标榜"自我"的哲学家,马克思称其为"利己主义者"真是妙语中的,揭露了这种哲学的自我中心本质,认为它的精神危害远大于道德意义上的自私自利。黑格尔还只是把"自由精神"作为绝对观念实现的程度标志,这样,还可以有民族国家作为世界历史的形式,既然有民族国家,就是世界民族与文明的价值比较。而施蒂纳的学说则成了赤裸裸的自我展现,世界历史难道能用一个"自我"来衡量吗?所以马克思说:"但他连好好地读读黑格尔的《历史哲学》的功夫也没有!"①

黑格尔在《历史哲学》中认为:

> 这是我们的科学上根本重要的一点,而且必须从本质上把它牢牢把握在思想中。这种区别既然在基督教的自我意识(就是"自由")的原则上吸引了注意;它又在"自由"的一般原则上,同样表现为一种主要的区别。世界历史无非是"自由"意识的进展,这一种进展是我们必须在它的必然性中加以认识的。②

正是在这种"自由意识"的名义下,东方文明被认为不具有真正的自由意识,所以是低于西方文明的,它只是世界历史的一个开端,并不具有真正的世界历史意义。世界历史是从东方开始,到希腊形成,最后由欧洲的日耳曼人完成。黑格尔在《法哲学原理》中,把世界历史划分为四个王国,第一个是东方王国,包括中国、印度和波斯,第二个是希腊王国,第三个是罗马王国,第四个是日耳曼王国。对于东方王国,黑格尔认为是落后的,他还曾经这样描述东方

---

① 《马克思恩格斯全集》,第3卷,人民出版社,1960年,第183页。
② [德]黑格尔:《历史哲学》,王造时译,上海书店出版社,1999年,第19页。

王国：

> 这第一个王国是从家长制的自然整体中产生的、内部还没有分裂的、实体性的世界观，依照这种世界观，尘世政府就是神权政治，统治者也就是高级僧侣或上帝；国家制度和立法同时是宗教，而宗教和道德戒律，或更确切些说，习俗，也同时是国家法律和自然法。个别人格在这庄严的整体中毫无权利，默默无闻。外部自然界或者是直接的神物，或是神的饰物，而现实的历史则是诗篇。朝着风俗习惯、政府国家等不同方面发展起来的差别，不成为法律，而成为在简单习俗中笨重的、繁琐的、迷信的礼仪，成为个人权利的和任性统治的偶然事件，至于等级划分则成为自然凝固起来的世袭种姓。①

黑格尔把世界历史分为若干阶段，这些阶段与民族是互相关联的，不同阶段由不同的民族精神所代表，这样，世界历史就是不同民族精神互相替代的历史。

黑格尔的世界史观有三个基本缺陷：第一点从认识论而言，是以自我意识与自由意识为主的唯心主义认识方式，是意识发展来取代社会文明实践的唯心论，是以头来立地的鲜明例子。第二，黑格尔的研究方法是非科学的，他本人对于东方文明的知识竟然来自一些过时的欧洲学者二手资料，值得注意的是，在黑格尔时代，一些来过东方各国的传教士，已经为研究东方文明提供了丰富的资料，特别是风靡整个欧洲的"中国热"与"东方潮"等，使得欧洲的有识之士都相当熟悉东方。黑格尔是一个有科学精神的学者，可惜的

---

① ［德］黑格尔：《法哲学原理》，范扬、张启泰译，商务印书馆，1961年，第357页。

是，在研究世界历史与东方文明时，竟然毫无科学方法，没有任何可靠的资料，凭借自己的主观臆断随意发表议论。第三，受到西方中心视域限制，黑格尔的理论贯穿了一种民族中心主义的观念，特别是大日耳曼主义的强烈情愫。

马克思阐释自己的世界历史观时说过：

> 历史不外是各个世代的依次交替。每一代都利用以前各代遗留下来的材料、资金和生产力；由于这个缘故，每一代一方面在完全改变了的条件下继续从事继承的活动，另一方面又通过完全改变了的活动来变更旧的环境。……
>
> 由此可见，历史向世界历史的转变，不是"自我意识"、宇宙精神或者某个形而上学怪影的某种纯粹的抽象行动，而是完全物质的、可以通过经验证明的行动，每一个过着实际生活的、需要吃、喝、穿的个人都可以证明这种行动。①

这与黑格尔的历史观是背道而驰的，黑格尔的精神发展史在这里荡然无存。马克思认为，历史是物质生产的、社会生产的、个人生存活动的历史。那么，精神的作用是不是完全取消了呢？并非如此，马克思指出，在社会中人人都在进行思维，这是无可怀疑的。但是社会上占统治地位的思想是统治阶级的思想，"一个阶级是社会上占统治地位的物质力量，同时也是社会上占统治地位的精神力量"。恩格斯曾有一段著名的论述，对于黑格尔与马克思之间的不同进行了具体的分析：

---

① 《马克思恩格斯选集》第一卷，人民出版社，1995年，第88—89页。

在黑格尔那里，辩证法是概念的自我发展。绝对概念不仅是从来就存在的（不知在哪里？），而且是整个现存世界的真正的活的灵魂。它通过在《逻辑学》中详细探讨过的并且完全包含在它自身中的一切预备阶段而向自身发展；然后它使自己"外化"，转化为自然界，它在自然界中并没有意识到它自己，而是采取自然必然性的形式，经过新的发展，最后在人身上重新达到自我意识；这个自我意识，在历史中又从粗糙的形式中挣脱出来，直到绝对概念终于在黑格尔哲学中又完全地达到自身为止。因此，在自然界中和历史中所显露出来的辩证的发展，即经过一切迂回曲折和暂时退步而由低级到高级的前进运动的因果联系，在黑格尔那里，只是概念的自己运动的翻版，而这种概念的自己运动是从来就有的（不知道在什么地方），但无论如何是不依任何能思维的人脑为转移的。我们重新唯物地把我们头脑中的概念看作现实事物的反映，而不是把现实事物看作绝对概念的某一阶段的反映。……这样，概念的辩证法本身就变成只是现实世界的辩证运动的自觉的反映，从而黑格尔的辩证法就被倒转过来了，或者宁可说，不是用头立地而是重新用脚立地了。①

物质生产与精神生产都需要有生产资料，占有物质生产资料的地位是决定性的。占统治地位的思想不过是占统治地位的物质关系在观念上的表现，个人的思维并不具有决定作用，只有当个人作为统治阶级的成员为一个阶级服务时，他的思想才具有代表性。当然，统治阶级的思想并不是铁板一块，而可能为争夺政权而产生分权与共

---

① 《马克思恩格斯选集》第四卷，人民出版社，1995年，第242—243页。

享。例如欧洲历史上长期的王权与教廷的分权,中国历史上某一历史时期的儒释道思想共享等。从理论来源来说,黑格尔世界史观的核心是辩证法概念的自我发现,这个过程表现于世界历史。而马克思的世界史观是世界民族的生活现实与历史过程,这是根本的不同。

四、马克思具有创新性的世界历史观

更应当注意的是,当代美国学者福山等人有意将把马克思的理论与黑格尔的理论等同起来,称为"世界普遍史理论",其实是对马克思的一种曲解。因为福山与当代西方学者如亨廷顿等人主张建立"普世(适)性理论",而马克思则并不认为自己理论是具有绝对的普世性的"世界普遍史",对于东方国家的历史特殊性他是极为重视的。因为他知道,只有分析特殊性的理论才可能包含有普遍性的意义,相反,"普适"的理论却并不能包括特殊性。福山蹈袭柯耶夫的旧辙,鼓吹资本主义的自由民主是已经实现了的共产主义,以后不再会有世界历史进化,唯一存在的问题只是保证"最后的人"如何不变质。关于世界普遍史理论,福山是这样叙述的:

> 最后一部有意义的世界普遍史准备在20世纪完成,但它不是一个个人创作物,而是一群社会学家(特别是美国的)集体智慧的结晶。它的内容以二战以来为主,总标题是"现代化理论"。马克思在《资本论》英文版序言中写道:"工业比较发达的国家只能向不发达国家展示它自己未来的景象。"这自觉或不自觉地成为现代化理论的最初提法。现代化理论受到马克思以及社会学家韦伯和涂尔干的深刻影响,断言工业发展会遵循一

种经济发展模式，届时会产生出某种跨不同国家和不同文化的统一的社会和政治结构。通过对英国或美国等首批工业化并现代化国家的研究，人们会揭示一种所有国家都可能会遵循的普遍的模式。①

这不是无知就是弥天大谎！马克思从来没有这种现代化理论，也从未断言世界只有一个统一的社会政治模式。相反，马克思强调自己关于资本主义的理论只适用于西欧，而关于东方与世界，马克思有著名的亚细亚社会形态理论，其中心就是分析亚洲社会的独特历史规律。特别是马克思关于古代社会的一系列笔记中，从古代起对世界历史进行考察，主要就是强调各民族文明发展的特殊性会表现于社会经济形态之中，在对马·柯瓦列夫斯基《公社土地占有制》一书摘要中，马克思指出了东方社会中，由于继承权与欧洲不同，所以难以形成欧洲式封建社会。马克思写道：

> 根据印度的法律，**统治者的权力**不得在**诸子**中分配；这样一来，**欧洲封建主义**的主要源泉之一便被堵塞了。②

在马克思看来，这种制度与欧洲封建主义并不相同，在某些方面则接近于罗马制度。马克思还进行过这样的比较：

> 由于在印度有"采邑制"、"**公职承包制**"（后者根本不是**封建主义**的，罗马就是证明）和荫庇制，所以柯瓦列夫斯基就认为

---

① ［美］弗朗西斯·福山：《历史的终结及其最后之人》，黄胜强、许铭原译，中国社会科学出版社，2003年，第77—78页。

② 《马克思恩格斯全集》，人民出版社，第45卷，1985年，第274页。

这是西欧意义上的封建主义。**别的不说**，柯瓦列夫基忘记了农奴制，这种制度并不存在于印度，而且它是一个基本因素。[至于说封建主(执行监察官任务的封建主)不仅对非自由农民，而且对自由农民的**个人保护作用**(参看帕尔格雷夫著作)，那么，这一点在印度，除了在教田方面，所起的作用是很小的]；[罗马——日耳曼封建主义所固有的**对土地的崇高颂歌**(Boden-Poesie)(见毛勒的著作)，在印度正如在罗马一样少见。土地在印度的任何地方都不是贵族性的，就是说，土地并非不得出让给平民!]不过柯瓦列夫斯基自己也看到了一个基本差别：在大莫卧儿帝国特别是在**民法**方面没有**世袭司法权**。①

土地所有制是东西方社会形态之间的一个重要差异，在封建社会中，欧洲特别是西欧所实行的土地制度是欧洲封建社会的基础，这是罗马帝国之后在欧洲土地所有制中所产生的实质性变化。这种制度的实行，使欧洲实现了真正的封建社会。这与东方国家是不同的，专制统治之下的印度，并没有这种彻底的封建化，同时，农民所受到的保护与欧洲也是不同的。继承制度也是欧洲与印度的不同之处，诸子分封是欧洲所实行的制度，而印度法律中没有世袭司法权，这是印度法律的特点，印度社会形态不同于欧洲，并不把私有财产与名位的继承作为司法的主要内容之一。马克思敏锐地发现了这些特点，从中看到并不存在普适性的封建社会制度。即使是在西方文明内部，从古代社会到欧洲封建社会也有多种多样的历史背景，他指出"占领"是历史上最普遍的观念，蛮族占领了罗马帝国，这是从古代世界向封建主义的过渡。"但是在蛮人占领下，一切

---

① 《马克思恩格斯全集》，人民出版社，第45卷，1985年，第284页。

都取决于被征服民族此时是否已经像现代民族那样发展了工业生产力，或者它的生产力主要还只是以它的联合和现存的共同体形式为基础。……定居下来的征服者所采纳的社会制度形式，应当适应于他们面临的生产力发展水平，如果起初没有这种适应，那末社会制度形式就应当按照生产力而发生变化。"也就是说，一个国家的社会制度取决于它的生产力发展水平，而不是按照外来文明或是征服者原国家制度来制定，马克思特别指出，在现代社会中，这一原则同样适用。显而易见，马克思可以说从来没有向世人宣布过有这样的一种普遍性社会发展模式，它可以放之四海而皆准，东西方文明全都一无例外地、不加区别地适用。

事实上，与福山等人的说法完全相反，在创立以社会经济形态为主体的世界历史分期学说的同时，马克思以多种视域来研究世界历史，提出了一些具有创新意义的历史分期观。

这些世界历史分期与观念是马克思在不同时期所提出的，它们的共同特点在于最初是以西方社会与国家的历史为依据进行划分的，直到社会经济形态的划分提出，才真正把东方社会即亚细亚作为世界历史观念的一个重要因素来考虑，提出亚细亚社会是人类社会发展史上的一个特有历史时期，这个时期是特殊的，只在亚细亚民族中所具有。但是这一历史时期同时也是一种社会生产发展阶段的共有特性，也可以在其他民族中存在。这观念看起来费解，其实是相当精确的，即一种特殊的历史时期却可能成为共同的发展阶段，这一观念的提出是世界历史观上的一个决定性变化。说明马克思实际上已经从全球的不同文明来研究世界历史，把东方文明所特有的社会经济形态作为世界历史的普遍规律来考虑。同时，这也意味着，世界现代化也是多元的，东方文明可以实现它自己的现代化。这也是我们研究东方文明现代化的重要理论依据之一。遗憾的，甚至直到今天，我们的相当多马克思主义学者还没有认识到这一点，习惯于从西方中心或是民族自我中心来研究世界历史，则没有把东方民族如中国、新加坡、韩国等国家的现代化看成是东方文明现代化，而只看作是西方文明的东方化，实际上这二者是有根本区别的。

综上可见，马克思是以工业化生产体系来看待世界历史的，认为世界历史是从大工业开始的，这是工业化时代的世界历史观。但是世界历史并不是一体化的历史，而且存在着东西方文明的差异。在马克思看来，世界性的最根本的意义并不是海外探险，也不是东西方文明之间由于交通发现所引起的接触，而是大工业化与世界市场的形成。马克思曾经使用过一个词——"交往"，这个词原义包括生产关系等方面的因素。这个词以后被哈贝马斯等人所使用，马克思以后并不经常使用它。马克思使用较多的仍是生产，世界历史真正的形成是大工业生产所形成的世界市场，马克思称之为"历史完全转变为世界历史"。这就是说，黑格尔所说的世界历史并不是真正的世界历史，马克思认为，成为世界历史的关键是世界性的生产关系的建立，而不是精神观念。只有大工业与机器生产为代表的工业化，才把全世界联系在了一起，各民族的壁垒无不会被打破，不是被内部的力量所打破，就是被外来的侵略所打破，世界历史时代不会允许闭关锁国的古老帝国存在。

至于是不是有普适性的"世界普遍"的历史，如果说有那么只能是指"共产主义"，马克思是共产主义理论的真正创始人，但马克思自己其实极少谈论共产主义，因为对于没有实现的事物，他宁愿保持科学观察的态度。在世界史观中，马克思如同《资本论》等书中一样，是把共产主义作为一种社会制度来研究，这种制度的本质是个性的最大自由与世界的统一，这可以看成是真正的创造性的世界历史。什么是共产主义？马克思认为，共产主义是"交往形式本身的生产"，它不是"爱的呓语"，也不是世界各民族的亲吻，而首先是一种社会制度与生产方式的变革，只有在共产主义社会中，才可能实现真正的世界市场，也就具有了真正普遍的世界历史。

这个结论与福山等人以资本主义为人类社会的"终结"的"普遍的世界史"不仅不同，而且是针锋相对相对的。

"世界文学史新建构"的中国化阐释[①]

——系列论文之一

一、世界文学的范畴与起源论

从 20 世纪末期到本世纪前十年中,"世界文学的重构"(reconstruction of world literature,以下简称"重构")无疑是当代西方文学研究的一种新动向,代表了全球化中的跨文化交流与多元文明互相融合语境中的话语创新。

美国学者戴姆若什(David Damrosch)指出,现在美国的世界文学课程比例中,原本的"西方传统"(western tradition)几乎与"非西方文学"(non-Western literature)的传统旗鼓相当。[②]这个估计虽然有些夸大,不过可以说明。这些"非西方文学"所占的分量不仅相对于"1650 年开始出版的"诺顿文选中的纯正的"西方传统",即是十几年前的诺顿文选的选篇而言,显然已经是今非昔比了,东方文学经典的成分不断增加。无可怀疑,"重构"将东方文学纳入世界文学视域、改变了传统的文学经典秩序、这就必然引导与语境转换相适应的世界文学史观念的建构。

[①] 本文发表于《四川外语学院学报》,2012 年第 2 期。是教育部人文社会科学研究规划项目"世界文学重构与中国话语创建"(12YJA751011)的阶段成果之一。

[②] David Damrosch. Introduction: All the World in the Time, David Damrosch. *Teaching World Literature*. New York: The Modern Language Association of America, 2009: 1.

然而恰如中国古代学者陆机《文赋》所言:"恒患意不称物,文不逮意,非知之难,能之难也。"①文学史观历来是各种理论批评对立的渊薮,"重构"的学者对文学史的想象是可贵的,但并不意味着可以取代文学史体系理论的建构,詹姆逊在《政治无意识》一书开篇的豪言壮语:"永远历史化!这句口号——一句绝对的口号,我们甚至可说是一切辩证思想的'超历史'的必要性——"。②文学史观念转化当然是一种宏大叙事,而"重构"学者的文学史观念作为这种宏大叙事理论话语,却显得力不从心,或是说未能找到其所企盼的"阿里阿德涅线团",以助其走出文学史的迷宫,主要的障碍就在于尚未能建立起适合于多元文明时代的文学史认识论与文体通变等观念体系。

起步的困难往往是出于基本范畴含混,而明确基本范畴又是理论研究的前提,美国学者弗兰克·莫莱蒂(Franco Moretti)不无感慨地说道:

> 虽然"世界文学"的术语已经存在近两个世纪,我们仍然没有一个关于这个客体的共识——实在难以定义——它到底意味着什么?我们无法确定其概念,没法梳理那构成世界文学的大量数据。我们不知道什么是世界文学。③

---

① [晋]陆机:《文赋》,[清]严可均校辑,《全上古三代秦汉三国六朝文 2》,北京:中华书局,1958:2013。

② [美]弗里德里克·詹姆逊:《政治无意识》,王逢振、陈永国译,北京:中国社会科学出版社,1999 年,第 3 页。

③ Franco Moretti. Evolution, World-System, Weltliteratur, David Damrosch, Natalie Melas, Mbongiseni Buthelezi. *The Princeton Sourcebook in Comparative Literature: from the European Enlightenment to the Global Present*. Princeton and Oxford: Princeton University Press, 2009: 400.

这种困惑确实反映了"重构"理论来源的复杂性，而如果"世界文学"范畴本身就不明晰，所有的"重构"必然是以己昏昏，示人昭昭的欺人之谈。不过以笔者之见，答案其实已经在其中了，因为按其所谓"存在了两个世纪"的"世界文学"，理所当然是指19世纪两位伟人——歌德与马克思——的"世界文学"（die Weltliteratur）范畴，从这个角度来看，"重构"实际上已经有"前提"，即是对19世纪两位先驱者的范畴与所指在全球化语境下的新阐释，这或许也可以看作是一种与我们相同的"共识"。因为从比较文学来看，"世界文学"这个范畴是19世纪以来，从欧洲的"世界主义"思潮中产生的，这种思潮中，从康德、赫尔德、黑格尔、歌德与马克思都对这个范畴有过阐释，其中影响最大的一则当属歌德强调走出民族文学范围，环顾其他民族文学的号召。另一个则是马克思所提出的"世界市场"所联系起来的"世界文学"，所以我们所面对的正是重建这一历史范畴所形成的基础，如果没有这个"重构"的对象，自然也就没有其前提了。所以将歌德特别是马克思的"世界文学"观念作为莫莱蒂的"世界文学"与"世界体系"的前驱，应当是东西方学者的共识。

如果承认这种"世界文学"的认证，就可以进入世界文学范畴的新阐释："重构"的"世界文学"不再是单一的"西方传统"，而是西方文明与世界多元文明的共同文学（我们认为不宜用具有西方自我中心意味的"非西方文学"的词语来泛指世界多种文学），重建本身就是新历史语境的产物，它要求的并非仅只是从西方立场对东方作家作品的扩充与纳入，而是与这种语境与范畴相适应的新理论体系。当然这种理论体系又正是要完全改变单一文明的文本与文体，是要跨越文明壁垒，在多元文明的融合中，实现本土文学对异己文学的接受中的创新。

世界文学史给人的启示是：世界文学是多元起源的，各民族特别是古代文明都独立创造了自己本民族的文学，世界文学不是一元文学的传播。在肯定以上观念之后,辩证理性的文学史观认为,文学的独立起源并非是指文学一元起源论,而恰恰是说明世界文明是多元起源的,只有超越单一民族的封闭文学史观念束缚,从跨文明的视域来观察,才可能认识到文学起源的真谛。

戏剧是人类社会最早的表演艺术之一,亚里士多德《诗学》中认为,戏剧受欢迎的程度甚至超过史诗。世界古代民族都创造出了自己的戏剧,早在公元前5000年前埃及的太阳神祭祀中,就已经出现了表演艺术,新王国时期的图坦卡蒙国王的陵墓中,还有一幅宫中的表演作乐图,国王带兵击败埃及人的劲敌努比亚人,主题就是文明间的关系,这是古代埃及也是世界上最早的类似于戏剧的表演。地中海文明的戏剧表演起源也相当早,公元前2500年前后的麦锡尼与克里特彩陶画中,已经有技击、杂耍和原始戏剧的内容。希腊戏剧大约于公元前7世纪兴起,希罗多德的《历史》指出,当时的西库昂统治者克雷塞奈斯执政期间,改变了原有的阿德拉斯崇拜,开始崇拜狄奥尼索斯,这就使崇拜仪式随之改变,可能因此产生了最早的悲剧。尼采的名著《悲剧的诞生》提出一种看法,希腊悲剧的产生于阿波罗精神与狄奥尼索斯精神的结合,其中狄奥尼索斯精神并非希腊与西方文化的本土产物,而是来自于东方的亚洲,尼采认为:

> 先民们的狂饮欢庆时的韵律表达出,全民沉浸于迎接大地回春的劲舞欢腾之中,这种狄奥尼索斯精神觉醒起来。并且当它渐趋浓重,就会使主体消隐于自我遗忘的醉乡之中。——我们从中可以看到来到希腊之前时,那种小亚细亚甚至溯源到巴比伦与狂欢的萨卡伊人。①

---

① Frederic Nietzsche. The Birth of Tragedy, David Damrosch, Natalie Melas, Mbongiseni Buthelezi. *The Princeton Sourcebook in Comparative Literature: from the European Enlightenment to the Global Present*. Princeton and Oxford: Princeton University Press, 2009: 30.

尼采所说的小亚细亚与巴比伦等地正是近东地区，也正是西方文明最早知道的部分"东方"民族。尼采的贡献在于，指出了希腊悲剧精神中所含有的东方元素，强调是这种东方的狄奥尼索斯与希腊的阿波罗互相结合，产生了悲剧精神。这种希腊悲剧精神历来受到西方的高度评价，被看成是与希腊理性精神并存的西方精神因素。但是理论家们恰恰忘记了，它正是多种文明的文学互相结合而产生，是多种文明传统的"融新"（这里的"融新"引用公元前4世纪希伯来《圣经》翻译成希腊文时的一种表述 syncretism）。如果没有来自于近东地区的狄奥尼索斯精神（有学者指出，它的更早来源可能远自古代印度）就没有西方引以自豪的希腊悲剧。由于希腊戏剧表达了多样性的文体与审美意象，成为一种能为全球各民族（包括西方传统）所共同鉴赏的本土化的创新，我们称这种起源观为多元文明的世界文学史观，应当是合理的。

中国的戏剧一般认为是起源于本土的傩戏，但是也有不同看法，许地山早在上世纪20年代就曾经提出：中国戏剧的起源很可能与印度的梵剧有关，他认为：

> 自汉唐以来中国与近西诸国海陆交通底繁密，彼国文物底输入是绝对可能的。中国底乐舞显然是从西域传入，而戏剧又是一大部分从乐舞演进底，从这点说来，我们不能不注意到印度伊兰文学上头。末后所说梵剧底体裁，我们古时虽没有专论戏剧底书籍，但将印度的理论来规度中国戏剧，也能找出许多相符之点。①

---

① 许地山：《梵剧体例及其在汉剧上底点点滴滴》，小说月报，1927，第17卷（号外）：28。引文转自郑振铎：《中国文学研究》（下册）影印本，上海：上海书店，1981年。

虽然关于中国戏剧起源有多种见解,但是中国戏剧及其他叙事文体与佛经传入的历史联系已经是普遍承认的事实。所以我们有理由认为,"重构"的世界文学史观的,应当从起源论、认识论和文学史发展论来共同探讨,建立体系化的理念。

认识到世界文学史的多元文明融合创新的本质,才可能编写出新的萃集世界文学经典的"文选"(例如 The Longman Anthology of World Literature 或是 The Norton Anthology of World Masterpieces 之类),这种新的"文选"其本质是"融新"的。正如戴姆若什在《朗曼世界文学文选·序言》中所指出:

> 仅仅不过在我们这代人之前,当北美在使用"世界文学"一词时,主要是指荷马以降的欧洲巨匠,包括一些从欧洲孳乳而来的受人喜爱的北美作家。而今天,欧洲只不过是世界文学的一部分,并且也只是北美文化遗产的一部分。那些极其令人兴奋的资料表明,现在,从最早的铭刻在泥板上的苏美尔人的诗歌直到最近的克什米尔诗歌都赫然出现于互联网上。很多新的世界——新出现的环球性经典的旧世界——今天正在等待着我们。①

如他所言,传统的欧美"世界文学史"有一个基本编写模式,这就是以欧美文学为主线,所选入的作家与文本也是欧美文学经典。我们不妨以与《朗曼世界文学文选》齐名甚至历史可能更久的《诺顿世界文学文选》为例,据诺顿公司自己的说明,这种文选是起自于公元1650年的,但是《诺顿世界文学名作选》(The Norton Anthology of World Masterpieces)历代选本(包括增订本)仍然主要是"西方传

---

① David Damrosch, David L. Pike . *The Longman anthology of world literature* . New York: Pearson Education, Inc. 2008: XXVII.

统"的经典文本所组成，所以，如果说新编的《朗曼世界文学文选》代表了这种"转型"的方向，我们是完全赞同的。而且仅仅是一个开始，因为全球化时代的世界文学史，不仅现在已经被纳入"世界文学文选"的鲁迅、泰戈尔等"非西方传统"的作家，更有大江健三郎、奈保尔、帕慕克、索因卡、纳丁－戈迪默、库切、马尔克斯、略萨等代表了古老文明更新的作家作品，这些作品本身就是既保持了一种文明传统，又跨越本土文明界限，它们已经是世界文学本身的"转型"的主流了。而且可以看出，不同文学思维方式的交汇则产生"同异交得"的文学史观的认识论已经成了全球化时代主流的世界文学史观念。

二、文学史认识论：多元文明与"后工业化时代"

新的世界文学史观首先是认识论的转变，标志着从传统认识论向辩证理性认识论的转型。戴姆若什提出一种看法，世界文学现在进入一个新的时期，与此阶段相应的文学经典则是"后殖民主义经典"，所以称为"后经典"阶段：

> 我们确实生活在一个后经典主义时代，但是我们的后经典时代同时在许多方面也是后工业化的，后工业化时代经济的新转型而寻求更多不同于旧工业化的交易方式。①

笔者完全赞同他所说的文学认识论的时代转型，但是并不认同其关于"后工业时代"的文学史观的定性。

---

① David Damrosch. World Literature in a Postcolonial, Hypercanonical Age, Haun Saussy. *Comparative Literature in an Age of Globalization*. Baltimore: The Johns Hopkins University Press, 2006: 44.

概括而言，他的文学史认识论是："重构"就是指世界文学的"后经典"的产生，即"后工业化时代"的到来所致。当"信息产业"取代了"旧工业"生产中的"汽车、圣像和维修工业"时，新时代的文学经典就取代了传统的经典。当然他也提出后现代批评是造成"重构"经典的另一个重要原因等，不过归根结底，这仍然是一种技术理性的认识论模式，即认为后工业化时代的交易方式造成了文学转型。

那么这种"后工业化时代说"是否真能代表世界文学重建的认识论呢？

笔者认为：这种文学认识论不适用于全球化时代，它是从国家民族的社会经济来研究文学的一种观念，本身就是有一定局限性的。而且适应范围更狭窄，欧美是后工业化社会，欧美文学随同其时代具有后工业化特性是必然的。但是，经济转型理论当然不适用于"重构"，不适用于世界文学转型的认识论。很简单，当前世界绝大多数文明并不是后工业化社会，并没有产生所谓的"后殖民经典"。如戴姆若什所说：苏美尔人的史诗与克什米诗歌当然并不是因为"后工业化"而改变，因为它们本来就以传统模式在"非西方文学"中发展。所以将西方的后现代社会经济观念加于世界文学史，并不合适，至少是以偏概全。

即使"后工业化"作为一个未来社会发展方向也很不恰当，亚洲四小龙、金砖国家等都已经有或将会有自己的"后工业化"阶段。以色列著名理论家爱森斯塔德特（Eisenstaedt）有一个相当著名的理论：多元现代化理论，就是说明东方文明中可以产生现代化社会形态，不同于西方的现代化。笔者也曾经指出："东亚现代化对世界说明现代化并不是只有一种模式！并且完全有可能以一种古老的传统文明为主体来构建现代化模式。"①所以无论"后工业化"还是现代化,中国的戏曲、日本的俳句等传统形式永远不会消失。这并不是说后工业化不会对文学传统产生影响,相反,后工业化社会必然影响民族传统,但不会使世界文学"一体化"!川端康成、鲁迅和钱锺书的小说是基于本民族文学传统基础上的创新,而不是西方小说的"替代品"。即使印度进入后现代社会,印度的歌舞也不会变成意大利歌剧。世界文学的"融新"历来不是"脱胎换骨",而是原有的本土文学借鉴融入外来观念与形式,创造出新文学。《文心雕龙·神思》中的一种比拟用于这里是相当合适的:"视布于麻,虽云未费,杼轴献功,焕然乃珍"。②本土文学的融新,如同从麻到布的生产,经过织布机的作用,产生了质地与形式的变化,成为更有价值的珍品。《一千零一夜》中的图兰朵公主在席勒笔下成为欧洲戏剧《中国公主图兰朵》(1801),席勒称为"诗意的润饰",其实正是欧洲文明与东方文明的结合,有了"更高的价值"。中国戏曲《赵氏孤儿》在伏尔泰笔下成为欧洲名剧,使欧洲的古典主义戏剧得到了新生,类似例子不胜枚举。这全在于"杼轴献功"也就是文明融新的功劳矣!

所以笔者主张这样的认识论:世界文学史的"重构"实际上产生于全球化时代的多元文明间的"融新",处于不同社会形态阶段的文学,如后工业化的盎格鲁腔调(Anglophony)卢梭腔调(Lusophony)条顿腔调(Teutophony)、法兰克腔调(Francophoy)与南半球腔调(Southern Hemisphere)与生活在热带雨林中的狩猎采集生产的中非宾加腔调(Bingaphony)、加蓬共和国的姆贝特腔调(Mbetephony)与俾格米腔调(Pygmiesphony)共同进入转型,从总体类型而言这是差异极大

---

① 方汉文:《东亚现代化的创新模式——方汉文教授在日本长崎大学的讲演》,文汇报,2011-3-28。

② 刘勰:《文心雕龙》(下),范文澜注,北京:中华书局,1958年,第495页。

的多元文明的世界文学史观。①世界文学的转型是由于南美印第安人的文学、非洲祖鲁人的诗歌、南太平洋原住民的神话可以与美国女作家莫里逊的小说、瑞典诗人托马斯-特朗斯特罗默的诗集《为生者和死者》《悲哀贡多拉》相互借鉴与交流,达到中国《易经》所说的"同异交得"的境界,从认识论而言,是辩证理性的文学史观而不是技术理性的文学史观。

什么是辩证理性?

辩证理性这个词虽然萨特等人也曾经使用过,但是笔者所说的辩证理性是指以全球化时代对抗西方工具理性的、以多元逻辑为基础的理性思维。在全球化时代中,各种文明之间达到前所未有的渗透、传播与影响,如同戴姆若什所说,这是一个膨胀与接近的时代。文明之间的差异与同一性同时呈现出来,这就使得不同文明都必然产生一定程度上的转型,通过文学对话形成创新。这种东西方文明交流的语境中产生了阿拉伯作家纪伯伦的散文诗《先知》,美国总统罗斯福赞誉纪伯伦为"像东方吹来横扫西方的风暴,但给人们带来的却是绚丽的鲜花。"2006年土耳其作家奥尔罕·帕慕克(Orhan Parmuk)以小说《伊斯坦布尔》被提名获诺贝尔文学,极具象征意义,伊斯坦布尔是欧洲与亚洲、西方与东方之间的城市,而瑞典文学院的颁奖公告中说道,授予帕慕克文学奖的理由是"在追求其故乡的忧郁灵魂时发现了文明之间的冲突和交错的新象征",我们不妨将这种理由看作是世界多元文明融合能够产生文学创新的一

---

① 这里借用了斯皮瓦克《学科之死》中关于多种民族文学的说法,如所提到的盎格鲁撒克逊、条顿与法兰克等文化(Gayatri Spivak, *Death of a Discipline*[M]. New York: Columbia University Press, 2003: 9.),而笔者所提到的中非宾加人(Binga)、加蓬共和国的姆贝特(Mbete)和俾格米(Pygmies)民族,主要生活在中非地区的热带雨林中,以从事渔猎生产为主,有原始社会生产与生活特性,可以作为西方后工业化生产的一种比较,分别代表了人类文明的多元性与不同阶段特性。

种个性化表征。帕慕克本人当然对于作为东西方文明交流的代表人物有一种自觉的意识,他的诺贝尔文学奖获奖词中说到自己以前的经历时谈到:"那时我觉得有一种文学叫做世界文学,——准确地说,这应该是西方文学而非世界文学。"而现在的他则感到:"现在对我而言,伊斯坦布尔就是世界的中心。"① 他的获奖词所讲述的正是东西方文明结合所能产生的创新性。戴姆若什表示,世界文学应当包括那些具有共同性与有"接触"的文学作品,他也关注到自古以来就在东西方文学之间交流频繁的欧亚交界区域的文学,认为"富祖里(Fuzuli 1495—1556)、内迪姆(Nedîm 1681—1730)和奥尔罕·帕慕克(Orhan Parmuk)作品里的虚构和现实与约翰·盖伊(John Gay)和莱辛(Lessing)创作中并无区别,——世界文学的窗口可以向任何一个单独的时代与国家开放,纳入其书写。"②

当然,戴姆若什的话只对了一半,帕慕克的创作与莱辛的创作确实"并无区别",同样无愧于诺贝尔文学奖。但是,伊斯坦布尔的文明与盎格鲁人的文明是不同的,文明之间的差异是存在的,这正是全球化时代文明需要交流的原因,也因为这种交流,才可能使帕慕克获得了诺贝尔文学奖。

西方与阿拉伯文学之间的融合创新当然并非今日才开始,早在《一千零一夜》流传于欧洲起,欧洲小说与戏剧都从中学习了叙事文体的话语,所以美国的《世界文学文选》中将马哈福兹等人的作品收入,着眼点当然是东西方文明关系。重提对话并不是绝对的转向对方,并存本身就是一种互相的比较,对话必然产生潜在与明显

---

① *The Nobel Foundation* 2006, translation from Turkish by Maureen Freely. 参见:奥尔罕·帕慕克《父亲的书箱——在诺贝尔文学奖颁奖典礼上的演讲》,刘钊译,译林,2007(2),本文作者根据英文有所改动。

② David Damrosch. Introduction: All the World in the Time, David Damrosch. *Teaching World Literature*. New York: The Modern Language Association of America, 2009: 7.

的作用,从而达到转型。只有通过转型,文明的差异与同一性互相融汇,才能实现多元文明的交往。中国《易经》中精辟地总结为:同异交得,这就是认识论的中心观念。"同异交得"世界文学当然不是西方的一体化,而是东西方并存交互影响的文学世界。

全球化时代的世界文学史使得多元文明的文学进入同一个文学史,同一与差异相逢,于是有人惊呼:"文化冲突",更多的人则在担忧会产生世界文学的"同一化"等。在笔者看来,多元文明的融汇产生转型,西方接受东方,东方接受西方,东西方共同转向现代化,这就是转型,是多元文明的文学史观,这种文明史观是世界文学史的认识论。这种转型不以其中任何一种文明为中心,而恰是通过汇融而创新。

三、文学史发展观:"进化论"还是"多元文明论"

世界文学史观的另一个关键是发展史的领域,其中比较引人注目的就是将达尔文的"进化论"发展为全球化时代的史观,笔者将只对其中的主要观点进行评价。

弗兰克·莫莱蒂认为:达尔文的生物进化论适用于世界文学史观,进化论的核心思想是变异与选择(这是多样性的产生与基础),就像是国际的劳作分支系统分支的不同地位一样,世界文学中,在本土环境中所必须的差异性,在世界工业进程中,不同社会的主体被集中于一个单一的、持续的同一性之中。因此,会形成同一化(sameness)与差异化(diversification)并存的"世界文学",这是同词异义的两个"世界文学"(Weltliteratur)。

笔者认为,这种观念就是将自然科学的生物进化论套用到人文社会科学,把"物竞天择"的原则用于人类社会不同文明间的历史关系演进之中,其实是一种相当陈旧的理论,早在法国文学家丹纳

(Hippolyte Adolphe Taine)的《艺术哲学》(*Philosoph De L'art*)中,就用达尔文的"自然选择"法则来作为文学艺术的历史规律,他认为:"自然界有的气候,气候的变化决定这种那种植物的出现,精神方面也有它的气候,它的变化决定这种那种艺术的出现。"①

显而易见的,这同样是一种用自然科学的观念来解释世界文学史。其不足之处,在于未能看到:文学是人类的主动生产而不是植物的自然被动产物,人类的精神生产如语言符号文学艺术等,基本特性就是要求它具有社会传承性。阅读《荷马史诗》、《诗经》、《吠陀》等不但对于古代民族是重要的,对于后工业化时代的读者仍然是最高的精神享受。侏罗纪的恐龙可能会因自然淘汰而灭绝,弥罗岛的维纳斯与《清明上河图》并不会因为新艺术的出现而被取代。文学就是通过传承并且创造新文明,而生物进化是被自然的淘汰与选择,这就是文明进步与自然进化的本质不同。因此以进化论来解释文学史有如用罗马人的《养马经》来指导生产德国名牌宝马(BMW)汽车,虽然它们都有相当快的速度,我们也将这种汽车称为"宝马",但实际上它们的生产原理之间并没有共同的逻辑联系。所以进化论的文学史观早在20世纪初期就被西方理论家们弃如敝屣,如果真如进化论的理论家丹纳(Hhppolyte Adolphe Taine)所言,美学与植物学相同,"如同标本室里的植物和博物馆里的动物一般,艺术品和动物,我们都可以分析"②,果真如此,那就不必要有亚里士多德《诗学》和《文心雕龙》了,只需要有古罗马农学家老加图的种树书就可以理解一切艺术品了。如果重构世界文学选择"进化论",真是要"劝君莫奏旧时曲"了。

---

① [法]丹纳:《艺术哲学》,傅雷译,合肥:安徽文艺出版社,1991年,第48页。
② [法]丹纳:《艺术哲学》,傅雷译,合肥:安徽文艺出版社,1991年,第50页。

从世界文学文学史的主流来看,同一化与差异化当然是并存的,但是两者之间并不对立,世界文学不会产生单一的"同一"(sameness),而是多元文明的融合创新。不同文化的融合是推动文学史的重要动力。以世界文学史为例,西方诗歌的巨变是在中世纪后期到文艺复兴初期,这就是经历了十字军东征后,东方民族的抒情诗经十字军骑士带回到法国普罗旺斯等地,西方诗歌形式的巨变产生于东西方文化的融汇,最终形成十四行诗,成为西方诗歌的高峰。英国学者巴斯奈特(Susan Bassnett:)就指出:"纵观文学史,新的诗歌形式通过翻译而实现跨文化的传播的例证可谓比比皆是。在中世纪的欧洲,在几个世纪间都处于统治地位的德国史诗,最后被抒情诗取而代之;这种抒情的形式,是由行吟的人们用当地语言,从阿拉伯经过现在的西班牙、法国、意大利,最终传入德国的。"①

东西方文化融新的实际证明,从17世纪以后,西方文学对东方有过普遍而深刻的影响,这两种文化的互相作用促成新时代的文学繁荣。直到今日,各国的小说、现代诗歌、话剧等文学形式的原型主要是来自欧洲的。近代以来的世界文学经典是以西方文学为主流的,包括东方作家如中国的鲁迅、茅盾、郭沫若、胡适之、林语堂、巴金等,印度的泰戈尔与日本的芥川龙之助等,他们从艺术形式与观念都曾直接受益于西方文学。

但是我们也不可忽略一种文学融汇中的——"东方流"——东方文明对欧美的冲击,以笔者看来,同样形成了世界文学的融新。

以诗歌为例,1912—1922年间,欧美诗坛中兴起了一个学习中国诗歌的"意象派"诗歌运动,这个诗歌运动从伦敦兴起而风行美国,产生了埃兹拉·庞德(Ezra Pound)、艾米·罗厄尔(Amy Lowell)

---

① Susan Bassnett: Translation and Poetry, Ⅲ, 陈义海:《迷失英伦》,南京:南京大学出版社,2010年。

等杰出的诗人,他们的诗歌以中国古典诗歌为样板,从意象到主题、题材和表现技艺方面借鉴中国诗,突破了统治20世纪初期欧美诗坛的浪漫主义诗歌框架,涌现大批融合中西文学的杰出作品。

莫莱蒂所主张的进化论说文学发展是"变异与选择(就是既有生产也有多样性的淘汰)正像是在国际劳动分支内世界体系分析不同位置的分类"①,如果以此来分析:那么,庞德的《在地铁站内》中的:"那些在人群中幽灵般显现的面孔/湿漉漉的黝暗树枝上的花瓣。(The apparition of these faces in the crowd :/Petals on a met, black bough)",是如何进化的?是美国诗歌这株"植物"的自然"变异"?还是后工业化社会的外部环境的"选择"?恐怕都无法道出文学史的真谛。

其实庞德在自己的著作《高狄埃——布热泽斯卡:回忆录》(Gaudier Berzeska)谈到,当初自己创作这首诗是就是看到巴黎协和广场的地铁站出口处的一张张美丽女性的面孔时感触,后来成为他诗中的意象重迭——面孔与花瓣——其实就是"兴象"。很多中国学者指出,这种意象与白居易《长恨歌》中:"玉容寂寞泪阑干,梨花一树春带雨"一样。其中自然有从美丽面孔到花枝的共同兴义,更重要的是其"拟容取心,断辞必敢",这是中国诗歌最传统的"兴象"的用法,如《文心雕龙·比兴》所言"比显而兴隐",兴象是"明而未融,故发注而后见也。"②庞德将"兴象"创新,突出面孔与花瓣的意象间的隐秘关联,造成"秘响旁通"的效果,也就是

---

① Franco Moretti. Evolution, World-System, Weltliteratur, David Damrosch, Natalie Melas, Mbongiseni Buthelezi. *The Princeton Sourcebook in Comparative Literature: from the European Enlightenment to the Global Present*. Princeton and Oxford : Princeton University Press, 2009: 400.

② 刘勰:《文心雕龙》,范文澜注,北京:人民文学出版社,1958年,第602—603页。

"明而未融",直到解释中才可以理解。这一名句无愧是中美诗歌历史融新的绝唱,而不是单一文学的"变异"与"选择"所能产生的。

而且中美两种文明与两种诗歌的融合创新成为一道长河,后浪推前浪,新人替旧人。20世纪50到60年代中国"禅诗"风行美国,美国"披头士诗人"加里·斯奈德译介了中国唐代诗僧寒山诗歌20余首,这位美国诗人的代表作《八月里的沙斗山上》等,刻意模仿寒山诗的意境,主张超越平庸的社会现实,追求自我个性存在的意义,向自然中寻求独立的自我价值,否定习俗与规则,彰显个性的叛逆,在美国诗坛刮起一阵中国风。几乎就在禅宗诗风兴起之时,从50年代末到60年代初,美国诗歌中另一种与中国古典诗歌关系密切的流派——新超现实主义(New Surrealism)诗歌——再度兴盛。这个自称"深层意象诗歌"的诗派取法中国古典诗歌的意象,创造出美国新诗的繁荣。

从垮掉的一代的诗歌、寒山热,深层意象诗,一浪又浪的东方文学冲击从来没有停止过。要了解美国当代诗歌与文学,不理解斯奈德的诗歌,凯鲁亚克的《达摩流浪者》是不行的,而这些文学作品的观念则来自东方古代的禅宗思想,东方与西方,古代与现代,两种文化的奇妙交融,推进美国文学与世界文学的前进。所以当西方学者将世界文学重构的史观建立在"后工业化"的单维向度时,达尔文主义的进化论恐将对这种重构毫无裨益。

四、文体"通变"论

文学史的核心观念之一无疑是文学形式的继承与新变,这就是所谓的"通变"论,《文心雕龙》中解释说,因为"设文之体有常,变文之数无方",就是说诗歌、戏剧与小说等文体是继承性的文体,而影响文学史变化的因素是不可预测的,所以形成了"名理有常,体必资于故实;通变无方,数必酌于新声。"①这里强调文学史中文体的继承性与通变的创新因素,历代对于文体通变观都多有发明,但是其中以鲁迅的"别求新声于异邦"最具说服力,这是鲁迅研究中国文学史与世界文学史通变规律后所得出的结论,其实质正是主张不同文明文学之间的融合,认为中国文学的发展必须借助于异己的文学引进,从而促进中国文学自身的创新,与我们所说的多元文明融新是异曲同工的。

正是在这一点上,重构派学者戴姆若什虽然没有系统的论述,但在评论卢卡契(Georg Lucás)的那篇名作《小说理论》(*The Theory of the Novel*:*A Historico-Philosophical Essay on the Forms of Great Epic Literature*,1916)时则指出:"《小说理论》的方法与观点继续启发与作用于当代小说形式的唯物论与历史主义领域,从巴赫金到莫莱蒂等其他多位学者莫不受益于此"。②应当说这种评价是事实求是的,从文体来阐释文学史,是他们理论的核心,莫莱蒂的代表作《现代史诗:从歌德到加西亚·马尔克斯的世界体系》(*The Modern Epic*:*The World-System from Goethe to García Márques*,1998)和《小说》(*The Novel*,2006)中,都是把小说文体作为"现代史诗",而这个观念正是卢卡契《史诗与小说》(*The Epic and the Novel*)的开篇词,这也是《小说理论》中的一篇。

从卢卡契、巴赫金直到莫莱蒂有一条显然可见的历史美学思想脉络:文学史通变中,文学观念与时代意识之间的历史联系并不是直线的,而是通过文体形式的美学折射,从这点而言,当代形式

---

① 刘勰:《文心雕龙》,范文澜注,北京:人民文学出版社,1958年,第519页。

② Georg Lucás, The Epic and the Novel, David Damrosch, Natalie Melas, Mbongiseni Buthelezi. *The Princeton Sourcebook in Comparative Literature*:*from the European Enlightenment to the Global Present*. Princeton and Oxford :Princeton University Press,2009:82.

就是观念的"物化"(詹姆逊语),而观念则正是"历史的形式"。这种形式与理念之间的辩证理解当然是卢卡契到巴赫金等人的思想菁华。首先在于其视域都是比较性的,主要是以欧洲作家,从歌德、巴尔扎克到俄国陀思妥耶夫斯基等。另一种特性就是其辩证法,这也是卢卡契本人引为自豪之外,虽然这种观念与我们所说的辩证理性之间仍然有较大的差异。卢卡契被当代西方学者推崇为"世界文学"的理论家,但是无可讳言,由于时代局限,即使20世纪80年代初期离世的巴赫金也未能具备全球化语境的观念,而1971年逝世的卢卡契自然也无缘于具有代表性的后现代主义理论。

时代将机遇给予了美国当代学者詹姆逊,使其在这一领域有望成为卢卡契等人的主要后继者之一。詹姆逊用"多国化"来作为资本主义的第三阶段,如同戴姆若什所说的全球化时代。只不过詹姆逊沿袭了卢卡契、巴赫金的传统,以小说或是叙事文体为主线来进行宏大叙事。对于文体的历史研究,他的代表作《政治无意识》中认为:

——文类本质上是一种社会——象征的信息,或者用另外的方式说,那种形式本身是一种内在的、固有的意识形态。当此类形式在非常不同的社会和文化语境中被重新占用和改变时,这处信息会持续存在,但在功能方面却必须被算作新的形式。①

他强调文体在历史进程中的解构与变形,文体与历史语境(詹姆

---

① [美]弗里德里克·詹姆逊:《政治无意识》,王逢振,陈永国译,北京:中国社会科学出版社,1999年,第127页。

逊更常用"话语")之间处于一种辩证联系，由于认为文类是意识形态性的，所以它在新话语中具有矛盾性，由此其深层结构会在更新中不断肯定自己。简单说，也就是文学史的"通变"。

这里顺便指出，莫莱蒂将"历史的形式"变幻为一种"进化的形式"，以与后工业化社会的选择相适应，当然是一种探索，探索总是有益的，未必不无可借鉴之处。

重要的是，如果从多元文明的理论出发，那么世界文学"重构"的通变就与以前的任何文学史观完全不同，即使是卢卡契、巴赫金与莫莱蒂的理论，也只能提供有限的支持。当代叙事文学的多样化完全打破了西方文体单一概念，拉美作家马尔克斯、略萨等人的小说、中国的现代小说都是在本土文明中产生的，它们虽然与西方小说有历史的联系，但却是经过历史融新的产物。马尔克斯自称是"文化的混血儿"，作为西方的殖民地，西方小说当然对拉美小说产生无可估量的影响，但是拉美小说则是拉美文化与西文化融新的成果，并不是西方小说"替代品"（斯皮瓦克语）。《百年孤独》的主体精神是拉美文化的魔幻与神奇的现实，这是欧洲小说中从来没有的文化现实，由此产生的是一种新的小说与新的文体。马尔克斯说道：

> 看上去是魔幻的东西，实际上正是拉丁美洲现实的特征，每走一步我们都会遇到其他文化的读者认为是神奇的事情，而对我们来讲则是每天的现实，我还认为，这不仅是我们的现实，而且也是我们的观念和我们的文化。……我们接受了各个地方的影响，正如有人说的，我们是用全世界的渣滓构成的，我们的视野宽阔的多，我们的接受能力也宽广得多。所以我们

把其他人觉得是神奇的事物理解为现实，真正的现实。①

略萨的小说则更为重视文体的创新，在叙事艺术手法上更能代表拉美"结构现实主义"。所谓的"结构现实主义"的重点正是在于小说形式上，恰恰是不追求固定的形式，主张通过结构的变化来立体全方位的描绘拉美国家的独特现实。小说结构上改变相对完整的大段(章、节)，通过多种视角的交错叙述，成为一种"支离破碎"的叙述模式，这完全是传统的欧洲理性中心观念所不能容许的，即使是完全改变传统的现代主义作家们也从没有这种文体，只有产生于拉美这块神奇的土地之上。

所以如果再用莫莱蒂教授的进化论观念，将《百年孤独》看成是《堂吉诃德》式的小说在拉美文化中的"变异与选择"，可能拉美作家甚至欧美作家都不会同意的。

重构的理论如同其他理论一样，在时空维度是后于实践的，这也赋予理论更为审慎的品格，将"非西方的"文学编入《世界文学文选》，这一实践本身可见编者超越西方世界文学文选的"西方中心"甚至是"唯西方文学"局限性，努力建构一种跨文化的视域。即使如此，从理论上仍然距离建构多元文明时代的系统文学史观甚远。一定程度上，所谓"非西方的"观念本身就是一种象征，它仍然包含着已经"在场"的西方文学的菲勒斯，如后殖民批评家们所说到的，是一种对"他人"的疏离。这种意识西方学者自己未必认识到，这可能也是詹姆逊所说的西方文化的"政治无意识"状态了。

---

① 转引自朱景冬：《魔幻现实主义大师加西亚·马尔克斯》，《两百年的孤独——[哥伦比亚]加西亚·马尔克斯谈创作》，朱景冬等译，昆明：云南人民出版社，1997年，第8页。

如果要接受一种多元文明的文学史观,这就不仅仅是将东方经典作家或是得到西方文学界认可的名著(包括获得诺贝尔文学奖的作品)编入世界文学文选那么简单,不知重构的学者们是否准备好了,更不知西方学术界是否准备好了接受这样一种文学史观?

理论体系创造:中国与世界比较文学的对话①

一、中国比较文学理论体系的创造

什么是中国对于比较文学这一国际性学科的独特贡献?当前极为流行的一种看法是,中国代表了东方文化与文学,所以中国加入比较文学研究就代表了东西方对话。笔者认为,这种说法难以服人,比较文学是世界多种文明与民族文学之间的比较研究,必然有多种文明文化与民族参加,否则就不是比较文学。事实上无论是印度或是日本早已经作为东方民族在这一学科里与西方对话,在这方面,中国并不是先行者,我们也没有必要将中国作为东方民族的唯一代表来标榜中国比较文学研究的意义。

另一种曾经在港台地区比较文学界相当流行并且影响波及大陆的看法是,中国用西方理论阐释了中国文学,称之为:"阐发研究",这是中国比较文学的贡献。笔者认为,这种观念同样无法立足,如果中国比较文学的意义只在于阐发西方理论,那么这种研究充其量不过是西方理论的映像,与现实相隔三重。其实最有讽刺意义的是赛义德(Edward Said)等人则早已经以后殖民主义批评了西方理论,指其为西方中心主义,我们何苦要成为西方理论的殉葬品呢?

---

① 《兰州大学学报(社会科学版)》,2007年第6期。

更为不可思议的是,这种已经过时的"阐发论"竟然还引起了美国比较文学学者的不满,讥之为"地方主义"的产物,对汉学家们大加挞伐。①

这正所谓"刘郎已恨蓬山远,更隔蓬山一万重。"

笔者以为,中国比较文学学科发展20余来年,最重要的成就在于我们首先提出了比较文学学科理论体系的创造,并且初步建立了一种具有认识论、本体论、方法论与形态论的理论框架,这种理论涵盖比较文学学科的基本特性,有一定的普适性,并且有自己的逻辑基础与独特话语,从而使世界比较文学学科发展进入了一个新阶段。这是中国人对于世界比较文学学科发展的重要贡献,是欧美与其他国家的学者所不曾有过的。

1999年笔者首先撰文在《中国比较文学》杂志上提出比较文学学科理论创造的目标,继而于2002年在《比较文学高等原理》、《比较文学基本原理》、《比较文化学》等著作中建立了系统的比较文学与比较文化学的学科理论体系,这是英美学者曾经想过但是没有达到的目标。早在20世纪中期,美国学者韦勒克(Rene Wellek)在其《比较文学的危机》一文中有过创立比较文学学科理论的想法,可惜的是并未见到他的实际行动。以后多年来,比较文学学科曾经一度迅猛发展,一派繁荣。但是无可讳言,这种繁荣之下隐藏着危机,危机就是缺乏学科理论体系的创造。所以近年来世界范围内比较文学研究出现明显的衰退,主要表现为:第一是学科范围不明,什么是比较文学的研究对象和中心不明确,特别是研究中心不明。近年来文化研究、翻译研究、西方文学批评等其他独立研究领域被拉进比较文学。同时,原有的"外国文学研究"或是"世界文学"的作家作品研究改头换面出现于比较文学之中比较文学的刊物与论

---

① ZHANG Y J(edited). *China in a Polycentric World: Essays in Chinese Comparative Literature*, California: Stanford University Press, 1998: 2.

文和外国文学界限模糊第二是理论观念不明确,各种思潮在这里跑马,女性主义、后现代主义、后殖民主义等在这里泛滥。尤其是近年的比较文学研究中,西方后现代理论的译介成为主要内容。第三是学科认识论与方法论不确定,比较文学教材成为西方文学理论的后花园,重复早已经过时的西方阐释学、新批评、精神分析等的内容。第四是研究模式陈旧而且内容浮浅,将中国文学与西方文学相比较时,蹈袭中国文学与外国学者的旧论,拼凑成章,对于中国文学与西方文学而言均无贡献。

究其原因,由于缺乏比较文学学科理论的创造,没有独立的理论体系,世界学术史上,无数学科因为缺乏理论体系建构而消亡或是夭折,其实正是前车之鉴。

所以我们必须指出20世纪末期中国比较文学研究继欧洲与美国之后,能开创世界比较文学的新阶段,其标志是以学科理论体系创造为代表,在多元文化的时代。只有以多元文化的同与异为逻辑基础的体系,才可能成为具有普适性的理论体系,被东方与西方所共同接受。

二、理论体系的"大厦"

未可讳言,"理论体系"一词在中国曾经长期声名不佳,甚至备受指责,其中原委笔者在相关论著中已经多次分析,兹不赘述,只是就理论体系建构的意义与价值作一申辩。黑格尔(Hegel)关于体系曾经说过:

> 知识只有作为科学或体系才是现实的,才可以被陈述出来;而且一个所谓哲学原理或原则,即使是真的,只要它仅仅

是个原理或原则,它就已经是假的了,要反驳它也就很容易。①

理论体系是相对于学科而言的,体系建构的背景是本学科的现实,当然,它并不只是原理或原则,但是它的最重要内容恰恰正是原理与原则,正是确立了原理,才可能使研究从现象进入本质,所以体系的建构是有现实意义与历史作用的。黑格尔以理论体系建构著称,也因此遭到非难,值得注意的是,恩格斯(Friedrich Engels)就黑格尔体系曾经指出:

> 当然,由于"体系"的需要,他在这里常常不得不求救于强制性的结构,对这些结构直到现在他的渺小的敌人还引起如此可怕的喊叫。但是这些结构仅仅是他的建筑物的骨架和脚手架;人们只要不是无谓地停留在它们面前,而是深入到大厦里面去,那就会发现无数的珍宝,这些珍宝就是在今天也还保持充分的价值。②

恩格斯明显肯定黑格尔理论体系的价值,当然,正如恩格斯所指出,理论体系不是一种概念化的产物,它不是一两个概念所能代表的,也不是一种标志或是旗帜,它的目的是解决学科发展中的系统构成问题。因此,把某一种理论体系简单化是不妥的,比如,比较文学的定义就只是比较文学理论体系中的一个方面,当然是非常重要的方面。但是,仅有一个比较文学的定义并不能构成一个完整的理论体系。相当多的学者主张建立比较文学中国学派,这一主张是有积极意义的。但也要看到,比较文学的中国学派不是一种牌

---

① [德]黑格尔:《精神现象学》,贺麟、王玖兴等译,北京:商务印书馆,1981年,第14页。

② 《马克思恩格斯选集》第四卷,北京:人民出版社,1995年,第219页。

照,它至少应当是对一种理论观点的肯定,如同法国学派或美国学派的名称一样,是关于比较文学基本问题的新观念。从学科建设的意义上来说,创建比较文学学科理论体系的工作,实际上就是真正建立具有中国特色的比较文学学派,但是这种学派并不排斥其他民族文化,而是以"同与异俱于一"的精神,兼收并蓄。创造一种学派不是最终目的,发展学科理论更为重要,而致力于学科理论的创造至关重要。

其次,否定理论体系的一些观点也是难以获得承认的,近年来有人喜欢引用钱锺书先生关于理论体系的一段名言来批评理论体系。钱先生是这样说的:

> 不妨回顾一下思想史罢。许多严密周全的哲学系统经不起历史的推排销蚀,在整体上都已坍塌了。但是它们的一些个别见解还为后世所采取而流传。好比庞大的建筑物已经遭破坏,住不得人也唬不得人了,而构成它的一些木石砖瓦仍然不失为可利用的材料。往往整个理论系统剩下来的有价值的东西只是一些片段思想。①

其实笔者认为,钱锺书先生这里丝毫没有反对理论体系建构的意思,只是强调不能因为重视理论体系而忽视"片段思想"。从中国文学理论史上来看,中国并非只有所谓的"片段思想",更不是像些西方学者所认为的只有感悟性批评。孔子 诗论、孟子与荀子关于诗的理论、刘勰《文心雕龙》、陆机《文赋》、曹丕《典论》等,一直到清代叶燮《原诗》。在思想史领域里更是如此,孔孟老庄,周朱陆王,体系的建构从未停止。只不过中国的理论亦有自己的特色,就

---

① 钱锺书:《读〈拉奥孔〉》,张隆溪、温儒敏选编:《比较文学论文集》,北京:北京大学出版社,1984年,第1页。

是系统理论与语类语录并存，互相辉映，这是中国文化的特色，并不是中国没有理论体系创造的证明。

一定程度上，庞大的建筑的木石砖瓦可以利用，正是由于其毕竟是伟大建筑的材料，如果没有"庞大建筑"，就连木石砖瓦都没有，只有一坯泥土，也就失去了利用价值。一些"片段思想"能有"价值"，也正因为它们是理论系统的产物，如果它们不是理论系统的"见解"，也就失去了价值，正如钱先生所说可能早已随风而去了，这难道不也是显而易见的道理吗？所以默存先生正是强调了体系并不是永恒的，也说明了体系即使被否定，其影响并不会随之完全消亡。《管锥编》与《谈艺录》等著作中引经据典，杂涉别集专著，但仍然是以六经诸子百家等中国文化的系统学说为依据与来源的。晋范甯序《毂梁传》曰谓"不经师匠，辞理典据，既无可观"云云，就是批评时人抛弃理论传统率尔操觚的毛病。扬子《法言·学行卷》曰："川有渎，山有岳，高而大者，众人所不能逾也"，以高山大川比喻重要的学说理论，可见对其重视。

并非所有理论体系全都要消亡，中国六经与诸子、汉儒与宋明理学，包括佛学思想、圣经、古希腊哲学、欧洲近代哲学直至今日都有巨大影响。即使有所谓体系理论的消亡，其实只是体系理论进化与发展的一种方式，理论体系是通过除旧布新来实现的，如同没有一种理论是永恒的一样，也没有一种理论是完全消亡的，所有的理论都会在历史上存在，而且会在今天继续与我们对话。关于这一点，恩格斯已经说得极明白。我这里再引用黑格尔的一段话来说明它：

> 每当说到推翻一个哲学体系时，总是常常被人认为只有抽象的否定的意义，以为那被推翻的哲学已经毫无效用，被置诸一旁，而根本完结了……虽然我们应当承认，一切哲学都曾被推翻了，但是我们同时也须坚持，没有一个哲学是被推翻了

的，甚或没有一个哲学是可以推翻的。这有两方面的解释，第一，每一值得享受哲学的名义的哲学，一般都以理念为内容；第二，每一哲学体系均可看作是表示理论发展的一个特殊阶段或特殊环节。因此所谓推翻一个哲学，意思只是指超出了那一哲学的限制，并将那一哲学的特定原则降为较完备的体系中的一个环节罢了。①

理论体系被推翻并不意味着它的消亡，春秋诸子、《文心雕龙》等理论体系早已经过时，其原理也早已被"推翻"。但正因为吸收了它们，我们今天的理论体系才更加丰富。事实上，一粒麦子种入地下，它死亡了，但是会长出更多的麦子，这是前人所说过无数次的道理，我们没有必要再重复了。

理论主线的发展不是单一的，它有一个巨大的语境(context)，对于新世纪的中国理论界而言，正在到来的是一个理论探索潮流，超越文学、历史、哲学、心理学、人类学、考古学等各领域，如季羡林关于中印关系史、中西文化比较的研究，乐黛云、汤一介等在哲学与文学中关于跨文化对话的研究；钱中文文学理论中的"新理性精神"的倡导等等，共同推动了理论创新。如上所述，理论建立过程中必然有不尽如人意之处，有如大厦建筑中有碍观瞻的脚手架，其粗糙与不雅是令人触目的，同时未可讳言，不同学说之间的互为抵牾也是存在的，笔者从不回避这种碰撞，而且相信这种冲突是积极的，是发展的必经之途。笔者在比较文学的定义、对象、主要理论构架如本体论、方法论方面都与一些学者有不同见解。但这种不同见解不是互相攻击的理由，却正是互相商榷、求同存异、共同发展的动力。

---

① [德]黑格尔：《小逻辑》，贺麟译，北京：商务印书馆，1982年，第191页。

三、理论建构的前提：文化逻辑

英国作家吉卜林（Rudyard Kipling）曾经断言：东方与西方，永远不会相逢，表达了一种西方中心的文化不通约论，这种观念至今仍有相当影响，后现代主义者福柯（Michel Foucault）等人就持一种文化不通约的看法，因为他们相信，东西方文化之间有不同的文化逻辑与思维方式，这是阻碍东西方文化对话的关键，双方不能互相理解。因此在构建具有普适性的理论体系之前，必须先讨论文化逻辑的相通性。

什么是文化逻辑？中国与西方在文化逻辑上又有什么不同？笔者曾经指出：

> 中国文化中的辩证逻辑为我们提供了逻辑依据，从整体来看，中国文化与西方文化一样是以理性精神为主导的人类文明的高级形态，而不是西方学者所说的所谓"次文化"……简单说，中国辩证观念是《易经》"一阴一阳之谓道"的对立统一观念，《墨经》"同异俱于一"的辩证逻辑为核心。[①]

西方文化逻辑以亚里士多德（Aristotle）形式逻辑为中心，经过中世纪神学的理性化，至近代以来形成了逻各斯—理性中心的传统，理性中心就是以同一性为中心，以同一性否定差异性，以理性压抑感性，西方文学作为文化的构成部分，不可能摆脱这种逻辑的影响。相反，中国文化精神是在墨经逻辑与孔子中庸之道的基础上形成的，特别是墨经逻辑中的同与异之间的互相联系与互相转化的观

---

① 方汉文：《文化认识论的逻辑基础》，光明日报，2000-05-30(B1)。

念，为中国文化提供了宝贵的逻辑与理性思维模式，使得中国文化充溢着理性与感性、自然与人类、自我与他人之间的融合精神。

中国与西方的文化逻辑并非自始就处于绝对对立中，西方也曾经有过辩证逻辑的早期形态，有过同一性和差异性互相联系的思想，这种思想与中国墨经逻辑是相通的。美国比较文学学者苏源熙（Haun Saussy）在《全球化时代的比较文学》（2006）一书中曾经引用古希腊赫拉克利特（Heraclitus）的名言"事物的差异存在于自身之中"，古代希腊人的这种观念其实正可以作为墨经中"同与异俱于一"之说的注释，证明中国与西方的古代哲学家们是所见略同。只不过在中世纪之后，神学家们将希腊哲学思想改造成了基督教神学的理论，基督教是一种一神教，其理论建立在上帝是唯一的思想基础上，神的唯一性化成为理性的同一性，这种同一性自然成为文化认识论的中心观念。从此之后，一神论的基督教与西方的理性主义合流，形成了西方文化中以同一性中心而排斥差异性的文化逻辑，这种逻辑从笛卡尔（René Descartes）到黑格尔，发展到顶峰。黑格尔的逻辑学是最具有代表性的学说，以同一性（identity）作为文化的最高追求，其中心仍然是自我精神，与他人和自然之间的差异被否定和扬弃，差异被看成是感性的，是理性的对立面。

比较文学的兴起，一定意义上是全球化时代的标志，正是不同文化与文学之间的差异引发了19世纪欧洲的比较主义，这种比较研究的目标最初只是理解世界不同文化中文学的同一性，这种同一性最早的表现其实就是欧洲部分民族的文学影响溯源。20世界中期之后，美国比较文学学者批判了比较文学研究中的唯影响论，倡导跨越学科与民族国家界限的研究，使世界比较文学发展进入一个新阶段，这是无可否认的贡献。但是无可讳言，无论是美国还是其他欧洲国家比较文学学者，都没有能提出比较文学学科的理论体系，比较文学学科仍然没有文化逻辑，没有认识论、本体论和方法论，正因为如此，比较文学处于"永恒的危机"之中。根本的原因在于：一种以寻求不同民族文化差异性与同一性关系的学科，却被迫在西方文化逻辑的同一性轨迹上运行，这样的学科永远不可能摆脱同一性的制约，永远会有危机，这种危机存在于学科内部，这一学科的目标与其认识论和文化逻辑之间存在着对立，如果不改变其文化逻辑，这一学科永远不会没有危机。

易经与墨经的逻辑，并不只是中国人的逻辑，而是具有世界意义的一种文化逻辑，它与古代希腊的辩证观念、西方后现代主义的差异逻辑有一定相互参照之处，但是并不完全相同，只有把中国辩证逻辑与西方后现代差异逻辑结合起来，才能为全球化时代的比较文学学科提供真正的辩证逻辑论。

四、比较思维与比较方法

明确了比较文学的文化逻辑之后，其思维与方法论的意义也就易于解决了。比较文学的方法论中，简单比附的方法备受指责，但是至今又不能改变。早在比较文学学科出现之初，就有学者提出，比较文学不能是"屈原比荷马、孔子比苏格拉底"式的牵强附会，简单比附。然而，时至今日，曹雪芹与莎士比亚（William Shakespeare）、陶渊明与华兹华斯（William Worsworth）之类的比较仍然随处可见。由于比较文学理论体系的匮乏，这种简单比附在近年来比较文学研究中大有卷土重来之势。甚至比较文学学者也习以为常，学术界也把这种论文与论著看成了比较文学的正统。具有深刻理论意义的比较研究反而对于比较文学界的多数人是陌生的，甚至不知道是比较文学的论文，这种危机确实是存在的。

笔者认为，"成也比较，败也比较"。关键是对于比较方法的理解不正确。与其说比较文学产生于比较方法，不如说比较文学产生于比较思维。比较，不只是一种研究方法，更为重要的是比较文学学科的思维方式。

比较文学学科与19世纪欧洲比较主义思潮密切相关，与比较文学几乎同时产生了一批以比较来命名的学科，如比较解剖学、比较宗教学、比较语言学，等等。但为什么会在这一时期产生这一思潮呢？其根本原因还是在于自全球航线开通以来，西方工业化国家实行海外殖民与海外扩张。这一历史过程本身是一种侵略，但是从客观上使得西方文化与东方文化产生接触与交流。西方人认识到异己文化的存在，从而形成了比较意识与比较思维。比较文学等比较主义学科中的比较方法从本质上来看，是一种比较思维指导下的方法，是思维与方法的结合。

再从比较思维相关的字义来看，也是源远流长，"仳"在《说文》中的字形如同一个人背离众人，也就是在原来的"比"旁边加上人字偏旁。《说文》释作："仳，别也。从人比声。诗曰：'有女仳离，'"正如段玉裁注所说，其来源是《王风·中谷有蓷》，汉儒对于这首诗的解释是："夫妇日以衰薄，凶年饥馑，室家相弃耳。"显然有牵强附会之处，但表达别离众人或家室的意思可以说没有理解错。当然也可以从民俗学或人类学角度来分析，如说成是原始民族女儿出嫁的"哭嫁曲"，这种风俗在很多地区都存在过，在中国西南地区还一直保持到现代。无论它产生的文本语境是什么，它的语义是分明的。出走别离是它的本义，并且由此衍生出另一个重要意义——差别，即事物间的差异以及对于差异的辨识。《孝经》中所说的"上下有别"即是如此，《礼记·乐记序》"故群物皆别"注为"别，谓形体异也"。

基于对事物的差异性与同一性之间关系的认识，人类进一步发展出逻辑思维的基本原则与方法。归纳是推理的重要形式，它就是起于比较，此即墨经中的"侔一比"：

《小取》：侔也者，比辞而俱行也。

庄春波先生指出：

"侔"是齐、等。比肩而行为侔；比辞而生也为侔。"侔—比"之法取其等同为类。这种推理形式，是在原判断主项、宾项附加"侔"（齐等）辞，从而推出一个新的判断。这种形式的"侔"式推论，按其本质是演绎——分类法。它的复合形式是多辞相比而俱行。①

正是在分类的基础上，才形成了逻辑的类比方法。万物有独特的存在形态，呈现出事物自身的差异性，它与事物的同一性互为辩证。物可齐亦不可齐，这便是庄子的"两行"之说，也是哈贝马斯（Juergen Habermas）所坚持的一个观念，这个观念使得他与其余的后现代主义者有所不同。我们认为比较观念是逐步完善起来的，从"匕"到"仳"与"比"，就可以看出这一发展过程。人类在认识中观察到事物之间的同一性，也看到它们之间的彼此对立与差异的关系，由此产生了比较方法，比较方法承认同一与差异是事物存在的特性，并且利用同一与差异的特性认识事物，把它作为一种重要手段。比较在思维与逻辑中的作用是非常重要的，墨经逻辑或称墨辩的合异之论都是基于比较之上的。当然，也必须反对"同异合一"的诡辩论，人类思想的历史同时在两个舞台上演出，中国先秦学者所探讨的理论问题几乎同时在希腊雅典城中出现，从芝诺（Zeno）到柏拉图（Platon）、亚里士多德都对同与异有大量的论述。对此李约瑟（Dr. Joseph Needham）等人已经多次指出，我们不再详述。只需要指

---

① 庄春波：《墨学与思维方式的发展》，北京：中国书店，1997年，第108页。

出,同一异,类比与比较,这是希腊学者公认的人类思维的开端,主要表现于:(1)认识的对象是存在,关于存在是"一"还是"多",有还是无,就是从对事物的同与异开始的;(2)认识的途径即从众多事物发现单一的本质,如"相"与"型",这就要借助于对众多事物与单一事物之间的比较得到;(3)认识的方法,即综合与归纳,也是以认识的同与异为基点的。柏拉图《巴曼尼德斯篇》是最典型的例子,柏拉图区分了"存在"与"非存在",特别指出,"存在"和"异"这两个"种"是无所不在的。它们可以与一切事物相结合,而且它们之间也可以相结合。所有的事物都是存在,那么异也是存在。但是异又是异于存在的,所以它又不是存在的。所以存在与非存在是可以与一切种相结合。但由于存在既然有异,那么它又不是存在,所以对于其种来说,存在也就是非存在的。同时,不能简单说存在与非存在、同与异的同一,如不能将大说成小,将"不类似"说成"类似"。如果那样就是诡辩了。

  笔者认为,如果把柏拉图的异同论与墨经的异同论放在一起观察,可以看到在古代文化的辩证观念中,东西方之间的距离比起今日要近得多了。无论东方还是西方的先民,比较观念都是他们思维和逻辑的起点,并且以后形成了他们认识事物的主要方法之一。明白了这个道理,对于"比较主义"的产生就有了理解的基础,如我们所说的比较文学、比较法学、比较经济学、比较历史学……这些学科是人类思维方式与研究方法在一定历史阶段的产物,当西方学科与东方学术相逢,彼此的差异与同一必然形成比较,于是产生了大批的比较学科,这就使得比较在人类思想史上占有了重要的地位。现代以来,由于全球化进程的推动,从世界文化的整体性来思考的观念终于形成,超越单一民族的视角,从比较的、多元的视域来研究客观事物成为历史潮流。这样,比较方法终于从日常生活的经验方法进入到学术研究之中,成为比较文学等学科的方法论。

所以它所带来的并不只是一种单一的方法，而是思维方式与方法观念的变革，这也是笔者近年来所经常论述的一种观念。这一观念将对于传统的对于比较学科只是一般的"对比"或比较方法运用的观念成为冲击，为有一个多世纪历史的众多比较学科正名。思维的理论意义与应用层面都远超出方法论的意义，思维大于方法。运用比较思维可以逾越形式类比，而只拘泥于比较方法，最终会陷入形式类比与简单比附。

五、比较文学理论的主要模式

这种文化逻辑与比较方法论是与法国、美国学者的理论基础完全不同的，它真正代表了全球化时代比较文学研究的特性，形成了独特的理论结构方法。在具体构架上，以比较文学原理、比较文学定义、比较文学史论、比较文学形态论等四大板块为主体。

（一）比较文学原理观念

特别是对于其学科特性、方法的新理解，这也是中国学者不可忽略的贡献。主要提出以下观念：

1. 比较文学有自己的认识论。以前只有极少数学者从反面关注到这一问题，韦勒克等美国学者就埋怨比较文学没有认识论。笔者提出以新辩证论为认识论，并且提出认识论归根结底是逻辑体系的不同，提出以墨经逻辑为新辩证认识论基础。乐黛云等人则提出以互动认知论为认识论等，都具有相当的革新意义。

2. 主张比较文学的意义不仅是方法论，比较文学是一种文学本体论。因为比较是一种思维方式。这就从根本上解答了长期以来令人疑惑不解的问题：比较文学是不是只有方法意义。只有解决这个问题，才能回答当代英国学者巴斯奈特（Susan Bassnett-McGuire）等人的问题。巴斯奈特等人认为,当代比较文学处于危机之中,主要是对于比较文学是方法还是学科认识不清,把方法作为学科的唯一特征。比较文学科本质特征的新认识在于:比较文学不只是一种方法论,它是人类所固有的比较思维方式在多元文化时代的表现,这一学科的产生基于比较思维的基础,是全球化的时代要求,19世纪产生的比较文学正是全球化早期的时代所造就的。

3. 提出新的方法论。对于比较方法的思想来源进行简单梳理之后,比较文学中的研究方法可以分为以下四个主要的方法系统:文学关系实证研究、审美评价比较研究、价值评价比较和阐释比较研究。

(1)文学关系实证研究。以文学史的历史交流为方法,比较文学史上这种研究样式复杂多样,如流传学(doxologie)、渊源学(crenologie)、媒介学(mesologie)、文类学(genologie)等都与这种研究方法有关。以后发展起来的形象学等也可以看作这一类方法,无论如何多变,这种研究方法以确实存在的历史交流与事实接触为研究基础,这是方法论的基本特征,这一特征是不变的。如同为文类研究,这里的文类学所关注的只是同一文体流传中的不同历史变化,如十四行诗从彼得拉克(Francesco Petrarch,1304—1374)到莎士比亚的变化;而比较文体学则以不同文化中的相近文体进行比较研究,如中国五言七言格律诗与英国格律诗之间的比较等。

(2)审美评价比较研究。审美方法的基础是逻辑而不是历史的联系,所以它是通过文学现象的相同与差异的比较,力图展示文学现象之间联系的本质和规律;主题学(thematologie),包括主题(theme)与意象(image)等的比较研究,世界文学史上的主题的基本类型,可以划分为三大类,即人与自然主题、个体与社会主题、个体与自身即主体自我的主题. 这些主题中包括基本的意象,也包括母题和情境人与自然的主题中可以有人与自然间的互相作用关系,如开辟天地、人化自然如夸父逐日等神话传说、自然的人化如精灵鬼怪等。文体学(genology)，这里要与上文的文类学稍作区分，西方学者以前的研究中没有这种区分。文体不以不同民族文学的体裁和形式作为主要研究对象与内容，这种研究不局限于文体的流传和影响的研究，所以韦勒克的《文学理论》一书中批评布吕纳吉等人是以生物学进化论的观念来研究文类学，所以给文类学带来的是损害而不是进步。如果按这种生物进化的观念来说，在法国文学史上，一种文体向另一种文体的进化是自然的生成，如17世纪的教士布道演讲经过一段时间后，成为了19世纪的抒情诗，这是十分可笑的。可喜的是，比较文学的文体学不断进展，而在新的研究中，逐步发展为不同民族文学的文体比较。世界文学的文体可以说是基本相同的，诗歌、小说、戏剧与散文是所有民族都具有的文体。但是，各民族的这些主要文体的形式又各不相同，比如西方的史诗与中国的史诗不同，西方的悲剧与中国的悲剧也不同。有些形式还是民族所特有的，如中国的赋、词、曲、说唱等艺术形式是西方文学中所不具有的。同样，西方文学中也有中国所没有的艺术形式。

（3）价值评价比较是指对于文学现象的道德、伦理、思想、宗教、经济等多种社会价值标准的评判，它是区分审美与艺术形式的一种比较研究。这种研究的构成相当复杂，不同社会有不同的标准，也有不同的评价。俄国作家列夫·托尔斯泰(L. N. Tolstoy)的《安娜·卡列尼娜》的女主人公形象与美国作家霍桑(Nathaniel Hawthorne)的小说《红字》中的女主人公形象，对于中国传统儒家道德思想就有一定的抵触。同样，《红楼梦》中的女主人公林黛玉的葬花等情节，被一些西方批评家比作《哈姆雷特》中奥菲莉亚死前的怪异行为，这可谓相差太远了。价值观念不同，评价差异极大，这是比较研究的结论之一。

（4）阐释的比较是一种重要的研究方法，笔者曾经把西方的阐释学与中国的考据学方法联系在一起，指出它们之间的联系与差异。它们的组成上有对应联系："我们认为中国的传统考据学从本质上来说就是一种阐释学……注疏经典如郑玄、马融、王弼、郭象等都成为大学者，就是因为他们把考据、注疏与著作结合起来。所以我们认为中国的广义考据之学，其实也是一种阐释学"[①]。兹将中国考据学与阐释结构比较如下：

中国考据学	西方阐释学
经、传、记	文史学方法
注疏（含笺注、义疏）	哲学方法
考据	语言学方法
文字	神话学
集注	接受美学
校注	
评注	
译注	

从中可以看出两者在构成阐释的方式上是基本相同的，在两种有久远传统的研究方法的基础上形成新的比较文学的阐释方法，并非没有可能。而且当代学者已经有这方面的成功实践，如张汉良20世纪70年代发表于《中外文学》月刊上的论文"唐传奇'南阳士人'的结构分析"、"'杨林'故事系列的原型结构"等论文，张隆溪近年出版的专著《道与逻各斯——文学阐释学：东方与西方》（The Tao and the Logos-Literary Hernneneutics：East and West）都是这方面颇

[①] 方汉文：《中国传统考据学与西方阐释学》，安徽师范大学学报：哲学社会科学版，2003年第4期，第280—281页。

有创新的著作。

综上所述，比较文学研究方法应当是开放的，但同时更应当是规范的，它需要在开放中走向规范。以上四大方法系统是在辩证比较观念指导下，对于比较方法的总结。

(二)比较文学的新定义

这是完全不同于传统的西方学者如法国学者和美国学者等所提出的比较文学定义，笔者认为：

> 比较文学作为跨语言跨学科和跨文化的文学研究，它以理解不同文化和文学间的差异性和同一性的辩证思维为主导，它的研究方法也因此超越形式的异同类比，而包括了多种文学的不同研究方式，从而展现种文学的特征和它们之间的辩证联系。比较文学是在世纪文化多元化和文化一体化中确定自己的学科主体、对象客体和方法论的内在联系。①

黑格尔说过："就对象来说，每门科学一开始就要研究两个问题：第一，这个对象是存在的；其次，这个对象究竟是什么"②。比较文学的对象是否存在，它究竟是什么，要从它的学科史来看。根据比较文学学科发展的历史，针对其研究对象的看法主要历经三个大的阶段。

第一个阶段是把不同国家与语言文学之间的历史联系看成是比较文学学科的研究对象，法国学者梵第根(Paul Van Tieghm)说：

---

① 方汉文：《比较文学学科理论的新辩证观念》，中国比较文学，2000 年第 2 期，第 12 页。

② [德]黑格尔：《美学：第 1 卷》，朱光潜译，北京：商务印书馆，1982 年，第 29 页。

……比较文学的对象是本质地研究各国文学作品的相互关系。在那么广泛的定义之下，如果只就欧洲而论，它便包含希腊、罗马文学之间的关系，以及从中古世纪以来近代文学对于古代文学所负的债，最后是在近代各国文学之间的关系。①

基本上把比较文学研究的对象划定在严格的文学关系史范围，法国学者卡雷（Jean-Marie Carre）的说法最有代表性：

比校文学是文学史的一支：它研究国际的精神联系，研究拜伦和普希金、歌德和卡莱尔、司各特和维尼之间的事实联系，研究不同文学的作家之间在作品、灵感甚至生活方面的事实联系。②

这种观念的错误早已被韦勒克等人指出，因为文学联系的历史并不能构成一门独立学科，它只是文学史的一个方面，任何一个民族的文学史都有对外联系的方面，这并不是比较文学的对象。

第二阶段是20世纪50代之后风行的对象论，这种观念强调比较文学对象不限于历史事实与关系，把不同文学之间的审美意义的关联，文学与其他学科之间的联系纳入了比较文学的对象范围。美国学者雷马克（Henry Remark）有一个关于比较文学的著名定义：

比较文学是超出一国范围之外的文学研究，并且研究文学与其他知识和信仰领域之间的关系，包括艺术（如绘画、石刻、建筑、音乐）哲学、历史、社会科学（如政治、经济、社会学）、

---

① 保罗·梵第根：《比较文学论》，干永昌、廖鸿钧、倪蕊琴，编选，《比较文学译文集》，上海：上海译文出版社，1985年，第57页。

② 《比较文学译文集》，张隆溪选编，北京：北京大学出版社，1982年，第3页。

自然科学、宗教等等。简言之，比较文学是一国文学与另一国或多国文学的比较，是文学与人类其他表现领域的比较。①

这种扩大使比较文学的对象成为一种跨学科研究（Interdisciplinary studies）与审美关系研究，即不具有历史联系但是具有审美与逻辑意义上的可比性的对象。

第三阶段是所谓"四个跨"式的研究对象，其主旨是把跨文化研究纳入比较文学。我们以一本教科书中的定义为例：

> 把比较文学看作跨民族、跨语言、跨文化、跨学科的文学研究，更符合比较文学的实质。②

这种"跨民族、跨语言、跨文化、跨学科"为研究对象的说法流行较广，兹不一一列举。

笔者认为，以上比较文学三个阶段的多种对象，虽然对象范围不同，但是基本思维方式是相同的，都是一种简单直观的划定方式，把对象看成是"比较方法"的附属品。在所有关于对象的划界中，人们所关注的是对象的形式特征而不是它的本质特征。这是一种低级的对象划定，它必然成为一个无限扩大的对象范围。从最初的不同国家间的文学关系研究（法国学派）到美国学派的平行研究、跨学科研究，直到近年来国内外盛行的"跨国别、跨语言、跨民族、跨文化、跨文明……"这种"跨"可以无限地跨下去，直到无所不包。这也就是比较文学研究对象不确定的一种表征，一定程度

---

① ［美］亨利·雷马克：《比较文学的定义和功用》，张隆溪选编，《比较文学译文集》，北京：北京大学出版社，1982年，第1页。

② 陈惇、孙景尧、谢天振等主编：《比较文学》，北京：高等教育出版社，1997年，第9页。

上，巴斯奈特绝不是杞人忧天，而只是受害于这种对象界定的反映。

在中国理论体系的创建中，笔者认为我们一定要摆脱这种思维方式，克服比较文学范围无限扩大，无限循环的认识论错误。唯一的出路是开辟比较文学对象认识的新途径。这种新途径是从辩证理性层次来认识对象，而不是简单直观地看对象。笔者认为，比较文学是通过世界文学的同一性与差异性的思维与研究方式来掌握文学发展规律的学科，世界文学是其范围，各国的文学之间的历史联系与审美关系是比较文学研究的研究对象。不同民族文化文明对于文学的影响也可以作为比较文学研究的一个扩展的层次。所以这个学科是有确定范围、对象与研究方式的开放式学科。

笔者认为，只有通过这种定义方式，即把比较文学研究对象规定为不同文化文学的差异性与同一性，才可以避免无休止地扩大范围。比较文学对象是十分明确的，一切文化中不同文学的差异性与同一性都是其对象。它既不是无所不包，也不必画地为牢。

这一看法与传统看法的视域是不同的，传统视域是从一种固定的、机械的、直观的方式来看对象，而我们是以一种辩证的观念来理解对象。传统看法对于学科对象无限扩大化，从文学关系史到世界文明文化，不知所终，我们只把范围定于世界文学范围，而比较文学作为一种学科，其实就是世界文学的研究方式，是世界范围里无穷尽的文学史、文本、作家的审美与科学的掌握方式，是一种规律性的探索，这种方式以同一性与差异性比较研究为主，是这门学科不同于一般意义的世界文学所特有的方法论与对象客体论。

这是比较文学研究对象与定义发展的第四阶段，其更新意义是不言而喻的。

（三）比较文学史论

它从比较观念出发研究世界文学的历史，比较文学史的形式多样，包括世界比较文学史、中外比较文学史，东西方比较文学史等。关于比较文学史，首先要与"比较文学学科史"区分开来，它不是关于比较文学学科自身的发展过程的研究。目前的研究中，过去存在的普遍现象是用学科史代替了比较文学原理。一本研究比较文学原理的著作中，主要是对于法国学派、美国学派历史的论述。这种研究模式在比较文学发展初期对于中国比较文学理论建立是有贡献的，但是，原理毕竟与学科史不同。其次就是把比较文学史与学科史混同。如法国学者洛里哀（Frederic Loliee）的《比较文学史》就是这一类著作的代表。所以我们提倡一种新的世界文学史研究模式：东西方比较文学史。

东西方比较文学史是从东西方不同文明文化的差异性与同一性的视域，来研究世界各国文学交流与各自发展的历史，通过对于文学文本与文学活动过程的比较与分析，达到对于世界文学发展的内在关联与其发展规律的掌握。这其中，最为重要的是所谓东西方比较思维与比较性视野。

东西方比较文学史中的文学关系如何理解？

其一，东西方文学从古代至今经历了大规模的交流，必须承认文学间的影响与作用的存在，这种历史影响与存在是文学史的重要内容。古代印度佛经文学对于中国的影响，现代西方文学对于中国、对于阿拉伯文学等其他东方文学的交流与影响；反之，也有东方文学对于西方的历史影响，中世纪及其后的阿拉伯文学、中国近代文学包括意象诗等对于西方的影响等，这种基于具体的历史记录、作家作品的接受及其他历史事实的研究，是比较文学研究的重要内容。

其二，虽然没有直接的交流，但是东西方文学发展史上的逻辑与美学的联系，也是重要内容。文学史上的重要流派、作家团体或是作家作品中，都有对于本土文学与异域文学关系的关注，在这种关注中必然产生对于异己文学关系的反映。这种关注可能来自多种原因，如间接接受世界文明与文学的作用，异域或世界性思潮的作用，作家对于异域文明文学的想象，等等。虽然并没有事实接受，但这种研究中可以看出东西方文学的联系与世界文学的一体性，当代比较文学研究中也有相当多的成分是从世界文学的视野与比较思维来研究文学的。这可以说是文学史的一个重要创新。

这方面也有一定的实践可供参考，2005年笔者主编的《东西方比较文学史》由北京大学出版社出版，东西方比较文学史是一种比较性视野的文学研究，是突破了单一的西方中心视域的文学研究。在传统的世界文学研究中，西方文学一直居于中心地位，有的世界文学史几乎就是西方文学史，这种西方单一视域的文学史的价值无疑是值得怀疑的。

单一文化视域，用后现代主义的话语来说，即是所谓"视域限制"（perspective limit）。被后现代主义叙事理论视为圭臬的法国精神分析学家拉康（J. Lacan）是后现代主义的精神教父之一，他提出的许多观点成为后现代主义哲学与心理学的基础，这种贡献其实是其他后现代理论家所不具有的。特别是拉康的"主体分裂"的学说，可以说是后现代主义最重要的观念之一。叙事理论中，拉康同样提供了一个极有价值的理论框架，这个框架启发了整个一代人，但同时也受到一些后现代主义学者的攻讦，从霍米·巴巴（Homy K. Bhabha）到德里达（J. Derrida）等人都对于这种理论发表过自己的看法。这种理论的核心是由于主体所处的地位不同，所以产生视域的限制。并且可以从这种视域局限发展出"视域互换"。从另一种观念来说，每一个场景其实都存在多种视域，多种视域必然形成一种结构关系。主体的视域是如何形成的呢？主体与客体之间的关系决定了主体所具有的视域，而这种位置的变化又会产生结构关系的改变。拉康曾经说过："这些条件的特殊地位来自于它们同时所具有的逻辑时间的关系，通过这些关系和形式决定了对于主体的位置，在他们之间才可能进行选择"①。

从东西文学史的研究来说，我们必须进行视域的转换，从西方的单一视域转换为东西方文化的多元视域，在这种转换中，最重要的是要清除西方中心主义。西方中心主义理论有一个潜在的结构：东方—西方、野蛮—文明结构。这个结构决定了相当多的西方学者不能看到东方文学的意义与价值。我们可说，相当多的人在东方这一视域其实是所谓的"零视域"。不知空间也就不知时间，王充说："知古不知今，谓之陆沉；知今不知古，谓之盲瞽"。自从世界海上交通开启之后，要了解当代世界，不但要知古知今，更为重要的是要知道西方与东方，只知其中任何一方都是不足为训的。笔者曾经对《论衡》中的说法进行过补充："知东不知西，谓之蒙昧；知西不知东，谓之吵目"。吵其一目即成为了独目，荷马史诗《奥德赛》里曾经描写过一种独眼巨人，它力大无比，但是只有一只眼，它的视域不够全面，所以最终会为人类所战胜。西方的自我中心，也就是一种独眼巨人的象征。阿拉伯人有一句名言：西方人是一只眼看世界，中国人是两只眼看世界。这是对于中国传统文化中的辩证观念的肯定，在当代的文学研究中，具有多元视域是一个关键。只有这样，才能使东方灿烂的文学成为世界文学的瑰宝。

这样，最终在东西方比较文学研究中达到思维转换，从视野转换到思维转换，这是比较文学研究范式中最重要的维度，思维转换

---

① Felman S(edited). Literature and Psychoanalysis, Baltimore and London: The Johns Hopkins University Press, 1982: 463.

就是比较思维的确立。传统文学史研究是一种"自我中心思维的文学研究",西方文学研究者从西方文学自我中心来研究文学或是世界文学,其出发点与思维方式都是西方文化主体所必然具有的。这种主体思维是从亚里士多德《诗学》到黑格尔《美学》中所形成的。所以韦勒克的《近代文学批评》也好,欧美学者们撰写的《西方文学史》或《世界文学史》,都是一种西方思维方式的产物。同样,中国或东方国家学者撰写的《中国文学史》或《欧美文学》,都具有东方与中国思维的特性,这种思维方式是从《文心雕龙》到历代诗话词话的研究中所形成的。

在全球化的时代,无论是西方还是东方的研究主体,都必须改换自己的思维方式,采用一种比较性思维方式,即承认主体间性,理解他人。比较性思维方式就是要兼容东西方的思维方式,就是辩证思维。辩证思维建立于辩证理性之上,从理性与感性的辩证合一,从西方思维与东方思维的互相契合来研究文学。

比较文学史是对于世界文学史的一种比较视域的观照,这就使得它不同于"世界文学史"与"外国文学史"。比较文学史不是把国别文学的历史汇总在一起,这是世界文学史的主要工作。当然好的世界文学史也不是简单的并列。但是对于比较文学史来说,特别重要的是研究不同文化中的世界文学发展规律。如何将比较文学史研究与我国原有的世界文学史或是外国文学史、中外文学交流史、东西方文学交流史的研究结合起来,这是摆在我们面前的一个重要任务。关于这方面的研究,有待于进一步的探索。

(四)比较文学的形态论(morphology of comparative literature)

比较文学的形态论是关于比较文学学科理论的主要构成要素以及它们之间关系的介绍,学科理论要反映比较文学研究的各个领域,并对它们的范围划定、主要内容、各个领域之间的联系,作一个简要的说明。这就是比较文学的构成成分的概括，它也是比较文学原理不可缺少的组成部分。但是我们要注意的是，这个部分只是比较文学学科构成部分的简略介绍，而不可能取代实际研究。它主要包括以下方面：

1. 比较文论学。它主要是世界不同文学理论体系、文学批评之间的比较研究，即所谓的"比较诗学"（comparative poetics）。比较文论学有不同的层次，它既指那些依托主要文明所建立的理论体系，如印度文学理论、西方文学理论、阿拉伯—波斯文学理论、中国文学理论之间的关系、影响、逻辑与美学的比较等。也包括超越历史与时空界限的一切研究。如近现代有影响的美国、拉丁美洲、日本等国的文学批评。从历史时代来划分，指从古代到今天的包括古代文学理论、艺术理论[①]、文学艺术批评、美学理论和艺术哲学、文化批评等的比较研究。要注意的是，比较诗学或比较文论学中都有独立的比较诗学史、比较文论与批评史，这是比较文论的重要方面，是用文化历史观念来研究比较诗学的重要方式。一定程度上，相当于美国新历史主义者所说的"文化诗学"（cultural poetics）。葛林布莱特（Stephen Greenblatt）说文化诗学是"对于不同文化实践的集体创造的研究和对这些不同实践间关系的探索"[②]。如果比较诗学能朝这一方向发展，必然更加多样化。

2. 文本研究。这是对于比较文学文本和语境的研究，它用比较文学科观念与方法研究文学文本、作家、文学现象之间的同一性与差异。这也是比较文学最基本的研究，它包括具体的作家作品、不同国度与区域的文学流派之间的联系。比较文学实践研究的方式是

[①] 东西方的文学与艺术理论往往是结合在一起的，如中国的诗论与画论的结合，温克尔曼（Johannes Winckelmann），莱辛（Lessing）等人的艺术与文学评论等。

[②] Brannigan J. New Historicism and Cultural Materialism. New York：ST. Matins Press INC，1998：87.

多种多样的,可以有历史实证、美学比较、阐释与经验感悟等。如中国与西方的小说、散文、戏剧、诗歌等的比较,荷马史诗与《诗经》、《离骚》,汤显祖与莎士比亚,鲁迅与果戈理,巴金与屠格涅夫……尽管它们之间联系的性质与方式有很大不同,但它们同属于比较文学实践研究的范围。这是比较文学研究的重要内容之一,在比较文学研究论文中数量最大,虽然它只是一种基础的研究,但它的重要性是不可否认的。近年来,由于牵强附会的对比,形成了一些不利于这方面研究的后果,这是应当注意的。但无论如何这种研究仍然是必要的。

3.语境研究。指跨学科研究、跨文化与文明的研究等相关领域,其实只是比较文学实践研究中涉及范围的研究。其中要注意的是,跨学科与跨文化其实是两个不同的范畴,但是在现实的研究中两者互相结合,互为补充。需要说明的是,方法与研究对象和范围密切相关,但同时方法有自己的独立性。目前将研究方法与研究范围等同的现象其实是对比较方法的一种滥用,如跨学科比较、文学与文化的比较等方法,将哲学、历史等各学科方法与符号学、女性主义等各种方法看作是比较文学的方法,其实是不妥的。比较文学可以研究与哲学、历史等学科的关系,也可以研究与后现代理论、符号学等的关系,但是,比较文学并不是放弃自己的研究方法,只是将这些西方批评方法与新思潮运用于比较研究之中,比较文学永远是以文学为中心的,这是基本的原则。

乐黛云教授在总结近年中国比较文学发展的路径与新领域开拓时,再次提到了学科理论的研究:

第一,学科理论的新探索。中国比较文学学者结合中国比较文学实践。积极探索全球化时代跨越东西方文化研究的比较文学新观念和新理论,对比较文学的观念有所推进。例如福导

"和而不同"的多元文化共存与互补观念；强调差异、互识互补、和谐相处并通过文学，促进世界文化的多元共存；建立异文化之间文学交流的基本理论；探索东西方文学对话的机制与方法，等等。①

笔者认为这种评价合乎中国比较文学的实际，同时也是具有远见的，当然，这也是中国比较文学走向世界的重要路径。

---

① 乐黛云主编：《中外比较文学名著导读》，杭州：浙江大学出版社，2006年，第7页。

走入世界经典的中国文学[①]

一、世界文学史的新建构

21世纪初期以来,美国学术界兴起的"世界文学史新建构"(A New Construction of World Literature History,以下简称"新建构")是一种重要的新思潮,有学者评价为是自"理论热"之后,向世界文学史研究回归的当代学术主流之一。尤其可观的是,作为世界文学史新建构的重要实践话语——"世界文学经典选本"出现了新的趋势:中国文学(以及部分"非西方文学")的文本以前所未有的数量与组合比例,首次与西方文学经典珠联璧合,合编在西方主要的文选之中。

美国《朗曼世界文学文选》的主编之一、"新建构"学派代表人物、哈佛大学教授达姆若什(David Damrosch)说:现在美国的世界文学课程比例中,原本的"西方传统"几乎与"非西方文学"的传统旗鼓相当。

当然,这种说法有些夸张,但是也并非完全失实,我曾经进行过粗略的统计,以诺顿、朗文的《世界文学文选》的近年版本选篇为例,入选的作品包括3000年前的西亚史诗《吉尔伽美什》到中国

[①] 本文发表于《光明日报》,2013年1月28日,第005版,光明讲坛。(注:原文为2012年7月18日在首都经贸大学的演讲稿)

作家鲁迅和正在走红的日本作家村上春树,这些"非西方文学"所占的分量之大,不仅相对1650年开始出版的"诺顿文选"中的纯正的"西方传统"来说是匪夷所思的,即使就十几年前的诺顿文选的选篇而言,也是颠覆性的现象:东方文学特别是中国文学经典的成分大幅度增加。

无可怀疑,"新建构"将东方文学纳入世界文学主体的新视域,改变了传统的文学经典秩序,已经是一种学术创新。

为什么会产生这种变化?对于选编世界文学选集或是书写世界文学史的美国学者及欧洲学者而言,他们的主体想象与视域由何而来?

我们要回到2003年,这一年对于世界文学史研究是相当重要的一年,特别是对美国学者而言。哈佛大学的达姆若什这一年出版了他的代表作《什么是世界文学》,他在书中强调,西方世界文学史体现了欧美的古典与当代文学的传承固然重要,但全球化时代更需要超越"本地书籍"的"界限",引进包括中国《诗经》在内的其他民族文化的世界文学经典,这是一种多元化的世界文学,而不是西方中心的世界文学。因为世界文学作品具有多样性,没有一个绝对统一的标准,这种文学多样性恰是全球化时代文学的根本特性之一。

其实并非他个人如此看待的,这种世界文学史观念早在赛义德等人的后殖民批评中已经孕育。也正是在2003年,美国后殖民批评家斯皮瓦克的《学科之死》出版,在这本书中还附有作者的一篇单独的论文《超越界限》。如果说《学科之死》这本书以其惊世骇俗的书名令人震撼,那么在这篇论文中,斯皮瓦克的一句名言可能对世界文学史更具有理论上的颠覆性:

在(比较)文学领域,我们需要离开"盎格鲁声腔""卢梭声腔""条顿声腔""法兰克声腔"等,我们必须应用南半球的语言作为有生命力的文化媒介，而不仅仅将它们作为文化研究的对象。

"盎格鲁声腔"等四个"声腔"，是指欧洲的主要民族文化与语言体系，是西方文学的代表，公元11—13世纪西欧各国开始使用自己的口语语言，官方的拉丁语名存实亡，最早出现的语言体系之一就是法兰克人的语言，到公元13—16世纪，莎士比亚与法语的《罗兰之歌》等名著已经使这些语言取代拉丁文，成为西方文学具有代表性的"声腔"。所谓"南半球"是一个泛指与象征，这包括大洋洲的土著、拉丁美洲的印第安原住民与非洲特别是撒哈拉沙漠以南的非洲部落与民族的语言文化，这是被认为"黑暗的心脏"（康拉德语）或是"原始文化"的"第三世界"文学的声腔，斯皮瓦克恰恰要将其作为一种"有生命力的媒介"，认证这样的话语作为世界文学史的主体地位。她肯定这些被压抑的"非西方话语"，就是让这些文学发出世界性的"声腔"，"声腔"这个词原义是指一种语言的单音发音，在当代批评中用来指称一种民族语言为主体的文学。

达姆若什以不同的方式表达了相近的意见，他认为在美国的"世界文学史"教学中，"超越欧洲的课程数量剧增是更为巨大的挑战，包括原典文献的亚述文、中文、日文、吉库尤文，纳瓦特尔语、盖楚瓦语、斯瓦希里语、越南语、祖鲁语和其他多种语言的作品。"

达姆若什这段话中所涉及语言可以分为两大类，一类是不再使用的古代语言，如亚述语，这是公元前1800年前后亚述王国沙姆希亚达德一世起，到公元前612年亚述王国亡于新巴比伦与米底人之间主要使用的一种语言，这种语言用泥板书写，成为亚述的研究对象。另外一类是正在使用的语言中也包括一些使用范围有限的土著部落语言如肯尼亚的吉库尤文、南非的盖楚瓦语与拉美的纳瓦特尔语，或其他使用较少的语言。达姆若什在这里以这些语言代表各自的文化体系。

他说:"翻译正在成为新的纠纷事项,社会文本和文化传统在课程中问题大增,不再只关注于普通的西方传统之内的言谈的进化"。

我们认为,形成于21世纪,包括中国学者在内的"世界文学史新建构"是世界文学史研究的一次成功转型,其意义正在逐步显现出来。在西方的传统中,中国与东方文学不过是"东方学"的构成,无论是"东亚研究"或是其他地域研究,都是西方世界文学史的"他人",这里面有一种隐含的"地域文学"的歧视与不平等。经过这种"世界文学史的新建构",中国与其他"非西方"文学走进了世界文学史,被赋予与西方平等的"身份"的初步认证。这里的中国文学是世界文学史的一种整体性构成,这也意味着,西方为唯一主体的"世界文学史"从此要改变"独白",要成为多声腔的合鸣。这种转型包括世界文学史的认识论、本体论、发展观,特别是它的经典选编,"世界文学史"正在发生巨变,从希腊"荷马史诗"到莎士比亚、乔伊斯的单线叙事,变换成从《吉尔伽美什》《诗经》《罗摩衍那》到《一千零一夜》、鲁迅、马尔克斯的多元话语。这是世界文学史书写主体性的重要改变,是对西方中心的反思后所形成的新型世界文学史。

二、走进世界文学的中国文学

长期以来,我们自己一直在努力宣传中国文学走向世界,而"新建构"这个转型使其一定程度上变为现实,虽然这种变化目前不过只表现于部分学者,主要是美国学者的"世界文学文选"之中,却有世界性影响。

美国文选分为三大类,一类是古代经典作品的专类选集。代表作是《哈佛古典作品》,大约从1910年起开始编纂,西方的"古典"原意是专指希腊罗马的古代文本,但是后来发展中却变得范围相当广，包括了文史哲各方面的名著，从《柏拉图对话录：辩解篇、菲多篇、克利多篇》、《爱比克泰德金言录》《马库斯·奥勒留沉思录》到《科学论文集：物理学、化学、天文学、地质学》等等，涉及"非西方"的文本相当少，除了《一千零一夜》与所谓的《圣书》中包括了东方的孔子；希伯来书、《圣经》与《佛陀、印度教、穆罕默德》等选篇之外，基本上都是西方历代名著。当然《堂吉诃德》《神曲》《浮士德》《英文诗集》《伊丽莎白时期戏剧》等传统经典是不会缺少的。所以有人说，收入的东方作品一定程度是作为"异教"的样品存在，其实折射了西方的古典意识。

第二类是以《诺顿世界名著选》为代表的文选，这是西方世界发行量最大，具有全球影响的文选，据说其历史从公元1650年就开始，可见历史是相当久远的，不过其中最为著名的当是1956年版以后的几版。这个文选的一个显著变化是，它吸收一定的历史主义观念，古代北非的埃及与西亚的美索布达米亚文明是西方地中海文明的源流，所以收入公元前20世纪到前16世纪的埃及古代诗歌和神话、公元前1600年的美索布达米亚文明史诗《吉尔伽美什》等，这些作品其实是古代东方文学的起源。不过"诺顿"从不掩饰自己是以"西方传统"为主线。它的历史时代划分就是一种标志：从希腊罗马、中世纪、文艺复兴、古典主义、启蒙主义、浪漫主义直到现代派，以这种历史阶段划分，凸显了其西方中心主义的历史观。这种历史观念表明，世界文学不过是西方文学的传播过程，是西方文学思潮的世界化。诺顿文选的另一个特点是，它继承了西方经典研究传统，收入西方文化的经典作家亚里士多德、柏拉图、奥古斯丁等人的哲学与神学著作。但是其他文史哲著作收入很少，主流还是西方历代文学作品。第三类是一种文学作品的普及本，但其中也收入少量的哲学与历史作品，以《哈泼柯林斯世界读本》为代表。

统观这三类文选，共同特征都是收入一定数量的哲学与历史文本，同时坚持西方传统的主线。

概观美国"文选"后，再看"新建构"学者们对传统的改革，其意义就更明显了。新版的《朗曼世界文学文选》的"非西方"文本，包括中国、阿拉伯、印度和南美等文学名著，编者对这些进入西方的"世界文学经典"的文本分别从各自文化来源、编选标准与目的、翻译相关方面进行说明。这是其他"西方传统"为主流的文选中不曾出现的。

文选所跨越的时空维度较大，从公元前20世纪的西亚神话《巴比伦创世记》（公元前2000年前后）《吉尔伽美什》、（公元前14世纪）到公元21世纪的日本作家村上春树，选入世界各文明体系的文本相当全。除中国唐诗宋词外，日本《源氏物语》、阿拉伯的《一千零一夜》等名著全选，而且保持西方"文选"的传统，对重要的宗教人文经典也选入，如中国的《论语》、伊斯兰教的《古兰经》等，正如编选者所言，体现"具体的文化特色"，当然也体现了"新建构"努力实现"跨文化"的世界文学研究的基本观念。笔者粗略统计总选入一百二十余种各种文本，篇数就更多了。

从总数来看，中国作家文本相当可观，大约近十几分之一，对一部世界文学文选而言，所占成分已经不小。文选收入了中国文学九种：《诗经》十六首；《论语》一则；王维诗十一首；李白诗十一首；杜甫诗六首；白居易《长恨歌》选段；李后主词四首；李清照词四首；鲁迅小说《狂人日记》选段一则。从选篇计，中国在东方各国中名列第一。即使与西方作家相比，中国文学特别是中国古代文学也是地位显著，王维、李白与莎士比亚比肩而立，莎士比亚选了十首十四行诗与《暴风雨》片段。而在西方文学史中有重要地位的浪漫主义"六大家"中只选了布莱克、华兹华斯、济慈等每人二首诗，中国人所熟悉的拜伦、雪莱和柯勒瑞治等人则未见选入。然后，分别是俄国普希金、美国梭罗等人。将如此大的篇幅给予东方与中国作家，而对西方名家则惜墨如金，与诺顿文选的编选原则相比堪称天壤之别。其实达姆若什早就评论过《诺顿世界名著选》的编选原则：

在现代比较文学研究中，没有任何变化能比超越欧洲权力的巨匠们的杰作，那样更为引人注目了。最明显的莫过于1956年第一版《诺顿世界名著文选》中勾勒出的世界轮廓不过总数为73位作者，其中没有一位女性，而且全都是"西方传统"的作家，从古代希腊和希伯来直到现代欧洲与北美。当然作者的数目不断增加，1976年编者终于找到两页篇幅来容纳一位女作家——萨福。

达姆若什所指出的这种以西方杰作中心为中心的文选，其实代表了一种观念，即这些杰作是西方的经典，代表着西方文明的价值观念与评判标准，而遴选标准本身同时也是以西方为中心的。

以笔者之见，首先应当肯定的是，在这样有限的精选篇幅中，大大压缩了西方传统经典，而扩大东方特别是中国文本的数量，展示一种多元的世界文学史书写，自然也显示了编选者"新建构"世界文学的学术创新性。

重要的是，这种编选原则的更新其实有其理论依据，这就是文学认识论的多元文明观念取代西方文明的单一中心主义，编者将这种原则称之为"超越时间与空间"的文化联结，这种联结的目的是打破西方中心论，观照到世界多种文化中的文学。

不过本人也以为，如果从中国文学的传统与世界文学的整体性而言，选本并非无懈可击，似仍有可以质疑之处：中国文学作为一种体系，其主体的整体性与历史阶段性尚未能得到全面展现。同时入选的文体也不全，如楚辞、汉赋、宋元小说等代表性作品与作家都未能入选；以诗家而论，屈原、陶潜等人缺席；就思想源流方面也有不足，中国儒释道三教中只有儒学；结构分布方面，古代文学经典较多，而现当代文学则相对不足。但这些不足相对来看是"美中不足"，可谓瑕不掩瑜。

文选收入中国文学经典并不意味着一切，重要的是如何分析这种世界文学史视域的经典观念。

三、"新建构"的经典观

什么是经典？

《文心雕龙·宗经》中说："经也者，恒久之至道，不刊之鸿教也。"经就是经典意义的来源，这个定义说明经典是指长期流传中形成的，并且具有历史传承的思想观念的文本。《扬子法言》中说："玉不雕，玙璠不作器。言不文，典谟不作经。"就是说，经典是经过历史选择的文本，只有达到一定的标准才可能成为经典。从中国传统学术的观念来看，经典文本的形成并非《圣经》式的"钦定"，而是历代"文言"琢磨的结果，孔子在《论语·学而》篇中用《诗经》"如切如磋，如琢如磨"来解释。中国古代以诗书礼乐易春秋这六部经典为源流与肇始，所谓"文章奥府，性灵铸匠"后世文学文本原来只是经典的枝条与流末。随着文明的历史发展，佛经传入中国，区分"内典"与"外典"，经典的"六经"单一所指被改变，从六经到后来的"十三经"，以后进一步泛化，重要的古代典籍大多被归入经典范围。

西方的经典意义与中国相近，只是因其文明源流而有所不同，古代希腊罗马的《荷马史诗》与雅典诸子因为在基督教之前，一般称为古典文本，罗马以后的名著成为了经典。所以，现在使用的"经典"一词意义相当宽泛，成为广泛流传具有历史时代与文明精神代表性的论著的通称。从莎士比亚到乔伊斯、从《诗经》到鲁迅，几乎统统被称为经典。当然中西经典的所指仍然在实际中有一定差异，但其共同所指却并不相悖。

"新建构"学者对于世界文学经典的理论观念有一定的建树，包括达姆若什、莫莱蒂、阿普特等人提出的多种新经典理论，但更重要的则是从学术争论、文本选编和世界文学教学的实践中产生的观念，对于新建构世界文学经典有较大的推动。

再从选目方面看，也有其特点，《诗经》所选的有《关雎》《螽斯》《摽有梅》《野有死麕》《柏舟》《将仲子》《维天之命》《何草不黄》《棫朴》《生民》等篇，分别取自风雅颂，较全面反映了中国先秦诗歌艺术的兴象寓意，译文既有来自于当代译家的，也有庞德这样著名诗人的译文，各有风格。

有意思的是，从所选文本也可看出一种主体性选择，大多是美国读者特别是美国诗人所熟悉的，从20世纪初期起，美国多种流派的诗人（包括英美意象诗派、垮掉的一代诗人、禅宗诗人和美国超现实主义诗人们大量地翻译与借鉴中国古典诗词），也必然形成与中国经典的历史关联，有独特的主体性与文本性关联。当然，在兼顾不同历史时期、各种流派的文本方面，或豪放、或婉约，绮丽朴质，炜晔谲诳，各有独特的选择标准，正是突出了美国选家的不同历史观念与审美价值标准。

尤其值得注意的是中国现代作家鲁迅进入文选，这当然是一个极富代表性的选择。从此我们可以联系到"新建构"理论家们的新经典观，这可能是其理论的一种实践。

达姆若什指出：新的西方世界文学经典与传统的不同之处在于，传统经典甚至在西方作家内部也要区分出主要作家与次要作家，这是一种二层次分法，但是现代经典不同：

取而代之这种二层次的经典分类，我们有一种新的三层次分法：超级经典、反经典和影子经典。超级经典就是那些能一直甚至在过去二十年间保持地位的"主要"作家的普世化。而反经典则是由那些替代性和竞争性作家所构成,那些教授得由较少的语言的作家和强势语言中的次要作家所组成。

如果将这种新经典分类套用到中国20世纪文学(国内中国文学研究划分为古代文学、新文学和包括现代文学与当代文学等阶段的多种划分,文选中按照国际惯例将中国现当代文学划为20世纪文学),唯一入选的鲁迅就相当引人注目。

四、20世纪中国文学经典评价

即使是按照达姆若什的标准,鲁迅这样有世界影响的作家文本当然是超级经典无疑,所选的《狂人日记》一直受到国际学术界的关注,罗曼·罗兰等著名作家都曾高度评价过这部名著,对它的评价并不低于俄国作家果戈理曾经发表的同名作品。《朗曼世界文学文选》在对鲁迅的简介中介绍了他创作《呐喊》与《彷徨》的经过后,认为到1926年后,现实问题使他放弃文学创作:

他转向杂文形式和马克思主义者的行动哲学并以一种更为尖锐的方式来面对现实,他和左翼联盟的关系并非融洽,他虽然没有参加党(指中国共产党——译者注)却继续写作,并且著作等身:从杂文、诗歌、短篇小说,译文和古代近代文学论著及木刻艺术评论等。

如编者所说,鲁迅属于那些"一直甚至在过去二十年间保持地位的'主要'作家,虽然并没有明显的'普世化'"。但是也必须注意到,关于鲁迅的评价并非没有争论,无论是在国内还是国外都是如此,而"新建构"学者却仍然具有史家"秉笔直书"的历史主义观念,这在西方理论家中并不多见。一定程度上代表了美国重要文学史家对于20世纪中国文学与鲁迅的评价,这是一种力图超越批评观念与方法甚至意识形态的差异,从跨文明的观念来研究经典的一个例子，我们用中国《易经》中的一种原则——"同异交得"——来阐释这种观念。因为"新建构论"有自己的选择标准与见解，这就是要再现世界体系中的各种文明的文学代表类型，这样世界文学的差异与同一必然会融合创新。在这个基础上，《朗曼世界文学文选》应当说是对 20 世纪中国文学有自己的理解，当然不仅是对中国文学如此，对于其他文明中有争议的作家，如康拉德、奈保尔、帕慕克，甚至当代争议相当激烈的拉什迪这些作家，达姆若什都追求一种跨文明的选择，尽管由于宗教政治和意识形态的不同，在这些作家的本土或是国际批评中都有差异，但是跨文明的历史与审美标准却可以穿透这种差异，达到一定程度的同一性。这种原则与我们已经出版的《东西方比较文学史》《世界比较诗学史》中的见解不谋而合，这不是偶然的，因为我们都是根据共同的历史主义原则。

当然我们盼望有更多的中国作家入选，以 20 世纪而论，除鲁迅外，胡适之、茅盾、巴金、老舍、郭沫若、曹禺、林语堂、张恨水、沈从文、钱锺书、丁玲、张爱玲、周立波、柳青等人很可能都具备入选资格。如果从跨文明的诗学观念来看，中国文学植根于具有三千年历史的独特文明，这种文明浇灌培养了汉字书写文学，这是世界最长久的书写方式之一，它与西方文明（也包括所谓的"非西方"文明）共同构成了世界文学。"新建构"学者对中国文学经典的选编，其实就是提倡一种"跨文明"，西方学者更多使用即跨越东西方文明界限的，以文学自身的历史内容与形式价值为准绳的研究。

半个多世纪前，艾略特接受诺贝尔文学奖时曾发表这样的获奖致辞，或可引用为此次演讲的结尾，用以阐明西方文学与"非西方"包括中国文学经典之间的关系。他说道：

"我想在诗歌中，不同国家和不同语言的人民，即使是一个极小的国家的少数人，得到互相理解，无论其多少，这才是最重要的。"

与这种宏大叙事的主体想象相比，目前所实现的中国文学经典进入世界文学文选不过是尝鼎于一脔而已。然而，梧桐落一叶，天下尽知秋，它预示着可能更多的文选（包括诺顿文选等）甚至更多样化的西方文学重要奖项或是其他领域将会向"世界文学"的全面开放，当然，或许中国经典会在21世纪面临更多的风云际会。

世界文学视域中的莫言本土文化寓言[①]

2012年诺贝尔文学奖给中国作家莫言的颁奖词中说道：莫言的创作中接受了美国小说家威廉·福克纳（William Faulkner1897—1962）与拉美文学的加夫列尔·加西亚·马尔克斯（Gabriel José de la Concordia García Márquez 1927—）魔幻现实主义文学的影响，"将魔幻现实主义与民间故事、历史与当代社会融合在一起。"莫言也曾经谈起过自己对这两位作家接受。但同时也未可忽视，对于世界文学的接受，莫言自己说过要"逃离福克纳与马尔克斯""这两座高炉"。如果我们以一种整体性的观念来观察，正看出，两位作家对他的作用恰是他再建自己本土化视域的动因。无论从任何一个方面而言，莫言与世界文学的关联都是极为明显的，而且莫言获奖本身也已经标志着，中国文学的世界体系化已经成为一种历史事实，莫言的创作正是这种进程的一种符号。这也正是我们阐释莫言创作的起点，目前关于魔幻现实主义已经说得很多，而关于福克纳，这位可能在莫言创作中起过重大作用的人物则有更大的阐释空间，我们将从世界文学史的角度来切入这一话题，而"世界文学"正是莫言喜欢谈论的一种话语。

[①] 本文发表于《池州学院学报》，2013年第1期。本文为方汉文与徐文、邹婷共同撰写。

一、"文字的世界共和国":逾越乡土文学

莫言说到自己的创作历程时曾经说过,他读到福克纳不断地写"自己家乡那块邮票般大小的地方"而最后"创造出自己的一个天地"①。他感到自己大受鼓舞,他明白:自己应当高举"高密东北乡"这面旗帜②。他自己称"高密东北乡"是"巴掌大的地方",显然可以与福克纳的"约克纳帕塔法"相比。两人都是从一个偏远狭小的乡村来创造"自己的天地",这并不是一个现实的世界,而是一个"文学的王国",但是这个王国恰是来自于现实的世界。福克纳自称为虚构的"约克纳帕塔法"的主人,莫言也继承了福克纳的说法:"当然我就是开国的皇帝,所有的都是我的臣民,都要听从我的调遣指挥"。两人都曾自立为"文学王国"之主,这就具有一些波谲云诡之处了。这个王国既不是现实的,但又不是虚无的,它是主体创立的符号世界,这个世界是作者对"现存文学秩序的挑战",进入世界文学体系,是一个"文字的世界共和国"(La République mondiale desletters, The World Republic of Letter)③这里只是表达其虚构性。"高密东北乡"与"约克纳帕塔法",已经成为世界文学而不是传统的"乡土文学"的"王国",它是马尔克斯的"马贡多镇",也是奈保尔特立尼达岛国的"印度部落",或是帕慕克笔下"伊斯坦布尔的街区",而不再是马克·吐温的"密西西比河的码头"或是沈从文的"边城",山药蛋派的窑洞或是白洋淀的芦苇。毫无疑问,从陶渊明

---

① [美]福克纳:《我弥留之际》,李文俊等译,漓江出版社,1990年,第462页。
② 莫言:说说福克纳这个老头儿,《当代作家评论》,1992年,第63—97页。
③ Pasacale Casanova, Literature, Nation, and Politics in The Princeton Sourcebook in Comparative Literature From the European Enlightenment to the Global Present. Princeton and Oxford: Princeton University Press, 2009, p.339.

的田园诗到巴尔扎克的"外省"、柳青的渭河岸边的村庄,这些伟大作家的乡土文学给世界留下最富贵的财富,但是在全球化时代中,世界文字共和国已经逾越了传统的乡土文学,这是一个世界体系的新创造。

这个"文学的世界共和国"有什么意义呢?

福克纳生于美国南方密西西比州新奥尔巴尼,他5岁时随家迁往不远的牛津镇,这里有一条名为"约克纳帕塔法"的小河,印第安语"静静流过平原的小河",他的小说也名为"约克纳帕塔法世系"。(Yorknapatwpha, Lafayette County, North Mississipi, 19部长篇中有15部以此地为名,自称为 saga 即欧洲中古史诗"萨迦"),他还杜撰了"密西西比州约克纳帕塔法县杰弗逊镇的地图"(在《押沙龙!押沙龙!》一书的前言中)。说这个镇有2400平方英里,人口中有白人6298人,黑人9313人,威廉·福克纳是这里唯一的主人,包括了镇区、郊区、种植园和森林。从时间上是自1800年到第二次世界大战结束,时间是150年间。其中有名有姓的人物有600人。这个世界是以密西西比为中心的美国南方的虚构世界。而这一段时期里,虽然美国已经成为世界头号强国,但是美国南方长期处于经济落后,农权制度为社会基础,种族压迫盛行的状况中。所以这是一个没落的王国,一个即将灭亡的世界。福克纳的小说中是这个世界的挽歌,既愤懑又悲哀,爱与恨如同冰炭难容,却又奇妙地交织在一起。这个小镇在文学共和国存在的,美国评论家认为:

> 以其创作才能和建构一个想象中的世界,这个世界要比每天的现实生活的世界更易为人们所接受,从以上意义而论,福

克纳在现代文学中可谓罕有其匹。①

这个世界并不是美国式的浪漫主义的乡土文学,因为其中的美轮美奂的田园风光不过是美化的现实,而不是真正的想象。这种文学在美国传统中相当普遍,美国惠特曼的诗《草叶集》中写美国自然之美、马克·吐温的随笔《密西西比河上》是南方风光最优美的图像,甚至在《飘》这个的南方庄园作品中,仍然有着南方庄园所特有的秀丽风光与温馨的庄园生活与大家族的传统封闭的生活的颂歌。但是在《喧嚣与骚动》中真正颠覆了这种图像:康普生家族曾经是优秀人才辈出的庄园主,现在沦落为寄生食利者,淫佚、放荡、乱伦、盗窃的败德的一代。

在中国作家莫言的小说叙事中,齐鲁大地深厚的神话传说,《聊斋志异》的叙事模式,使他具有独特的民族想象力空间与挥洒自如的历史叙事话语,当然,也必然成为他再建个性话语的依据。莫言的高密东北乡里,《红高粱》里的人物充满原始欲望,无边缘的高粱地如美国南方的甘蔗田,封建伦理在这里被野合的情欲所取代,嗜杀、复仇、剥皮的血腥味的残暴是这个世界的主色调。如果说福克纳的"约克纳帕塔法"是西方的基督教的"原罪"与人类文明之间的对立,那么,莫言的"高密东北乡"则是中国几千年被压抑的原始欲望与法西斯军队暴力侵之间的生死决斗。在第二次世界大战的东方主战场上,中国农民抵抗与斗争,是一曲宏大的叙事,在莫言的文本中,通过一种对现实文本符号体系的挑战,推动了中国小说叙事的进展。

这种斗争并不是田园风光的图景,而是一种世界文学的母题在

---

① George Perkins(ed.), The American Tradition in Literature: Vol.2, New York: McGRW-Hill Publishing Company, 2002, p.1206.

全球化时代的再现。福克纳《喧哗与骚动》的母题是耶稣受难周，故事发生的三个日期分别是基督受难日、复活节前和复活节。故事与时间相对称，形成反讽关系。1910年昆丁自杀日是圣体节的第8天，昆丁以自己来对妹妹进行救赎。复活节是耶稣说的"你们要彼此相爱"，恰形成对比，小昆丁次日出走。中国文化主体不是宗教，而是封建礼教，因此在高密东北乡，狂野的余占鳌与戴凤莲的自由结合，罗汉大爷的反抗，所凝聚的原始生命力表征与日本侵略者的残暴之间的斗争，同样构成尖锐的冲突。福克纳的宗教象征母题、莫言的封建文化母题，都是逾越传统的田园生活甚至乡土文学母题的，是从世界文学的比对中来"寻根"或是"写实主义"等，这是一种世界体系性视域。

二、精神分析的暴力性欲：反文明的抗争

肉体残酷暴力与"倒错性欲"的结合是福克纳小说的一种重要母题，《圣堂》中的波普尔性无能，并且因此性情残暴，而成为匪徒的首领，杀警察、虐待女学生谭波尔，这部美国名著处处可见精神分析的"倒错性欲"，就是因性障碍而转向报复与折磨。《押沙龙！押沙龙》中，查尔斯·邦对同父异母妹妹朱迪丝的乱伦之恋，亨利为避免丑闻而杀兄。处处有这种描绘。

这也是莫言小说的心理分析语言，说到自己的创作时，莫言说："《丰乳肥臀》是我的最为沉重的作品，还是那句老话，你可以不看我所有的作品，但你如果要了解我，应该看我的《丰乳肥臀》"[①]莫言自己说到："上官金童的恋乳症，实际上是一种'老小

---

① 莫言、王尧：从《红高粱》到《檀香刑》，《当代作家评论》，2002年，第19—21页。

孩'心态,是一种精神上的侏儒症"①。而且莫言还多次说到自己就有这种恋乳癖。早在上个世纪初期,弗洛伊德在谈到心理分析的精神病类型时就指出,恋乳癖、恋脚癖等,以男女人体的某一部位作为贪恋对象,属于精神病的一种。这种病态的情结还可能扩大为对手绢、内衣或是其他物品的病态亲近。当然,弗洛伊德还发挥道,写作就是一种白日梦。文学作品中的象征与梦中的象征是一样的,都具有性别象征的特性,如宝塔刀枪象征男性;花朵、水池等象征女性②。莫言说过,恋乳癖也是一种文学的象征,这正合弗洛伊德的理论。当然在《蛙》等小说中,莫言将青蛙作为一种象征,其实也是一种女性的象征,青蛙与女娲相关联,女娲造人是多子多福,蛙是高密东北乡人图腾。这部小说从妇科大夫的视域来审视历史现象,主角是一个计划生育干部,她一生的是非与堕胎的多少成为正比,这样的生活经历可想而知。所以晚年因为忏悔而成为一个捏泥娃娃的人。而弗洛伊德的理论中图腾恰是一种历史文化心理的积淀,民族图腾是民族心理的象征。如果从这一意义上,那么作为一个传统文化的中国的多子多福观念在这里至少是一种审美意义的批判,而且是一种植根于文化传统的否定。这正是一种世界体系图景,中国是大人文主义的故乡,从六经中就存在的人文主义直到宋明理学中发展到顶峰,而且曾经在18世纪以后影响到美国,美国的《瓦尔登湖》等作品中都受到过人文主义理想的影响。

莫言小说一直沉浸在一种暴力揭露的激情之中,《红高粱》中剥人皮、《檀香刑》中的残暴酷刑,他的作品中充斥着对生殖器、肛门、屎尿、经血、凌迟、剥皮等丑陋意象、场面的堆砌,同时又有大量泛滥的病态性欲。有批评家已经看到莫言主体心理的扭曲,莫

---

① 莫言、王尧:从《红高粱》到《檀香刑》,《当代作家评论》,2002年,第19—21页。

② 方汉文:《西方文艺心理学史》,陕西人民出版社,1999年,第351页。

言自己也不讳言。这其实是无可指责的，因为莫言叙述的是一种文化，一种导致了这种心理变态的文化语境，小说多是历史时态，是封建与半封建和半殖民地的中国社会，所以这是对社会暴力与心理的批判。如果说到第三世界的民族寓言，这可能是一个醒目的例证。关于第三世界的民族寓言，詹姆逊曾作出这样的论述："第三世界的文本，甚至那些看起来好像是关于个人和利比多趋力的文本，总是以民族寓言的形式来投射一种政治：关于个人命运的故事包含着第三世界的大众文化和社会受到冲击的寓言。"（《处于跨国资本主义时代的第三世界文学》）《红高粱》对"我爷爷"、"我奶奶"故事的原生态描述揭示出我们民族的生命意识和农民的文化心理，《酒国》以寓言的形式揭示了饮食文化畸形发展所导致的社会的腐败与人性的堕落，《檀香刑》由中国乡村为背景的惨烈叙事所引发的思考，《生死疲劳》将荒诞叙事与家族历史的叙述相结合对人性发起了深刻的叩问，《蛙》采用书信与话剧结合的叙述方式对中国乡村半个世纪的计划生育史进行了反思。从20世纪80年代的《红高粱家族》，到诺贝尔获奖作品《蛙》，莫言在不断探索个人的叙述模式的同时，也表达出自己对人性、对历史、对社会、对文化的拷问与思索。而这些来自"第三世界的民族寓言"的文本实质上都是以本土文化寓言为主体而建构起来的。也正因如此，莫言小说虽然受到了福克纳和马尔克斯的影响，最终却依然表现出颇具齐鲁神话色彩的个性化的特点。以个人的独特经验反映所生活的那个时代和社会，在大的空间语境中，这就是所谓的"世界文学"。

三、大家族叙事的终结者

莫言的大家族可以扩散到整个高密东北乡，这里其实就是一个半殖民地半封建的大家族。作者的小家族谱系是核心，采用了"我奶奶"、"我爷爷""我父亲"等称呼，创造出一种家族成员为中心的叙事模式。如莫言自己所说，这是他的一个创造。

　　这种大家族叙事历来是文学母题之一，包括中国《红楼梦》、法国左拉的《鲁贡—玛卡尔家族》、英国约翰·高尔斯华绥的《福赛特世家》（三部曲）、德国托马斯·曼《布登勃洛克一家》等类似同类作品历久不衰。但是在这个历史锁链中，福克纳有自己的独特写法，他一反这类小说宏大历史叙事模式，写出家族神话的新篇章。广义的"神话"（Myth）用法国批评家罗兰·巴尔特的观点来说，其实是一种有意指的符号体系，它可超越时空的界限成为后世精神指向的坐标，如嫦娥奔月，刑天无首等。《押沙龙！押沙龙！》出于《圣经》，大卫对于自己的爱子押沙龙因为阴谋篡位而被杀死，这是一个父子反目，兄弟阋墙，命运不可违背的母题。福克纳表达种族仇恨与道德沦丧毁灭家族的思想，白人少年托马斯·塞德潘出身贫寒，通过自我奋斗成为西印度群岛的庄园主，却意外发现妻子有黑人血统，打破了他跻身上流社会的梦想。他遗弃了妻儿，带着一群黑人奴隶来到密西西比来闯业，在约克纳帕塔法成功建立庄园"塞德潘百里地"。他再娶富商之女，生下儿子亨利和女儿朱迪丝。但在南北战争期间，前妻的儿子查尔斯·邦爱上了同父异母的妹妹朱迪丝，亨利杀死邦。而战争后归来的塞德潘重建家业失败，酗酒堕落，与穷白人琼斯的外孙女发生关系，被琼斯杀死。亨利多年流浪后回归，一把火烧了"塞德潘百里地"，家族鸿业成为"白茫茫一片大地真干净"。

　　这个主题在《红高粱》中，血红的高粱地取代了南方的甘蔗林，演变为余占鳌到戴凤莲到叙述者的家族的仇杀与抗争，先是余占鳌杀了戴凤莲的合法丈夫，在与侵略者的殊死斗争中，红高粱如血海。"我奶奶用烧酒洗脸"，"三百多个乡亲陈尸高粱地，流出的鲜血把高粱下的黑土泡成稀泥。"最后是神话的再现："我奶奶飘然而起,跟着鸽子,划动新生的羽翼,轻盈地旋转。"而爷爷辈的好汉们敢爱敢恨的形象与后世子孙如作为陪衬的"我"与十四岁的父亲形成对比,产生大家族终结的必然结论,用莎士比亚《哈姆雷特》最后一句话来说:

"此外,唯余寂寞。(the rest is silence!)"

这也是大家族叙事的最终结果。

莫言的叙事历来是一种家族世系,《透明的红萝卜》、《枯河》、《欢乐》《蛙》等不同长短的小说,全都是家族叙事模式,而且都是这些家族的悲剧命运,这就终结了传统的大家族世代兴旺或是家族内部姑嫂斗法式的历史,甚至作者让《蛙》中的姑姑出场,这个八路军神医的后代,成为计划生育干部后,严厉对待一切超生,在辱骂声中忏悔自己的一生,以一种历史的必然性指出其在新语境下的必然灭亡。《爆炸》中的"我"在产房外听到产妇凄惨的叫声,引起的是无意识活动:自己推重车上山,太阳绕着我飞行,飞行员把一块奶糖吐到玻璃窗上,引来三只红头绿苍蝇。福克纳是20世纪四大意识流作家之一,这种描写很容易令人想起这位美国作家的描写。但是莫言对意识流与神话的叙说却明显地带有齐鲁神话的特点。

莫言的家乡高密古代属于齐国,变革开放、多元务实的齐文化使齐地的神话传说带有了喜虚荣夸诞、崇尚魔幻色彩的"自由反叛"与"灵异想象"之特点。莫言极其崇拜的蒲松龄和他的《聊斋志异》也是在这种文化背景下产生的。莫言曾表达过对家乡的齐鲁神话的熟稔与崇敬:"我的故乡离蒲松龄的故乡三百里,我们那儿妖魔鬼怪的故事也特别发达。许多故事与《聊斋》的故事大同小异。"①这些"鬼狐花妖"、"灵异叙事"的齐鲁神话故事对莫言的影

---

① 莫言:《超越故乡·莫言文集·小说的气味》,当代世界出版社,2004年,第375页。

响是潜移默化的,它使莫言明白文学的奥妙在于无法之法,"好的小说就像幽灵一样","它像一团火滚来滚去,它像一股水涌来涌去,它像一只遍体辉煌的大鸟飞来飞去"①。《红高粱》中,"在海一样的蓝天里翱翔"的鸽子成为中华民族渴望生命、渴望自由的象征,"野合"成为反叛封建、追求幸福的象征,红高粱酒则成为敢恨敢爱的自由精神的象征。《檀香刑》中,莫言将家乡的真实事件与"高密东北乡"浓郁的风土民情结合在一起,高密的地方戏"猫腔"不仅成为文本的结构线索,并且被赋予了如同生命血肉一样的神奇的魔力。《生死疲劳》中的六道轮回与动物的叙述视角,将马尔克斯的荒诞叙事与家族历史小说有机地融合在一起。与马尔克斯相比,莫言的荒诞叙事中所包含的更多的是以其家乡的齐鲁神话积淀而成的中国传统文化意识。而他作品中的神话与意识流叙事则成为其具有本土文化无意识的寓言模式。这种模式是莫言所创造的个人的叙述模式,它不同于西方的叙事学。

莫言在《文学·民族·世界——莫言、李比英雄对话录》中曾经说过:"最初阶段的模仿或者说学习,不但是不可避免的,而且是绝对必要的,当人们不再满足于模仿时,便会调动起个人生活资源和民族文化资源。"由此可见,"依靠外来的刺激,可以使自身的要素呈现出鲜明的轮廓"②。

四、通向"世界文学史"的桥梁

莫言自己对福克纳和马尔克斯的态度是"逃离",把他们看成

---

① 莫言:《旧"创作谈"批判·莫言文集·小说的气味》,当代世界出版社,2004年,第286—293页。

② 莫言、[日]李比英雄:《文学·民族·世界——莫言、李比英雄对话录》,小园晃司译,《博览群书》,2006年,第8页。

是巨大熔炉，担心自己被伟大作家所烘烤而失去自我。这是所谓"影响的焦虑"，担心自己的创作会在前人伟大作家的影响下失去创造性。

事实正如他所实践，莫言从福克纳的创作中虽然获取了极大的教益，这种教益最大的意义就是使莫言走向世界文学体系，莫言的创作是中国作家自觉的"世界意识"觉醒的标志，而促使这一觉醒的，当然是明末以来东西方文学文化近400年交流历史，正如《东西方文学史》一书中指出：

所以说，世界文学其实自古以来就存在，它是世界民族的审美与存在意识的物化形态，它是差异性的一种表现。世界文学，就是各自独立发展的民族文学，世界文学也是各个民族文明的一个统一体，因为它们都是文学。文学并不因为具有不同的语言与文体就不存在了，世界文学的存在正因为有不同的语言与文体，有不同的创造方式。这一点直到今天很多人还不清楚，一些著名的学者在批评"世界文学"这个观念时问：世界文学是什么语言的文学？我们回答说：世界文学并不是某一种语言的文学，而是多种语言的文学。因为文学并不是只有某一种语言的文学，多种语言的文学或是说各有自己语言的文学，仍然是文学①。

以世界文学史的观念来看，莫言虽然借鉴了西方或是拉美文学，但并不是其文学的模仿者，他从福克纳所受到的母题观念启发包括"文学共和国"的地缘学想象、暴力性精神分析与大家族终结式叙事，都是事实，而莫言的文学话语是中国本土化的，是将西方的艺术观念为"本我"所利用，他创造了自己的文学王国，高密东北乡是中国化的文学源泉。

"真正意义上的文学还是人类的文学，所描写的是人类所共通

---

① 方汉文：《东西方比较文学史·导言》，北京大学出版社，2005年，第5页。

的、普遍性的内容。因此,真正的文学,应当是超越民族、国家的。然而,文学中有些部分是被强烈的民族主义、国家主义所限定的。我想,这种现象在中国、日本、韩国或其他一些国家的文学中应该都是存在的。在文学中吸收民族主义、国家主义因素,这一行为本身并不是完全错误的。但是,被禁锢在狭隘民族主义、国家主义中的作品,就是一种毒害了。文学作品的写作技巧、内容、语言,可以是某一国家、民族的,但是在更深的层次上,在思想、哲学层面上,应该是超国家、民族,甚至是超阶级的,应该面向全人类共通的课题"①。在此基础上形成我们自己的风格,什么是我们的风格?"我想那就是由我们的民族习惯、民族心理、民族语言、民族历史、民族情感所构成的我们自己的丰富生活,以及用自己的独特感受表现和反映这生活的作品"②。

这里我们顺便说一下所谓莫言《红高粱》等小说所带来的中国文化的否定影响,特别是从电影《红高粱》发行以来,西方以其中"粗俗"描写对莫言进行批评,国内也对其中的残酷描写、丑化中国文化,对其"东方主义"的立场质疑。

西方的"东方学"观念在世界文学中仍然有巨大影响,甚至有人会从这种立场来解释诺贝尔文学奖的取向,将其看成是对莫言或是其他一些作家模仿西方文学,暴露中国文化丑陋面的手段。更有相当多的人写了大量以女人的小脚、鸦片烟或是拖着"猪尾巴"辫子的中国人的小说,这种作品仍然流行欧美的部分阅读层面。

但是莫言不是"东方主义者",更不是中国人和中华文明的丑化者。"高密东北乡"并不能与现实中的高密县认同,这是文学共和国,对它的暴露与赞美相结合,爱之深者所以恨之痛,莫言热爱的

---

① 莫言、[日]李比英雄:文学·民族·世界——莫言、李比英雄对话录,小园晃司译,《博览群书》,2006年,第4—13页。
② 方汉文:《东西方比较文学史·导言》,北京大学出版社,2005年,第5页。

这片"传说"中与现实中的土地,他是通过对这片土地的爱与恨走向了世界的,这是他的使命所在,一旦脱离这里,他就失去了自我,没有莫言可以,但是没有现实与传说中的高密乡是不可能的。同样的道理使用于福克纳,约克纳帕塔法属于福克纳的王国,他虽然矛盾的心理来暴露这里,却不是以诋毁这个文学共和国的现实以追求个人的目标。

这就是世界文学史上批判性寓言的奥秘,20世纪初期美国批评家埃特蒙德·威尔逊(Edmund Wilson)的《创伤和弓箭》(*The Wound and the Bow*)中曾经引用希腊神话的一则故事,特洛伊战争中,英雄菲洛克忒忒斯腿上受了重伤,伤口溃烂后,臭气逼人,他被奥德修斯遗弃在雷姆诺斯岛,希腊人久攻城不下,预言家说只有得到菲洛克忒忒斯的神箭才可能破城。于是奥狄修斯只好来用计骗回菲洛克忒忒斯,他用神箭射死帕里斯,为取胜奠定了基础。文学作品如同神箭,虽然射手有恶疾,却有它的独特功能,离此不能取得胜利。利用文本中的有缺陷的描绘,正可以发挥弓箭的作用,最后取得胜利。

最后必须说道,福克纳是莫言走向世界的桥梁,而不是阻碍莫言自我创造的巨大阴影,使他在这片阴影下为前人的影响而焦虑。而正是通过福克纳,莫言走向了世界文学体系,以中国话语成为世界体系的构成,这就是莫言的意义所在。

多元文化的中外文学比较：新辩证观念①

目前正在中外文学理论、哲学、经济学、历史学、科学理论等领域展开的文化全球化论战已经进入一个新阶段：从东西方文化冲突（亨廷顿等）、东方主义（赛义德）、中西文化异同论（晚清以来在中西学者中已经展开）等文化现象分析的阶段，进入到全人类思想文化创造之间关系的反思。迄今为止的人类文化创造是否一种具有同一性、普遍性、共相价值的文化一体论（Cultural Unification）？抑或只是绝对相对主义——各民族文化自成体系，彼此之间只有相对性，以差异逻辑为基础的文化相对论（Cultural Relativism）？争论意义之重大早已超出了东西方文学比较的层次，由于比较文学学科居于中外文学交流的特殊地位，理论交锋在此表现得更为激烈也是必然的。"是以君子处世，树德建言，岂好辩哉，不得已也"（刘勰）。但是也应当看到，在这个领域中也同样进入了这样的新阶段，在对于欧洲中心主义及其臆造的东方学见解（也包括出身东方民族但逆附于西方中心观念的学者的意见在内②）进行针锋相对的反击的同时，也

---

① 本文发表于《外国文学评论》，2000 年第 3 期。

② 笔者认为每个人的民族无法选择，但本人可以选择自己的文化价值观，出身于东方民族的学者可以依附于西方文化观念体系，反之亦然，例如英国著名学者李约瑟变就曾经表示自己愿意出生于"公元一世纪佛教已传入时的中国新疆"。（参见《展望二十一世纪——汤因比与池田大作对话录·中文版序言》，国际文化出版公司，1985 年）这种自由是应当肯定的，虽然从爱国主义和民族主义观念出发，人们总对于背弃本民族文化的选择表示鄙视，正像俄国作家冯维辛《旅长》中的那个只在一个巴黎的马车夫办的语言学校学习过十五周的伊凡认为自己已不再是俄国人，而是高雅的巴黎人一样。但这种崇洋思想与文化价值选择之间是有极大不同的，不应混为一谈。

有必要从文学认识论、阐释论、审美观念出发,以学科理论来阐明我们对于文化一体论与相对论的观点。这样,在赛义德《东方学》式的对西方中心论揭露的基础上,进而发展出理论深层的、更有建树性的研究。这就是要在中国与西方文学交流、比较研究中,建立起有认识论基础的新理论体系。

一、东西方文学比较的辩证观念

这场论争其实是渊源有自,在社会现象层次,它表现为全球化(globalization)和民族性(ethnie)的对立尖锐化,表现为比较文学中的西方中心论和对异于西方文化的排斥。但它的思想理论观念实质是文化一体论与文化相对论之间的对立,如果从历史来看,在西方理论中,它产生于18世纪世界异类文明特别是东方与西方文明之间的大规模交流之中。

传统东西方文化理论中其实早已有了人类普遍理解原则,而且对于这一原则的把握方式也是极为相似的。亚里士德在《论解释》中说,人类文字与语言纵有不同,但作为情感符号则有一致性"这些情感具有的事物相似性也都是相同的"。[①]说明世界异类文化之间是有共性并且可以传达的。由语言的可译可通性推及人类有共同的心理。这种认识方式与古代中国人见解基本相同,古代所谓五方即华夏与夷狄戎蛮四夷,不同民族之间的交流通过语言翻译,正像王充《论衡·变虚篇》所说:"四夷入诸夏,因译而通"。语言翻译是建立在异类文化间有普遍理解的前提下,《礼记·王制》曰:

> 中国蛮夷戎狄皆有安居,和味、宜服、利用、备器。五方

---

① 参见[瑞士]E·霍伦斯坦《人类同等性和文化多元性》,载《哲学译丛》,1993,3,22。

之民,语言不通,嗜欲不同。达其志,通其欲,东方曰寄,南方曰象,西方曰狄鞮,北方曰译。①

在不同民族之间,必然存在着同一性,使人类行为、语言和心理意志可以相通。

18世纪东西方文化大交流和西方的海外殖民活动使西方与异类文化全面相遇,不同文化间的冲撞产生关于文化相对性的反思。德国浪漫主义理论家赫尔德(Johan Gottfried Von Herder)认为每个民族都是独立的体系,有独特的中心——自我,自我对于与其本性相同的事物有同化作用;每一种民族语言都有独特的文化价值。洪堡(Wilhelm von Humboldt)说"在同一个国家或民族内部也有类似的主观性影响语言的情况,所以在每一种语中都包含着其特有的世界观。"这种相对论强调民族文化特性,并且在人类学、语言学、宗教学等领域展开对于非西方文明的调查研究。这种研究一方面促进了西方对于其他种类民族文化的了解,建立了东方学、文化人类学、神话学,比较语言学等学科。另一方同,也刺激了西方中心主义,种族优越观念的萌生。其他民族的文化被看成是非文明性的、非理性的文化。这种文化相对论和文化歧视论在欧洲流行极广:黑格尔认为中国文化在层次上是低于西方的。颇受哈贝马斯等推崇的马克斯·韦伯在《儒教与道教》中把中国的语言文字看作"思维仍停留在形象状态"的文字,"中国人尚未领悟逻辑、定义、推理的威力"。"逻辑这个概念对于单纯重视实际问题和世袭官僚制的等级利益、受经典束缚的非辩证的中国哲学来说,简直是天方夜谭。它根本不知道一切西方国家哲学的这一关键问题圈,其含义极其清楚地体现在以孔子为首的中国哲学家的思维方式中。精神工具现实之极、清

---

① 《礼记正义》卷12,《十三经注疏》上册,中华书局影印本。

醒之极,坚持使用比喻——尤其是那些写在孔子名下的真正充满智慧的格言——这种形式与其说使人想到理性的宣传,不如说使人想到印第安酋长的表达方式。"①

顺便说到近年来我国学术界有一种颇为流行的观点,把中国文化的思维方式描述为"实践理性"或是"实用理性"②。其实在某些方面不过是步了韦伯的后尘,与西方中心主义相呼应,把中国文化精神定位于只从世俗伦理出发的(马克斯·韦伯就是把中国理性称为"世俗理性"的)低级理性、非理性的层次。可悲的是,这种论调现在仍然在哲学、文学理论、历史和中国文化研究中泛滥,甚至被某些青年学子奉为圭臬,其危害可谓大矣!如果说西方学者从黑格尔、马克斯·韦伯、胡塞尔(其《欧洲科学危机和先验现象学》中把中国与印度思想看作是非理性的"人类学经验")等对中国一无所知者谈中国,是庄子所说"夏虫语冰"、"井蛙观天",是西方中心论的偏见(恰如恩格斯所言:偏见比无知离真理更远),那么有意无意拂逆于西方谬见者现在应当从西方文化相对论的偏见中醒悟过来了。

从文化一体论与文化相对论之间的对立中,我们已经可以看出当代比较文学对解决这种论争间关系重大:一方面,借着经济全球化的大趋势,文化一体论被西方中心论学者用作扩展西方文化,实现西方现代化模式,消除非西方异类文化的模式。另一方面,文化

---

① [德]马克思·韦伯:《儒教与道教》,王容芬译,商务印书馆,1999年,第179页。
② 参见李泽厚"再谈'实用理性'"一文(《李泽厚哲学文存》,下编,安徽文艺出版社,1999年,第731—737页。)他认为自己最先是在1980年最先使用"实践理性"这一词汇的。实用理性的特征是"离开了伦理实践,这种世界观或生活态度便无意义"。特别说明儒家只是"半哲学"。其对于中国哲学的基本理解也与韦伯的评价相似,认为不是真正的理性思维,只是一种低等级的、以现实实践为目标的介于宗教与哲学之间的学说。值得注意的是,对于中国哲学中最重要的《易经》和逻辑学《墨经》无论是西方学者还是一些中国学者都只字不提,讳莫如深,这真是可笑之极。

相对论又被某些种族主义者所利用，再建旧的民族中心论，以保守的、传统的、甚至有封建思想的文化以建立"东方中心"，"自我民族中心"。更为危险的是，部分西方学者从黑格尔到哈贝马斯等，以虚假的文化辨证论，有意回避东西文化比较的交往交流的理论、对话的理论等欺世盗名，内以肯定西方中心，外以消解非西方的文化传统。这样形成了一体论与相对论两大冲突势力的对抗。

笔者认为：绝对的文化一体论与文化相对论都是背离世界文化发展历史与规律的，事实上，中国人早已经认识要用一种辩证理性的认识论去研究文化关系。这种辩证观念是中国文化精神的真正所在，中国人曾经用在三个大的历史阶段用这种观念处理文化关系，创造了华夏与四夷之间、儒释道之间、西方现代思想与中国传统之间的长达五千年间、互相同化与互相异化，融汇与扬弃，逾越（transsigressions）与交流（trasitions）的辩证发展关系，事实胜于雄辩证，这是其他文明中所没有的。当然，三教之间并非完全融全，不是叔本华所说的"三教一家"（他译为 san kiao-yi jia，解释为"三教仅为一家"），而是一种来自不同民族思想的带有磨砺，冲合性的辩证发展关系，无论如何这种现象是世界文化史上罕见的。正像瑞士学者 E·霍伦斯坦所感叹的那样：

> 这三种世界观有其不同的历史渊源，它们分别根植于中国北方、南方和印度三个不同的地方，这正体现了相互补充的性质。相比之下，犹太教、基督教和伊斯兰教这三种流行于西方世界的一神教在历史上的密切的亲缘关系，从中世纪、启蒙时代到当代，则一直鼓励和怂恿千篇一律、始终不变的思维。①

---

① [瑞士]E·霍伦斯坦：《人类同等性和文化多样性》，转引自《哲学译丛》，1999年，第23页。

那些诋毁中国文化者——从黑格尔到胡塞尔等西方学者是中国文化的远人和"他人",他们关于中国文化的说法无异于以蠡测海(至于那些附冀于这些大学者之后的西方中心论的哓哓小儒以及非西方种族的西方文化附逆者的种种谬论就不值一驳了,他们的说法尚未进入理论层次。)他们根本不知道中国文化的这种辩证精神正是中国古老的《诗经》、《易经》中已经提出的,并且有着相当雄厚的逻辑学基础,这种逻辑是不同于亚里士多德逻辑的世界三大逻辑之一——墨辨逻辑。

其一:一个民族的文化心理体构直接反映于文学之中,因为文学是感性心理成分与意识的结合的语言实践,最敏于表达心理变化。中国文学传统一直是多元文化的,与西方荷马史诗不同,它不是描写民族之间的酷烈战争,而是人与自然、人与人之间的关系相互联系。即使其起源也是多元的。《吕氏春秋》中认为中国诗乐之始有四音:东音为夏后氏《破斧之歌》;南音为涂山氏女《侯人》,西音是周秦故地所出;北音是有戎氏二女所作《燕燕于飞》,其实是来自中国东西南北不同民族的民歌。中国最早的诗歌总集《诗经》收集北方十五国风,《左传》中记载吴公子季札观乐,逐一评论秦、齐、王、魏、等十五国风,分辨每一国风反映出的民族特性。稍后的楚辞则集中了楚地多种民歌。《国语》有周语、鲁语、齐语、晋语、郑语、楚语、吴语等,可以说是最早的民族语言和地方语言的大汇融。相传产生黄帝时代的《弹歌》则首见于赵晔《吴越春秋》,与楚、越之地三苗和百越古代少数民族关系密切,足见华夏先祖的歌诗与异族是合流的。这是世界文学史上不多见的多元对话。

更重要的是这些作品中早已反映出,个体的自我意识已经成熟,它既表现出对于异己的他人与自我心理之间的差异早已关注,同时又表达了个体之间,种族宗社之间互相交流的可能性。也正是在这种关系中获得不同的自我之间、自我与他人的辩证理解。恰如巴赫金所说:"自我客体化(在抒情诗、在独白中等)如同自我异化和逾越。自我客体化(即将自己外化),我得到与自己间的真正辩证关系"[Самообъективация（в лирике, в исповеди и т. п.）как самоотчуждение и в какой-то мере преодоление. Объективируя себя（то есть вынося себя вовне）, я получаю возможность подличнно диалогиалогического отнощения к себе самому]①。从中突现出一种中华民族特有的宽容大度,求同存异,互相交流、共同发展的精神。《诗经》中的"他人"、"彼人"便是一个形象代表:

    终远兄弟,谓他人之父。(《葛》)
    彼人是哉,子曰何其?(《园有桃》)
    独行踽踽,岂无他人,不如我同父。(《杕杜》)
    岂无他人,维子之故。(《羔裘》)

"他人"主要指与"我"不同宗族的异人,这个形象与自我之间建立了差异与同一的辩证联系,并没有成为敌对者的形象。"他人有心,我忖度之","我心蕴结兮,聊与子如一兮"(《素冠》),就是对于一些明显有对立的"异邦",如"此邦之人,不可与处"(《黄鸟》)等也是怨而不怒,哀而不伤。

  其二,中国文化精神的主旨是辩证观念,它体现为对天与人,人与人之间的冲突与合一关系的协调,承认差异、对立和冲突的存在,但又看到它们之间的同一、互为依赖的关系。天与人(当然也包括人与人)不是完全的"合一",它们不会融合为一。即使是庄子也

---

① М. М. Бахтин, ЭСТЕТИКА СЛОВЕСНОГО ТВОРЧЕСТВА ИЗДАНИЕ ВТОРОЕ, МОСКВА《Исскусство》,1986,СТР318.

没有认为是绝对的"物我合一"而是天道两行。即它们存在于同一世界之中，它们之间有同一与差异的辩证关系，只要人类与自然存在，这种辩证关系就不会结束。"天行健，君子自强不息"。这种文化精神的代表是易经中所说的"一阴一阳谓之道"。阴阳变化，相生相克，代表了中国文化承认差异与同一并在，天与人、人与人处于冲突和互利的对立统一关系。这种精神是与西方柏拉图亚里士多德的文化一体论所不同的，也是近代文化相对主义的冲突论所无法理解的。这两种出于西方的理论表现不同，认识论根源却是同一个。因此，在对文化问题上与相对论者赫尔德暗通的黑格尔，竟然同时是西方文化一体论的代表者。

引人注目的是易中的"明夷"的所说"内文明而外柔顺"，"箕子以之"，"明夷于南狩，得其大首，不可疾贞"，"初登于天，照四国也"等等说法。与相传是邻邦异族关系密切的历史人物箕子联系在一起，显然是当时中华文化与异族文化之间内外交流的写照，寓意深远，有待于后世学者进一步研究阐释。

其三，中国文化认识论具有独特的辩证逻辑基础，这是西方中心主义者所不能理解的。这种逻辑的杰出代表是墨经，墨经中先有"辨异同"，分"同"的概念为重、体、合、类四种。（比起两千年后黑格尔逻辑学中的"同一性"概念要丰富得多）；又把"异"也分为四个范畴：二、不体、不合、不类。这就为以后的比较思维和比较方法奠定了逻辑学基础。最后墨子又把异同关系辩证的总结为"合同异"，说明事物之间有同与异的辩证联系，无同即无异，无异也无所谓同，同与异只是事物本质联系方式，不能对立起来。中国文化的这种逻辑比起断言中国无逻辑的黑格尔来说，他的逻辑学的缺陷十分明显。当代后现代主义在批判西方以同一性为中心逻辑体系时，是把黑格尔作为主要目标的。他们发展起来的"差异逻辑"，比起先秦诸子特别是墨子的辩证逻辑仍然显得稚嫩得多。正如冯契先生所说：

> 西方在古希腊时，也有辩证逻辑思想，但形式逻辑比较发展，后来中世纪也有较多的研究。在西方，长期以来，科学与形式逻辑的关系密切，而中国古代哲学、科学的发展则与辩证逻辑的关系更为密切，这是中国逻辑思想史的特点……①

近代一些对中西文化有比较深入研究的西方学者如李约瑟也曾说过，当希腊人与印度人发展形式逻辑时，中国人发展了辩证逻辑。在这方面中国人是高深的而西方则是初等的。我们应当再补充一句，中国人不仅建立了自己的辩证逻辑，而且借鉴了印度的因明学，丰富了中国原有的逻辑，形成了唯一的多种逻辑辩证互补的文化体系。

2. 比较文学对象的同异观

多元文化时代比较文学的对象是世界文学，是不同族与文化的文学，与传统文学研究以本民族文学为主要对象是一个根本的变化。这一对象变化的意义不是研究范围的扩大，而是对象与主体同时的多元化：多元的主体与多元化的对象，因此不能用单一主体的单一方法来对待这一对象，不能用同一来取代差异。西方近年来风行的"差异逻辑"、"主体间性"等概念都与承认差异性有关，重要的是承认对象的差异性。

长期以来西方学者在中西文化比较中持一种形式主义的机械对比观念，集中体现在以西方文学作为世界文学的标准来要求异类文

---

① 冯契：《逻辑思维的辩证法》，冯契文集第二卷，华东师范大学出版社，1996年，第140页。

学，把古希腊(有时包括部分《圣经》文学)看作是唯一正统的文学，对非西方文学评头品足。这是以西方之同一性逻辑为基础的比较观念对待根本不同性质的比较文学对象。从对象到方法上形成了误差。其表现形式多样，以下是几种代表性形态：

1. 以西方文学为中心的"缺类研究"

所谓"缺类研究"指的是从西方文学主要是古希腊文学的艺术形式出发，对于非西方文学形式进行对应检查。"缺"是指相对于西方文学文体的缺少和不足，"类"是指西方文学类型，其实主要指文体(gerne)。

西方学者认为中国文学形式中缺少史诗，英国的波拉(Sir Maurice Bowra)说中国充其量只有"前英雄诗"("Pre-heroic" poems)或是"哀歌"(Laments)等，把中国楚辞中的《国殇》等说成只是哀歌而称不上史诗。① 此外还有哈佛大学海涛华(J. R. Hightower)等人一批西方学者赞同这种看法。其实早在西方学者用西方文类来对中国文学进行铁床式的砍头入棺之前，王国维就在以西方文类为模式进行对比，其后又有杨牧等人努力要证明中国诗经中早已有"周文史诗"等。

西方学者断言中国文学中没有悲剧，于是就有朱光潜解释：中国人满足于"实际的伦理哲学"就没有悲剧的诞生。②

西方学者威斯坦因(Ulric Weisstein)说在远东国家中"迄今为止还没有按照类属对文学现象进行过系统的分类"，有的中国学者就被迫努力证明：昭明文选已有文体三十六类之分等等③。

……

---

① 参见杨牧《论一种英雄主义》，《中外文学》，卷4第111期，第29页。
② 朱光潜：《悲剧心理学》，安徽教育出版社，1996年，第283页。
③ 参见张隆溪主编《比较文学译文集》，北京大学出版社，1982年，第6页。

2. 艺术表现形式高下之分

早在黑格尔《美学》中就有一种奇谈怪论：西方赫西俄德的神谱是清楚的，但是印度神谱则"放荡恣肆，在塑造形象方面那样随意任性，不顾体统"①希腊史诗是人类艺术创造的高峰，而东方抒情诗则等而次之。黑格尔认为中国抒情诗用隐喻是主体没有独立的自由精神的表现，对这种观念表示不满。美国当代诗人学者虽然把中国诗比作詹姆士王版本圣经这种最有影响的英文经典对于美国诗的作用，但却又把它看成是"总是难以捉摸的艺术"。②

针对以上现象，首先笔者要问的是：为什么只研究中国文学中"缺类"？而不去研究希腊文学、英国文学或是美国文学中的"缺类"现象？例如：

希腊文学中为什么没有产生像中国《诗经》那样的抒情诗体？没有《离骚》那样既具史诗又具抒情诗特征举世无双的文体(刘勰称之为"自铸伟词")？

为什么西方文学近三千年中为什么没有汉大赋、词、曲、这样的艺术形式？

为什么西方文学中一直发展不出中国戏曲这样不同于悲剧、喜剧、宗教剧、歌剧、话剧的独特艺术形式？

为什么西方史诗的艺术价值高于东方抒情诗？

如果用中国艺术形式为标准去对西方进行缺类研究，那么以上问题是西方学者应认真讨论的，其答案可能是启人深思的。艺术与

---

① 黑格尔:《美学》，第二卷，商务印书馆，1982年，第58页。
② 钟玲:《美国诗人如何看待中国诗学》，见黄维梁等编《中国比较文学学科理论的垦拓——台港学者论文选》，北京大学出版社，1998年，第262页。

人类其他文化创造一样,是以时空作为存在的感性形式,以民族心理和文化精神作为感性形式的审美与意识形态。这样,历史与地域所形成的民族形式与艺术精神具有各自特征。文化辨证论承认人类文化的同一性,即人类有共同的艺术形式感受能力,有美同嗜,荷马史诗与诗经楚辞、格萨尔王传、唐诗宋词、莎士比亚戏剧、托尔斯泰小说受到世界各民族的赞誉。但也无可否认各民族有自己的心理形态,各个历史时代有不同的审美经验差异。以对于文学有重要意义的氏族社会到封建社会的过渡时期为例。地处欧亚非文明交汇处的古希腊民族征战频繁,歌颂战争英雄阿喀琉斯、俄底修斯、赫克托尔,记载特洛亚斗勇斗智战争历史的荷马史诗自然成为民族文学的中心。战争酷烈使人深思生命局限、命运悲哀、主体意识向往于对生命意义之超越。《伊利亚特》第6卷145—149行,阿喀琉斯对于自己将亡命战场的哀思;俄底修斯激昂地说:"……我们将按∕宙斯的意志,经历残酷的战争,从青壮年∕战斗到老年,直到死亡,谁也不能逃脱。"忒拉蒙的儿子埃阿斯狂喊:"……将我们杀死吧∕杀死在此光天化日之下,如果这样能使你欢悦!"这种命运之思考一直持续到希腊悲剧代表作《俄狄浦斯王》中,人类一直处于对于命运反抗挣扎的思想之中。相反,殷商两代千年间,中原文化发达,人民生活安定,《诗经》以人与自然和谐,人伦道德教化从野蛮到文明的进步,人类情感从单一到丰富的表达为主,讴歌人生的情趣,《关雎》表达的男女爱情被推到最前列,是人类美好情感的艺术升华。如果说个体的精神自由,中国以抒情诗无疑是最完美的表达形式之一。西方东方的艺术,各有其独到之处,这就是审美情感的差异。只有承认这种差异才有真正的比较,比较文学是对跨文化跨民族和学科的文学的同一性与差异性的研究,比较建立在这一基础上,不能只以西方为准则,以西方的同来取代东方的异。

实事上,史诗并非西方所独有,东方更是史诗的故乡,世界上最早的史诗是苏美尔史诗《吉尔伽美什和阿伽》，其原文所复原的十一块泥板年代属于公元前两千年代初期，内容反映的是公元前三千年代初期苏美尔英雄吉尔伽美什故事，至少比公元前10至8世纪的荷马史诗早一千年。中国不仅有史诗，而且异常丰富。根据我国学者研究，中国少数民族有史诗三百余部。其中三大史诗最为著名，《格萨尔》是散韵相间的史诗，其中韵文达五十万字以上，散韵文共计一千万字以上，是世界上最长的史诗。《江格尔》还是跨国流传的史诗，长达十九万行。《玛纳斯》大约有二十万行。中国没有悲剧的说法也被事实所驳到，学者们先后编了中国悲剧的多种选本，收入数十种中国悲剧代表作，展示了中国悲剧的独特风格。

比较文学辩证观念应有这样的一种同异观，同一性和差异性具于一，它们在文学比较研究中是基本原则，不能只去求同，所谓"打通"的说法不能确切。也不能只去求异，东方不是世外桃源。异中有同，同中有异是事物存在的现实。文化的同一性中含有相对性，正如墨子说：

> 夫辩者将以明是非之分，审治乱之纪，有同异之处，察名实之理。处利害，决嫌疑，焉摹略万物之然。论求群言之比，以名举实，以辞抒意，以说出故。以类取以类予，有诸己不非诸人，无诸己不求诸人。①

三、主体的双向阐释：自我与他人

比较文学主体观念的变化同样重要，传统文学研究局主要局限于单一文化主体，尽管如此，对异族文学的批评仍然有一定的文化

---

① 《墨子闲诂》，见《诸子集成》，中华书局版，卷十一。

排异现象。而比较文学这种跨文化跨学科跨民族的文学研究中，没有一个统对统一的主体，主体必然有具体的文化身份认证（identity）。研究东方与西方比较文学的主体可能是东方人也可能是西方人，无论是谁都会有自己的相应的文化观念，虽然这种观念可能不是以主体自然身份（如国籍、种族等）为依据。从某一种文化观念出发对另一种文化的文学进行评论，就会有来自本文化的影响，这便是当代学者所普遍关注的"误读"、"主体间性"、"他人"等问题的原因所在。如果把这一现象置于世界文学理论之间的比较研究层次来看，隐匿于其中的主体与他人的对立与冲突就更彻底地暴露出来，特别反映在所谓"比较阐释"上。

世界有四大历史悠久的文艺理论体系：中国、印度、波斯—阿拉伯和西方文学理论，理想的比较文学阐释应当是东方与西方文学理论对于文学文本的跨越文化与时空界限的、逾越自我与他人理解的、互相阐释，绝不是海德格尔等人所说的阐释只是"自我理解"。这种阐释只是赫尔德、黑格尔所说的"本民族自我理解的现代版"而已，阐释的关键是"理解他人"。但目前只有西方理论对于中国与其他东方民族文学的阐释，而没有东方文学理论对于西方文学作品的阐释。这是一种自西向东的单方向的阐释。以中国文学从晚清以来接受西方理论阐释的历史为例：

王国维运用叔本华、尼采和康德等人的理论来阐释中国诗词和小说《红楼梦》，在其《红楼梦研究余论》中大段引述叔本华《意志与表象的世界》中的观点，以证其说。

陈铨《叔本华与红楼梦》、《尼采与红楼梦》等文章中把尼采叔本华生命哲学与康德哲学拉扯到一起，用以阐释中国文学。

朱光潜《诗论》、《悲剧心理学》将克罗齐表现论美学、布洛"距离说"用以阐释中西诗与悲剧。

现代文学理论家们用前苏联的多种马克思主义批评模式来分析

中国文学文本，成为改革开放以前中国文学理论与批评的主流。

近年来西方的精神分析学文学理论、结构主义文学理论、解构主义文学理论、接受美学、文化人类学及神话原型批评、西方阐释学、现象学批评、女权主义、后殖民主义……，几乎所有西方批评流派无一不在中国文学中得到回光返照式的应用，往往是西方已经过时的潮流在中国还正"方兴未艾"，如同巴尔扎克《人间喜剧》"外省生活场景"中所描绘的摹仿大都会里几年前流行的时髦风尚的外省贵妇人。所以这种风尚反映于如何建立中国比较文学学派的构想时，一些学者认为，中国比较文学学派应当以对西方理论的阐释为主导："……建立比较文学中的中国学派大约应历经底下这三个步骤或阶段：（一）模仿和套用西方的理论和方法；（二）考验、调整、修正以及扩大西方的术语、理论模子（model）；（三）发掘新的文学理论模子，找出文学创作的一般法则和共同规律（universal 或 common poetics）。"①

为什么只能用西方理论来阐释中国文学而不能用中国理论去阐释西方文学？中国的儒家诗学传统、《文心雕龙》体大虑周的理论体系、丰富多彩的诗话词话批评方式哪里去了？为什么亚里士多德《诗学》、朗吉弩斯《论崇高》、贺拉斯《诗艺》、波瓦洛《诗的艺术》、华兹华斯、柯勒律治、雪莱、波普、德莱顿等人的理论仍能被西方学者所运用，中国文艺理论就不能冲破时间与空间的界限进入西方与现代文学理论。笔者认为，归根结底是西方中心主义的观念作祟。西方理论占有中心地位，只有西方理论对中国的阐释，没有中国理论对西方的阐释，只有单方向的阐释，没有双向的阐释。

从认识论来说，这是一种西方主体的自我中心主义，同时也是

---

① 陈鹏翔：《建立比较文学中国学派的理论和步骤》，见黄维樑等编《中国比较文学学科理论的垦拓——台港学者论文选》，北京大学出版社，1998年，第154页。

一部分中国学者丧失自我主体性的心里反映。西方中心主义者不能正确理解多元文化之间的辩证关系,正是由于其认识论中的自我中心,排斥他人。要认清西方关于自我与他人观念的源流,当然不能像那些文化附逆学者们那样,跟在后现代殖民理论家与女权主义理论家斯皮瓦克之流后面鹦鹉学舌,大谈他人,却看不到这种理论之后的真实动机。因为这些后殖民理论家与女权主义理论家本身也是拾人牙慧,从萨特、弗洛伊德、拉康那里得了些零碎的见解。正像柏拉图关于摹仿的著名比喻所说:这是影子的影子,与真实已经隔了三重了。如果再把他们的丁豆见解施之于中西文学比较的"他人""凝视"(gaze)等说法,就更是远之又远,所谓"刘郎已恨蓬山远,犹隔蓬山一万重"了。

"他人"可以说有两种来源,一种是西方哲学来源,"他人"是萨特存在主义哲学重要概念,他最著名的论断是"他人即地狱"。他还创作了一部戏剧《间隔》来渲染这种观念。当时就被哲学家怀尔德等人称为"病态个人主义"。但实际上,这种把他人与自我对立起来的观念也并不是萨特的发明,早在他之前,这种关系已在黑格尔《精神现象学》中明确定位。黑格尔《精神现象学》中有一个令人费解的现象描述:主人与奴隶之间的对立与依赖关系。这个关系虽然被黑格尔用自己的特有的晦涩方式表述为:自我意识双重性的运动形式即自我意识作为一个独立体系的内在运动。但这种运动的实质是"一个个人与一个个人相对立的局面"。当它表现为纯粹的自我意识与生命的自我意识时,两者之间就有了主人与奴隶的关系:"其一是独立的意识,它的本质是自为存在,另一为依赖的意识,它的本质是为对方而生活成为对方而存在。前者是主人,后者是奴隶。"①黑格尔的自我意识之间关系其实就是人与人之间的社会关系

---

① [德]黑格尔:《精神现象学》,商务印书馆,1979年,上卷第127页。

的写照，此乃这位头足倒立的哲学家的惯用手法。以后萨特的贡献之一就是在《存在与虚无》等著作中，把这种精神的对立外化对于他人的"凝视"。"他人"的另一来源是西方的精神分析，法国拉康把弗洛伊德的自我结构学说发展为系统的主体结构，个体在发育中会在6—18个月阶段经历镜子阶段，即儿童与自我形象认证（identity），从自我与"他人"（成人主体）的映象中获得自我分裂的心理情结。镜子阶段被拉康说成是"一种符号版型，最初的'自我'就把它的形象映于这一版型上。这时，它还没有与'他人'在被看成辩证法的基础上客体化，同时它作为主体在世界上存在由于没有语言还是不可能的"[①]笔者认为：

第一，如果承认阐释学已不再是传统解经学而是理解和理论的创造，那么比较阐释学就是对于自我也是对于他人的理解与创造。它的创造主体无论自我或他人都是具有平等地位的，比较阐释学不是一种理论在他国文学中的"模仿与套用"，不是只能用西方的模子套中国文学。在用西方理论推动中国文学发展时，也可以把中国文学理论运用于西方文学研究中。这种情况虽然是姗姗来迟，但也并非绝无仅有。众所周知的美国诗人和学者庞德、雷克罗斯、布莱和赖特等人重视把中国诗意象理论等引入西方诗学，可以说已经表现出一种现实的需要，只不过与中国对西方的理论阐释相对而言是微乎其微了。

第二，比较阐释学的目的在于以异类文化和其他民族理论体系的精华激活本民族的创造性，在自我与他人理论的双向作用下创造新的理论，中国人阐释印度佛学理论创造新学说就是一个历史例证。佛教从西汉传入中国经历了三大发展阶段终于融入中国传统的儒道之学，创造新理论。第一阶段从汉到魏晋只是佛教独立发展，

[①] Jacques Lacan, Le stade du miroir, Ecrits, Paris: Editions du Seuil, 1966, p.91.

虽然《文心雕龙》等伟大著作吸收了佛学思想，但尚未完全被儒学所接受。其后南北朝隋唐之际也有"殊方之典"战胜"诸华之教"的局势，形成所谓"佛教盛世"。但无可避免地有其后唐末宋初的反佛斗争。在这阶段中发展出白居易等人的"融佛入儒"的思想，为以后佛学在中国真正立住脚跟，成为中国文化的一个有机组成部分，为中国文化的新创造打下基础。直到第三个发展阶段——宋明经学，中国近代以来最重要的思想文化创造阶段之一，才焕发出中国学术的创造力。诚若皮锡瑞所言："宋儒起而言义理"，"视汉儒之学如土埂"。"濯旧来新"（张载），从宋明到清初七百年间，经学创造空前绝后，创造出禅宗等学说，自先秦以来，没有一代学术能有如此之大的力量。究其原因，融佛入儒，创造独立学说是重要的历史经验。现代中国自清末以来阐释各种西方学说，积百余年之经验，现在到了创造自己新理论的时代，笔者并不主张非要创立中国学派，只是要指出，学派创立不可能只是阐释，更重要的是创造自己的理论观念与体系。

　　第三，反观自清末以来对于西方诗学理论的阐释，其结果是形成权威话语的独白。正像莎士比亚十四行诗第六十六首说："学术被权威箝住口舌"，很多学者所指出的中国文学理论"无言失语"局面，现在到了文化范型转换的时期了。这种局面的改观之日，也就是自我与他人之间关系得到正解处理之时。自我与他人之间的关系就是文化关系的象征，从新辩证观念来看，首先要承认他人与自我一样，是具有同等地位的主体。承认"他人"的主体性，对于比较阐释学意味着：阐释和被阐释的双重权力。用中国文学理论阐释世界文学，与用西方文学理论具有同等重要的作用。笔者近年来用儒家诗学、《文心雕龙》等来阐释西方文学，特别是西方的语言转向，后现代主义诗学理论，①正是在这个方向的努力，盼能抛砖引玉。我们也欣喜地看到，黄维樑先生也提出"我只是认为，《文心雕龙》的理论，可以古为今用，甚至中为洋用；至少，它的理论，可补一些西方理论的不足"②特别是钱中文新理性精神、盛宁关于反对西方中心论、乐黛云"和而不同"等理论的提出，表明这已是中国比较文学与世界文学、外国文学学科重要的理论课题了。

早在二百多年前康德就在《评赫尔德〈人类历史哲学观念〉》(1784)等著作中批判过赫尔德的文化相对论，认为其中含有对于非西方民族的种族歧视。此后，马克思恩格斯又多次抨击狭隘的德国民族主义观念，并且《共产学史宣言》中提出世界文学的概念。但文化一体论与文化相对论的对立并没有真正解决，比较文学的新辩证观念就是要逾越文化一体论与文化相对论之间的壁垒，使得世界各民族文学和理论，东西方文学之间的同一性与差异性并存与相互转化，为它们之间的融合与选择、继承与扬弃、濯旧与换新创造条件。

---

① 参见方汉文：《现代西方文艺心理学》中用中国的马克思主义理论观对于精神分析文学批评理论的阐释，《进抑或退：文心雕龙的文体范围——兼及西方当代文体论》（海南师院学报，1998，1），《文心雕龙旨在文言而非言道——文心雕龙的比较诗学阐释》（山西师大学报，1999，1），《比较文学学科理论的新辩证观念》（中国比较文学，2000，2）等论文对于西方语言学转向、叙事学等后现代主义理论的阐释。

② 黄维梁：《〈文心雕龙〉"六观"说和文学作品的评析——兼谈龙学未来的两个方向》。见黄维梁等编《中国比较文学学科理论的垦拓——台港学者论文选》，北京大学出版社，1998 年第 204 页。另有黄先生惠赠笔者论文《龙学西传：向西方文论界推荐〈文心雕龙〉》（江苏镇江《文心雕龙》国际学术讨论会论文，2000 年 4 月 2—5 日）中有同样的观点。

二 考据与翻译编

跨文化翻译中的历史阐释[①]

一、文学翻译：跨文化的语境转换

20世纪末期以来，一向沉寂的翻译研究吸引了学术界的广泛关注，其中一个重要的原因是一种新的翻译观念：后现代主义理论家在内的学者们将"权力话语"的范围扩大到了翻译研究，翻译被视为一种文化权力与意识形态话语。从而使得这个传统意义上与意识形态并不直接相关的领域，所谓"当代翻译理论"（Contemporary translation theories）以及"翻译的文化转向"成为20世纪理论大潮的最后一圈涟漪。按照巴斯奈特（Susan Bassnett）与列弗维尔（André Lefevere）不无激进的说法："翻译无可讳言是对于原著的改写。而所有的改写，无论其意欲何为，必然反射出一定的意识形态与诗学观点，它要把持文学在社会中以一种方式产生作用。所以改写就是把持，它从属于一种权力"。[②]

翻译属于一种"权力话语"的观念无疑是后现代批评家们的新见解，但是如果将翻译的"文化转向"解释为翻译是一种文化或是文化语境的变化却并不新奇，甚至是重复了中国唐代的翻译理论。

[①] 本文发表于《重庆文理学院学报》（社会科学版），2010年第1期。
[②] Edwin Gentzler, Contemporary Translation Theories, London & New York, Routledge, 1993, XI.

玄奘翻译印度佛经时，曾经受到这样的评价："奉诏翻译梵本，凡六百五十七部。具览遐方异俗，绝壤殊风，土著之宜，人伦之序，正朔所暨，声教所覃……"[①]其中说到的风俗道德与历法等内容，就是异于大唐本土的文化与文化，是佛经的原文语境。佛经文本从天竺到中土经历了一次历史文化的旅行，文本的语境完全转换，这种转换不只是语言符号系统本身，而更是社会风俗、道德伦理、历法纪年与教化宣德的变化，玄奘从长安出发，"所闻所履百有二十八国"，特别是天竺"七十余国"的风土人情在佛经翻译中得到折射，原有的文本在新的文化语境中得到译者新的阐释。印度等国的文化经由佛经翻译，再现于新的文化之中，由于文化这个大的传统中已经包含了文化的实践。[②]

什么是跨文化翻译？

我们没有必要对前人复杂纷纭的翻译定义进行反复检讨，那不是本文的应有之义，但是我们却有必要提出一个简明的跨文化翻译定义。我们认为：跨文化翻译是文本的话语及其文化语境的转换。这里主要是针对文学翻译而言，分两个层次，第一是文本的话语转换，即从一种民族文化的文学言词本体，进入到另一种话语体系，它包括了文学文本的形式因素与内容成分，用韦勒克《文学理论》中的分法来说，就是文学的内部因素。第二是文本从一种民族的文化语境进入到另一种语境，由此改换了文学的"外部因素"。两者结合起来，就是文学翻译的共时与历时中的原义与新义的辩证关系。

[①] [唐]玄奘、辩机原著：《大唐西域记校注·序二》，上，季羡林校注，中华书局，2000年，第26页。

[②] 关于文化与文化之间的区分，笔者认为文化指民族精神与物质的具体实践方式，如道德艺术等具体形式像京剧、武术等。而文化则重在对于民族传统的整体性归纳，如古希腊文化、中华文化等，一般来说，文化包括了文化的具体构成。参见方汉文《比较文化学》（广西师范大学出版社，2003年）第30—32页的有关论述。

"文化语境"是一个需要解释的概念,它是指文本所具有的语言与文化特性。其一是文本所存在的自然与社会环境,这种环境的物质与观念因素呈现于语言之中,即所谓语境。其二是包括文本翻译的社会语言,如莎士比亚作品翻译中的中文与英文语言。其三,作为文学文本,它的主要成分则是文体中所使用的文学语言,也就是叙事话语。其四,这种观念不啻是一种新的翻译定义,所以我们可以将翻译看成是原文文本在译入文化语境中的新阐释,而比较文学翻译研究的对象正是这种文化阐释语境(context)的意义与价值。但是我们所要强调的观点可能恰恰与西方当代翻译理论相反,不但要看到在对原文的阐释中虽然存在着无可避免的反映本土意识的改写,同时也要看到另一种更为强大的作用,即原文文本的语境,绝不会因翻译而消失,这种语境所再现的文化作为文本的镜像,会在文本的新文化阐释中保存其独到的话语功能,这也是一种"权力,"一种原文化的"权力话语。"

近年来,西方当代学者提出一个观点:比较文学就是翻译学。比如英国比较文学理论家苏珊·巴斯奈特(Susan Bassnett)在强调比较文学"危机"的同时,又强调比较文学就是翻译研究。[①]

以笔者之见,翻译学是一门语言学学科,它以文本的语言翻译为研究对象。翻译学可以划分为翻译语汇学、翻译基础、翻译史、口译训练、翻译技巧与理论等专业,主要研究方向则有科技翻译与文学翻译等不同方向,并且都与相关专业结合,比如科技翻译要以一定的语言学与科技专业为基础。以学科关系划分,翻译研究属于语言学,不属于文学研究,当然也就不属于比较文学的范围。当然无可讳言,翻译学与比较文学的翻译研究之间有千丝万缕的联系,

---

[①] Susan Bassnett, Comparative Literature: A Critical Introduction, Oxford and Cambridge: Blackwell, 1993, p. 9.

只是由于研究对象、方法与重心的不同,才划分为不同学科。

两者相比较,区分是明显的。翻译学是以文本的语言符号系统为研究中心的,是语义与词汇的翻译研究,是一种语言学模式的研究(Linguistic study),关注的是莎士比亚翻译中的中古英语与现代语言之间的语义关系,《堂·吉诃德》的西班牙语与汉语词汇翻译等,这是翻译学的对象。比较文学中的翻译研究属于另一个学科领域,它以文本语境的文学与文化阐释为对象,是一种历史文化的阐释,是对莎士比亚及其文本语境在翻译中所经历的理解、阐释、创造和移位等关系的研究。

跨文化翻译研究的阐释可以从三个层次来看,一是文学文本语境中的物质因素的转换关系,即对异类文化中的"名物"关系阐释;二是文学文本中的观念、形象与意象的异文化阐释,这些因素被新历史主义等理解为社会政治与历史与文本话语之间在意识形态方面的联系。第三是文本叙事方式与话语类型的阐释,即是符码转换系统本身的阐释,这是阐释话语本身的阐释,也可以用一个略含贬义的说法即阐释的循环。

二、异类文化的名物阐释

世界文化间的交流中,工农业生产技术与商业贸易历来是基本层面,不同的自然环境与物质出产在这种层面中又是中心环节。文学语境的一个重要构成就是自然与物产,所以孔子论诗强调其可以"多识于草木鸟兽之名",当然也包括其他生产的产品。这样,从一种语境中的文本转换到另一种语境,名物的阐释也必然成为翻译研究的内容。中国文学翻译史上两次最大规模的翻译运动:古代佛经文学翻译与近现代欧美文学翻译中的都包括了跨越文化名物阐释,前者促成了汉唐诗中的"胡风",即西域胡人文学之风的兴起。后者则推动了中国近现代文学中的"欧铅亚椠"的大潮,即欧美文学的翻译及其对中国文学所起的影响作用。

名物翻译中,当异类文化中的物产是本土环境中所不具有的,这时的译名本身就具有了文化阐释的功能。

古代翻译家对于这方面有不同的处理,如周敦义《翻译名义序》中论唐玄奘法师"五不翻"中的"三此无故",即主张不翻。所举的例子是天竺阎浮树即胜金树,"中夏实无此木",地处东亚的中国没有产于南亚印度的这种植物,如果将阎浮树换成《诗经》中的"甘棠"、"杕杜"或是"隰桑"之类的树木,从形式上看来适应了汉语语境,其实恰恰是原文语境的失败之举。玄奘所列举的其他天竺物产还有"菴没罗果(梵文 āmra,学名 Mangitera Indica,即芒果)、跋达罗果(梵文 madhūka,学名 Zizyphus Jujuba,一种印度产的酸枣树,玄奘说'枣'……印度无闻)、茂遮果(梵文 Moca,Musa Sapientum,这是一种印度产的根有辣味的乔木)"……等十余种。如果在翻译中,从中原草木任意选取近似者来替代,将这些物产赋予中国化的名称,就会从失去了文本的文化特性,造成另一种话语的强加,这就是玄奘的翻译原则"三此无"的本义。虽然当初曾提出五不翻,其实这些物产仍然得到翻译。例如马君武译歌德诗《米丽容》(Mrignou)时,其中一句是"没药沉静丛桂香"。其实是将原文中的桃金娘(Myrte)译成了"没药",将月桂(Lorbeer)译成了桂花。其实这两种植物在原文中都与宗教有关,经过翻译后,已经看不出原有文化的这一层意义。虽然"三些无故"这一原则可能已经不再适用于现实,但是它的历史意义恰在于使我们理解翻译的文化转换的价值,通过翻译使得异域产物进入本土后得到新的解释,并且将他作为异类文化的话语,在文本中形成异己文化的审美意识。

即使今日看来极普通的事物完全可能经历了文化语境变换,"蒲桃美酒夜光杯,欲饮琵琶马上催",这句我们熟悉的诗句中,连用三件从西域传入中原的事物：蒲桃酒、夜光杯与琵琶，今天我们可能已经感受不到它所代表的异类文化色彩，但是历史上，这些中国本土所没有的胡地产物进入诗中，对于诗坛"胡风"作用至关重要。公元前138年汉武帝派张骞出使西域各国，开通丝绸之路，葡萄、苜蓿等西域物产大量进入中国。蒲桃（Vitis vinifera，也译为蒲陶，即葡萄）的原文来源一直存在争议，西方学者托马斯薛克（W. Tomaschek）、金斯米尔（T. Kingsmill）与夏德（F. Hirth）等人曾经认为，希腊文的βότρυs（葡萄串）可能是中文葡萄译名的来源①。当然也不可能是来自于印度梵文，虽然有西方学者持这种看法，季羡林先生的考据已经否定了这一观点。②但是无可怀疑的是，"葡萄"一词可能是音译，汉使是在大宛（费尔干纳亦译为拔汗那）得到苜蓿（唐人诗句"胡地苜蓿美，轮台骏马肥"）与葡萄种籽的，所以葡萄这个词可

---

① 托马斯薛克（W. Tomaschek, *Sogdiana*, Sittzungsber. 1877, p.133），金斯米尔（T. Kingsmill, Journal China Branch Roy. As. Soc., Vol. XIV, pp. 5, 19,），夏德（F. Hirth, Fremde Einflüsse in der Chin. Kunst, p.28）等人的论著中都认为中国的葡萄一词来源于希腊，但是具体翻译与传播过程无法解释。夏德提出可能与犍陀罗艺术东传大宛有关，即汉张骞出使大宛，不但带回葡萄种籽而且带回葡萄纹艺术制品。美国劳费尔（Berthold Laufer）却认为，中国《史记》中并没有此类记载，汉代的海马葡萄铜镜来自于伊朗—萨珊（Iranian-Sāsānian）的说法也是不对的，同时否定了来自于伊朗语的可能性。其实劳费尔本人的看法比起夏德来根据更不充分。

② 季羡林在《大唐西域记校注》，卷第二，注释中说："蒲萄：古代印度不产葡萄。……以后才从中亚引种葡萄。葡萄酒称 kā pišā yana, 意即"由迦比试来的"。（[唐]玄奘、辩机原著，季羡林校注《大唐西域记校注》，上，中华书局，2000年，第216页。）方汉文按：季羡林的看法是印度从中亚引种葡萄，这就否定了犍陀罗时期从印度向中亚传播葡萄的可能性，相反，有可能是公元前250年的巴克特里亚（即大夏）人向兴都库什山运动时带来了葡萄，到公元1世纪贵霜王朝的犍陀罗艺术之前，葡萄已经传入印度并由张骞引入中国。必须指出的是，罗常培先生在《语言与文化》一书中引用沙畹与杨志玖先生的意见，指出葡萄可能是大夏（即巴克特里亚 Bactria）一名的音译。其实这也是一种误解，应当说葡萄一名来巴克特里亚人所说的希腊语中的"葡萄"一词，这个民族是进入中亚的说希腊语的民族，也是中亚希腊化的主要推动者之一。

能来自伊朗语 budäwa 酒作为一种外来的酒在唐代已经相当普及，李白诗中写道：

> 葡萄酒，金叵罗，
> 吴姬十五细马驮。
> 青黛画眉红锦靴，
> 道字不正娇唱歌。
> 玳瑁筵中怀里醉，
> 芙蓉帐里奈君何。

这首诗中的金叵罗、玳瑁虽然可能传入地与传播的途径与夜光杯有所不同，但同样是对胡风的一种阐释与表达。夜光杯显然是一种意译，是名为夜光璧的玉石所制成的杯子，从古大秦国（首都位于现在埃及的亚历山大里亚）传入，汉恒帝延熹九年的大秦王安敦遣使来华，关于大秦国，据《后汉书·西域传》记载：

> 其人民皆长大平正，有类中国，故谓之大秦。土多金银奇宝，有夜光璧、明月珠、骇鸡犀、珊瑚、琥珀、琉璃、琅玕、朱丹、青碧。刺金缕绣、织成金缕罽，杂色绫。作黄金涂、火浣布。又有细布，或言水羊，野蚕茧所作也。合会诸香，以为苏合。凡外国诸珍异皆出焉。①

而且可能汉代就已经传入，张衡《西京赋》中的"流悬黎之夜光，缀随珠以为烛"。杨雄《羽猎赋》中说"椎夜光之流离"，说是可能都是这种夜间发光的玉石。据罗常培先生考据，即璧流离，或是新

---

① 《二十五史》，浙江古籍出版社，1998年，第945—956页。

译的毗头黎，出于梵文俗语的 velūriva 和梵文雅语的 vaidrūrya，本义为青色宝，后来变成有色玻璃的通称，和希腊 βιρλλοσ 拉丁文 bryllos，波斯、阿拉伯文的 billaur，英文的 beryl 都是同一种物质。① 我们可以看出，这种所谓的夜光壁或是壁流离，其实是同一种物质，就是比较文化史上久负盛名的"青金石"，这种石头是一种矿石，其实真正的产地在阿富汗北部的巴达克申，即古代的巴达克山国，关于这种石头，马可波罗在游记中也曾记载过。

另一种物产玳瑁则产自安南，《旧唐书》、《册府元龟》和《唐会要》都记载了产地。如果说这些物产在汉赋中仅仅是异种文化的代表，那么，在唐诗中，"胡风"愈来愈炽，翻译名物相当普及了。

  中国得自于安息或是通过安息传入中国的物产还有：胡椒、糖、诃黎勒、金桃、附子、甜萝卜、无花果、水仙、西瓜、胡芦巴、胡萝卜、苏合香、没药、硼砂、黄丹、紫磨金、盐绿、翡翠、钻石、珊瑚等。司马相如《上林赋》中的"仁频并间"的来源早已经人所皆知了，颜师古注：仁频即槟榔也，频或作宾。也就马来语(Malay)的 pinang。这些译名各有不同的来源，有音译，也有意译等，但全都在唐诗中大量出现，从中可以出，外来文化的影响从汉到唐越来越大，如前人所说，正是在汉唐这样强大的中国文化中，才可能有宽广的胸怀来接纳丰富的外来事物，并且对这些事物进行新的深入阐释，在文学中反映出来。如香料在中国诗中的应用就最为普遍，它所代表的印度、安息和西域各国的文化信息在中国文学中地位重要。据《本草纲目》记载，"青黛及安息木等香"，青黛这种化妆品是来自于波斯(即当时的安息)的，当然最早可能是产生于印

---

① 参见罗常培《语言与文化》，北京出版社，2004年，第27—28页。

度，后传入安息的。特别是来自于安息香与印度香料、贝叶、象牙、来自于西域的玛瑙、在诗中出现频率极高。皮日休句有"小殿熏陆香，古经贝多纸"（《孤园寺》），何为"贝多"？季羡林先生指出"'贝多'就是'贝多罗'的缩写，就是梵文pattra 或是 patra 的音译（巴利文是 patta）。本来的意思是叶子。在《摩诃婆罗多》（Mahābhārata）、《摩奴法典》（Manusmrti）等书里都是这个意思。在比较晚出的著作里，象诗圣迦梨陀娑的《沙恭达罗》，《五卷书》（Pañcatantra）等，才逐渐有了专门的作书写的用的树叶子的意思。随了佛教的输入，这个字也传到中国来，就是大家都知道的'贝'叶。"①唐代诗人用这种翻译的词来赞颂佛经，使其在中文语境中产生一种来自天竺的神圣感，也是诗歌艺术的常用手段。

从历史语境来看，"胡风"还是"欧铅"，都是文学翻译的产物，它们为文化语境的阐释增添异彩。从名物角度来研究这种阐释，当然是翻译研究中最重要的内容之一。

三、名物翻译中的文化"误译"

笔者曾经通过一则翻译实例来说明比较文学翻译中的名物翻译失误，这就是当代翻译家们对陀思妥耶夫斯基的《白夜》一书于极地光的误译与误读。指出其原因并不是语言翻译本身，而是与文化语境的错误阐释，这种阐释会使文本语境尽失，造成的不仅是误读，可能是嘲讽。笔者的文章发表之后，偶然读到钱锺书先生写的《补评〈英文新字辞典〉》一文，补评也涉及"白夜"的误译。

---

① 王树英选编：《季羡林论中印文化交流》，新世界出版社，2006年，第33—34页。

附带地提到一点。C. M. Qtrevelyan：A clio Muse 论文集里有一篇讲远足的文章，常为中国英文读本所采用。文中有 White night 一语，这是法文 la nuit blanche 的直译，意为"失眠的夜"，英文里极少用，我此外只在 W. J. Locke 的小说里见过几次。有位在中国大学当教授的美国人，编了一本极畅销的教科书，也选了这篇文章，把 white night 解释为"白昼"，到第四版依然没有改正。我曾写篇书评，蒙本辞典主编者葛传槼先生引用讨论过，我看在二七一页上 white night 也收进去了，而且有了正确的解释，觉得似曾相识，有一种不合理的高兴。[①]

正所谓"无巧不成书"，钱锺书所指出的"白夜"的误译又在数十年后重演，只不过置换了语境，而翻译的错误正是不同文化中自然环境与物产的阐释所造成的。笔者所谈到"白夜"的文章是《文学翻译中的文化差异与通约》，指出由于文化与文化的差异形成的误译是相当普遍的。引用了翻译家林以亮先生批评香港翻译界的一个错误为例，林以亮先生的原文是这样的：

去年香港电影协会上映意大利导演维斯康蒂的 White Nights，所有中文报纸的介绍文字都把它译成《白夜》。原作是杜思妥耶夫斯基的短篇小说，经过维斯康蒂的改编而拍成电影。原作我没有读过，但 White Nights 这个名词源自法文，在法文中作"失眠之夜"、"不眠之夜"解。帝俄时，上流社会上流行讲法文，杜思妥耶夫斯基当然不会例外。甚至英文 Brewer 的字典也指出作"不眠之夜"讲，这当然又是"双关"，可是前几

[①] 钱锺书：《补评〈英文新字辞典〉》，原文刊于 1947 年 9 月 27 日出版的《新观察》第三卷第五期，引自《钱锺书精品集》，作家出版社，2008 年，第 369 页。

晚却没有下雪，怎么能说是雪"白"的"夜"呢？①

另一位翻译家香港的王宏志教授在批评林以亮先生的看法时，是这样认为的：

> 林以亮所指出的一些翻译谬误，大多是跟翻译本身没有直接关系的，例如他批评了哈脱（Henry Hart）把"沧洲"误作"沧州"、小畑熏良把"扬州"误作"杨州"，又或是把电影片名 White Night 翻译成"白夜"是不知道它源自法文，作"失眠之夜"、"无眠之夜"解等。无疑都是正确的，也很能显示出林以亮的学力深湛，但其中的功用，除了说明翻译是陷阱重重，译者必须十分小心之外，对翻译研究作为一门学科，会有什么积极的贡献？②

笔者认为，指出港译"白夜"之误译是对的，这一点上林以亮与钱锺书先生是一致的，两人都从法文原意入手来指出英译之不足。但是更为重要的是文化语境的差异是根本的原因，因此笔者指出：

> 但是他们没有关注文化差异而只从语言本身进行直接对位是错误的根源。因为陀思妥耶夫斯基的《白夜》（Белые ночи）是一部著名的中篇小说，而不是短篇小说。这部小说的英文译名，可以说是从俄语直译而来的。"白夜"并不像林先生所说由于"下雪"所造成的，其咎当归于俄国特殊的地理环境，由于小说描述的地点是俄国彼得堡，这里有一种特殊的极地风

---

① 林以亮：《翻译的理论与实践》，转引自中国翻译工作者协会、《翻译通讯》编辑部编《翻译研究论文集》（1949—1983），外语教学与研究出版社，1984年，第204页。

② 王宏志：《二十世纪中国翻译研究》，东方出版中心，1999年，第7页。

光——极光,在一定时间内夜白如昼,所以称为"白夜",可以说是地道的俄国风物人情,当然更谈不上与下雪的关系了。①

关于极地光,中文《白夜》的译本里就有这样一个简单的注释,我们不妨转录如下:

白夜——地球南北纬59°以上的高纬线内的地区,在夏季一段时间里特有的自然现象。在白夜里,晚霞与早霞相接,太阳处于地平线6°以下。这时即出现天文学称之为"民用晨昏矇影"的亮度,整夜都灰蒙蒙的,看得到周围的一切,故有"白夜"之称。本篇小说的故事即发生在彼得堡(现列宁格勒)夏夜的白夜里。②

可见名物翻译中文化阐释的重要性了。正是由于不谙俄国与英法意大利等国家自然环境的差异,不知道陀思妥耶夫斯基的小说文本中"极光"这种事物的语境,所以意大利的电影也好英译本与法文不谐也好,产生的原因尽在于此。如果欧洲的翻译家能以玄奘的"此无故"来处理此事,可能不失为一个好的翻译途径。当然,这也必须建立在了解俄罗斯存在"白夜"与陀思妥耶夫斯基小说的前提之上,否则不但无法避免"误译",甚至必然会误读了。

这里要说明的是,钱锺书先生的意见是正确的,因为他关于"白夜"误译的看法是基于中英文译文与法文成语之间的差异的,并不涉及到陀思妥耶夫斯基的小说。以钱先生的渊博当然不会不知

---

① 方汉文:《文学翻译中的文化差异与通约》,见《四川外语学院学报》,2003年第6期,第115页。
② 参见王庚年译陀思妥耶夫斯基《白夜》,载于易漱泉等人选编《外国中篇小说选》,湖南人民出版社,1982年,第67页。

道这部小说，只是为何不提及，是另一个问题了。

　　文化差异所造成的阐释不同是名物翻译中其中相当重要的原因，这种阐释所造成的对立意见也经常发生。即使是优秀的译本也无法轻易跨越文化之间的天堑，《哈姆雷特》第一幕第一场中，勃纳多说：

> Last night of all,
> When yond same star that's westward from the pole
> Had made his courts to illume that part of heaven
> Where now it burns……
> （昨天晚上，当北极星西边的那颗星，正巡行值天边现在那个位置时……）

从英格兰的时间来看，这时正是夜间一时左右，是所谓"鬼魂出现"的时刻。但在朱生豪的旧译本中，竟然将 the pole 译为"旗杆"。[①]The pole 在古英语中意为北极星，而不是其他意义，如同汉语中的"斗转星移"中的"斗"是指北斗星，而不可能是作这计量器具的斗升之类一样。这是一种约定俗成的语词所指，在英语中很普通，但是翻译中的阐释却容易产生错误。

四、文本观念、形象与意象的翻译

　　在文学文本翻译中，名物阐释只是基本层次，在自然与社会环境的描绘之上建立起了人物形象与意象的符码世界。因此翻译文本

[①] 新译中已经进行了改正，在朱生豪译、冯杰注释的《哈姆莱特》（外文出版社，1999年，第332页）译为"北极星西面的那颗星已经移到了它现在吐射光辉的地方"。

中所传达形象与意象的阐释更为关键，也更为复杂。

《红楼梦》的"空空道人"是自汉魏志怪与唐传奇俗讲以来中国小说中的一个独特形象，正是由于他读了《石头记》"因空见色，由色生情，传情入色，自色悟空，空空道人遂易名为情僧，改《石头记》为《情僧录》。"直到吴玉峰才题曰《红楼梦》，可见这位空空道人的重要性。空空道人其实是僧人，他姓名中的"空"字正是佛典中的重要语汇，这个形象是作者将来之于印度佛经中的一种思想观念"空"以人物形象表达出来，并且从空、色、情三者之间的互为循环关系，创造性地阐释了佛经中的宏大叙事。

《道行般若经·清净品第六》："须菩提言：知色空者，是早为著"。《维摩诘经·不二法门品第九》中"喜见菩萨曰：'色、色空为二，色即是空，非色灭空，色性自空。如是受想行识，识空为二，识即是空，非识灭空，识性自空。'""空"这是佛经的原创性观念，在中国文学中发挥了前所未有的作用。在佛教传入之前，中国人的思考集中于"有与无"、"真与假"的二元对立模式，佛经翻译后，"空"的概念进入中国，"空"既非有，亦非无，既非真，亦非假，其所谓"真空"与"假有"，世界一切事物其实都是"空"，因为作一种现世的存在，它们都是有是真，但是作为本体的存在，事物又都是要消亡的，它又是无与假。而它的存是正是一种"真空"与"假有，"如是观念人间万事，即是四大皆空。但是四大皆空并不否定一切，它恰是强调诸法实相皆为空，而宇宙万有，世间万象之后是有中道的，是有真实的。这种深奥的思想与中国传统观念相结合，引发历代文人对其进行阐释。

王维的名句"空山不见人，但闻人语声。"历来被认为是解释空义的佳句，其实他的诗中尤其重视这个"空"字，"兴来每独往，胜事空自知"（《终南别业》）、"欲问义心义，遥知空病空"（《夏日过青龙寺谒操禅师》）、"思归何必深，身世犹空虚"（《饭覆釜山僧》）、"自顾无长策，空知返旧林"（《酬张少府》）。诗中谈"空"成为一时之盛，如果说王维诗中的"空"尚能够将佛经概念化入诗境，可谓"无隔"。那么孟浩然诗中的"空"则显得有些生硬，"义公习禅寂，结宇依空林"（《题义公禅房》）、"坐觉诸天近，空香逐落花"（《登总持寺浮屠》）、"会理知无我，观空厌有形"（《陪姚使君题惠上人房》）。此外有宋之问"空山唯习静，中夜寂无喧"（《宿远峡山寺》）、张锐句"澄江明月内，应是色成空"（《江中诵经》）、李白也说："一坐度小劫，观空天地间"（《同族侄评事黯游昌禅师山池》）、"天香生虚空，天乐鸣不歇"（《庐山东林寺夜怀》）；唯老杜诗不愧是圣手，即使是参禅也显得圆熟："放逐宁违性，虚空不离禅"（《夜宿赞公房》）；李嘉祐对佛法有较深湛的研究，所以诗句颇不寻常，诗中曰："对物虽留兴，观空已悟身"（同皇甫冉赴官留别灵一上人），皇甫冉亦有句"饵药应随病，观身转悟空"（《问正上人疾》），二人诗境不同，所以主体与客体之间的对立仍然存在，"观身悟空"与"观空悟身"其实并不是难题。当然最为超拔俊秀的是常建的名句："山光悦鸟性，潭影空人心"（《题破山寺后禅院》），其他如张祜句"旧宅人何在，空门客自过"（《题惠山寺》）、朱庆余句"何必更将空色遣，眼前人事是浮生"（《题开元寺》）、张乔句"空门无去住，行客自东西"（《赠初上人》）等，虽然也称得上是佳句，但是与常建诗句相比，不但会有前人先得之感，而且能将意与境合，这是难能可贵的。宋诗中直接述佛理的转少，"空"及其相关概念也渐少，我们不再评述，此之所谓"桧以下无讥焉"！

西方近现代的各种社会制度与文学思潮经常在文学作品中出现，欧风米（美）雨比起西土天竺的佛经来说更为猛烈，南社诗人高旭的《愿无尽楼诗话》中说到中国诗歌传统之变化时称"世风顿异，人才飚发，用夷变夏，推陈出新"，并且主张文学要"鼓吹人权,排斥专制",充分表现出西方思想的巨大影响。当时的中国是一个半殖民地半封建的古国,西方的民主、自由观念与民族解放与独立运动对中国知识分子最具吸引力,所以最早被广泛接受与阐释的是浪漫主义思潮。较早对欧美浪漫主义诗人进行了较为新颖深入阐释的当属苏曼殊,他极为喜爱英国浪漫主义诗人"师梨"(即雪莱,Percy Bysshe Shelley)与拜伦(George Gorden Byron)在《题〈拜伦集〉》中写道:"秋风海上已黄昏,独向遗编吊拜伦。词客飘蓬君与我,可能异域为招魂"①所以柳无忌在《曼殊逸著后记》中说到他"就是同样的曼殊,译拜伦痛哭希腊的哀歌,骂媚外的广东人(《鸣呼广东人》),……"②苏曼殊对拜伦诗的翻译就是一种阐释,如果从西方当代翻译理论来说就是一种"文化权力"的应用。"山在摩罗东,海水在其下。希腊如可兴,我从梦中睹"。这里的"摩罗"就是指马拉松。③

> Must we but weep o'er days more blest?
> Must we but blush? — Our fathers bled.
> Earth! Render back from out thy breast
> A remnant of our Spartan dead!
> Of the three hundred grant but three,

---

① 《苏曼殊诗笺注》,刘斯奋笺注,广东人民出版社,1991年,第52页。
② 《苏曼殊诗笺注》,刘斯奋笺注,广东人民出版社,1991年,第185页。
③ 公元前490年,波斯王大流士的使臣来到雅典,向希腊索取"水和土",暗示要希腊投降。雅典与斯巴达都拒绝这一要求,波斯大军10人从小亚细亚横渡爱琴海峡,攻入希腊的阿提卡城邦,雅典人群情激昂,组织起了1万人的重装兵团,由司令官米大雅德率领,在距雅典城42公里的马拉松与波斯军队决战,虽然雅典人只是波斯人的十分之一,但是战争结果是雅典人大获全胜。

To make a new Thermopylæ.①

这首诗被苏曼殊译为：

> 往事不可追，何事徒烦虑？
> 尚念我先人，因兹糜血肉。
> 冥冥蒿里间，三百斯巴族。
> 但令百余一，堪造披丽谷。

苏曼殊本人是诗人，以其令人"婴婉缱绻，回肠荡气"的诗句重造了拜伦，诗中的 Spartan（斯巴达人）译为斯巴族，Thermopylæ（特莫培尔，希腊人战胜波斯人的一个峡谷地）译为披丽谷，如张定璜所说："那时候已经不是一个艺术家翻译别的一个艺术家，反是一个艺术家那瞬间和别一个艺术家过同一个生活，用别一种形式，在那儿创造。唯有曼殊可以创造拜伦诗。"②这里所说的创造诗，正是当代翻译理论中所说的一种异己文化权力的运用。如果从形式上看，直译与意译的成分均有，但是诗中的意象与情感早已经超出了任何一种翻译模式的局限。

欧美近现代文学的文本产生于工业化进程中的强国与殖民主义的宗主国，中国翻译文本的语境则是沦为半殖民地的古老文化，所以翻译文本的主题与形象都从属于一种文化比较的原则，体现出对翻译文本更具有本土文化意义的选择与处理。

汉唐以来的文学形象中，异族形象已经相当突出，胡人、酒家胡与胡姬形象屡见不鲜，李端诗中写道："胡腾本是凉州儿，肌肤如

---

① *The Oxford Book Of English Verse* 1250－1900, Chose &Edited by Arthur Quiller-Couch, Oxford University Press, Clarendon 1921, p.692.

② 刘斯奋笺注：《苏曼殊诗笺注》，广东人民出版社，1991 年，第 194—195 页。

玉鼻如锥"(《胡腾儿》),李顾句:"流传汉地曲转奇,凉州胡人为我吹"(《听安万善吹觱篥歌》),这些外来艺术家们经常说本族语言演唱本族歌曲,白居易诗中说:"拨拨弦弦意不同,胡啼番语两玲珑。"(《听曹刚琵琶兼示重莲》)。当然更多的是胡姬形象相当优美,李白诗"胡姬貌如花,当垆笑春风"(《前有罇酒行》),"落花踏尽游何处,笑入胡姬酒肆中"(《少年行》)。

近代欧风东渐中,语境大为变化,西方文学中的人物从胡人换为了白人,中国人在翻译西方文本中,对于文化关系也有了新的理解。古代中国文化与印度文化同为发达文化,而相对于西域胡人来说,中国文化则更为先进。近代中国文化落后于欧美工业化文化,所以文本翻译中,文化关系的变迁带来新的选择。中国人意识到自己是黄色人种,与黑人一样是有色种族,而种族的差异又与民族文化程度有关,白人中心观念使中国翻译更注意黑色人种或其被殖民的民族。美国作家斯托夫人的《汤姆叔叔的小屋》在翻译家林纾笔下易名为《黑奴吁天录》,并不是出于文言文体或是作品叙事的需要,而是出于突出文学形象意义。林纾说"余与魏君同译是书,非巧于叙悲以博阅者无端之眼泪,特为奴之势逼入吾种,不能不为大众一号"。①当然,并不只是黑人形象吸引中国翻译家的注意,更多的是革命家、思想家甚至无政府主义者,都成为急切盼望革命的中国翻译家的目标,巴金等人的翻译中,尤其重视俄罗斯与东欧、南欧等争取民族解放的民族,这些民族处于被殖民与压迫的地位,他们争取民族独立与解放的斗争与中国息息相关。所以英国的《牛虻》、俄国屠格涅夫等人作品中的"虚无主义"或"无政府主义者"成为热门人物。

---

① 林纾:《黑奴吁天录·跋》,载阿英编《晚清文学丛钞·小说戏曲研究卷》,中华书局,1961年,第197页。

五、翻译语境与叙事话语

世界文化大交流中有一种重要的规律：文化大交流必然产生翻译高潮，翻译高潮中必然有新语境的形成与翻译经典的产生。

重要的翻译运动经常与社会语言的变化相关，正是这种变化产生了名物传译与社会意识的变化。公元前322年亚历山大逝世到公元前30年奥古斯都即罗马皇帝位时期的希腊化(Hellenism或Hellenizaton)运动中，希腊文化对中近东渗透后突出表现为社会语言的变化，"Hellenism这个词泛指奥古斯都和查士丁尼一世之间罗马帝国中说希腊语的那一部分人的那种文化传统，以及(或是)希腊文化对于罗马、迦太基、印度以及其他的一些从来未被亚历山大征服的地区的地区的影响。'希腊化'的另一种说法Hellenizaton则可以指包括犹地亚和波斯地区，指示希腊文化的各种成分如何参和这些曾经被希腊马其顿统治，但是显然成功地保存了本民族文化的地区。"[①]历时三个世纪的运动中，希腊语在犹太人中大为普及，经典翻译的代表性成果是《圣经》七十子译本的问世。这是用希腊语成功地翻译希伯来语的典范，或是说《圣经》(指《旧约》部分)从犹太文化语境进入希腊语境下，所受到的成功阐释。但是，也正是这一阐释，其实终结了古代犹太教语境的实际存在。

佛经翻译中，梵语曾经在古代世界产生巨大影响，东南亚与中亚各民族中梵语特别是婆罗谜文字等，都曾经广泛流传。中国佛经翻译中，隋代僧人彦琮曾经幻想省却翻译，人人学习梵语。他说："则应五天正语充布阎浮；三转妙音并流震旦；人人共解，省翻译之

[①] *Encyclopedia Judaica*, Encyclopedia Judaica Jerusalem, The MacMilan Company, Vol. 8, p.291.

劳"。①但由于中国是文化古国,梵语不可能取代汉语,只是在寺院与学术界有一定的地位。

20世纪的新文化运动的翻译中,汉语终于发生了重要变化,社会语言从文言文转为白话文。与欧洲历史上的俗语和民族语取代拉丁文一样,社会语言的转变是文学文本的叙事话语与文体转变的决定性因素。

阿拔斯王朝时期,阿拉伯兴起了百年翻译运动,波斯、印度与希腊文化的典籍被大量翻译成阿拉伯文。在阿拉伯学者看来,阿拉伯文学受益于印度主要有三点:第一是阿拉伯语中的印度词汇,《古兰经》中提到的姜、樟脑等阿拉伯所没有的物产,还有其他如黑檀木、鹦鹉、竹子、胡椒等印度产的动植物名称,这就是我们上文所说到的名物传译。第二是印度故事,如《卡里莱与笛木乃》、《大小辛德巴德》等,阿拉伯文学中最伟大的作品《一千零一夜》中也有一部分故事是来自于印度。从文学叙事而言,印度叙事对于阿拉伯的影响最大,而希腊的《荷马史诗》则相对要小得多,如艾哈迈德·爱敏所说:"因此,阿拉伯人能够欣赏亚里士多德的逻辑学,能享用格林的医学,但却接受不了荷马的《伊利亚特史诗》。君不见,即使是在各民族人民交往比古代更为密切的今天,除了那些对希腊的社会生活非常了解,并懂得其精华所在,而且是经过希腊文化长期熏陶的有,一般的阿拉伯人仍欣赏不了《伊利亚特史诗》。"②第三,阿拉伯文化的特性决定了其阐释的重心,这就是格言,这是深受阿拉伯人喜爱的一种艺术形式,而丰富的印度格言翻译成阿拉伯文之后,不但广泛流传,而且被加以创新。印度格言:"必怀祸胎的人,不应对有志之士投井下石,也不应加以羞辱。这种人要么凶残

---

① 《续高僧传·彦琮传》,《大正大藏经》,卷50,第438页。
② [埃及]艾哈迈德·爱敏:《阿拉伯—伊斯兰文化史》,第二册,近午时期(一),商务印书馆,2001年,第261页。

外露,如他踩着蛇,而蛇并没有伤害他,他也会再踩蛇一脚;要么外表软弱,内含杀机,犹如冷檀香木一般,外表很冷,但磨擦后也会生热伤人的。"这一则格言经过诗人艾布·努瓦斯吟成一首诗:

> 祖海尔赶着骆驼唱着歌,
> 你对他说:哼哼叽叽太罗唆。
> 你从极冷变极热,
> 在我看来似团火。
> 闻者莫惊讶,
> 冰雪冷又热。①

从格言到诗,不仅文体变化,甚至意义全变,一位阿拉伯学者认为这首诗表现了一种否极泰来、冷极热至的"物理学观点"。不知印度人是否会接受这种创造性的阐释,不过无论接受与否,阐释的权力在此不在彼。

中国文学语言的变化中,从文言文变为以白话文为主,小说、诗歌、话剧全部使用白话文写作,成为中国文学史上最伟大的变革之一。这一过程中,曾经有过多种尝试包括欧化的句法,外文语汇直接入诗等。最早的新诗如郭沫若《女神》中的一些诗句:"晨安,我所畏敬的 Pioneer 呀!/…醒呀!Mésamé 呀(Mésamé 是日文汉字'目觉'的读音,意为醒来)!"(《晨安》);"我爱我国的庄子,/因为我爱他的 Pantheism(泛神论)(《三个泛神论者》)";"我全身好像要化为了光明流去,/Open-Secret 哟!……哦哦!大自然的雄

---

① [埃及]艾哈迈德·爱敏:《阿拉伯—伊斯兰文化史》,第二册,近午时期(一),商务印书馆,2001年,第234页。

浑哟！／大自然的 symphony 哟！／Hero-Poet 哟。"①

当然，直接用英文写作也代表了一种趋新避旧的追求，王文英用英文写作的剧本、林语堂用英文写作的大量著作，都是文学话语变革的代表。这方面是一个十分值得探讨的领域。历史上，印度作家泰戈尔用英文写作的诗歌获得了诺贝尔文学奖，当代作家纳博科夫、康拉德等人都是改用英文写作的作家，他们放弃了自己本民族的语言，采用一种新的文学话语，也是一种姿态。

文学话语的形式化就是文体，欧美文学的翻译促进了中国文学文体的革命，中国传统的诗词曲赋、戏曲等被翻译文学中的新诗、小说戏剧等取代。中国传统文体虽然与西方文体之间有一定的对称性，如中国评话、传奇与西方小说，中国戏曲与西方的歌剧与话剧，中国格律诗与西方包括十四行诗在内的诗歌等，但是中西文体毕竟属于不同文化，无论用任何一种中国传统文体来翻译对应的西文体都不可能得到最普遍的接受，更无法取得艺术上真正的成功。虽然在翻译运动的初期可能会有例外，如林纾用文言文所翻译的小说等虽然依靠其深厚的文言文功底取得一定成功，但毕竟最终无法克服文言文接受面狭窄等不利因素的影响，特别是林纾后期译作，如《魔侠传》（塞万提斯《堂吉诃德》）、《鱼雁扶微》（孟德斯鸠的《波斯人信札》）等，一方面由于本人文笔渐趋呆板，另一方面社会语境变化了，白话的普及使得文言译本已经不再受欢迎，不得不让位于白话文的译本。

从文体之间的关系而论，叙事话语与模式不同了，翻译文学与本土的文学创造中的变化几乎是同步的，小说成为主要文体，取代了中国传统的格律诗。1898 年，林译《巴黎茶花女遗事》出版，立

---

① 郭沫若：《女神》，《郭沫若精选集》，北京燕山出版社，2006 年，第 30—42 页。

即风行中国，随之有大批翻译小说问世。翻译小说改变了中国传统章回体小说的叙事方式，中国传统小说是在话本的基础上形成，讲话人是小说中的重要形象，以第三人称叙事，处于全能视角。翻译小说普及后，中国小说如吴趼人的《二十年目睹之怪现状》、何诹的《绿波传》、《碎琴楼》等，苏曼殊《断鸿零雁记》徐忱亚的《玉梨魂》等都采用第一人称叙事。西方小说从历史来源而言与史诗悲剧关系密切，注重人物形象塑造与性格冲突，中国传统小说则多以大团圆式的欢喜结局为特点。翻译小说中将宗教哲学思想，社会革命、人生哲学等熔为一炉，如俄国列夫·托尔斯泰小说的叙事话语中充溢着思想光辉，这是中国传统小说中所不多见的。

同时，翻译文体的多样性对于中国小说是重大推进，具有西方文化特色的新文体的引进更是它的里程碑，最能说明东西文化相遇之后，通过文学翻译所进行的互补与互动。西方的侦探小说与科幻小说是中国所未有的文体。侦探小说以英国作家柯南·道尔的《福尔摩斯侦探案》系列小说为代表，从1896年首次译成汉语后，到1916年程小青等人的《福尔摩斯侦探案全集》在上海中华书局出版，二十年间种译本层出不穷，风行大江南北，成为继林纾译《茶花女遗事》之后最为畅销，雅俗共赏的译本。周作人等著名作家翻译家最初都是以翻译这类小说起家的，他与当时大批翻译家所感兴趣的《福尔摩斯包探案》与"英国哈葛德小说"实际上都是通俗性的小说，以描绘欧洲的社会法律制度和风土人情为主，翻译家其实是以中国文化的视域来解读"伦敦小姐的缠绵和非洲野蛮之古怪"。[①]而科幻小说更是显示了异域文化的特色，欧美文学中早期最杰出的科幻小说作家是法国的儒勒·凡尔纳，他的《八十日环游地球记》是其代表作之一，这部名著早在1900年即译成汉语，是中国

---

① 《鲁迅全集》第4卷，人民文学出版社，1981年，第1版，第459页。

文学史上的第一部科学幻想小说,第一版作者名译为"房朱力士",而作品名为《八十日环游记》。以后鲁迅等人也翻译了儒勒·凡尔纳的《月界旅行》、《地底旅行》等小说。中国文学史上从来没有过这种以科学普及与想象为手段的小说,这类小说受到中国人的热爱,各类科幻小说纷纷译成汉语。从最根本的原因来说,科幻小说代表了西方的近代科学技术,是西方近代文化的产物。长期处于封建统治下的中国人急切盼望了解西方科学技术,这类小说就是一种极为直接极为普遍的形式。这类小说的翻译使西方文化以一种新奇、充满幻想与魅力的形象进入古老的中国文化,成为中国人最为关注的文化类型。

后殖民主义的无意识叙事话语分析[①]

当代后殖民作家的叙事模式中，无意识叙事话语成为符号体系的中枢，特别是在非西方国家的作家中，包括从奈保尔、帕慕克甚至略萨等人的创作中，随处可见本土文化被压抑成为一种无意识话语，这种无意识从本质上是与作者的理性对立的（这些作家中主要立场仍然是理性的，如帕慕克就认为自己是理性的作家），而从后现代精神分析批评的观念（可笑的是，这种观念恰恰在后殖民批评中占有主流地位）而言，所有的叙事是由无意识话语结构所决定的，无意识话语是语言之网（拉康语）。也就是说，这些后殖民作家们尽管自认为以理性与现代化的语言来叙述，却不幸被西方后殖民批评家认为是坠入了本民族的无意识之网，或按杰姆逊的话说，是"第三世界"的当代叙事模式。

一、无意识叙事话语的文本

话语与文本之间的关系一直是后现代主义批评关注的中心，有争议的是：话语是主导地位还是文本为主导，对此，我们要对文本概念进行简单梳理。

文本概念的真正确立者是俄国形式主义者，他们首先大量使用

[①] 本文发表于《江南大学学报》（人文社会科学版），2012年第1期。

"文本"(俄语 текст)概念,并且赋予它相对于"作品"的不同意义。俄国形式主义能够取得这样的成功,并不是由于他们最早提出并使用这一概念,而是他们首先用一种理论体系来解释文学作品的构成,这就是索绪尔语言学的符号体系。因为索绪尔语言学中把语言作为一个完整的独立系统,一个自足的系统。所以雅克布逊与托多洛夫等人也把文本看作一个是自足的体系,并且用语音学、音位学的方法来分析它。可是进入 20 世纪 60 年代以后,法国结构主义者发现,把文本看作一种独立的语言结构的观念虽然弥足珍贵,但对于文本结构用语言学方法研究却是举步维艰,很可能使文学研究成为一种语言学的附属品,索绪尔语言学的自足结构论有可能使得结构主义走入自我封闭的绝境,把文本变成单纯的语言读本的主张早已经被批评家们所激烈反对。于是,从 20 世纪 90 年代起,后叙事主义理论逐渐成熟,这种理论从一种泛后现代主义理论出发,把解构主义的实践与新历史主义观念结合起来,提倡作语境、作社会政治的解剖。马克·柯里耶(Mark Currie)在《后现代叙事理论》中认为,叙事学正在经历一种大的转换,这种转换的实质就是"从发现转向创造,从同一性转向复杂性,从诗学转向政治"。[①]总之,很明显,目的是反对把文本只作为一种语言结构,脱离意识形态与社会政治,这样就涉及到文本与话语的关系。而更为复杂的是,对于像帕慕克的《黑虎》(*The Lost Mystery*)这样的后现代小说而言,伊斯兰与土耳其文化的话语与现代叙事之间是完全对立的,这是一种非理性的语言,如书中的苏菲主义象征——止夫圣山——其实是根本不存在的,"被蛇所环绕的世界之山"。所以作者不得不采取无意识话语的方式来表达它,但由此也产生了这种话语与理性中心信念之间的对立。

[①] Mark Currie. Postmodern Narrtive Theory[M]. New York, St. Matin's Press, 1998.

西方的后殖民批评家往往注意到，作者对于本土文化有一种认证的障碍，因此将其压抑下去。语言本身作为一种社会文化的工具，它其实是最敏锐、最丰富的社会意识感性显现体系。它必然有自己的所指（在索绪尔语言学中的所指只是在符号体系内部的所指意义）对象与社会指涉的意义之间的关系，如果结构主义者不同意实证主义、马克思主义的社会历史批评观念，而后叙事主义者与后结构主义者理论家们又再次走向社会历史。那么，就必须解释文本语言结构的真正所指是什么，它与社会现实之间是怎样的关系？

　　弗雷德里克·詹姆逊关于这一问题的分析是这样的：

　　符号的理论在肯定指称对象的同时又将它括起，因此当我们试图确定指称对象的地位时，同样的本体消散，同样的抽象的和具体的碎裂也会有所表现。特别是当我们提出那些马克思主义必须解决的问题，如上层建筑与基础结构的关系时，这个问题就显得特别重要。我们还要不要考虑语言本身在社会生活中的地位这个问题，这个问题在苏联马尔争议时期间曾引起激烈的争论，但被斯大林勾销而不是解决了（"简言之，语言既不属于基础也不属于上层建筑"）。可是在我们这里，却必须批驳这个问题，因为它等于使语言成为实在。世界上只有具体的语言材料和语言行为，只有业已具体地存在于我们周围的世界并且与这个历史的整体的其他成分保持着各种不同关系的不同的符号。但是对语言（或意义）这个概念本身的否定不就等于否定了结构主义这种研究方式本身的出发点和基本前提了吗？[①]

　　于是罗兰·巴尔特、拉康、德里达从各个方向为语言结构寻找相关联系。我们可以把这种努力的结果归结为三种观念：

[①] ［美］弗雷德里克·詹姆逊：《语言的牢笼·马克思主义与形式》，天津：百花文艺出版社，1997年，第177—178页。

第一种是认为现实符号系统的"反映"理论,这种观念包括列维·斯特劳斯的文化人类学的符号系统与神话系统的对应关系;列维·斯特劳斯称之为"视域转换",这是指同一种语言逻辑结构在不同领域的相同与相反的运用。他认为原始人把自然与生活两种不同性质的现象认为是相同的,他们把自然界的一切进行分类排列,变成一个结构,他把这种结构称之为"修补术"(bricolage)。原始人用这个结构去理解一切事物,并且把它们在神话和语言中再现出来。第二种是所谓"同源现象",这是詹姆逊引用吕西安·戈特曼的概念,这种概念超出语言学范围,把不同结构之间进行比较。如19世纪的小说与当时社会的市场结构之间的联系。这种关系也令人想起泰纳和斯宾格勒的总体阶段风格,也就是一种历史时代与具体作品之间的关系。第三种是文本与无意识之间的关联,无意识叙事理论的最主要确立者应当说是法国的后精神分析学代表人物拉康(Jacques Lacan)与德里达等人。从20世纪50年代起,拉康就在精神分析的基础上将索绪尔的语言结构与列维—斯特劳斯的神话结构结合起来,形成了他的无意识语言结构理论。[①]这是后现代主义中最普遍的一种叙事学语境论。

现在,经过一番转换,后殖民批评家们终于为本土化的无意识话语与西方化的理性中心观念之间找一种平等模式,这种模式中,无意识话语正因为是被压抑的,所以是分裂的,无中心,它也就成为无害的了。这一点对于作者的身份认证相当重要。

二、隐喻与无意识叙事

无意识话语作为作者的叙事,是否能成为主体话语,这仍然是

---

① Jeffery Mehlman. The Floating Signifier: From Lé vi-Strauss to Lacan[J]. Yale Frech Studies, 1972(48): 18.

一个问题。特别是,这种经验如何产生于文本之中呢?这是一个无法回避的问题,当代西方学者是这样看待这一问题的。

西方学者约翰·布兰尼干(John Brannigan)评论新历史主义批评时说:

> 新历史主义批评家们介绍了一种对于历史叙事结构,以及批评家和历史学家在这种叙事中位置的怀疑主义。历史学家们把过去的故事理解为一种建构叙事结构的方式,这种方式已经无意识地适应了他们自己的利益。①

这其实正是为作者们进行开脱,因为在后殖民理论家看来,这种叙事归根结底是为了本阶层的利益服务的,是有利于"第三世界"的现代化的。但是其叙事语境是无意识的,作者本人其实并不知道这种叙事的性质。如同希腊历史学家昔罗多德的史学名著《历史》,其无意识中是为了希腊人的政治目的服务的,所以已经对于希波战争中的敌人波斯人进行了排斥。莎士比亚的文本则是基于无意识语境的以英格兰为中心的叙事方式,无论他本人是否知晓,所以,重要的是对于无意识语境的研究。而略萨等人更是这方面的例证,拉美作家不同于印度文化或是土耳其作家,拉美长期受到西方殖民统治,略萨等人的宗教与思想观念是西方基督教化的,本土的古代信仰只是以神话方式存在。这比起帕慕克等人称自己的文化为"寓言"或是"隐喻"是有所不同的。

后精神分析学家拉康认为,叙事的无意识语境是决定性的,在人类心理发展过程中,语言与无意识都有具体的作用,按精神分析

---

① John Brannign. NeW historicism and Cultural Materialism[J]. New Yorks, St. Matin's pRESS, 1998: 6 - 7.

的基本原理，无意识会受到压抑。但是，作为感性与客观存在的反映却不可能完全消失，它们可能产生移动，找到自己的替代品——形象与语言。形象先于语言在人类思维中出现，就像在儿童时期的幻想一样，所以儿童在认识文字之前就会看连环画，先有形象思维以后才有理性思维。最早掌握形象符号的人类就以神话这个形象的世界来代替无意识的混沌。所以德国哲学家卡西列把"神话思维（Mythical thought）"作为从无意识到语言思维之间的过渡，他把神话思维的特征归为形象性，这种思维同时也产生了早期的诗与隐喻，甚至可以看作艺术与审美的来源。精神分析学对这一历史过程的描述与符号学家们完全相同，拉康认为，人类心理发展就是从最初的无意识的字母（letter）和幻想的形象（image）发展为意识的语言系统过程。人类进化与个体的发育保持了同一性，儿童的思维从形象开始，所以古代人类与儿童都对神话感兴趣，因为神话中的形象符号最符合古代人类与儿童的心理认知能力的要求，这一共同阶段就是"想象级"，随着人类社会的发展与儿童的成长，现实（拉康这里的现实不是我们通常所说的"社会现实"，而是一种后现代主义的特有话语，指的是以语言为代表的社会文化体系，即福柯所说的"知识"、"学科"等概念），从语言符号到文化现实，这就是拉康的第二级"符号级"（symbol order）和第三级"现实级"（the real）所以表达的过程，只不过对于后精神分析而言，这三个级都与无意识永不可分，拉康的名言是"符号分割世界与自我"，其实还应加一句，这里的符号主要是无意识的符号，这就从根本上决定了，任何叙事只能是无意识语境下的叙事。拉康曾经说过：

>……我的历史中由空白和谎言所占据的一章：它是经过删改的一章，但真实仍可以从中被再次发现；通常它已经被书写于各处。即是——在纪念物上，这就是我的身体……在档案文

件上：它们是我童年的记忆……在语义的变革（semantic evolution）中：这相当于言词的积累与我自己特有语汇的被接受，如同对于我的风格和性格一样；在传统中，甚至也在传奇中，在一个英雄史诗的形式中，证明的历史。——最后，在通常保存于变形所必要的，由一章与其他相关章节所环接的踪迹（trace）中，意义将被我的注释所重新再建。①

拉康这段话指明了他的无意识概念的各种观察角度，身体、记忆代表了生理的，精神分析学的角度；所谓语义和言词则是语言符号的结构，传统等则是一种文化和历史的层次，它既是指个体发育也是指人类社会的历史，最后所说的踪迹则是拉康的一个观念，意义的产生乃是能指与所指之间的"滑动"的、变化的联系，也就是说，叙事的过程，不过是无意识及其符号的大网中永无休止而毫无结果的追索，这种观念彻底改变了传统叙事学中的理性中心义，为无意识叙事理论建立了前提。

拉康的《欲望及对〈哈姆雷特〉中欲望的阐释》（Desire and Interpretation of Desire in Hamlet）就是这方面的一篇代表作，为以后的后叙事理论提供了样板。

标题的"欲望"包含两重意思，第一是指弗洛伊德所说的"人类的欲望"，但它是在历史叙事之外的，是无意识的欲望。第二是主体的欲望，是剧中人物的欲望，拉康把它放在主体关系的拓扑学系统中。所谓"拓扑学系统"，其实质上不过是一个语言能指关系为主体的矢量示意图。这种模式其实在西方文学中相当流行，比如乔伊斯的《尤利西斯》中的"莫瑞的欲望"一节，其实并不仅仅是个人

---

① Jacques Lacan. Ecrits：A Selection，trans. Alan Sheridan[M]. New York：W. W. Norton，1977：50.

的欲望，而是女性欲望的替代品，这种欲望是无意识的并有原型的意义。拉康把主客体之间的联系看成是俄狄浦斯情结式的语言结构，其发展分为三个阶段：其一是主体与欲望客体的想象关系，以哈姆雷特与奥菲丽娅的爱情关系为发展线索，相当于"想象级"。其二是欲望客体的毁灭，奥菲丽娅在这里成了意指生命的符号——"菲勒斯"，它作为自在于自身的东西被主体加以排斥，近似于符号级。其三是主体与欲望的现实化，相当于现实级。最典型的是《哈姆雷特》一剧中墓地一场，以主体以哀悼冲破原有结构，由于这是一种"拓扑学结构"，拉康是把三个级看作空间联系，而不是线性关系，所以研究中不能完全一一对应，进行刻舟求剑式的阐释。因此在阐释实践中分为三级：1. 奥菲丽娅客体；2. 欲望与哀悼；3. 把菲勒斯能指作用集中于菲勒斯出现，可以看出，基本集中于符号级，取代了现实级。

如果从思想路线上来看，后现代主义者们的教父其实是黑格尔，拉康的理论也是以主客体的辩证关系为主，黑格尔的主客体理论其实与弗洛伊德的个体自我独立发展理论之间是对立的。拉康认为自己能够协调双方的关系。在他看来，虽然存在着自恋阶段的客体阶段的不同理论，会形成不同的对立，实际上，这两者是密切结合在一起的，儿童的自恋与客体的镜像恋并不对立，它们只是主客体关系在不同阶段的表现形式，从想象级开始，它们之间就有相互统一的关系。要揭示它们的内在关联，必须借助于一个特殊的角度——菲勒斯，这是"切入客体关系"的关键。这是因为，主体客体的关系，从本质上看是主体与菲勒斯之间关系的变形，主客体关系一直受到这种深层关系的制约，在哈姆雷特剧中，拉康就是要说明这种关系与发展过程。

对于女性主义叙事话语来说，菲勒斯正是无意识语境的产物，是阳物崇拜的神话作用所形成的"现实"，或是权力中心所形成的象征。拉康并不赞成这种见解,认为这是对于无意识语境的一种简单化处理,他认为菲勒斯的形成只能从正统弗洛伊德理论得到解释,菲勒斯的生物意义与政治意义都不能构成它的价值,它的价值在于心理作用,它的价值根源是人无意识中的自恋情结。主体在经历了俄狄浦斯阶段之后,发现了令人痛苦的事实。自己只有通过阉割才能取得能指的地位,只有舍弃主体自恋依赖性,完成对"肉身"的牺牲,主体才可能进入辩证关系,从而享有对于客体的自由关系。如果没有这种牺牲,主体对于客体就会处于神经强迫症关系。正像在哈姆雷特剧中所出现的,哈姆雷特对于奥菲丽娅的侮辱和轻蔑就是强迫症的表现。虽然客体的丧失等可以部分改变这种症状,但是,要从根本上得到治疗,必得依靠于主体的阉割与牺牲才行,哈姆雷特把自己作为对于原罪的祭品,完成行动,揭开人类欲望悲剧的真正秘密。拉康有一个著名的精神分析图式,在图式中,行动的悲剧被表示为菲勒斯的能指链,也就是主体的"享受"→"阉割",这样就使得主体成为"被划掉的能指"。这也就是这场阉割的结果,主体通过阉割实现了对于符号级父亲(也是一个死去的、被阉割的父亲)的认同,于是在符号级中得到一个"死者的地址"。他只能在这个地址上来发挥父权功能,所以从根本上来说仍然只是一个无能的菲勒斯。拉康把以上过程称之为"主体与菲勒斯相约",这样看来,对于哈姆雷特的分析,也就是从欲望主客体关系反溯到"主体与菲勒斯相约"。这个相约的过程又分为三个理论层次,第一是主体在符号级阉割中的意义;第二是对于菲勒斯的来源的分析,也就是菲勒斯从自恋中分化出来获得价值的过程;第三是菲勒斯与主体终于在欲望层次中实现约会,这才是拉康分析的理论核心。

在拉康看来,《哈姆雷特》一剧的关键在于哀悼,从哈姆雷特父王到奥菲丽娅的哀悼笼罩全剧,既然有如此之多的哀悼,那么必有隐匿于其中的原始罪行,即文化历史的无意识语境,这是根据弗洛伊德学说的推论。弗洛伊德《图腾与禁忌》中描述了众多的儿子起来谋杀父亲，后产生原罪心理，这种心理被压抑到无意识中，成为原罪的无意识语境。这里需要解释的有两处：1. 说明了"俄狄浦斯原罪"的神话学底蕴之后，"母亲的欲望"的神话意义也就清楚了。"母亲的欲望"是作为菲勒斯被认同的，这一过程的意义是以想象级的形式表达的、主体无法理解的真正欲望，也就是现实级的所在，拉康一直认为真正的欲望是现实级。它所代表的又是精神分析的"极限视界"，看不到的是菲勒斯，所以菲勒斯只能是一个"不可能的能指"。拉康把它比作一个哀悼的仪式，仪式只起到一种慰藉的作用，是对阉割现实的一种安抚。2. "阉割综合征"的存在是真实的，可是它的意义在彼不在此，它只是欲望的符号化和人性化这种作用在现实生活中和人类学中同样重要。拉康说：

> 如果我们只看到第一个阶段，即原始谋杀的阶段，上边的过程就是一个秘密的元素。是的最重要的是惩罚、制裁、阉割——这是性欲人性化的关键，精神分析的经验已经使我们习惯于以这个关键对于欲望变化过程中的关节作出合适的解释。①

拉康认为哈姆雷特与此相同，但是它的发展分为两个阶段，第一个是罪行阶段，也就是神话阶段，是弗洛伊德所设想的杀父神话，它的意义并不在于神话本身，它说明的是法律建立的基础：

> *这神话向我们揭示了一种本质联系：法律的秩序只有在某*

---

① Jacques Lacan. "Desire and the Interpretation of Desire in Hamlet" (1959) [J]. Yale French Studies, 197: 55 – 56.

个更原始的东西,某种罪的基础上才能成立,这就是弗洛伊德的俄狄浦斯式神话的意义所在。①

不但如此,而且拉康认为可以把这种观念扩大到全部语境,即每个人的生活中都可以有原罪的悲剧性观念存在,于是每个人都可能接受这种观念,到那个时候,无论是俄狄浦斯,还是潜伏于存在的某个位置上的我们中每个人都可以作为主角,我们都可能重演这种悲剧,将在悲剧中重建法律,"通过某种受洗以确实保证它的再现,这是第二个阶段"。这里所说的"洗礼"(Bapteme)指的是接受"父名",也就是主体接受阉割的过程。

拉康这里实际上是把这两个阶段等同于自己的两个级的意义,即想象级与符号级,这一安排的意义在于改变弗洛伊德观念的"神话"性质,使它具有语言符号的现实性。按这种安排体现,文化现象的无意识语境其实是现实的,人类的历史文化包括基督教的原罪教义、人类社会法律的产生等都可以有无意识语境,这是拉康对弗洛伊德学说的重要发展。拉康认为,儿童最初产生的是对于"母亲的欲望",这是一个"邪恶时期",它的性质是想象级的,时间是镜子阶段的后期。这也就是想象级的作用时期,相当所谓第一阶段。以后由于父亲的出现并且实行对于"菲勒斯"的放逐,引起俄狄浦斯情结的消退,儿童的欲望受到压抑。进而到完成阉割,实现了符号级的认同作用,这便是第二阶段的完成。拉康这样做安排,本身就是对弗洛伊德理论的一次"阉割",因为他把弗洛伊德认为确实曾经发生过的历史事实变为了神话。他说"这个被他看作游牧民族和犹太教的起源原罪性的弑父,显然具有一种神话的性质"。从这里可

---

① Jacques Lacan. "Desire and the Interpretation of Desire in Hamlet" (1959)[J]. Yale French Studies, 197: 55-56.

以看出，拉康受到列维·斯特劳斯人类学和神话学的影响，用原始思维的规律来解释神话，而不是把它看作确实发生过的事实，这也就否定了俄狄浦斯情结在文化中的简单化的现实级意义。

拉康所要解释的是《哈姆雷特》主旨——人类欲望的主客体关联——的中心。在这种解释中，拉康借《哈姆雷特》的人物关系，进行自己对于弗洛伊德俄狄浦斯情结、阉割综合感等重要理论的改写。这种改写的指导观念是主客体的语言结构，全部改写以人类的欲望作为出发点，把拉康三个级的理论与俄狄浦斯情结的不同阶段结合起来，形成了新的欲望作用图式。构成这个图式的主要因素是主体客体和菲勒斯能指，拉康把它们与《哈姆雷特》剧中的人物关系一一对应，同时又描绘了它们之间的辩证发展关系。从欲望客体的失而复得；哀悼与归化，决斗与死亡等不同阶段来展示主体的特殊层面——欲望缺乏的层面——的具体内容。拉康对于《哈姆雷特》的分析是他后现代叙事模式的展示，文本产生于无意识的语境，而不是历史图像，只有从这种语境出发，才可能理解文本，才可能阐释文本的意义。如果说弗洛伊德的无意识是泛性欲论的，那么拉康的无语识则已经大不相同，这是一种与语言同构的无意识，它代表了神话、符号、法律与文化。

其中唯一不变的是精神分析的原则，文本与无意识的语境之间的联系是超越时间与空间的，任何文本中都充满了历史文化的无意识语境，任何无意识语境又必然产生自己的文本。所以笔者才认为，如果从西方莎学研究的历史来看，弗洛伊德的精神分析学以"俄狄浦斯情结"来阐释《哈姆雷特》一剧，固然被看成是创新之举，但拉康可以说毫不逊色，他的以无意识叙事语境来阐释《哈姆雷特》。

我们知道，《哈姆雷特》研究中有一个数百年来吸引莎学家的问题：哈姆雷特为何延宕自己的复仇行动？拉康提供的解释是：并非哈姆雷特本人不愿行动，而是主客体在无意识语境中的地位限制了他，使他无法行动，一再推迟复仇，因为国王所在的"菲勒斯地址"是主体欲望不可企及的。这种后结构主义精神分析的新解释无论其历史评价如何，毕竟是一种新的观念与阐释理由。

如果我们现在分析帕慕克的《黑书》中的王子，就可以说，这位伊斯兰教的王子，其实已经是肩负了为信仰而复仇的哈姆雷物，只不过他与莎士比亚的哈姆雷特一样，成为了西方菲勒斯中心主义的牺牲品，已经失去了自我。这也是作者帕慕克那句无人不知的名言：

"谁也不可能成为自己。"

三、无意识叙事话语与后殖民语境

后殖民主义语境中，无意识叙事话语成为东方作家的一种习惯语言，我们这里只是以获得西方承认的一些作家为例，除了他们之外，我们也可以随着提出几位当代中国作家的作品，包括已经在西方领了大奖或是小奖的作家们，他们的西方化的中国叙事模式，特别是对中国本土文化的无意识压抑话语，成为西方评委和批评家们评判中国当代文学的金科玉律，如果想在西方获奖，必须按照这部铁床来砍头入棺，削足适履。这就是后殖民主义批评的关键词话语权的真实含义所在。明后了这一层意义，我们再来从无意识叙事话语的本质来进行简析。所谓有立必有破，拉康的叙事学其实本身已经是一种后现代模式，具有所谓解构的一切特性。但还是早就受到了德里达的批判。德里达对于拉康的批评也是不直接涉及社会文化现实的。但是对于我们仍有较为重要的启示：一是认为拉康的索绪尔语言学与弗洛伊德精神分析的结合构架有不足之处，拉康认为能指是一种空缺，也就是"被阉割的真实"（truth of lacks-as-castration-as truth)。但德里达认为，能指并不是空缺，也不能从空缺的位置上找到。能指本质只能在"差异"中寻找。它就是德里所说的"差异的符号"(the mark of difference)。即使在一定场合下，差异并不在场，也就是当它表现为空缺关系时，这也已经决定了在场的关系。这个差异包括综合与指称两个方面，要想形成意指关系，必须有差异。同时，事物的差异又不过是事件的产物。这就有悖论的存在。这个悖论就是视域的逾越。每一个视域都反映出另一个视域的不足。这种逾越形成的原理就是德里达著名的"延异"(difference)。同时，德里达对于拉康的文本结构也予以批评。他认为这种构架与弗洛伊德的精神分析的"俄狄浦斯情结"大同小异，都不能看作是"文本结构"。因为它们是固定的，而不是"解构的"。德里达认为，真正的文本结构是"漂流的"，在作家写下第一个字时，就已经把讲述者包括进去了。这是一个"文本漂流体"(textual drifting)，它的漂流过程是无穷尽的。①总之，德里达与拉康可以说没有根本的分歧，只是认为拉康的无意识语境理论还不够完善，要再加以补充而已。

如果要明白德里达在西方批评中的地位，就必须理解他这种批判的历史价值。在文本的历史文化解析中，经历了一个大的转折，从个性心理和无意识向语言系统的转向。这样就把社会文化现象与语言联系起来，从纯个性的家庭性关系的范畴向社会文化的视域有所前进，虽然进步不大，但毕竟有胜于无。符号性系统代替了无意识的泛性论，社会、法律、文明的产生，一定程度上与弗洛伊德早期的简单化解释有所不同，这可以看作是拉康式的社会文明起源与本质论。正像俄国心理学家Ф.B.巴辛和B.E.巴热诺夫教授所指出的那样：

---

① [法]C·克莱芒、P·布律诺、L·塞弗:《马克思主义对心理分析学说的批评》，北京: 商务印书馆，1985年，第227页。

> 拉康的出发点是：文化的任何表现同语言功能的联系，从而也是同象征符号观念的联系的不可分割性这样一种思想。"符号性的东西"包围着人，伴随着人的一生，从意识的最初闪现直至生命的死亡。人的行为应与之相符合的一切规矩、一切禁条都是以符号的形式出现的。……"符号性的东西"这不是自制力，也不是"父亲"式的威胁。这册宁说仅仅是内在组织的一种原则，是调整、确定文化环境诸因素之间的关系的原则。①

当然这种理论主要是基于西方的语言转向大潮的历史背景之中的，它尚有待于时代和历史的进一步检验，特别是随着语言中心论的不足之处日益暴露，它也面临变成一种过时理论的危险。

德里达虽然离世，但是后起的詹姆逊并不逊色，他对于这种无意识叙事理论的高度赞赏，他在《政治无意识》一书中指出：

> 在叙事分析的领域，任何研究都难以忽视诺思罗普·弗莱的奠基贡献……以及更重要的弗洛伊德对梦的逻辑的不可或缺的探讨和克劳德·列维—斯特劳斯对"原始"故事叙事和野性的思维的逻辑探讨，……本书从特定的批评和阐释角度对这些各迥异、参差不齐的著作提出质疑和评价，即围绕渗透一切的叙事过程，重新建构意识形态的、无意识的和欲望的、再现的、历史的以及文化生产的诸多复杂问题的框架，（用哲学唯心主义的简略形式来说）我把这种叙事看作是人类精神的核心功能或实例(instance)。②

---

① ［美］弗雷德里克·詹姆逊：《政治无意识》，王逢振、陈永国译，北京：中国社会科学出版社，1999年，第6页。

② ［美］弗雷德里克·詹姆逊：《政治无意识》，王逢振、陈永国译，北京：中国社会科学出版社，1999年，第6页。

这也就是詹姆逊学说的可贵之处,这里所说的"叙事"是一种极为广阔的范畴,是统领后现代主义各流派的"宏大叙事",在他看来,这种宏大叙事的语境恰是无意识的,如詹姆逊所说是历史只是一种文本,历史与现实必须通过事先的"文本化"(textualization)"即它在政治无意识中的叙事化"(narrativilization)。

总而言之,尽管后殖民主义各种流派在文本与无意识语境之间的关系上有不同理解,但是他们的无意识语境的理论基础却是基本一致的。当然,这种理论并不只适用于"第三世界"作家,同样可以用于一切采用后现代叙事的作品分析。虽然从形式上看,后现代主义的颠覆与解构观念与叙事学的文本形成对立,实际上它们是暗中相通的,共同从属于一种无意识的叙事结构与解构,这是叙事学发展中与现实理论一种适应的表现。表面上的差异却有暗中的相通。

关于"支那"名称的来源[①]

长期困扰世界学术界的一个难题是：世界相当多的国家，特别是古代西方对于中国的称名"支那"China 是从何而来？它与西方接触中国的历史有什么关系？这是一个有重要现实意义的研究，因为历史并不是过去，在一定的意义上，正如西方史学家克罗齐所说，一切历史都是当代史。而国家名称就则是其历史的符号，它的所指与能指都与这个国家的历史直接相关。直到近年，关于"支那"一词的争论仍然很激烈，当有人使用"支那"来称呼中国人时，海内外华人都对于它是不是有贬低中国人含意十分关注，这方面的争论一直不断。

因此明辨这一名称的来源是十分重要的。

笔者认为，以往研究这一问题主要是根据零星片断的史料，没有古代语言史上的相关资料的证明。没有能从西方与中国交往的历史过程来考虑，特别是脱离开东西方文化交流的历史背景，其中相当重要的举世闻名的丝绸之路这一东西方文化交流的重要历史进程，所以研究中往往吉光片羽，不成系统。

在这种研究方式中，由于没有考虑到虽然同是欧洲国家，由于与丝绸贸易的关系不同，与中国交往的历史时代不同，所以对中国

[①] 本文是作者所承担的国家十五规划课题与教育部人文社科重点研究基地北京大学东方文学研究中心重大课题的成果之一。曾发表于《寻报》，2003年第3期。

有不同的称名。也就是说，在中西称名的历史演变中，要同时考虑历史接触与语言系统等不同因素产生的影响。

最明显的一个特点就是，欧洲重要语系中，斯拉夫语系与印欧语系对于中国的称名是完全不同的。俄国人称中国为 Китай，意为"契丹"（Khitan）。这是由于俄国人把中国人与契丹民族混在一起。中国人与契丹人同属于黄色人种。契丹人较早与罗斯人发生交往，据多桑《蒙古史》记载，契丹是 10 纪之初兴起于中国辽东之北的民族，先居鞑靼地方，然后占据了中国北方土地。公元 1125 年，被女真人所灭。虽然契丹人存在的时间并不太长。但这一段时间恰好是古代罗斯人建立自己的公国的时代，根据俄国著名史诗《伊戈尔远征记》等的记载，这一时期是古代基辅公国等斯拉夫国家兴起的时代。而中国与黑海地区和斯拉夫人的交往从古代起就受到北方游牧民族的阻碍，以后斯拉夫人东迁，来到伏尔加河流域与亚欧草原上，与中国直接交往相对更少。罗斯人最早接触的是契丹人，也就把中国人看成是契丹民族。在这种历史接触中，是斯拉夫语言使得中国名称固定为"契丹"的读音，而没有采取"支那"的读音。也就是说，由于历史原因，斯拉夫民族在中国与西方民族的丝绸贸易中距离较远，所以没有以丝绸之国来称呼中国。

称中国为 China 的古代民族则是印度人与欧洲人，所以"支那"（China）包括"印度支那"一类称呼实际上来自两个方向，一个是欧洲，一个印度，学者们根据历史接触来研究，往往不能确定其来源方向之间的关系。但是，这两个语系在 19 世纪之后被欧洲的比较语言学家发现是属于同一语系，这就为中国之名的历史索解提供了关键的条件。无论是古代印度还是希腊，都处于中国古代的丝绸之路上，因此考察中国称名这一区域宜从中国与西方丝绸贸易这一总体思维来研究，作为一种有影响的大国的历史称名，不是某个个别国家民族所能决定的,它只能是一种历史过程的产物。这是我们考察的主要出发点。

目前关于中国"支那"读音的称名中,有以下主要的看法。

其一,中国秦朝说;认为中国称名 China 来自"秦"的发音,这是一种流行广,拥护者多的说法。法国学者鲍狄埃(M. Pauthier)等人提出此种见解。他认为支那的称名起于梵语,而梵语中的支那是因为中国古代秦朝而得名,秦国于公元前一千年或是说起于公元前250年到270年,所以称中国为"秦"(sin,chin),而 China 后的 a 是葡萄牙人加上的。这种说法以后得到了法国汉学家伯希和的支持,伯希和认为:

> 一方是西方世界用 Sinoe 来指中国,用"塞里斯"来(此处可能少了一个"指"字——笔者注)丝,(serm 这是用以指"丝"的一个中文词的古代形式),用 Tobgatch(桃花石)来指拓跋氏;另一方面是中国用"拂林"来指罗马,用"犁干"亚历山大城(Alexandrie),用"安都"来指安条克(Antioche),用"氾复"来指比凯[Bambykê,也不是幼发拉底河上的赫埃罗波利斯(Hiéropolis)],用"罐潜"来指花剌子模(Klwārism)。①

按伯希和的看法,西方的中国称名中,中国与"塞里斯"是分开的。中国从"秦"的音译,而:"塞里斯"指丝绸。由于伯希和是西方声名显赫的汉学家,所以在他之后,"支那"之名起于秦,已经成为相当有影响的一种学说。中国学者著名的中外交通史家张星烺先生也支持这种看法,这一说法在当代中国学术界影响甚大。

---

① [法]伯希和等著:《伯希和西域探险记》,耿升译,云南人民出版社,2001年,第426页。伯希和的《支那名称之起源》,发表于《通报》1912年,第727—742页。

对于这种观点也有不赞同者，如德国学者赫曼·雅各比（Herman Jacobi）的反驳就十分有力，他指出这样的历史事实，早在公元前三百年前，也就是印度丹陀罗笈多王朝时的历史学家考铁利亚（Kautiliya）曾经写过一本《政治论》，其中就使用了"支那"一词，记载了支那的丝绸贩运到印度的历史。而秦朝始建于公元前 247 年，也就是在此之前，印度已经使用了"支那"来称呼中国。①

第二种看法是"支那"为越南"日南"音译，日南（Jih-nan）是越南的一个郡，在汉唐时期是通向中国的海上交通重镇，多数来中国的船只都在此处停泊。我们上文所提到的大秦首批遣汉使就是在此登陆的。德国学者利克托分（Von Richthofen）提出这种说法，并且得到了西方汉学界不少学者的赞同。法国学者拉克伯尔（Lacouperie）对这种说法提出反驳，认为这种说法有不少漏洞。其一，汉时的日南郡并不像利克托分所说是在越南东京，而是南部。其二。汉代日南的读音不是 jih-nan，其读音是 nit-nam，在广东读音中是 yat-nam，这就与日南的读音完全不同，所以不可能是日南。

第三种其实是一种古老说法，由古代希腊人提出，即支那之名可能来源于"赛里丝"国，而"赛里丝"国则与丝绸有关。但这种说法一方面语焉不详，本身缺乏明晰的论证。另一方面在伯希和之后逐渐被人抛弃。

其余还有其他一些看法，我们不一一详述。

笔者认为，中国古代称名"支那"就是古希腊人所说的"赛里斯"，但是其形成"支那"一词，却另有一种语言传播的原因。由于中国与希腊之间没有直接商贸关系，经过梵语、叙利亚语、东伊朗

---

① 考铁里亚，即考塔里亚，亦称考提利亚、者那迦，丹陀罗笈多·毛里亚的宰相。曾著《政治论》一书，此书现在被考证为公元前 2—3 世纪所著。雅各比的论点发表于其论文《从考利亚论著中所见的文化及语言学资料》，载《普鲁士科学院学术报告集刊》，1911 年第 44 期。

语等古代语言的转译，形成了中国称名的不同读音。这一名称起源于中国的"丝"，语词的意义就是"丝国"。在比较文明学与世界文化交流史的新发现可以支持我们的看法。兹简单说明如下：

1. 从时代来说，中国丝绸远在公元前 6 世纪之前就传到印度、随后到中东与希腊罗马。

随之出现产地中国称名，这是世界贸易史上的必然过程。这在秦建国之前，而且与越南日南无关。日南只是罗马人来华所经的港口，必然在此之前已经知道中国，才有罗马皇帝遣使来华之举。而且，日南这样的小地方不可能成为中国丝绸这样举世闻名产品的产地代表，这可以说是历史常识了。简单说，就是西方先知"支那"而不会因日南而知中国，更不会把日南附会为中国。

2. 最直接的证据是印度经典与文学中的中国梵文称名 Cina，梵文经典《摩呵婆罗多》(*Mahabharata*)中已经提到了 Cina①《摩呵婆罗多》的成书年代为公元前 4 世纪。上文所提到的考铁利亚《政治论》(*Arthasastra*)的成书年代在公元前 3 世纪，都远在秦国或秦朝之前。而且，这一称名不会是从西方传入印度的，因为《摩呵婆罗多》中同时提到，与中国人相关的另一古代民族是基拉塔斯(Kiratas)，这一民族应当是最早与印度产生交往的喜马拉雅山另一侧的民族。所以有的学者认为："通过把基拉塔斯人和中国人联系在一起的情况来判断，古代印度人最早是直接通过东方路线来接触中国的。他们把中国人看成与基拉塔斯人一样的东方人"。②估计这个民族是古代居住在中国西藏或是云南的少数民族，他们最早与印度产生交往。

3. 希腊文献中早已出现"赛里斯"(Seres)，意为"中国人"。

---

① *Mahabharata*, Sabhaparvan, 9, 26, ed. by P. Edgerton. Poona, 1943 – 1944.

② Asthana, Shashi, History and Archaeology of India's Contact with other Countries-From Earliest Times to 300 B. C., p.154. Delhi B. R. Publishing Corporation, 1978.

据公元前4世纪的希腊人亨利克泰夏斯(Ctesias)等的记载,这种称名就是起于"丝(ser)"。① 也有可能如公元2世纪的罗马人包撒尼雅斯(Pausanias)的《希腊志》中所说,就是"他们国内生存的一种小动物,希腊人称之为'赛儿'(Sêr)"。我们可以肯定,希腊文中是以 Seres 来称中国的。其起于蚕与丝的本意。

与此相异的是,关于红海、波斯湾、印度半岛的有关文献中,出现了 Thinai,《厄立特利亚海航行记》(*Periplus of the Erythraean Sea*)中又写道:

> 经过这一地区之后,就已经到达了最北部地区,大海流到一个可能属于赛里斯国的地区,这一地区有一座很大的内陆城市叫做泰尼(Thinai)。那里的棉花、丝线和被称为 Serikon(意为丝国的)纺织品被商队陆行经大夏运至婆卢羯车(Barygaza),或通过恒河而运至利穆利。②

这本书中出现了"支那国"(Thinae),这是较早出现的与希腊人的"赛里斯"Seres 稍有差异的中国称名。我们要注意到,这一名称是与丝绸运往印度的记录有关的。其余希腊罗马人的中国称名中,基本以 Seres 为本,并且衍生出各种称名,如见于多种著作中的中国丝绸 serikon,公元2世纪的罗马人阿克伦(Acron)的《颂歌》中所说的"赛里斯人织物(Sericum),见于公元2世纪的托勒密(Ptolémée)

---

① 参见前文所引的米勒(Müller)版本,1884年巴黎迪多(Didot)书店版本,转引自[法]戈岱司编:《希腊拉丁作家远东文献辑录》,耿升译,中华书局,1987年,第1页。亦可参见亨利·玉尔的《古代中国见闻录》(Henry Yule, Cathay and the Way Thither)第一卷第14页。

② 《厄特里亚海航行记》,本书作者佚名,据说是埃及之希腊人,大约成书于公元1世纪末,记述红海、波斯湾,与印度半岛的航行。参见法布里西尤斯(Fabricius)版本,1883年莱比锡出版。

《地理志》中 Sinai"。

4.我们比较一下几种古代文字中的关于中国的称名，就可以看出其中的联系。最早的也是最重要的东方古代文字当推梵文。

梵文中"支那"（Cina）（考铁利亚《政治论》即"Arthasastra"，并且说明中国丝绸贩运到印度）；"支那"在梵语中也是 Chinas（参见《玛奴法典》"Laws of Manu"）。这样我们可以断定，梵语中的 Cina 与 Chinas，是一个词，而不是两个词，都是起于丝绸的中国称名。汉语中的"支那"其实是对于梵文的音译，《大唐西域记》卷五所说："摩诃至那"，《宋史》卷 490《天竺国传》中所载"近闻支那国内有大明王"，系来自梵文，Mahachinasthana 是从古梵文中所变化出来的。

东方文字中，闪族语系是另一个最重要的古代语系，腓尼基语就是闪族语系，它以后影响到古代希腊的语言。在希伯来文中，《圣经旧约》的《以赛亚篇》（Book of Isaiah）中也提到了中国：

> 看哪，这些从远方来，这些从北方，从西方来，这些来自赛那姆（Sininm）。

这里的 Sininm 就是中国，明显即"支那"，其读音与希腊文中的"赛里斯"的第一个音节是相同的，而与梵文中的第二个音节是相同的。我们可以说，闪语是介于梵语与希腊拉丁文之间的一种中国称名，其第一个音节"赛"同于希腊，而第二个音节"那"则同于梵文，这说明它可能是从梵文向希腊文的过渡。

其他中东与中亚的古代语言恰与希伯来文、印度文相呼应，如中国出土的《大秦景教流行中国碑》中，用叙利亚文写下了中国的名称：支那斯坦 Zhinastan。这一称名基本同于希腊文拉丁文中的读音。

粟特文(Sogdia)是中东的一种重要文字，英国斯坦因所整理的粟特文书中，据法国葛底奥特(M. Robert Gauthiot)的研究，中国记为Cynstn），①这也可以证明，中国丝绸在西运中，曾经通过印度与西域，众所周知，古代西域是众多宗教汇聚地区，来自印度的佛教、伊朗的拜火教等都曾在西域流行，并且传入中国。这就是汉代以后的丝绸之路三条要道必经之所。所以粟特文的记录也是一个明证。

这样我们可以有一个总结，中国丝绸古代通向希腊最早是通过西域、印度和中东。最后才到达雅典与罗马，因此，中国的称名也随同这些古代民族的语言而传播。所以最早的中文称名可能来自梵文与希伯来文，这两种文字中都以"丝"的发音来称呼中国，即梵文中的 Cina 与希伯来文的 Sininm，这两种重要语言的称名翻译到希腊文与拉丁文，形成了"赛里斯"Seres 之名。这种称名的形成除了语言的音译外，相当重要的是丝绸贸易本身所形成的影响，名与实相得益彰，这就是"支那"一词指中国的来源。这一过程的音转关系与对音关系如下：

古希腊	梵文	希伯来文	叙利亚文
Seres	Cina	Sininm	Zhinastan

梵文中的 c 是不可能成为 ch 的，而与希腊文中的 s 是同一读音，所以希腊文中的读音与梵文中相同，印欧语系中的音读基本是"丝"的读音。而叙利亚文这样文字，自古以来由于地处中国、波斯和欧洲的中介地位，很可能受到波斯文的影响。古代波斯人用伊朗语，伊朗语中没有送气浊辅音，发生 s-zh 的音转。这就是"秦"zhin 或是 chin 的读音的来源，后人附会为秦国的名。

这样，支那一词的来源就基本清楚了。顺便说道，《圣经·旧约》的《以赛亚书》属于后先知书，是公元前8—前5世纪的先知们

---

① 参见《通报》，1913 年，第 428 页。

所发表的时事政论,从年代来看,也都早于中国秦朝的建立,甚至早于秦国的存在。这也是西方中国古代称名支那不可能为"秦"的音译的重要证据,前人多忽略了这一点,笔者认为其尤其重要,有必要特别指出。

综上所述,从中外文化交流的历史来看,"支那"本义为丝,说明中国丝绸之路是有世界意义的。近年来关于中国丝绸之路的研究表明,早在张骞"凿空"之前,中国丝绸已经可能远行希腊与印度,因此,这条以后日益发达的丝绸运输道路对于东西方文化交流的作用,日久弥深。正是在这一历史背景之下,才可能索解中国称名的历史。

另外要说明的是,这个词从本义来说,是没有贬义的。以后由于历史原因,受到一些人的曲解,"支那"被认为含有贬低与歧视的色彩,要使恢复本义,必须要经过这种正名。这也正是当代中国人的义务,无须赘言了。

"黄帝四面"：比较文明学的阐释[①]

中国人是炎黄子孙，黄帝是中国人的先祖，但是黄帝是什么时代的人却一直没有可靠的证据成为千古之谜，引起各方面的争论。

孔子与他的学生关于黄帝有一段对话：

> 子贡问曰：黄帝四面，信乎？孔子曰：黄帝取合己者四人，使治四方，不计而耦，不约而成，此之谓四面也。[②]

孔子曾经坦率地承认，自己关于上古时代是知之不多的，他在《论语》中说商因夏制，由商可以征（证）夏，周因殷制，由周可以征（证）殷，至于三皇五帝则不愿多说。所以他对子贡关于"黄帝四面"的问题其实是难以解释的，只能泛泛而谈，实际上没有任何依据。

那么古人为什么有"黄帝四面"的说法，而这种说法甚至到了春秋时期就已经无人能知其来源了呢？

问题的解答必须要有历史证据，这种证据就是陶器图饰，中国仰韶文化的发现，使数千年来的"黄帝四面"的历史之谜有了答案。

[①] 本文发表于《中国社会科学院报》，2009年4月23日，第8版。
[②] 《孔子集语》，见《百子全书》，上，浙江古籍出版社，1998年，第32页。

 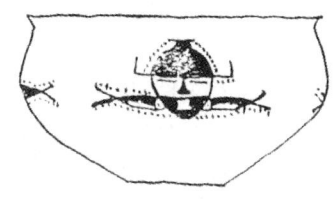

图 1　半坡遗址人面鱼纹陶盆

陕西省西安市东有一条小河名叫产河,这里有个叫半坡的小村子,1955年从这里出土大量仰韶时期的文物,这就是以后闻名遐迩的半坡遗址。出土文物中以陶器最为突出,类型多样,陶图与陶文都色彩鲜明,绘写精美,是不可多得的珍品。

精美的鱼纹最具代表性,说明当时人类捕鱼业已经相当发达,鱼成为重要的食物,所以多种多样的鱼纹出现于陶器上。

其中有一种人面鱼纹图令人惊叹,为什么将人与全合一,这个人物是什么人?这些问题至为关键。

相当流行的一种看法认为,这个人物是渔夫或是当时的半坡人,人面鱼纹图是为了表现半坡人以渔猎为业的生活。

笔者认为,这种说法有不足之处,中国古代遗址文物中人物造型或是图案都不多,究其原因,在于当时的先民处于自然神与图腾信仰阶段,一般不会将普通人作为图案绘制的,更不要说绘到陶器上。

这种陶器是陶盆,同时出现了鱼与人,如果说鱼是图腾,那么,这种人物可能就是被祭祀的先祖,这是从图腾转向对祖宗祭祀一种表现,只有祭祀对象才有资格写入史册,进入陶图。这里是黄土高原腹地,黄帝以"土德成",土德不仅指土地与农业生产,也包括了黄土高原,甚至包括以土为陶,所以这里是黄帝文明的起源地。这个人物被画到陶器的四面,这就是"黄帝四面",后人去古太远,已经不知道黄帝四面真正来源,这个出土的陶器才真正揭示了黄帝四面的真实含义。

左图是黄帝四面图,右图是古代印度的一个著名雕塑大佛天四面图,图中的大佛天神像有四面向四个方向,这是古代崇拜的一种神化手段,用四面来象征其无所不视,无所不能,法力无边,这也正是中国黄帝四面的来源,中土之民认为自己处于世界之中,黄帝面向四方,管理四方,也接受四方的崇拜,因此形成了黄帝四面的传说并且表现于图形。

图2 半坡陶四面图

图2+1,印度大佛天四面图

甚至这个图案有可能是后世"黄"字的来源,这个图案最重要的特点是戴冠画像,这在世界各民族中不多见,笔者认为此图的命名应为"皇冠人图",皇冠是突出的特点。

黄帝图像头上戴的帽子以后成为了草字头,鱼尾被简化成了两点,构成了"黄"字。这个字的演变中,成为甲骨文中的黄,从田从土,正是黄土地的意思。《说文解字》中说:"黄,地之色也,从田从火,火亦声,火,古文光,凡黄之属皆从黄。"

图3 《说文解字》中的黄字　　　图4 甲骨文中的黄字

甲骨文中的黄字历来没有完善的解释,陈梦家引《封禅书》述雍四畤祀:"各如其帝色,黄犊羔各四",就是说用黄牛来祭祀黄帝,可见黄帝其色黄是基本确定的,这也就是所谓的"土德",中国古代文明起于黄土高原，土德就是黄色。

我们看到，《说文》中的黄字相对来说更像人面，几乎与半坡人面鱼纹相同，这是对黄字来源最清楚的证明了。殷商时代去古已久，所以有的甲骨文中的黄字已经简化了，但是基本保持了初形。

其实不仅是"黄"，中国古代文字中的"帝"，也与陶纹关系密切。

帝，是中国人的一个重要概念，也是中华民族对世界文明的一个重要贡献，世界上只有少为数不多的民族发展出了一神论的观念，影响最大的是有两个，一个是犹太民族的上帝，另一个是中华民族的天帝，这个天帝，对于中原居民来说，其实就是黄帝，这两个字原本是一个字，都是指黄帝。根据文字使用的规律，这本是一个专字，就像秦始皇称皇帝一样，最初的皇帝只指始皇帝，以后才用作皇帝的通称。

甲骨文中有这样的"帝"用法：

帝黄 〔图〕

贞：帝〔图〕，三羊，三豕（前4，17，5）

这里的帝就是指黄帝，黄帝是最初的帝，所以写作"帝黄〔图〕，也就是帝〔图〕"，这个黄字就是陶文中的黄帝面象，最早起源则是由于黄土地。黄土地是先民生长的地方，黄土受到尊崇，这就是武丁卜辞中常见的先公土祭祀如"其又亳土"，等，就是如此，殷商祭祀主要是两类，第一类是先公土，第二类是当地之社。其实两者又是互相联系的，土也就是社，都是对于大地神的祭祀，土地祭祀是中国最典型的祭祀，这是农业文明的证据。诗经中的《大雅·緜》"乃立冢土"，诗传曰："冢土，大社也；"《公羊传·僖卅一》也有："诸侯祭土"，何休注说："土谓社也"。土、田、地都是土祭之社,这就是黄帝崇拜与称名的来源。

黄帝是中华民族的先祖,所以祭礼用享最盛,用三犬、三豕,以表示尊重。黄帝的黄字,也就是帝字的初文,屯二一八辞中所解释的这个字如下:

图3　甲骨文屯二一八辞中的黄字

前人不知道《说文解字》的黄字初形从何而来,其实就是许慎本人亦未必知道,他所写的"黄"字,正是来自于甲骨文,所以我们比较屯二一八辞中的黄字与《说文解字》中的黄字,二者形象极为相近。而甲骨文中的这个字,又正来自于陶文,来自于仰韶文明半坡陶文,这是一个象形与指事结合的文字。黄字的来源是黄帝的面目,有了陶文,中华文明的数千年乃至上万年的渊源而得而知了,这是何等重的发现。

黄帝四面的说法在后世得到继承和发展,黄帝发展成为后世的上帝或天帝,并且受到隆重的祭祀。在祭祀中,对于黄帝用黄牛或是黄犊,甲骨文中记载了这种过程:

祭于东三豕三羊,田犬,卯黄牛。(续1.53.1)

祭东、西、南,卯黄牛。(续1.53.1)

黄帝祭祀特别用黄牛,古代祭祀中常用的是牛、羊、豕、犬、壳之类,唯黄帝也就是以后的土帝用黄牛或称为黄犊,表达了特殊的意义。后世流传中,从黄帝发展成了四帝,《封禅书》记载的秦時就是一个明显的例子,其中的雍之四時即"各如其帝色,黄犊羔各四",这就是后来的汉宽舒祠议"黄犊太牢具",可见用黄牛来祭黄帝的来源正是如此。

在仰韶文化中,黄帝最终被神化,这种神化的手段是一种物质化,即所谓"道成肉身"式的神化。鱼是人类古代最容易获得也是最主要的食物,在农业生产不发达的时期,食鱼使人类得以繁衍生息,所以人类选择鱼来美化黄帝。埃及与中亚地区生存条件酷烈,古代人类面临狮子等猛兽的威胁,所以埃及人选择狮子来作为神物,创造出狮身人面像,表达威严与勇猛,象征权力。埃及中王国的阿美涅姆赫特三世国王就将自己的头作为狮身人面像构成,起一种神化的作用,这种现象与黄帝人面鱼纹是完全一样的。

图21 古埃及中王国时期的阿美涅姆赫特
国王三世的狮身人面像

如果没有仰韶文化的发掘,我们无从得知这一历史的真相,也不可能认识这种历史现象的普遍性与规律性。

这也证明了,历史发现绝不是所谓的"层积",是一层层的堆积与造假,历史研究是一种真正的探索,最古的沉积层在最下面,只有到一定的历史时期,才可能层层剥离出它的真相。现代发现会看到古人所看不到的事物,这是完全正常的,时代越发展,我们对古代的理解越多,这更是历史发现的规律,前人不理解这一规律,以为历史是后人编造出来的,这种认识是相当荒唐的,对文明研究与历史有恶劣影响,必须清除。当然,提出这些看法的历史学家是无辜的,他们的错误只在于不理解历史发现的意义而已,今人不要再犯他们的错误了。

黄帝从黄土高原走出,最终葬于黄土高原之上,陕西黄陵的黄帝陵是黄帝的陵墓所在,成为历代祭祀这位人文初祖的地方。

我们可以断定:仰韶文明时代是黄帝时代,也是中国农业的起源阶段,在黄土高原上,后稷等人发展了黄帝的农业生产,诗经中所记载的公刘等人就是后稷的继承者,是中国农业的早期开拓者,其后才有夏商周王朝的兴起。正如中国历史学家徐旭生所说:"综括说起,华夏集团发祥于陕西省的黄土高原上,在有史以前已经渐渐地顺着黄河两岸散布于中国的北方及中部的一部分地方。"[①]其实这也是说,中国文明起于仰韶文化,这种以陶器为主要文物的文化,分布于黄土高原与相接的中原和北方地区,正是这种文化的形成,标志着中国人进入了文明时代的门槛。

这里要提到,一位与黄帝有关的人物十分重要,他的重要性也正表现于陶器,他可能是陶器真正的发明者,这就是那位叫"宁封"的传说人物。

《列仙传》中称宁封是黄帝时人,"世传为黄帝陶正",可能就是管理制陶业的官。关于他的记录中也大多与制陶有关,传说有异

---

① 徐旭生:《中国古史的传说时代》,广西师范大学出版社,2003年,第55页。

人为他掌火，能生出五色烟，而且这位封宁"积火自烧"，也就是死于烧制陶器的窑中。四川省灌县地区流传着这样的民间传说，青城山福建宫后面有一座叫丈人山的小山，是黄帝问道于宁封丈人的地方，宁封因为封于宁山，所以称为宁封。当时人们到山上取水没有器具，只能用泥土来带一些水，十分不方便。有一天，宁封在烧野兽肉时，突然发现泥土经火会变硬，于是就架火烧陶，结果产生了陶器。可惜的是宁封本人有一次烧陶时，由于窑烧空塌下，未能及时脱身，竟然葬身火窑。这就是所有烧陶窑常见的一种事故——窑塌，宁封死于窑塌，这可能是历史上最早也是最悲惨的一次窑塌记录，陶器的发明人竟然死于陶窑崩塌①。宁封虽然离去，人们永远不会忘记他的功劳，关于宁封的传说世代流传，这也是这位黄帝时代的人物能够传名至今的原因，可谓流芳千古了。这种名声是为了纪念陶器的发明。陶器，是人类走出野蛮时代后，第一个最重要的发明。

---

① 这则故事在四川灌县等地流传，袁珂、周明编：《中国神话资料萃编》（四川省社会科学院出版社，1985年，第82页）记录了由王纯五讲述的民间传说。

萨满、羡门与沙门：佛教入华时间新释[①]

一、佛教入华与"羡门"

关于佛教传入中国的时代，其实是一个至今未得其解的大问题，由于历史上争论烦多，我们不得不化繁为简，兹根据汤用彤先生《汉魏两晋南北朝佛教史》第一章，先把其中流行较广的几种学说简单介绍：

（1）伯益述《山海经》而知有佛。这是刘宋宗少文《明佛论》中所提出的。《山海经》中述朝鲜、天毒同在"东海之内，北海之隅"。这里的天毒就是印度，连印度的方位都不清楚，而且《山海经》毕竟是神话，只可参考，不能确证。

（2）《周书述异》等记载周昭王、周穆王就有佛法出现的征兆。这种法说因为《周书述异》是众所周知的伪书，也不能成立。

（3）《列子》中有太宰喜问孔子"孰为圣人？"一段对话，所以《弘明集》说孔子已知有佛。此说不确的原因在于，列子是伪书是一，后世如刘宋宗炳《答何承天书》、牟子《理惑论》都没有援引列子此说，也可以说明这种说法不确。

[①] 本文是作者所承担的国家社科基金课题与教育部人文社科研究重点基地北京大学东方文学研究中心重大课题的成果。

(4)《拾遗记》谓燕昭王时有沐胥国道术之人来朝,故言燕昭王时即有已有佛说。王子年《拾遗记》原作已佚,梁肖绮搜检残遗成为此书,其中记载不实的地方很多,这种说法也不足为据。

(5)《弘明集》宗炳《明佛论》说,佛图澄言临淄城中有阿育王寺遗址。其他还有吴孙皓于建业得育王金像。这种说法也不能证明佛法已传中国,如我们所已证明,偶像崇拜历史已久,并不是佛教所发明。魏晋塔也是中国式建筑,不是佛塔。

(6)唐代法琳上书驳傅奕,引释道安、朱士行等《经录》,言秦始皇时有外国沙门释利防等一十八贤者,赍持佛经来化始皇。梁启超曾经对于这种说法表示肯定,但没有可靠证据,所以也不能成立。

(7)《高僧传》中载汉武帝穿昆明池底得黑灰,曾经问到东方朔,东主朔说"可问胡人",后法兰既至,答之曰"世界终尽,劫火洞烧,此灰是也"。有人据此说东方朔已识佛法。这种说法过于含糊,不能说明佛法已至中华。而且《高僧传》本身就是释子之书,不足为凭。

(8)《魏书·释老志》言汉武帝时佛法始通中国。唐代的《广弘明集》引《释老志》言,张骞通西域闻浮屠之教。汤用彤谓之无聊僧人作伪,其说不谬。

(9)《世说·文学篇注》有一段关于休屠金人的记载,对于我们的研究很有启发意义:

《汉武故事》曰:"昆邪王杀休屠王,以其众来降,得其金人之神,置之甘泉宫。金人皆长丈余,其祭不用牛羊,唯烧香礼拜。上(汉武帝)使依其国俗事这"。此神全类于佛。岂当汉武之时,其经未行于中土,而但神明之事邪?

《汉武故事》当然不是信史，而《魏书·释老志》中亦有霍去病讨匈奴，昆邪王杀休屠王，"获其金人"的说法。从我们以上关于金人之论可以得知，此处所谓金人有两种可能，一是来自北方游牧民族，可能是游牧民族祭天的神像，正像我们以前的判断，应当属于古代萨满教的祭礼。另外一种可能就是早期佛教的佛像。以前的佛学家们考证，这一时期的印度佛教徒还没有大佛像。中国学者大部分依据这一说法认定秦汉时期不可能出现佛像。但是新的研究成果证明这种说法并不可靠，英国学者约翰·马歇尔（John. Marshall）指出：

> 我们已见过在石头上雕成的佛教雕刻的最早的样品，其年代为孔雀王朝阿育王（公元前274—公元前232年）统治时代。这些雕刻品是希腊或波斯化的希腊雕刻家在当地匠人帮助下的手工制品。……然后，接下来按时间顺序依次是：山奇第二塔上的原始雕刻（公元前75年）、菩提伽耶栏楯上的雕刻（公元前75年）、和山奇大塔四个门上的雕刻（公元前50年），最后是在同一地方第三塔的那些，连同第二塔栏楯上后来刻上去的，这二者年代均在公元后的几十年里。……这些雕刻的目的是为了颂扬佛祖。这些雕刻详细记述了佛祖的生活故事、前世事迹，有些（但很少）是记述佛教僧团历史的。①

这一地区恰恰是从印度向西域进发的大道，以后英国探险家斯坦因就是经过白沙瓦进入中国的。早在秦汉时代，从贵霜到大夏，印度佛教进入西域与中原。所以，这里出现的也有可能是早期佛像。同

---

① ［英］约翰·马歇尔：《犍陀罗佛教艺术》，许建英译，新疆美术摄影出版社，1999年，第7页。

时史书中关于祭金人的记载甚多，我们就不一一论及了。

（10）《世说·文学篇注》曰："刘子政《列仙传》曰，历观百家之中以相检验，得仙者百四十六人。其七十四人，已在佛经。故撰得七十、可以多闻博识者遐观焉。如此即汉成哀之间，已有经矣，"这种说法早已经受到怀疑，《颜氏家训·书证篇》已经指出《列仙传》经人篡改，所以是不可信的。①

虽然长期以来佛教入华时间有多种说法，但是比较流行的看法是，佛经传入中国的确切标志是鱼豢《魏略·西戎传》等所载，大月氏王使伊存授《浮屠经》为始，时间大约在汉哀帝元寿元年（即纪元前2年）。②另外一种更为普及的看法是，以汉代洛阳的中国第一座佛寺白马寺为佛教入华的标志，北魏杨玄之所著《洛阳伽蓝记》中记载了白马寺的创建经过，"伽蓝"是梵文 samghārāmā 音译的略称，意为佛寺或是僧院，文中写道：

> 白马寺，汉明帝所立也。（佛教入中国之始。）寺在西阳门外三里御道南。帝梦金神，长丈六，项背日月光明。胡神号曰佛，遣使向西域求之，乃得经像焉。时以白马负经而来，因以为名。③

东汉明帝时摄摩腾竺法兰初自西域白马驮经来洛阳，舍鸿胪寺，永平十一年（公元68年）创建白马寺。所以，世界大多数历史书中都记载着，公元68年佛教传入中国。

---

① 参见汤用彤：《汉魏两晋南北朝佛教史》，北京大学出版社，1997年，第1—12页的有关论述。

② 参见汤用彤：《汉魏两晋南北朝佛教史》，北京大学出版社，1997年，第1—12页的有关论述。

③ 杨玄之：《洛阳伽蓝记》，参见《野史精品》，岳麓书社，1996年，第877页。

这里顺便说到史载迦叶摩腾和竺法兰于永平十年在白马寺译出《四十二章经》和《十地断结经》，应当说是二僧舍于鸿胪寺时所译。无论如何，佛教具体的传入时间一直不能确定。所以周谷城不得不说道："佛教之东传，究竟何时开始，很不易确定。一则西方僧侣在中国开始传教布法之时，中国的当局，或未留意，因而没有记载传下。二则中国的当局注意了，已有记载可以示人了，然而事实上或又不是佛教才传入的那一年。我们所知道的，只是一个大约的时代"。①这其中确有无可奈何之处。

笔者认为，有一段重要的史料一直为人所忽视，这就是《史诗·封禅书》中关于"羡门"的记载。但其中可能正蕴藏了解开佛教入华时代的新解释：

> 于是始皇遂东游海上行礼祠名山大川及八神，求仙人羡门之属……而宋毋忌正伯侨充尚羡门子高。最后皆燕人。②

《史记》中另一处提到羡门的地方是《史记·秦始皇纪》三二年写道："始皇之碣石，使燕人卢生求羡门高誓"。秦始皇所祭的八神是天地崇拜的神灵，自春秋时代就有，当然是祭祀的内容了。而求"羡门"也不是他的创造，楚宋玉《高唐赋》中就描绘了羡门礼祭的情形：

> 有方之士、羡门高溪。上成郁林，公乐聚谷。进纯牺，祷旋室。醮诸神，礼太一。……王将欲往见，必先斋戒，差时择日。③

---

① 周谷城：《世界通史》，河北教育出版社，2000年，下，第548页。
② 《二十五史·史记》，浙江古籍出版社，1998年，第111页。
③ [楚]宋玉《高唐赋》，参见《文选》，岳麓书社，1995年，上册，第689页。

李善已经不能完全确知"羡门"的含义,只好断定为方士,这是最简单的办法。他还指出,这里的羡门高溪可能就是羡门高誓。另外就是《汉书·郊祀志》曰:

"充尚、羡门高最后,皆燕人,为方仙道,形辞销化玉。充尚、羡门高,二人。"

这个"羡门"其实就是"沙门",也就是佛教起初译为的"桑门"。因为这个宗教在当时并不是来自海上,而是先从西域向北方的燕地流行,所以燕人及以后的北魏人民先奉行其教,羡门子高就是其中最为著名的一个。这就是说,当时中原地区已经有了佛教徒的活动,可以说佛教已经传入中国。

秦始皇二十八年东巡,封禅泰山,时间是公元前 219 年,归后三年又再次临碣石,以考方士。如果推测成立,那么就把佛教过入中国的时间向前推进了两个多世纪,比伊存授浮屠经早 217 年,比白马寺建立要早 285 年左右。

二、印度的沙门思潮

佛教产生于印度,印度的上古文化主要分为雅利安人进入之前与之后。公元前 1500 年前后,雅利安人进入印度,在此之前,即公元前 2400 年到公元前 1500 年,曾经存在过印度河文明即所谓的哈拉巴文明。印度流域考古挖掘证明,这里的居民信仰相当复杂,其中最重要的当然是湿婆神崇拜,作为最有印度特色的宗教,它一直流传不已。同时早期的自然崇拜也在这里十分普遍,如兽神崇拜,这种崇拜明显是从图腾演变来的,这种精神对于印度文化影响是深远的。另外还有火神崇拜、母性崇拜的遗迹,这一阶段基本上属于原始宗教。雅利安人到来后，发展出了吠陀经典，这种经典本身就是一种宗教经典，这就是印度的婆罗门教经典。婆罗门教是印度特有的一种宗教，充分显示了一种文化特色：由于多民族混合而产生的阶层观念的反映。婆罗门教是一种为姓制度服务的宗教，崇拜多神，以祭祀天神为主要宗教活动。在佛教出现之前，婆罗门教是印度的主要宗教。进入列国时代之后，出现了沙门思潮，佛教就是沙门思潮的影响的产物。在宗教史上，这种宗教的变革与创新往往发生于不同宗教的融合中，特别是新与旧、外来与本土宗教之间的嬗替中，为新宗教产生或是古老宗教的再生创造条件。可以说正是雅利安人的宗教与一种外来宗教萨满教结合产生了沙门佛教。但是，萨满教具体进入印度的时间已经很难确定，至少有两种可能，一种是史前即已经进入，成为印度河流域宗教的主流，以后发展中与婆罗门教合流，产生佛教。也有一种可能性，即是列国时代进入，产生宗教改革。笔者倾向于前一种说法，印度历史不发达，上古历史记载少，但如果是列国时代进入仍然有可能有所记录。

这是古代宗教中的重要进步，佛教是世界性宗教，由佛祖释迦牟尼创造，不同于印度河流域的印度本土宗教也不同于雅利安宗教，它的产生是印度宗教史上的大飞跃，从理论上来说，就是我们所说的人格神宗教的产生。

沙门（samana）也就是梵文中的 sramana，在梵文中是出家人或是苦行者的含义，所以可以说沙门是一种宗教思想。与沙门思想有关的宗教相当多，它们都属于一个大的教派，一个不同于传统婆罗门的教派，如佛教就是其中之一，佛陀就被称为"沙门乔答摩"。概括起来说，沙门教派是与吠陀教派相对立的，吠陀教以祭祀作为宗教思想的基础，它是以古代崇拜内容为主的宗教。而沙门教派的各种小的教派，无论是沙门婆罗门或是其他，都主张一种修持与体悟，一种思考精神，也有人认为是一种自立宗派的思想，无论如何，这都是一种重要的宗教革新。

作为理解这一教派的前提,其产生的时代背景——列国时代——这是印度历史上一个非常重要的历史时期。公元前 6 世纪起,印度进入列国时代,主要有 16 个大国。直到公元前 4 世纪进入孔雀王朝。有人把它比作中国的春秋战国,当然,我们也可以把它看成是相当于希腊人的雅典时代,这一时期恒河下游经济发达,出现大量城市,工商业兴旺,新旧思想的冲突中,形成百家争鸣、各种异端邪说崛起的局面,对于婆罗门教进行斗争的"外道"达到 96 种。哲学中的顺世论(即梵语中的路伽耶陀)与宗教中的耆那教等,都曾经风行一时。但其中最重要的就是沙门教派的流行。时代背景分析说明,沙门诸教派是思想解放的产物,是从传统神学观念中解放出来后,一种哲学与宗教结合的产物。

沙门这种思想的来源应当受到关注,一般认为是印度本土的思想。如有的学者认为:

> 沙门思潮根植于印度本土文化,可以追溯到印度河流域文明。据考古文物判断,印度河流域文明存在着母神崇拜、生殖崇拜和兽主崇拜。兽主结跏趺坐。这是后来的瑜伽行者或苦行者的常见坐式。……沙门这一名称最早见于婆罗教的《泰提利耶森林书》和《广林奥义书》。"沙门"一词源于动词词根 Sram,意谓辛苦、劳累。因此,很可能是婆罗门首先采用这个名称指称这些苦行者。①

笔者认为,印度沙门教派的出现应当追溯到哈拉巴文化是对的,从思想内容看,沙门精神是一种对于当时流行的吠陀宗教即婆罗门教

---

① 郭良鉴:《佛陀和原始佛教思想》,中国社会科学出版社,1997 年,第 115 页。

的争鸣,也就是说沙门教派应当是印度上古宗教在新时代的一种复归式的创新。哈拉巴文化,沙门精神很可能就来自亚洲古代的萨满教。我们已经说过,萨满教曾经在亚洲广泛流传,这种宗教必然会进入印度,印度河流域从史前时代就是多种民族多种人种聚集地区,来自欧洲、亚洲、澳洲甚至非洲的人种全都进入过印度。古代印度被人称为民族"熔炉",虽然比不上今日获得这一称号的美国,但在当时也是罕有其匹。印度文化史学家 A. L. 巴沙姆(Basham)指出:

> 原始澳语人、古地中海人和高加索人(即印欧人),是印度居民中最有代表性的三个人种,但绝不是仅有的人种。几乎所有的中亚细亚种族都曾进入印度。突厥人在同属突厥族的穆斯林进入之前很久,就已经在今巴基斯坦的大部分地区建立起统治家族。早自史前很久起,各种种族的蒙古人就相继穿越喜马拉雅山和东北部的山口进入印度。穆斯林统治阶级运进了大量非洲籍奴隶,他们在此很长一段时期内一直与普通居民相结合。波斯和阿拉伯的商人从基督纪元之前起,就在西部沿海一带定居下来,有些人还娶印度妇女为妻,其后代已经无法与其他居民区分开来。①

最早进入印度流域的还是亚洲人,我们已经考察了古代印度的对外交通,可以知道中国至少有两条以上的线路可以到达印度。法国著名汉学家伯希和也指出:

---

① *A Cultural History of India*, Edited by A. L. Basham, Oxford University Press, 1984, New Delhi. 可参见本书的中译本,闵光沛等译,商务印书馆,1997 年,第 10 页的有关论述。

至于印度，如果我想念中部吐蕃于公元之初尚不为人所熟悉，从而应将指出一条从恒河中游经逻些（拉萨）而通向中国中原的道路的功劳，归之于托勒密（Ptolémé），那也就大错而特错了。我们只要将此路稍向东移，经由阿萨姆（Assum）和上部缅甸，以使这位亚历山大舆地学家的资料与汉文文献中的资料相吻合。这条路也可能在更早的数世纪时就有人往来行走了。①

特别是南线，穿过喜马拉雅山口之后，在喜马拉雅山南麓就是土肥水美的印度河流域——古代哈拉巴文化的诞生地。这都是史前道路，主要是民间交往与商贸关系。无可怀疑的是，早在玄奘取经之前，而且早在佛教产生之前，亚洲人特别是中国人的足迹已经踏上了印度国土，这就为中国传统的萨满教进入印度提供了历史根据。

三、萨满教及其传播

萨满教（shamanism）是一种流传极广的古代信仰，由于时代久远，其分布的具体区域说法有异，但是无可怀疑的是亚洲东部、美洲与北极地区都是萨满教流传的地区，直到今日，这些地区仍然有萨满教的习俗，中国的内蒙古、华北、东北的少数民族可能是萨满教的主要源地。古代蒙古的鞑靼人就是信仰这一宗教，《多桑蒙古史》中说：

> 鞑靼民族与信仰迷信，与亚洲北部之其他游牧民族或蛮野民族大都相类，皆承认有一主宰，与天合之名曰腾格里（Tangri

---

① ［法］伯希和等著：《伯希和西域探险记》，耿升等译，云南人民出版社，2001年，第109页。

> 崇拜日月山河五行之属。出账南向，对日跪拜。奠酒于地，以酹天体五行。以木或毡制偶像，其名曰 Ongon，悬于帐壁，对之礼拜，食时先以食献，肉或乳抹其口。此外迷信甚多。以为死亡即由此世转彼世，其生活与此世同。以为灾祸乃因恶鬼之为厉，或以供品，或求珊蛮（cames）禳之。珊蛮者，其幼稚宗教之教师也。兼幻人、解梦人、卜人、星者、医师于一身，此辈自以各有其亲狎之神灵，告彼以过去、现在、未来之秘密。击鼓诵咒，逐渐激昂，以至迷惘及神灵之附身也，则舞跃瞑眩，妄言吉凶，人生大事皆询此辈巫师，信之甚切。①

这是信史中为数不多的关于萨满教的记述，其中值得注意的有以下几处：

其一、珊蛮（sames）就是萨满（shaman），也就是佛教术语中的沙门（samana）。《大唐西域记校注》卷第二注释曰：

> 沙门：吐火罗文 sāmam 音译，梵文作 šramana，巴利文作 samana，一译作桑门，出家人的通称。《翻译名义集》卷一："沙门，或云桑门……此言功劳，言修道有多劳也。什师云：佛法及外道，凡出家者皆名沙门。肇云：出家之都名也"。《魏书》卷一一四《释老志》："诸服其道者，则剃落须发，释累辞家，结师资，通律度，相与和居，治心修静，行乞以自给，谓之沙门，或曰桑门，亦声相近，总谓之僧，皆胡言也。"②

其中关于对音的一些疑问要说明。三个词相比，珊蛮 cames 与

---

① 冯承钧译：《多桑蒙古史》，上海书店出版社，2001年，上册，第31—32页。
② [唐]玄奘、辩机原著：《大唐西域记校注》，季羡林等校注，中华书局，2000年，上，第180页。

沙门 samana 都没有 h，两词相比，珊蛮 sames 中又少 n，这是什么原因呢？

关于这种对音关系，冯承钧曾经解释过，他认为多桑的书同《元史》一样，有译名不一贯的毛病："因为他所本的回教撰述，文字不著韵母，而声母音点有时脱落，容易相混，……最使我感到困难的，就是对于 c、k、g、kh、gh 等声母毫无分别，例如他译写的 gan，对音可作干(gan)，又可作 gän，且可作罕(ghan, khan)。……蒙古语尾之－n，增删无常。若阿勒赤(alêci)亦作按陈(Alêcin)；河西转为合失(Qasi)；月忽难(Yohunan)又作月合乃(Yohuna-i)，这个月合乃在《元史》卷一三四作月乃合，诸本《元史》皆然，可是此人的神道碑实作月合乃，这个名称大概也是从突厥语转贩而来的，在蒙古语中则变作术忽难(Juqunan)"。①

这样我们就明白了，萨满 shamand 在蒙古语中变为 cames，原因在于蒙古语中失去了声母 h，而且删去了最后的 n，这是对音可以证明的。另外，我们的重要推论也可以从此得到证明，就是古代印度语中的沙门 samana，很可能就是在上古时代从蒙古、突厥人带去的，这些游牧民族在史前时期是最早进入印度河流域的居民们之一，在雅利安人之前就已经带去了萨满教。这样，沙门的读音是从蒙古语的萨满而来，在音转中是按蒙古语音来对音的。

蒙古的萨满来自在于神话，布里亚特蒙古传说中说道，善神为保护人类，派了一只鹰下界来保护人民，"娶一布里亚特女子为妻，后生一子，即最初之萨满"。②这种传说还有别的说法，都是把萨满看成是神灵所生或是神灵附体所生，他们是神灵的化身。但我们要

---

① 冯承钧《多桑蒙古史·序》，见《多桑蒙古史》，冯承钧译，上海书店出版社，2001 年，上册，第 2 页。

② 尼斡拉滋著：《西伯利亚各民族之萨满教》，中国社会科学院民族研究所(打印本)，第 3 页。

注意，这种神灵化身的萨满与宗教中的人格神还是不完全相同的，萨满显得更为古老，且更具有神话性。

其二，另一个证据就是，萨满教是偶像崇拜的宗教，沙门思想则从印度哈拉巴文化中也继承了偶像崇拜，在佛教中，偶像崇拜是它的一个显著特点。我们从这里可以推测，这也是萨满教的遗传。蒙古萨满教的偶像叫做 ongon，也就是所谓的翁鯀，翁鯀即是石人，开始是以死去萨满的像来作的，以后逐渐成为神的偶像。我国古代史籍中所说的翁仲，也就是这种石人或是铜人，《淮南子·氾论》中说秦之时铸金人，指的就是这种偶像，不过它在中原由于没有宗教基础，所以不能推广。柳宗元《衡阳与梦得分路赠别诗》中说："伏波故道风烟在，翁仲遗墟草树平"。可见当时北方少数民族翁仲是多么普遍了。佛教入中国以后，金身佛像遍及中华，就连萨满教的故乡内蒙古一带，也被佛教所教化，从此不再有石人，代之以金灿灿的佛像。

有谁知道，佛教偶像的前身，可能正是草原上的翁鯀呢？

其三，我们已经说过，佛教中的转回思想是它的一个显著特点，以于它的来源却一直不清楚，各国学者也众说纷纭，多数认可能是佛教的发明。现在看来，更有可能的是，萨满教是轮回思想的始作俑者。萨满教认为游牧民族过着艰苦生活，在战争与掠夺中，生命不保，古代游牧民族中有的"以杀戮为业"，这就会因杀人有罪恶感，从中生出来世报答的思想，是合理的推测。而产生轮回说的神学基础就是灵魂不死与生后的灵魂附体，这都是萨满教的基本教义。

其四，萨满教的仪式中，主要是两种，一种是祭祀，一种是巫师的作法，击鼓诵咒，也传入沙门教派中的佛门。据秋浦主编的《萨满研究》中所介绍："蒙古族的敖包所祭的神，就是天神、土地神、雨神、风神、羊神、牛神、马神等，每年按季节定期供祭，由萨满司祭，祈求人们安宁和生产丰收"。①

在哈拉巴文化中的作法，成为以后佛教的水陆道场，和尚作法事的来源。巫师就是最早的神职人员，相当于后世的僧人。萨满认为人生病是因为幽灵和魔术"飞翔在空中，出其不意地捕捉人，使人得了疾病"。萨满以跳神、请保护神、招魂等手段来为人治病。这与佛教法事的原理也是相通的。

四、佛教入华时间新证

羡门是沙门的最早称呼，也是在汉语中较早的出现。因为语言翻译所形成，以前也曾译成桑门等，甚至语音相差甚远的词。陈垣在谈到佛教词语的翻译时就曾经沙门的翻译为例，他曾说过：

  不独佛一名词如此，沙门之初译为桑门，鱼豢历举桑门之异译，曰疏问、疏闻（一本作疏间，当有误衍）、晨门亦不及沙门。是鱼豢所见之浮屠经，尚未有沙门之译也。今《四十二章经》数言沙门，亦岂初译所应尔。②

由于印度佛经传播上的特殊性，即经过中亚古代语言的中介，翻译初期，不是由梵文和巴利文直译，而是由吐火罗语等转译的。如《宋高僧传》所说："初由梵客华僧，听言揣意，方圆共凿，金石难和"。这使得语音变化复杂，以致汉语与梵语相去甚远，这一历史原因，前人早已经指出，我们这里就不重复了。所以羡门是沙门的初译是完全合理的。

---

① 秋浦主编：《萨满教研究》，上海人民出版社，1983年，第15页。
② 黄夏年主编：《陈垣集》，中国社会科学出版社，1995年，第74页。

那么，重要的问题是，羡门会不会是"萨满"或是"珊蛮"的音译呢。初看起来完全有这种可能。但有以下原因是可以排除这种可能。

其一、羡门之称的来源是海外，它的出现与秦始皇及至燕齐海外方士与求仙有直接关系。这里要注意的是，齐地素有求仙的传统，这是众所周知的，齐宣时起，驺子之徒就"终始五德之运"，所以秦始皇采用之，这是史书有记载的。而燕人何以有此风俗？《汉书·郊祀志》中说：

> 而燕齐海上之方士传其术不能通，然则怪迂阿谀苟合之徒自此兴不可胜数也。自威宣燕昭使人入海求蓬莱方丈瀛洲三神山者，其传在勃海中。①

以我们看来，齐燕二地的海外求仙是有所为而发，齐地是驺衍等人的遗风所致，实是中国的一种神仙说，一种早期宗教信仰，所以有求仙之举，可能是受到海外宗教的激发，而燕与齐以渤海为邻，可能同样受到类似羡门教的影响，但又没有经典翻译，不甚了解。此即"传其术不能通"。所以派使向海外寻求。这就是羡门之称在秦汉时突然出现的根本原因，"羡门高誓"有可能就是沙门高僧或是释氏之徒的音讹，亦未可知也。总之是因为佛教沙门传播所致，引起了齐燕人的入海求仙，其中燕地可能有了沙门僧人的其次，从宗教史上来看也不相宜，宗教传播的原理是，发达的宗教占胜原始的宗教。萨满教是一种相当原始的宗教，它比起中原文化来说是相对落后的。它近似于楚人的巫祝文化，从齐燕到秦，都不会改求楚巫，

---

① 《汉书·郊祀志》，参见《二十五史·汉书》，浙江古籍出版社，1998年，第366页。

而只有可能楚人信仰向高级的宗教转化，如楚王英信佛等。具体而言，"珊蛮"在羡门之先，珊蛮相当于巫觋之类，这是明确的，不可能再改用其他。关于这一点，李约瑟就曾经指出：

> 关于 shaman 一字的起源及其中文的音译说法不一，无疑地，沙门是梵文 Svamana 的音译，在佛教兴起以前，指一般修行的人，以后专指佛教的和尚。Mionav & Shirogorokov（1）认为这个字很早就由印度进入塔里木河流域，以后普遍流行于亚洲北部的部落，成为当地药师的名称。不过笔者并不太相信这种说法，我们采取洛阜 Laufen（5）的法，认为 Shanman 是很古老的通古斯 Tungusic 字，到了 18 世纪才误与沙门混作一谈。我们敢说中国人从来没有二者混为一谈的，也没有人用沙门（又称释门，从释迦牟尼 Sakyamuni 的中文音译演变而来）表示道家的术士、法师或驱邪的巫师。自古以来泛指各宗派的道家的通称自然是道士。①

李约瑟的看法中很重要的一点是，看到了中国人从不把沙门与道士、法师混同，这样就可以明白，为什么秦汉时羡门与其他方士区分开来，其根本原因在于中国人早就知道佛教与其他原始宗教之间有差异很大，所以海外求仙以羡门为主要对象，推崇羡门高等人。但李约瑟关于18世纪将通古斯古代语词与沙门混为一谈，这种看法并不能说明沙门的来源，如果从历史渊源来看，应当是亚洲北方、从斯堪的那维亚边界的乌拉尔阿尔泰民族 Ural Altaic（包括拉布兰人 Lapps 与爱斯基摩人），当然还可能有印第安人，印度安人的巫医亦

---

① [英]李约瑟：《中国古代科学思想史》，陈立夫等译，江西人民出版社，1999年，第153页。

称为 shamans，这种宗教就是萨满教 shamanism。

秦汉时代的印度正是佛教的盛期，这个时期统治印度的大力弘扬佛教的阿育王。在此之前，刚刚经历了亚历山大王的东征，公元前 323 年亚历山大王逝世，2 年之后，旃陀罗笈多建立孔雀王朝。阿育王时代（约公元前 273—前 232 年）到公元 2 世纪的贵霜王朝期间，印度佛教开始了向外扩张，阿育王派出佛教使团，向希腊和中亚地区渗透，佛法弘扬手段多样。其一是卒塔婆（stupa）和坟冢敦的建造；其二是舍利的分赠与供奉，阿育王开挖舍利塔，将舍利子分赠各主要城市与各国。其三是有佛教雕刻的石柱与经文。这是些都具有强烈的佛教色彩。从此，佛塔成为佛教的象征物，遍及各地。《弘明集》中宗炳《明佛论》说，佛图澄言临淄城中有阿育王寺遗址。其他还有吴孙皓于建业得育王金像。这些说法没有可靠史料，但确实是佛教早期传播手段的写照。

这样我们就可以看到，沙门其实经历了一次历史大旅行，最初是从亚洲北方的民族与乌拉尔阿尔泰民族所信仰的萨满教，在史前时代进入印度，在印度成为沙门思想，对于吠陀宗教进行了改革，这一改革的结果是佛教的产生。佛教沿用了萨满名称，变化为沙门。从阿育王时代开始，佛教开始向东西方传播，进入了亚洲中部与中国，至少于秦代就已经影响中国北方的齐国与燕国旧地，"羡门"之类的教徒的传教引起了海外求仙的高潮，这时虽然早已经不同于巫师道士的宗教，但对于初期进入中国传教的佛教徒来说，很可能采用道教之类的伪装，这是历史已经证明了的，此处无须再说了。

无论如何，沙门的历史研究使我们关于佛教入华的时间可以有一个新的参考，以公元前 219 年秦始皇东巡时的羡门礼祀为标志，其时间大约提早 200 余年。其实范文澜先生早就指出："秦时，天竺阿育王大弘佛法，派遣僧徒四出传教。西汉时西域某些国家已经信奉佛教。汉武帝通西域后，中外交通顺利，不能设想没有一个僧徒东来，可是佛教传入，到西汉末才见记载"。①我们的研究似乎可以补足这一缺憾，证明历史记载早已有之，只是我们尚未发现而已。

当然，重要的不是证明古代萨满教、佛教与中国文化之间的历史接触本身，而是通过这种历史联系说明不同文化之间从来不是美国学者亨廷顿所谓的"冲突关系"，而是一种互相促进与辩证发展的关系，其意义是远超出任何一种文明接触关系的，无论是古代还是当代，亦应如此。最后还要附带说道，"新萨满主义"（new shamanism）据说在西方方兴未艾，利亚德（Mircea Eliade）等人称之为工业化社会中的萨满主义，这种新的信仰是复活史前时期曾经兴盛的萨满教，通过萨满教的"灵魂出窍"技术，回归无时间的神圣境界，以再现宇宙起源，为后工业化社会中失去精神寄托的人类提供一种非理性的存在状态。②

祸兮？福兮？吾将拭目以待矣。

---

① 范文澜：《中国通史简编》，修订本第二编，人民出版社，1964年，第240页。
② 可参见 Mircea Eliade, *Shamanism: Archaic Techniques of Ecstasy*, Princeton University Press, 1964.

甲骨文中的"亚凶"族、匈族(Huns)西迁与罗马帝国的崩溃[①]

——兼及余英时在《剑桥中国秦汉史》中的有关论述

公元4世纪中叶,欧洲的伏尔加河流域突然出现了一支来自亚洲的游牧民族,他们以后向莱茵河等地区的欧洲古代蛮族日耳曼人发起攻击,迫使日耳曼人西移并侵犯罗马帝国,最终导致罗马帝国的灭亡。

这一民族从何而来?他们是些什么人?为什么突然出现于欧洲?

这些问题虽然历经讨论,但一方面仍然见解纷纭,未能统一。另一方面讨论停留于粗疏的理解阶段,缺乏深入与有创造的见解,有待深入。

有鉴于此,对于这一支民族的历史渊源与西迁原因提出新的看法是有必要的。

一、中国古代匈族起源

这支来到欧洲的古代民族在欧洲的语言中被称为 Hun 人,就是长期在中国北方为患的被称为匈奴的民族。这种说法在欧洲流传,

[①] 本文是作者所承担的教育部人文社科重点研究基地北京大学东方文学研究中心重大课题(项目批准号 01JAZJD750.11—44001)与国家社科基金课题(项目批准号 01EZW001)的成果之一。

影响最大的莫过于英国人吉朋（Edward Gibbon）的名著《罗马帝国衰亡史》。以后中国学者也逐渐接受了这一观念，洪钧、王先谦、章太炎、梁启超等人先后介绍过这一说法。但是，近年来国际国内一直有一批学者反对此说，这就使得我们不得不予以对此重新审视。[①]

匈奴，最早在中国北方活动的游牧民族，自古以来，从阿尔泰山到伏尔加河大草原上，是古代游牧民族起伏的大舞台，无数的部族在这里繁殖生息，在激烈的战争中，不断形成新的民族，又不断重新组合，形成越来越大的民族集团。根据有关史料记载，匈奴应当在公元前3世纪前所形成的大民族之一。所活动的区域包括了中国新石器时代的一些重要遗址，也是青铜器最早使用的地区之一。所以有人推测匈奴起源极早，至少在3000年前就在这一地区活动，这是完全有可能的。但有记载的是《史记·匈奴列传》，其中说道："匈奴，其先祖夏后氏之苗裔也，曰淳维。……唐虞以上有山戎、猃允、荤粥，居于北蛮。"

笔者认为，其中最为值得注意的是就是所谓"荤粥"，这一民族很可能就是以后的匈奴。各种典籍中屡次提到荤粥，可以证明两点：其一，这个民族与汉族关系密切，他们居住地不会太远，就在中国北方边界活动。《史记·五帝本纪》中说黄帝"北逐荤粥，合符釜山，而邑于涿鹿之阿"。可见其地甚至会深入中原。其二，在众多古代民族中，这是一个比较强盛的民族，其力量足以与中原民族进行较量。

关于荤粥族即是匈奴，前人早已经有过类似说法，乐产《括地谱》中说过："夏桀无道，汤放之鸣条，三年而死，其子獯鬻妻桀之

[①] 关于hun人即匈奴的说法，最早来自18世纪初法国耶稣会士冯秉正（Josephde Moyria de Maillac，1669—1748）所译朱熹《通鉴纲目》法文版，后为西方学者所广泛采纳。中国学者洪钧《元史译文证补》，王先谦《后汉书集解》及章太炎、梁启超与当代学者齐思和皆发挥其说。另一方面，西方当代有不少学者也反对这种说法。

众妾,避居北野,随畜移徙,中国谓之匈奴"。

这种说法是中国历史常见的,一是把异族说成是黄帝子孙,以证明同种同宗。而且把一个民族说成是一个人,也是世界古代史上常见现象,如"以色列"是一个个民族,同时历史上有同名的一个人。以此类推,獯鬻是族名,可能来自于人名,并非不可思议,恰恰是古人思维的习惯。其二,獯鬻妻其父之众妾,这其实是一种值得重视的历史现象,父亡妻后母,这可以说是古代游牧民族所特有的一种风俗,其中含有一定的母系社会因素。在渔猎生产时代,牲畜的驯化与养殖最初可能是这样发生的,剩余的猎物如野牛野羊会被圈起来,以待下次食用。经过长期的驯养,这些牲畜失去野性,成为家畜。而这种养殖活动可能最初是由妇女所进行,妇女的地位在这时会相当高,成为财产的主人。如果失去丈夫,女主人可能同有关亲属结婚,以保证家畜与财产的所有权,"随畜移徙"这是肯定的。另有吕思勉先生也已经指出:

> 此族在古代,盖与汉族杂居大河流域,其名称:或曰猃狁,或曰獯鬻,或曰匈奴,皆一音之异译。①

笔者认为,以上看法仍嫌未能确切说明。另有近年来一些作者把北方边疆诸多民族如殷商时的鬼方等全部看成是匈奴,也是值得探讨的。

二、甲骨文"亚凶"即匈奴

首先是关于匈奴的起源,匈奴在北方的存在为时既久,古代文

---

① 吕思勉:《中国民族史》,东方出版中心,1987年,第30页。

献没有记载，显然是受到文字等原因的限制。可以推断在殷商时代就有匈奴在北方活动，而且是重要的势力，那么在甲骨文中应当有相应记载。甲骨文中有一个古代民族长期与中原对峙，这就是亚凶（甲骨文中的凶字下应加十字——笔者注）。

甲骨文与金文中，亚凶作为一个民族非常多见：

己未卜，凶子亡疾。（《殷虚书契后编》，二卷，罗振玉编，下，29，4）

贞，使人于凶（《龟甲兽骨文字》，二卷，林泰辅编，1，26，18）

戊寅口口于凶鹿（铁云藏龟，刘鹗编，42，1）

丁卯……兽正……凶，集口百六十。（《殷虚书契后编》，罗振玉编，下，1，4）

……

简略地说，亚凶，就是猃狁，也就是严允，这是匈奴的一个重要古代部族。匈奴是一个大的民族，其中分为不同的小部族。如同哥特人同称为哥特，但又可以划分为东哥特人与西哥特人一样。匈奴的部族统称为"匈"，也就是"荤粥"，即是以后跨越民族关进入欧洲的 Hun 人，Hun 与荤、匈都是一音之转，甚至于"匈（Hun）"，也是同一大民族的称谓。同样，他们也曾分为南匈奴与北匈奴。从最早的匈奴部族来看，亚凶即严狁是其中最重要的一支，长期与中原民族进行斗争。卜辞中有大量征伐文字是关于他们的，其与土方等少数民族一起，被看作敌人。另外，他们是一个狩猎民族，所使用的主要是弓矢。

卜辞中有一条：

于王曰旬凶方矢(《殷虚书契后编》，罗振玉编，下，17，4)

郭沫若解释说：

> 凶方与殷亦有和好之时，其国当长于为矢，故殷人求之也。凶方乃严狁之一族。《考工记》云："胡无弓车，胡之无弓车者，非无弓车也。夫人而能为弓车也"。胡即严狁之异称。①

这些说法都是非常正确的。胡，即荤，也就是匈，亦即为凶，胡人起初主要指匈奴，以后成了北方异族的统称。土方与亚凶居地位置，据郭氏猜测应在北方，土方在山西北部，而亚凶在河套地区，踞殷地有10日以上的路程，按每日80里的行程计，大约有千里之遥。从方位与距离看，应是匈奴无疑。

王国维曾有《鬼方昆夷严允考》一文，其中说道：

> 我国古时有一强梁这外族，其族西自汧、陇，环中国而北，东及太行、常山间，中间或分或合，时入侵暴中国，其俗尚武力，而文化之度不及诸夏远甚，又本无文字，或虽有而不与中国同。是以中国之称之也，随世异名，因地殊号。至于后世，或且以且名加之。其见于商、周间者，曰鬼方，曰混夷、曰獯鬻。其在宗周之季，则曰严狁，入春秋后，则谓之戎，继号狄。战国以降，又称之曰胡，曰匈奴。②

王国维虽然精于考证，但是其所言鬼方即匈奴之说，亦稍显武断。

---

① 考古编：《郭沫若全集》(2)，科学出版社，1982年，第428—429页。
② 王国维：《观堂集林》，河北教育出版社，2001年，上，第369页。

而且还对于甲文中的亚凶也注意不够。

  从文献中还可以看出，匈奴的"奴"字也应当有其出处，中国异族虽多，但以民族而称其为奴者并不多见。所以可见亚凶即匈奴民族可能在某一时期曾经被殷商所征服，成为殷商的臣仆，也就是奴隶。《尚书》微子篇云："今殷其沦丧，我罔为臣仆"，为臣仆就是成为奴隶。而奴役蛮族，或是以其为军队，是历来文明民族的重要殖民方式。罗马帝国就长期使用蛮族为军队服役，以至于最后军队蛮族化，这也是罗马帝国军队失败的重要原因之一。古代印度曾经大使用突厥人为军队，甚至作战双方都是突厥人，就是明显的例子。由于匈奴曾经被奴役，所以汉人一直称其为匈奴。我们这只是一种推测，由于历史久远，疏于文字记载，可能有于待于将来的历史发现了，或许有一日会有证据说明这一段重要的历史的。

  其二，甲骨文中，亚凶族的凶字是一个象形字，关于这个字是什么，我的看法是，凶就是弓箭的象形字。匈奴族从来狩猎为生，使用弓箭是其不同于中原民族的特征，而对于农耕民族而言，以弓箭作为匈奴的代表是十分合理的。这个字写法其实比较多，有异体字，有的字中还有明显的带有犄角的羊头，证明其与猎取野羊之类动物的关系。但大多则直接弓箭形状相同。汉霍去病墓前的石雕名曰马踏匈奴，被踏在马前蹄下的胡人手持弓箭，颇具体表性，可以说明对于中原民族来说，匈奴这个民族是以弓箭为其标志的。语言文字是一种符号，尤其是甲骨文则是以象形与表意为手段的符号体系，为了表示匈奴这个民族，必然会以弓箭为符号构成，这是顺理成章的。

  这样，我们完全可以确认，亚凶就是匈奴，也就是以后从中国北部消失，而在欧洲出现的 Hun 族。他们仍然保持了自己的称号，并且成了欧洲最具威胁力的游牧民族。

三、匈族西迁的走向

关于匈奴的走向，也有学者有不同意见，《剑桥中国秦汉史（公元前221—公元220年）》的作者之一余英时先生就是其中有代表性的一位，他的看法主要有两点：

第一，匈奴与匈人（Huns）"不能等同"，他征引的是西方学者的一些论著，如拉施克：

《罗马与东方贸易新探》，载《罗马帝国的兴衰，反映罗马历史与文化的新研究》，特姆波里尼和哈斯合编（柏林和纽约，1978），第2部，第612、697页注101等。我们不知道他所说的"不能等同"的确切含义是什么。但我们认为匈奴民族西进欧洲是一个历史事实，并且由此引起已经风雨飘摇的罗马帝国最后崩溃。

第二，匈奴中的一支北匈奴在公元91年逃往西方。那么，这个"西方"是逃往何处呢？余英时先生认为是伊犁河流域：

受各方的侵扰，北方的单于难以维持他的地位，便逃往西方。特别是北匈奴遭受来自新兴的鲜卑联盟的威胁，后者在公元87年给予匈奴巨大的打击，杀死北方的单于，剥他尸体的皮。这次灾难性的失败使部分北匈奴南逃；包括20万人的58个部落——其中8000人能作战——来到边境的云中、五原、朔方（在鄂尔多斯）和北地（宁夏）四郡向汉朝投降。公元91年，北匈奴的残余向西远徙至伊犁河流域，他们对外蒙古和中亚的统治结束了。①

匈奴确实有西迁伊犁河流域的史实，但这只是前期，北匈奴占领西域之后，最终不能立足，远走欧洲是以后的事实。匈奴西迁的大致历史原因是这样的，匈奴在中国北方称雄近800年，从公元前3世纪，也就是战国后期至南北朝初期，即公元5世纪初。自从匈奴这个名称出现起，它已经是个强大的民族，战国时的秦、赵、燕三国的长城就是为了防御匈奴的侵犯而修筑。秦朝建立后，使将蒙恬发兵30万人，北击胡人就是匈奴，"掠取河南"，并且因河为寨，与匈奴分立。秦末汉初，冒顿即匈奴单于之位，他战胜东胡、月氏、楼烦等少数民族，并且一直进犯到了秦朝所建立的河南寨。匈奴并没有就此而止，而是北上与西向，征服浑庚、屈射、丁灵、鬲昆、薪犁等国。汉文帝时西征西域26国。这样，匈奴建立起到北到西伯利亚，东到大兴安岭，西到帕米尔高原和新疆伊犁河畔，南到河套地区的大帝国。这种兴盛局面到了汉武帝时代开始转衰。汉匈大战40多年，汉朝占据了河西地区与黄河南北，匈奴败走大沙漠以北。从此，匈奴内部陷于纷争与战乱，多次发生几个单于并存的局面。

最为激烈的斗争是呼韩邪单于与哥哥郅支单于之间的争夺。公元前52年，呼韩邪单于在内部斗争中失败而降汉，并且南迁到汉朝的光禄塞，汉宣帝将王昭君嫁给他。在汉朝帮助下，呼韩邪单于统一匈奴民族。郅支单于对于汉朝庇护呼韩邪十分不满，杀了汉朝的使者，带领人马向西域进发，征服西域城邦小国后，与康居结盟。公元前36年，汉西域副校尉陈康在康居战胜郅支，匈奴残部开始了西迁。

---

① ［英］崔瑞德、鲁惟一编：《剑桥中国秦汉史（公元前221—公元220年）》，中国社会科学出版社，1992年，第437页。

再者，呼韩邪的匈奴国家后来分为南北匈奴，北匈奴在漠北势力强大，并且占有了西域。而南匈奴逐渐溶入汉民族之中。所谓西迁，主要是指公元89年汉将窦宪攻破北匈奴后，北匈奴中的一部分与郅支残部合在一起，继续向西。其开始时间一般认为是公元91年，至于其具体路线现在尚不能完全确定，大致可以说是沿着位于哈萨克斯坦与乌兹别克斯坦交界处的咸海北岸向西到达伏尔加河流域，从公元3世纪到公元4世纪中叶，匈奴在这里得到迅速发展。其原因是这里处于罗马帝国的边远地区，它的势力不能控制这一地区。斯拉夫人与其他蛮族在这里各自独立，为匈奴在这里的休养生息提供了条件。经过与强大的汉朝军队战争锻炼的匈奴在军事上是远远强于其他蛮族的，他们很容易在这里建立了自己的根据地。

如果匈奴主要力量定居于伊犁河流域，这里仍然是汉军的势力范围，进一步的征伐必不可免。况且匈奴是游牧民族，不会在停止对于农业民族的进犯。所以如果余先生所指为北匈奴，即后汉莽新之乱后匈奴分成两大部——北匈奴与南匈奴——之中的北匈奴，那么这一部西去的可能性是极大的。《后汉书·南匈奴传》中记载汉章帝时北匈奴的内乱与走向："北虏衰耗，党众离畔，南部攻其前，丁零寇其后，鲜卑击其左，西域侵其右，不复自立，乃远引而去"。这里所说远引而去，就是西进欧亚大草原，这是当时北匈奴的唯一出路。它所余留的部族并没有为南匈奴所收留，反而归顺了鲜卑人，《资治通鉴》中记载："匈奴余种留者尚有十余万落，皆自号鲜卑"。其实以上所描述的对于匈奴的大合围中，主要力量应当是当时强大起来的鲜卑人，匈奴早在汉初就已经征服了鬲昆、薪犁等民族，后又平定西域邦国包括楼兰、乌孙、呼揭等二十六国，帕米尔高原与伊犁河流域早已经是它的旧地了。不可能再突然崛起成为主要敌人，所以经过这里西去的可能性最大。至于南匈奴，以后融入汉民族，史书记载清楚，不必再议了。

四、欧亚大陆上的文明冲突——匈族入侵

于是,在4世纪中叶,匈奴大部队突现欧洲,进行了一次史无前例的秋风扫落叶般军事征伐,其气势如同近一个世纪之后的蒙古人西征。匈奴对于欧洲古代史是一个极为惨痛的记忆,特别是对于以世界征服者号称的罗马帝国,对于英勇而自傲的日耳曼人,对于散居在东欧草原上的斯拉夫各民族,无疑是最为痛苦的回忆之一。

德意志民族史诗《尼伯龙根之歌》中记载了哥特人与匈奴人之间的恩恩怨怨。这是一首长达9000多行的史诗,产生时代大约在公元1200年前后,史诗中所描述的历史生活是匈奴入侵所引起的欧洲民族迁移的往事。民族迁徙产生史诗,史诗可以保存民族记忆,如同《旧约》记载以色列人的旧事一般,史诗是最好的史书,六经皆史,这个真理再一次得到了印证。《尼伯龙根之歌》分为上下两部,上部是《齐格夫里特之死》,下部是《克里姆希尔特的复仇》,故事十分曲折动人。尼德兰的王子齐格夫里特杀死巨龙而得到了尼伯龙根族的宝物,他爱上了勃艮第国王巩特尔的妹妹克里姆希尔特,而这位国王也在齐格夫里特的帮助下娶了冰岛女王布伦希尔特为自己的王后,于是同意了齐格夫里特的求婚。但是,事后,布伦希尔特得知巩特尔是靠齐格夫里特的能力才与自己结婚,感到自己受了侮辱,于是让侍臣杀死齐格夫里特,而且沉宝于莱茵河。克里姆希尔特痛失夫君十三年后,为了替夫复仇,嫁与匈奴王埃采尔,这位埃采尔其实就是大名鼎鼎的历史人物阿提拉。克里姆希尔特请巩特尔与哈根等人前来赴宴,借机将他们杀死,于是尼伯尼根之宝便无人知道其下落了。而东哥特狄特里希当时也在匈奴处,他手下有一个勇士名叫希尔德布兰特,感到克里姆希尔特的行径过于残忍,遂奋起诛杀克里姆希尔特。

这段史诗是有其历史事实为背景的，但又不全部是史实，历史是真实的，而人物是虚构的。史诗所反映的历史背景就是日耳曼蛮族国家勃艮第于公元457年被匈奴所灭的历史大事件，其实诗中所出现的匈奴王阿提拉早在453年就在潘诺尼亚逝世。当然，由于采取采取了史诗的叙述文体，所以不能完全按照历史来研究。最令人感兴趣的是，这首史诗虽然成于中世纪，但是对于匈奴王的无宗教倾向却大加赞扬，诗中描写匈王宫廷中宗教信仰自由时说：

> 在他那儿还有一个难得看到的现象，
> 那儿并存在基督教和异教的信仰。
> 尽管他们每一个人遵守着自己的习俗，
> 国王对他们却一样赏赐，使人人心满意足。①

从中可以看出，哥特人这些蛮族直到史诗形成的13世纪，对于基督教的信仰仍然并不像以后那么虔诚，这些人本身也是从异教徒皈依过来的，可能保留了其先祖居于大森林中时自然神崇拜的部分信仰。匈奴人肯定是持异教与基督教并存的态度，这与以后的蒙古人宽容地对待各种宗教是一样的。

大约于公元360年前后，匈奴沿伏尔加河而下，来到下游，定居于这里。历史学家阿米阿纽斯的《罗马帝国后期史》中说，公元374年，匈奴人渡过伏尔加河，进攻阿兰人（Alans）。阿兰人使用了中东人与欧洲人所习惯用的战车迎战。但是，罗马人的战车在对付一般的步兵时十分屡战屡胜，而对于灵活驰骋于战场上的匈奴骑兵竟然显得十分笨拙。结果是象征性的，战车民族无法战胜散骑兵，这可能是以后罗马人、哥特人在战场上被匈奴所战胜的主要原因之

---

① 钱春绮译：《尼伯龙根之歌》，人民文学出版社，1959年，第221页。

一、历史上对付草原骑士的战争中,最早汉朝经过与匈奴多年交战,不能抵挡匈奴骑兵,最终是汉将霍去病等人以骑兵胜之。印度人与突厥、阿拉伯人的战争中,失败的原因仍然是不能对付灵活机动的骑兵。

在征服阿兰后,匈奴命令阿兰人与自己一起进攻东哥特人,这与罗马人的以蛮制蛮的战略是完全一样的。东哥特王俄玛那里克因为战败而自杀,其余的东哥特人经过一年的战争后也归于失败。接着对于西哥特人的进攻十分顺利,西哥特人败退以后,渡过多瑙河,逃往色雷斯地区。

战胜阿兰人并灭其国后,公元375年,匈奴进攻里海附近的东哥特人,这些东哥特人随即被征服。继而开始攻击西哥特人,西哥特人不能抵挡,公元376年,西哥特人被迫渡过多瑙河,逃向色雷斯地区。一时间,不知从何而来的匈奴人不可阻挡的攻势令罗马人与欧洲各蛮族闻风丧胆。公元395年,匈奴人突然转向了近东地区,他们进入亚美尼亚、叙利亚和巴勒斯坦地区,挥师急进,如急风暴雨般无人可挡,沿途攻陷所有城邦,俘虏臣民,直到波斯帝国。最终在波斯首都哥列斯封与波斯军队决战,然而不敌波斯军队,退回到伏尔加河流域。

5世纪中叶,匈奴再一次令欧洲震动,著名的匈奴王阿提拉(Attila)的部队攻入东罗马的巴尔干地区,罗马人被迫割让潘诺尼亚(Pannonia)地区。公元451年,阿提拉发动对于高卢地区的进攻,并与东哥特人联合在一起,与西哥特人大战,双方都损失惨重。次年,阿提拉进攻意大利,以后在接受罗马的进贡与联姻的条件下,才收兵回到潘诺尼亚地区。匈奴人的衰亡是以阿提拉的死去为标志的,公元453年,阿提拉在新婚之夜突然去世,这一消息令整个欧洲震动,以后有许多文学家写出了美丽勇敢的新娘为复仇杀死匈奴王的故事。阿提拉死后,匈奴失去了统帅,遂一蹶不振,迅速衰败。

值得注意的是，吉本《罗马帝国衰亡史》中说到匈奴人哀悼阿提拉时说："这些野蛮人，根据他们的民族习俗，全部剪下一绺头发，在自己脸下无端刺上几刀，他们要用武士的鲜血，而不是用妇人的眼泪来哀悼他们的理应受此殊荣的英勇的领袖"。这一场面与有些西方学者所记述的匈奴民族与斯基泰民族的风俗是相同的，即祭奠时常常划破面颊，以便"血泪合流"，以示悲痛。

但是，匈奴人却定居于欧洲，并且没有完全销声匿迹，直到6世纪，匈奴人还曾与突厥人联合作战，不过已是强弩之末了。值得注意的是，虽然以后相当多的匈奴人被迫从潘诺尼亚地区离开，但这个地区却永远烙上了匈奴人的印痕，潘诺尼亚地区包括今天的匈牙利、奥地利北部和克洛地亚。这个地区虽然以后又经受过突厥人与蒙古人的侵略，但最早来到这里的游牧民族，并且长期定居于此的，可能仍然是匈奴而非其他人。有的学者说，匈牙利Hungary一词最早的词根来源可能就是Hun，也并非不可能。

匈奴西迁引起哥特人的一系变化，使哥特人南侵，以致引起了罗马帝国的大崩溃，这是欧亚大陆间文明交往的重要事件。匈奴民族是一个游牧民族，虽然在伏尔加河流域长期生存，但其文明水平与罗马相比仍然是落后的，匈奴人侵对于意大利等地甚至高卢这样一些地方的社会生活显然会造成一定的战乱，这是无可怀疑的。另一方面，这种入侵对于民族欧洲民族国家的建立起了推动作用，这也是一种文明间关系的辩证发展。

最后有两点要特别强调：

其一，从人种来看，Huns确实是亚洲人而不是欧洲人，这是明确的。吉本在《罗马帝国衰亡史》中描述：

> 不知名的野蛮人的军队，从北部冰封的地区钻出来，已在

欧罗巴和阿非利加最美好的省份建立起了征服者的统治。①

这些人显然不是罗马人所熟悉的蛮族哥特人和汪达人等,吉本认为就是匈奴人。关于匈奴的人种,其实西方学者记载不多,法国勒尼·格鲁塞(René Grousset)引用了戴遂良的一段描述:"他们的身材是矮小的,有粗短的体,圆而极硕大的头,脸宽,颧高,撇开的鼻翼,相当稠密的上唇须,除了在颔上的一簇硬毛外没有胡子,在穿孔里戴着一个环子和长耳朵。"②这是在古代中国北方的匈奴种族的画像。1998年出版的纽约时代丛书中有一本麦克库洛夫(D. W. McCullough)编的《野蛮人编年史》中有人这样描述令整个欧洲为之胆寒的匈奴人:他们身体短小而粗壮,头很大但眼睛小,胡须不多,低鼻梁,是一种亚洲人种。③

可以说无论是在亚洲人或是欧洲人的观察中,匈族人种的特征大同小异。

其二,改具有歧视意义的"匈奴"一词为"匈族"。匈族民族是中国蒙古人种,属于中华民族,对于中华文明有过相当的历史贡献。中华文明是由多种族多民族所创造的,古代中华文明的主要人种有中国蒙古人种、印欧人种、图兰人种、白色人种、马来海岛人种等多种族,他们从上古三代时期就在中原周边生活,共同创造了中华文明。因此,我们不应再用"匈奴"名称,而改称"匈族"。这种说法是符合其历史实际的,也可以与西迁以后的匈族联系起来。

---

① [英]爱德华·吉本:《罗马帝国衰亡史》,黄宜思、黄雨石译,商务印书馆,1997年,下册,第77页。

② [法]勒尼·格鲁塞:《草原帝国》,魏英邦译,青海人民出版社,1991年,第41页。

③ D. W. McCullough ed., Chornicles of the Barbarians, New York, Time Books, 1998, pp. 165–166.

前贤有言曰：茫茫往代，既沉于闻；渺渺来世，倘尘彼观。兹以瓶管之识，就教于海内外方家。

甲申年正月作者谨识于苏州大学夔纹矩矱盦

《寻根》杂志，国际刊号 ISSN1005—5258，2004，6，p016 - p023。

【专题名称】世界史

【专 题 号】K5

【复印期号】2005 年 03 期

【原文出处】《寻根》（郑州）2004 年 06 期第 16—23 页

三　文本与阐释编

诗神的沦落[①]

——中俄诗学中的文体流变论

一、"文体衰变"与"格以代降"

近两个世纪以来甚至从更早的时代起,一个看似奇怪的诗学命题逾越时空阻隔,在中国与俄国,以至于在更广的范围里流传:包括诗歌在内的文学体裁总是在不断走向通俗化,新的低级文体不断取代传统的高雅文体成为大众的新宠,笔者认为这种现象可以称之为"文体衰变论",无论是作为一种跨文化的诗学现象,或是作为一种文体流变理论,甚至作为一种文学史观念,都有必要加以讨论,以期引起重视,以弥补前人忽略这一重要观念的不足。从另外一种意义上,可能会对历史上的俄国形式主义甚至中国的"形式主义"诗学有新的理解。

其实这种现象早已经引起中国古代理论家的关注,中国古代伟大的文学理论家刘勰的《文心雕龙》中就曾指出:

> 容体底颂,勋业垂赞。镂彩摛文,声理有烂。年积愈远,音徽如旦。降及品物,炫辞作玩。(《文心雕龙·颂赞》)

[①] 原载乐黛云主编《跨文化对话》,凤凰出版传媒集团,江苏人民出版社,第20辑,2007年出版。

可见《诗经》中格调高雅，用语典正的雅颂一类文体，到汉代之后已经不再兴盛，世俗化的文体倾向已经使得原本用语清铄的雅颂不能存在，反而如像班固的《北征颂》、傅毅的《西征颂》、马融的《广成颂》、《上林颂》虽然都是当时的名篇，但已经远离了《诗经》中雅颂的文体规范，成为世俗话语的牺牲品，这是令刘勰感慨不已的。他总结中国文体变化的规律时就指出，商周时代的文体典丽而雅正，到了魏晋时代则变得浅近而绮丽，到齐梁之世就每况愈下，"从质及讹，弥近弥澹。何则，竞今疏古，风味气衰也。"

刘勰之后的唐代，文体变化更加不堪，所以李白也感慨万分地说："大雅久不作，吾衰竟谁陈。"

如果说中国古代诗论是一种有感而发，是对创作实践的一种直接感觉，那么 20 世纪的俄国形式主义者们就是有意识地从理论上来探讨这一现象了。

这一理论的提倡人，鲍里斯·托马舍夫斯基（Boris Tomashevsky）与尤里·特尼亚诺夫（Youri Tynianov）在俄国形式主义中并不是像雅克布逊或什克洛夫斯基那样声名显赫的代表人物，因此他们的理论学说并没有引起大的重视，特别是 20 世纪中期之后，原本已经被历史所尘封的俄国形式主义理论突然像出土文物一样被挖掘出来而大放光彩的时候，什克洛夫斯基的"陌生化"、雅克布逊的"文学语言论"等学说早已经进入大西洋文化的圈子，经过克里斯特瓦等人的阐释，由于这些观点与西方的结构主义理论同出于索绪尔语言学，所以容易契合，于是这些观点就如同俄罗斯鱼子酱一样成为西方学者的席上珍品，而相形之下，托马舍夫斯基与特里亚诺夫学说却命中多舛，可能是因为其学说的历史文化内容可能有异于其他学者，容易使的学者感受到意识形态理论的强大压力，所以如同强壮的北极熊一样难以受到青睐。不过从另一方面来看，考古学的原理（这里不是所谓的"知识考古学"）证明，越是埋在深处的东西，越是后出的文物，其价值则可能更高。

特尼亚诺夫承认，文学体裁是随着时间的推移而产生变化的，但是这种变化的本质却并不是由社会历史所决定的，它是遵循着文体内部演变的规律，"文体总是在降级的，并且这种变化是为了迎合不断更新的知觉形式的变化的。"①从表面上看，这颇为近似于刘勰所谓"风气日衰"的论断，而托马舍夫斯基则进而解释说，这种"衰变"其实无所谓好与坏，它是一种自然现象，因为文体总是在新形式的作品中产生的，产生于新的形式刺激，文体是稳定的传统，但这种传统是建立在摹仿之中的，所以新作品在对于"已有的体裁具有依赖性"，但同时又会促进新传统的形成，总体的演变规律是"较高层次的体裁被较通俗的体裁所代替"②。

取代的情况有两种：一种模式是史诗式的灭绝，古代希腊罗马史诗如《荷马史诗》《埃涅阿斯纪》，两河流域的史诗等无不消亡于历史的尘埃之中，代之而起的是西方的近代诗，西方史诗其实并不是格律诗，而近代格律诗则是格律诗体。这种现象也就是所谓"诗亡而春秋作"，后人将这种现象大加扩充，成为"经亡而骚作，骚亡而赋作，赋亡而诗作。秦无经，汉无骚，唐无赋，宋无诗"。简言之，一种文体取代另古代文体，这是文体演变之规律。当然这种情况下并不排除偶尔的重现，如弥尔顿的长诗《失乐园》，虽然以典雅的语言来书写，不过已以史诗文体的一种摹仿了。唐代诗人的古风当然也不可能与先秦的古诗相接，李杜的古风也只能是变古之风，尤其是杜甫只能是歌诗了，不过发思古之幽情罢了。或是传统形式迎合时俗，变为"时文"甚至转入其他文体，如诗入戏剧，特尼亚诺夫称为"写作的蜕皮"，他举的例子是《项狄传》(*Tristram Shandy*)等作品中，另外如超现实主义诗歌中有了口号，现代小说中

---

① *Théorie de la literature: texts des formalists russes*, ed. Tzvetan Todorov Paris: Seuil, 1965, pp. 126–128.

② *Théorie de la literature: texts des formalists russes*, ed. Tzvetan Todorov Paris: Seuil, 1965, pp. 302–307.

有采访录，通俗歌曲也变成了诗等等。另外的一种模式是，文体虽然仍然存在，但是已经发生了实质性改变，如西方传统戏剧原本是诗剧或是歌剧，现在则逐渐以话剧为主，诗歌中原本是格律诗为主，现代诗中无韵诗却多了起来。

俄国形式主义的"文体衰变论"正好与中国复古派的"格以代降"完全对应，胡应麟《诗薮·内篇》中说："四言变而《离骚》，《离骚》变而五言，五言变而七言，七言变而律诗，律诗变而绝句，诗之体以代变也。《三百篇》降而《骚》，《骚》降而汉，汉降而魏，魏降而六朝，六朝降而三唐，诗之格以代降也。"诗以历史朝代为变化，诗格越来越低下，一代不如一代。

至此，俄国形式主义的"文体衰变论"与中国明代复古主义理论家的"格以代降"似乎已经尽入了所谓"东海西海，心理攸同；南学北学，道术未裂"的彀中了？

其实，如果仅仅查找形式上的相同之处，恰恰中了形式主义的"请君入瓮"之计。

二、"通变"还是"新变"

比较文学与比较文明的研究中，最大的危险并不是完全不同的不可比性，而恰恰是那种表面相似的"可比性"，从比较文学研究的历史来看，这种"可比性"所造成的错误远远要大过"不可比性"。这种"可比性"犹如西方心理学家们所绘制的鸟兽同形的图像，从一边看来是鸟，从另一边看来是兔子或其他动物，只有图式的相近，没有实质的联系，只不过是在"相似"与"不似"之间求同。比较文学家所要做的事情是从这种表面的类同中进行历史语境的阐释，没有历史的认识永远是一种柏拉图式的岩洞映象，在影影绰绰的图像与模棱两可的概念中进行形式化的类比，就像保龄球或是弹子游戏在狭小的道轨上来回滚动一样，是一种游戏性操作，并不具有历史科学的价值。

令人惊讶的是,历史给予我们比较研究的恰恰是互为错位的两种流派,一种是在本土曾经名声欠佳但最终昭雪平反的形式主义,这种批评原本就是俄罗斯诗学中的逆子,与俄罗斯的民主主义批评家别林斯基、车尔尼雪夫斯基和杜波罗留波夫的深厚传统相比,形式主义永远是一种唯美的、格调不高的形式论。中国诗学中的复古主义一直气势极大,早自魏晋时期复古的倾向就开始兴起,以后直到明代从来未曾断绝,而且中国的复古主义所针对的目标就正是形式主义,刘勰等人首先是反对六朝的形式主义主要有三个方面,一是浮靡文风,二是唯形式论,三是形式主义的文学史观,并且提出了自己的文学史观。这时的文学史观分成两大派,一派是刘勰为代表的"通变"观,《文心雕龙·时序》中所提出的文学史观是最早的文学史观念之一,他所主张的"诗必柱下之旨归,赋乃漆园之义疏。故知文变染乎世情,兴废寄乎时序",主张文学通变,通变的精神是复古。另一派则是"新变论",所谓"新变论"出于形式主义理论家,梁萧子显《南齐书·文学传论》中所说:"习玩为理,事久则渎。在乎文章,弥患凡旧;若无新变,不能代雄"。简单说,就是要用新文体来取代旧文体,那么如何才能用新文体取代旧文体呢?形式主义者主张形式革新,特别是语言与声律的变革,齐永明体与宫体就是这种新变的成果,王融、谢朓与沈约等人文章用四声,雕砌辞藻,开了形式主义诗学的先河,沈约论文说:

　　宫商之声有五,文字之别累万。以万累之繁,配五声之约,高下低昂,非思力所举;又非止若斯而已也。…此盖曲折

> 声韵之巧，无当于训义，非圣哲立言之所急也。①

沈约的文学主张可以总结为：1）文章就是声律的差异，文学千变万化，只有声韵是不变的，它是一种共时的因素，决定了历时的变化；2）声韵是一种语言属性，是与外在事实无关的能指，即所谓"无当于训义"的，它是自足的。3）最重要的是通过声律的变革达到新文体的产生，以适应时代的要求。

一定程度上，中国的形式主义确实是被冤枉了一千多年，如果从文学史而论，他们确实是一批"改革派"呢。只不过这种改革的看法是通过形式改革达到文学进步，《南史·徐摛传》中说"摛属文好为新变，不拘旧体。"完全是一种肯定改革的立场了，虽然齐梁文风不断受到贬抑，但是这种改革的主张显然不宜全盘否定。沈约的文学形式论完全可以与雅克布逊相通约，雅克布逊论诗时说：

> 诗歌最主要特点就是，言辞就是作为语言产生知觉的，并不是作为所指对象的代表或是感情的宣泄，词与词的排列、词的意义、词的外部和内部形态都有其自身的意义和价值。②

这种宗旨与沈约是一般无二的，中国形式主义将文章与诗定位于声韵的变化，而俄国形式主义则认为诗是语言，他们全都强调语言的自足与内指，不指涉外界，不是情感，也不是文以载道的圣人之训。

如果不避胶柱鼓瑟之嫌，我们不可以再指出一点，即俄国形式

---

① 《南齐书·文学列传》载《二十五史（百衲本）》，二，浙江古籍出版社，1998年，第672页。

② 2 Victor Erlich, *Russian Formalism · History-Doctrine*, The Hague: Mouton 1955, revised edn. 1965, p.183.

主义者们也并不是没有涉及诗歌的韵律,相反,他们与中国形式主义者们一样,十分重视韵律,雅哥布逊就曾经指出,诗的格律包括韵与音声是构成诗歌的基本特性,诗就是通过反复的咏吟构成了一种相似性,这种相似性其实成为诗的形式特色的:

相似性是诗的基础原则,诗的格律、分行与音韵的反复就把语义上的相似性和差异性突现了出来。①

我们看普希金的一首小诗:

Птичка

В чужвибине свято наблюдаю

Родной обычай старaны:

На волю птичку выпускаю

При светлом прастник весны.

Я стал доступен утешенью;

За что на бога мне роптать,

Кога ходь одномут вроенью

Я мог свободу даровать.

小鸟

在遥远的异乡,我依然保持

故国的习俗:

在晴朗的春日里

让小鸟儿恢复自由。

---

① Roman Jakobsonand Morris Halle, Fundamentals of Language, I, The Hague: Mouton, 1956, p.95.

> 我的心中感到安慰
> 何须对天长叹不休。
> 特别是我能将自由的权力
> 赐予一个生物的时候。

这首诗有严格的韵律,反复出现的音节 аю— ны— аю— ны；нью— ть— нью— ть 构成了一种对应,使人理会诗中的相同性与差异性。中国诗也同样,《关雎》中的"鸠—洲—女—逑"的韵律也相当严整,同时中国诗还有其他多种格律,如《苤苢》之类诗中,同样的诗句反复出现,形成一种低徊咏叹的格式。

无论是中国还是俄国的形式主义者,在定义诗的性质之后,都进入了文学史的规律总结。

三、"历史诗学"与"文化历史学派"

在一些俄国形式主义者的文学史观中,文学史观不是孤立的,它是将文学本质论运用于文学史的实践中所产生的,也就是说有什么样的文学本质论就有什么文学史观,一般认为,俄国形式主义文学史观产生于其将文学看成是语言的本质,产生于陌生化理论等。但笔者认为,应当说形式主义文学史观主要是树立了一种文学史观的模式,传统文学史只是认为,社会政治历史影响文学史发展,但是这种影响是如何发生的,有什么规律,一直没有也不可能有具体的解释。形式主义者们将文学形式变化看成是文学史观的推动力,从而为文学的历时性变化提供了一个共时性的解释,为历史提供了一个支点。如果简单化地否定形式主义,说他们完全没有历史观是不合乎实际的。甚至可以说,正是形式主义的出现,才使人们真正开始重视文学史的构成原则是什么,因为在传统观念中,时序与通变是完全自然发生的，是随着时间流逝而必然形成的，从来没有人深入研究将两者分开来考虑，更没有人思考通变的内部推动因素是什么。形式主义者完全有理由像在暴风雨中的李尔王一样，或是身陷囹圄的窦娥一样指着上天控诉世界主者的不公，贤愚不分。

雅克布逊在他的《普通语言学论文集》的第一卷《语言学和诗学》中说过："就像语言史一样，如果历史诗学想被人真正理解，就必须被看成是一种以一系列连贯的共时性描写为基础的上层建筑。"这是一个形式主义文学史的原则，不过遗憾的是，这个原则似乎没有得到实践，形式主义者们并没有写出一部有影响的文学史来证明自己观点的可行性，以雅克布逊为例，到了布拉格甚至以后再到美国，他虽然大大改变了自己的在莫斯科时的"共时性"至上的文学史观，但却没有实质性的进步。无独有偶，中国文学观念的建立也与形式主义有关，郭绍虞等人都承认，沈约作于齐永明六年（公元488年）的《宋书·谢灵运传论》应当是最早的文学史篇，有评论家认为："沈约以著名文学家兼史学家的身份，在《宋书·谢灵运传论》中最早诗体的发展和变革作了宏观的历史描述。他对诗歌发展史的上述概括是符合实际的。沈约可说是中国最早的文学史家。"[①]应当说，这一评价基本上是合乎实际的。

不幸的是，一旦名声不好，就易于被人误解，形式主义的文学史观其实经处于这种境地，人们以为它就是用形式主义的嬗变来取代文学的历史的因果性与历史性变化，加上唯美主义、唯形式论等不实之词，往往是攻其一点，不计其余，特别是后现代主义者们其实并不真正了解形式主义，反倒是他们先祭起"历史主义"等神器来讨伐形式主义，其实他们自己未必真正懂得历史，相反，形式主

---

① 郁沅、张明高选编：《魏晋南北朝文论选》，人民文学出版社，1999年，第307页。

义者们又何曾否定过历史呢?

值得注意的是,部分形式主义者如诗歌研究会的学者们的文学史观念中其实有一个内核,就是文化内核,所以有的形式主义者被称为"文化历史学派",从中可以看出真正的内在联系所在,其实这种称呼本身就说明俄国形式主义理论的历史主义倾向,特尼亚诺夫提出的"体系说"就是这方面的一个创见。"据特尼亚诺夫所说,文学系列属于总的文化体系范畴,在这个'体系之体系'内部,它必然与其他行为领域相互影响,哪怕仅仅是因为社会生活的语言一面。我们的语言行为是由与总的交际结构唇齿相依而发展的言语之形式、模式和方式构成的一个地地道道的复杂的整体。正是由于它与交际活动的大整体的关系,文学才能不断地用新建构原则丰富自己。"①如果单独看待这一种文学史观念,绝对不可能想象出自于一个形式主义者,更像是一个唯物主义学者的见解。其实俄国历史诗学是一个有深厚基础的学说,只不过形式主义者们从一个独特的角度进入了这个领域。为中国比较文学学者们所熟知的维谢洛夫斯基(1838—1906)、日尔蒙斯基等人其实与以后的巴赫金之间其实都与俄国形式有着最紧密的联系,虽然他们中某些人是俄国形式主义者的先驱或外围,如果要看到他们之间的联系的思想脉络,就明白其中的深层历史关联了。

维谢洛夫斯基的《历史诗学》中已经指出,要通过文学形式的比较,从中总结诗学体系的发展规律,实际上已经指出了艺术形式对于历史诗学的关键作用。特别重要的,也是与形式主义者所共同的一点在于,这种形式并不一般意义上的体裁,而是语言和话语。这既与形式主义者们相关,又不同于形式主义者们,这就是巴赫金

---

① [法]让·贝西埃、[加]伊·库什纳、[比]罗·莫尔捷、[比]让·韦斯伯尔格主编:《诗学史》,下册,史忠义译,百花文艺出版社,2002年,第742页。

超越形式主义者之处,从中也可以看到,虽然巴赫金批判形式主义者们极激烈,其实他本人受益于形式主义者远超过其他人。除了广为人知的复调结构理论外,巴赫金的诗学史中心观念之一就是"狂欢化",这一观念正是来自于文化诗学与形式主义。狂欢诗学的重点在于强调文学史上高雅文体与通俗文体之间的对话,打破高雅诗体的权威地位,使诗神走下奥林匹亚山,来到尘世,加入狂欢,诗神虽然沦落了,但它的精神却再生了。此外,他所强调的反讽等精神就是融入各种文体形式之中的反理性,各种文体与语言(俗语、口头语等)混融在一起,这才是文学史发展的真实规律。

在巴赫金的《言辞创造的美学》(Эстетика словесного творчества)中曾经表达这样的思想:

> 语言风格的历史变化不可分割地与话语体裁的变化相联系,……在每个时代文学语言的发展中,生活话语不只是给予第二层次的(文学、公共语言与科学语言),同时也给了第一层语言(一定的口语对话类型、沙龙、姓氏的、家庭与日常生活的、社会政治与哲学的等)一定的话语体裁。①

毫不夸张地说,我们从中明显地可以感觉到,这种观念完全可以与特里亚诺夫的文化诗学史观念进行对话,因为他们关注中心都是从话语到形式,并且通过语言将社会变化与文学史的变化联结起来了。

余论:关于俄国形式主义的补充

关于俄国形式主义流派及其文体流变论,有必要再作以下

---

① М. М. Бахтин, Эстетика Словесного Творчества, Москва,《Искусства》, 1986, стр256.

补充：

第一，俄国形式主义理论并不像西方理论家或是国内的一些介绍那样简单，实际上俄国形式主义虽然存在时间短，但思想流派复杂，再加上经历了学术"迁徙"，更是支离破碎，至少可以说有以下主要分支。其一是1914—1915年的莫斯科语言学小组，除雅克布逊外，尚有格里戈里·维诺库尔等人；其二是成立于1914年的彼得堡"诗歌研究会"，除什克洛夫斯基之外，我们上文所重点论述的特尼亚诺夫、托马舍夫斯基其实是这一派的重要人物。其三，1926年雅克布逊等人建立的布拉格学派应当说是另一派，至于以后的所谓"巴黎学派"则与俄国形式主义理论已经有相当的时空与理论距离，笔者并不同意所谓"莫斯科—布拉格—巴黎"这样一条路线的划分，至少不是一条直线，更不是一个传统。巴黎学派是当之无愧的结构主义，虽然也受到俄国形式主义影响，但毕竟是相隔甚远了。

第二，与莫斯科语言学小组相比，诗歌研究会的理论家们重视文学史，他们努力建

构一种以形式演变为中心的文学模式，这是本文所阐发的要点。除了以上论述之外，这个学派中另一个著名学者艾亨鲍姆（Борис Михайлович Эйхенбам，1886—1959），在《莱蒙托夫：文学史评价的经验》中有一句经典名言："新艺术形式之创造，并非一种具体的描写行为，而一种形式本身的再发现，其实这种形式早已经存在于先前的历史阶段之中。"[①]这就是说，文学史不过是一种形式的"再现"，当然这种再现不是模仿，而是创造性的。为了说明自己的观念，他在三卷本的《列夫·托尔斯泰》中认为，托尔斯泰的小说并不是所谓的批判现实主义，而是18世纪俄国小说艺术形式的

---

① Борис Михайлович Эйхенбам，Лермонтов：Опыт исторрико - литературной оценки，Ленинград，1924，стр12.

再现。

第三，关于形式主义的文学史观，虽然存在普遍的误读现象，但学术研究中独具慧眼，能披沙淘金者亦大有人在，众所周知，钱锺书先生所关注俄国形式主义者的正是其文学史观念，他在《谈艺录》中指出："俄国形式论宗许克洛夫斯基论文谓：百凡新体，只是向来卑不足道之体忽然列品入流。诚哉斯言，不可复易。"①在1980年对《谈艺录》进行校订时，再次借题发挥，指出"文章之革故鼎新，道无它，曰以不文为文，以文为诗而已。"②从《谈艺录》引文来看，钱先生是从英文读到什克洛夫斯基，并且从"陌生化"观念生发开来的，笔者认为，如果钱先生能读到上文中艾亨鲍姆的那段名言，可能我们今天就能读到钱先生更为精辟的分析。因为艾亨鲍姆的观念比起什克洛夫斯基来说，更为接近钱先生的议论，所引《司空表圣集》卷八《诗赋》"知非诗诗，未为奇奇"之论，也正可以与艾亨鲍姆作一次超越时空的对话。当然这里毫无责怪钱先生没有读艾亨鲍姆俄文原著之意，其实，即是当代俄国学者，又有几人能深入研究艾亨鲍姆的文学史观呢？遑论英美的文学理论家们了。

最后笔者还要提到：如果注意观察必然会发现，刘勰等人的文学史观与俄国形式主义的文学史观都带有一种忧郁的色彩，刘勰在《文心雕龙》不止一次地感慨于"德音大坏，空戏滑稽"的形势，他与锺嵘其实都不是坚定的复古主义者，所以也没有力挽颓势的宏图。同时，正如我们上文所看到的，俄国形式主义者们对于文学史发展前景也并不乐观，文体的衰变使他们同样焦虑。其实，对于西方来说并不是偶然的，黑格尔的《美学》中也有过一个不祥的预

---

① 钱锺书：《谈艺录》，中华书局，1984年，第35页。
② 钱锺书：《谈艺录》，中华书局，1984年，第29—30页。

言：资本主时代中，诗将会走向消亡。

这种预言，可能是西方文化模式的一种表征，基督教的观念中，末日审判是不可避免的，那么，诗格代降之说，是否可以看作是基于这种"具有悲剧意识"的文化土壤（以尼采《悲剧的起源》中的说法，只有西方民族才有所谓的"悲剧意识"）上的一种忧郁的文化诗学呢？

2006 年 5 月于苏州大学牧鱼楼
2006 年 9 月修改于台湾东吴大学

清叶燮《原诗》之"理"与柏拉图的"理念"(Idea)①

清叶燮《原诗》中认为:"曰理、曰事、曰情,此三言者,足以穷尽万有之变态。凡形形色色,音声状貌,举不能越乎此。此举在物者而为言,而无一物之或能去此者也。"②其实这理、事、情三者本是极通俗的说法,甚至有些大而无当,用于诗话显得过于抽象,叶燮自己也明白这个道理,为进一步阐明其含义就选了一个很有特色的比喻:"譬之一草一木,其能发生者,理也;其既发生,则事也;既发生之后,夭乔滋植,情状万千,咸有自得之趣,则情也。"这个例子说明,他是从一种生成发生的关系来理解三者关系的,三者虽然各有根据,但实质是一体,而且互相作用。无巧不成书,叶燮无意中却涉足了西方传统文学理论中一种未被中国人所关注的大理论:有机艺术论。蒲伯(Alexander Pope)在《伊利亚特》的译者前言中说荷马史诗:

> 一件这样的作品就像一株茂盛的树,它从极具生命力的种子中生长,经过培植而成长繁茂,最后结出美丽的果实。③

---

① 本文发表于《苏州大学学报》,2008年第1期。
② 叶燮:《原诗》、丁福保:《清诗话》,上海:上海古籍出版社,1999年,第579页。
③ Alexander Pope, Preface to the Iliad, see Prose Works ed. N. Ault, Oxford, 1936, p.95.

从蒲伯直到柯勒律治、施莱格尔、赫尔德等人都有种种关于文学作品与生物一样的说法，强调艺术与天才是一个自然的生长过程，有自己独立的体系。这种理论成了一个大的家族，有待比较诗学家们去深掘，这里我们只是要指出，这种看法中的自然生成因素，与叶燮的看法是十分相近的。

而一旦涉及文学中的"理"则对中国文学理论来说其意义非同一般，所谓"诗非关理"早已是人所尽知。那么这种特殊的"理"的根据何在呢？笔者以为，可以从以下方面来理解叶氏的"理"。

一、这是用情景和意象来表述的"理"，此乃最重要的特征。叶燮称之为"意象之表"，这种理是借情景对于主体产生的印象与思想，但不是通过概念表达出来的理性思维，诗人不直接论说理，但表达的是"不可名言之理"。

> 可言之理，人人能言之，又安在诗人之言之？可征之事，人人能述之，又岂在诗人之述之？必有不可名言之理，不可述之事，遇之于默会意象之表，而理与事无不灿然于前者也。①

举例是杜诗《玄元皇帝庙作》"碧瓦初寒外"，其中引人深思的是"外"，中国文化中有"内""外"之分，如外典内典，外篇内篇。但"寒"何以分内外呢？从名理观念来看这是不通的，"寒"作为气是充溢一切，无所谓内外的，这里是说寒气居于碧瓦之外吗？同时，初寒与严寒之间，有形有象的碧瓦与无形无象的寒气之间，是否诗人所说的内外关系呢？这里的道理如果用理论上的"内外"观念来分析，显然已经不是诗人宗旨了，而且也无法来分析。诗所

---

① 叶燮：《原诗》、丁福保：《清诗话》，上海：上海古籍出版社，1999年，第585页。

表达的是"恍如天造地设,呈于象,感于目,会于心。意中之言,而口不能言,口能言之,而意又不可解"。这样理解杜诗就是传达的得之于表象意会之理,把诗人心中的内与外的理念,用寒气的初寒、严寒、碧瓦的有物与气的无物来表达。

二、个人所感悟到的意象,具有一定的独特性,其他人难以发现和表达的。这也是诗人之理不同于众人之理的地方。也就是说是诗人所固有的天赋与才能可以发现其他人所难以发现的意义与象征。相当于康德的"天才论"或雪莱等浪漫主义者主张的"天赋论",雪莱说荷马与索福克勒斯远胜过后世描写爱情的作家,是因为他们有"天性的内在能力",这种能力其实并不神秘而且应该是人人具有的,只不过大多数人没有发挥出来而已。叶燮以杜诗《宿左省作》"月傍九霄多"句来阐明。为什么咏月诗中要说"多"?历来诗中只有圆缺升沉明暗高下,这里"多"是指"月"多?还是月下之境多?虽然难以明辨,但是这句诗尽括此夜宫殿当前之景象,"他人共见之,而不能知不能言。惟甫见而知之,而能言之,其理不能不如是也。"

三、诗的境界所产生的感触与理路,是一种妙悟与境界的结合。这显然是从前人"不涉理路"的结论中发展出来的。中国文论中从魏晋以后受到佛学思想影响,特别是皎然《诗式》、司空图《诗品》、严羽《沧浪诗话》等追求一种"采奇象外","韵外之致"、"象外之象,景外之景"的妙悟境界,这种结合老庄与禅宗等多种观念的理论在中国文学史上影响极大,可以说与儒家诗学平分天下,一些颇有影响的理论观念如"格调说"、"神韵说"、"肌理论"等都与它们有多多少少的内在关联。翁方纲《复初斋文集》中说:"神韵者,彻上彻下,无所不该。其谓'羚羊挂角,无迹可求',其谓'镜花水月,空中之像,'亦皆即此神韵之正旨也,非堕入空寂之谓也锰昔之言格调者,吾谓新城变格调之说而衷以神韵,其实格调即神韵也。今人误执神韵,似涉空言,是以鄙人之见,欲以肌理之说实之,其实肌理亦即神韵也。"而且即使是儒家诗学的代表人物也经常从它们之中汲取有用的成分,叶燮即是如此。为了说明这种观念,举杜诗《夔州雨湿不能上岸作》"晨钟云外湿"为例。钟在寺中,为什么雨独能湿到钟?显然这里是说钟声飞向云外,触云而湿。最妙的当然是这个"湿"字,"俗儒于此,必曰'晨钟云外度',又必曰'晨钟云外发',决无下湿字者。不知其于隔云见钟,声中闻湿,妙悟天开,从至理实事中领悟,乃得此境界也。"这里化前人的感悟为"理",是一大贡献,形象思维与诗用比兴,其中都有"理"的成分,前人一直未能说破,叶燮终能将此归入理路,此后王国维《人间词话》拈出"境界"其大意也大致如此。

四、可以说是一种特殊的理,超理性思维常规的理,由事物本身的运动规律所呈现的事理,这更是叶燮所独立标举的"理"的高级形态。为了说明这种看起来有些玄妙的"理",我们还按照中国诗学的方式,以类例说明。《摩诃池泛舟作》"高城秋自落"句,"秋"不是具体的事物,为什么能够"落"?为什么又能系之于高城?与前三种理路相比,更是难以理解。这就是事物自身的理所在,是一种只能悟解不宜用理性来解释的理。

总体来分析,这里的"理"不同于理学家们的理,宋代理学家所谓"明义理切世用"的写作宗旨使得诗成为"语录讲义之押韵者"(刘克庄语),这是叶燮所深知的,故其所说之理正是克服了宋代理学家甚至清代考据家们义理的不足,成为近代诗话中一种能启人深思的学说。

叶燮的理与西方从柏拉图到黑格尔的理念间所形成的对话在超越时空、跨越文明的同时,更为重要的是诗学自身的通变意义。如果说清人叶燮已经在努力在越过理障,那么当代西方学者们也在对理性中心主义进行反思,可能逾越从柏拉图到黑格尔的理念应当是其中重要的一步。

柏拉图的理念(亦即 eidos)是超验的存在,是最高的存在,在《理想国》中,柏拉图已经指出,诗是一种技艺,但是像荷马这样的伟大诗人写出史诗来,并不是依靠技艺而是依靠理念,这种理念是得之于神的。而一般的诗人不过是一个摹仿者,如同制造一张床一样,他设想有三种床,第一种床是自然的床,即"床的理念"。第二种床是木匠的床,这种床是实体的,是摹仿理念的床。第三种是诗人的床,这种床又是摹仿了木匠的床,是摹仿的摹仿。诗人的床由于与理念之间隔着两重,所以是拙劣的摹仿了。美国著名批评家倍特(W. J. Bate)在评价柏拉图诗学思想的历史功过时说:

> 应当强调指出的是他最突出的建树在于缩小了"摹仿"的范围,后世的柏拉图主义者们例如普洛丁纳斯在评判艺术时就认为,最好的艺术可以摹仿那些"理念"的,也就是柏拉图所说的最终极的现实。①

笔者无意于指责西方的批评家们美化柏拉图,但至少柏拉图的理念真像是《一千零一夜》故事中那个被放出铜胆瓶的魔头,一旦被放出后就威力无穷,诗人是拙劣的摹仿者说法影响极大,所以西方文学批评上不断有人出来为诗辩护,为诗人辩护,其源头就是柏拉图的说法。最典型的当然是笛卡尔的理性主义,在理性主义影响下,法国古典主义将理性法则定为文学的指导原则,统治西方文学理论数个世纪,直到浪漫主义文学才真正解放出来。

不过以笔者之见,最理解柏拉图"理念"的当属黑格尔,"理

---

① *Criticism The Major Texts*, Edited by Walter Jackson Bate, Harcourt Brace Jovanovich, Inc. 1970, p.42.

念"再次在黑格尔《美学》复活,黑格尔认为,美就是"理念的感性显现"。他是这样看待艺术本质的:

> 艺术作品虽然不是抽象的思想和概念,而是概念从它自身出发的发展,是概念到感性事物的外化,但是这里面还是显出能思考的心灵的威力,不仅以它所特有的思考认识它自己,而且从它到情感和感性事物的外化中再认识到自己,即在自己的另一面(或异体)中再认识到自己,因为它把外化了的东西转化为思想,这就是使这外化了的东西还原到心灵本身。①

黑格尔所说的思考和概念就是理念,有时他也用理念的说法,他的理念也就是理性,即主体与客体之间的同一性。黑格尔曾说过:

> 理念可以理解为理性(即哲学上真正意义的理性),也可以理解为主体—客体;观念与实在,有限与无限,灵魂与肉体的统一;可以理解为具有现实性于其自身的可能性;或其本性只能设想为存在着的东西等等。因为理念包含有知性的一切关系在内,但是包含这些关系于它们的无限回复和自身同一之中。②

而且这种理念在文学与哲学中是没有根本差异的,文学中的理念也就是哲学中的理性,从柏拉图到黑格尔一直如此,而且这一特征在《理想国》和黑格尔《美学》中表现得最为清楚,在这两部既是文学理论又是哲学的著作中,他们在相同的意义上运用了这一

---

① 黑格尔:《美学》,朱光潜译,北京:商务印书馆,1982年,第三卷(下册),第9页。
② 黑格尔:《小逻辑》,贺麟译,北京:商务印书馆,1982年,第400页。

观念。

实际上黑格尔所承认的只是理性同一性，而对于他所说的包括于理性之中的知性、无限回复性，只是一种假想，并不真正存在。但是无可怀疑，黑格尔是最深刻理解了柏拉图理念的西方学者之一，唯其理解，才可能对其进行颠覆与批判。这就是黑格尔的诗论，黑格尔认为诗是最高的艺术，所以将它放在《美学》一书的最后进行论述。

黑格尔将诗与其他艺术形式主要是绘画与音乐进行比较，这并非其独创，但是黑格尔的视域却是前人所没有，这就是所谓的精神即理念与其显现方式，以此作为比较的准绳，从而拉开了与莱辛等艺术理论家的距离。黑格尔认为：

> 如果我们从诗与音乐，绘画以及其他造形艺术的区别来看诗的特性，那就可以看出：诗的特性在上文提到的感性表现方式的降低以及一切诗的内容的明确展现……这样把精神内容从感性材料（媒介）中抽回来，马上就要引起一个问题：诗所特有的外在客观因素既然不是音调，它究竟是什么呢？我们可以简单地回答说：那就是内心中的观念和观感本身。①

这是黑格尔的视域，也是一种柏拉图式的视域，从艺术再现理念的程度来评价它的价值，而不是从艺术再现现实的水平来分析。当然也很容易看到，黑格尔从没有像柏拉图那样贬低一般的诗人，他盛赞荷马史诗的同时也高度评价了希腊悲剧等古典艺术，这些在黑格尔来说都属于诗的范畴。

---

① 黑格尔：《美学》，朱光潜译，北京：商务印书馆，1982年，第一卷，第17页。

黑格尔的诗论中以西方的史诗为中心，但也涉及抒情诗，他认为"最完美的抒情诗所表现的就是凝聚（集中）于一个具体情境的心情，因为感受的心灵是主体性中最内在最亲切的因素，而着眼于一般的思索和观察却最易流于采取教训诗的语调，或是用史诗的方式把内容中实体性方面的客观事实单挑出来表现。"①

如果仅从这一论断来看，黑格尔简直是叶燮的知音了，叶燮所提倡的情感、意象与黑格尔的"情境"完全可以直接应合。如果说，叶燮超越的是理学家，那么可以说，黑格尔超越的恰是柏拉图，他所提倡的情感、实在都是相对于理念而言的。

东西方历史这两次否定都不是绝对的否定。当叶燮否定理学家们的理时，用的是意象对理的融合，而黑格尔在否定柏拉图的理念时，则更为直接，因为黑格尔所处的时代更为有利，主要是浪漫主义思潮的历史作用已经充分显现出来，德国古典哲学其实是一种浪漫的哲学，黑格尔作为这种哲学的代表人物是深谙这种精神的。

但是如果比较是一种不同语境的对话，那么结论就完全不一样了。义理是道，对于中国人来说主要是人与人、天与人之间的整体性关系，其中也含有真理意义，不过这种"真"往往与道德的"善"和诗化的"美"是互相关联的。这种关系经历了长期的探索，到宋元明清时代其中心归结为理—气关系，叶燮的理论也基本上是以外理内气为构架的。理与气，就是西方的思维与存在（心物则是精神与物质）的关系，在程朱陆王等理学家的努力下，"理"已经成为中国文化中最重要的范畴之一。叶燮的主要观点是认为：文学中的理不同于哲学或其他的"理"的概念。他认为理可以分为可名言之理与不可名言之理，文学之理是不可名言之理。简单说是与普

---

① 黑格尔：《美学》，朱光潜译，北京：商务印书馆，1982年，第三卷（下册），第212页。

通的真理观念不同,它只适用于文学文本之中。《西游记》中的妖魔鬼怪故事、《聊斋志异》中妖仙狐女世界对于现实世界是不合理的,但在小说中是合理的。文学作品中的理在于不可言与可言之间,叶燮称之为"言在此而意在彼"。也就是说,文学中的言与意之间没有绝对的统一性。这种观念与西方学者关于文学作品中能指—所指非对称关系的说法是近似的。对于道和义理,我们必须说明,这是象征的意义,不是真实的意义。在艺术作品中,有一种"非真理的理",它提供给人非认识的认识性。你不能根据《红楼梦》中人物行为来作为自己行为准则,但是,书中的人物形象无疑会对于识别人们的思想行为有很大的参考性。这种作用是叶燮所谓"不可言之理",但却是文学文本最重要的意义。

西方重视对于真理的求索,在哲学的认识真理与艺术的表现真理观念之间产生对立是极为自然的。柏拉图《理想国》中攻击诗人的原因即是,诗中描述的事物不是"真"的,是与"真"隔着三层的,诗无异于谎言。当英国诗人雪莱为诗辩护时,他所关注的仍然是"真与不真"的问题,他认为诗并非谎言,只是诗中的真实与现实中的真实并不相同。他提出了一个重要的概念——永恒真实(eternal truth)。在雪莱的《为诗辩护》(*A Defence of Poetry*)中指出,诗中使用想象力,但并不是不真实,相反,诗的目的是在于显现出"想象[有机的具体]表现于生活的永恒的真理之中"(the image [the organic concreteness] of life expressed in its eternal truth)。这种真是理性所不能认识的,而只有想象才能达到。与柏拉图相反,雪莱高度评价想象力。他认为,人的心理能力分为推理力与想象力,推理是分析能力,想象是综合能力,也是创造力。在综合中创造是想象的特征,两者的关系如同肉体与精神一样,有主次之分,但是无优劣之别,它们之间是互相依存的,因此柏拉图抬高理智贬抑想象是错误的。至于说诗人是说谎者，煽动人性中卑劣成分的说法也是错误的。诗并不引导无知，而是引导人达到更高的真实，这种真实是人性的真实，不是历史的真实（这里雪莱显然是用亚里士多德《诗学》中"诗高于历史"的观念来批评柏拉图的主张）。

　　康德总结了17世纪感觉论和唯理论之间的争论历史，认为不能说感性与理性这些能力中哪一种更好，"没有感性我们就不会感知任何一个对象，而没有知性，则不能思考任何一个对象，没有内容的思维是空洞的，仅有概念的直观是盲目的"。所以康德认为认识能力是综合性的，它有三种：第一是观念把握，并不是抽象的观念，而是以形象为中心把多种多样的直观内容都统一起来。第二是记忆，即是形象的再现形式。第三是统觉，它是指再现观念与它们所得到的诸种现象之间的同一性关系，所以其中包括了思维者对于自身的认识，也就是我作为思维着的自我与自我同一性之间有统一关系。这三种能力尽管不同，它们都要借助于想象力来实现，想象力能结合感性与知性，使得感性的现象成为经验认识的对象，使经验的认识走向客观的真理性。柯勒律治从康德哲学和谢林哲学中受到启发，重新评价前人评价不高的想象力，他认为前人之所以批评想象力是由于把想象与幻想混为一谈，其实这两者是有区别的："一个人愈能清楚地以观念来复制感官印象，他的想象力就愈大，因为它是一种把感觉印象映现在心中的能力。一个人愈能随心所欲地唤起，连接或联想那些内在的意象，以便完成那些不在眼在的对象的理想表现，他的幻想力就愈大。想象力是一促描绘的能力，幻想力是一种唤起和结合的能力。"可见，他的想象力还是以复制现实为主要特性的，他没有一个对于超现实世界的理想。虽然他也说想象力是创造性的，是"无限的'我在'所具有的永恒创造活动在有限的心灵中的重现"等，但对于想象过程的理解已经限制了他所能达到的高度，不可能像雪莱那样把想象力作为一种高于理智力的能力。可以说，受柏拉图影响而又力图超越柏拉图的雪莱，是从存在意义上来思考艺术想象力的本质，而接受康德思想的柯律勒治则是注重对于人的理性与想象能力的层次上来思考的。这是我们对于两人的初步总结，同时也要承认，两人的出发点并不是决定性因素，未必柏拉图就比康德高明，但是分析两人的视域差异却不是完全无意义的。相比之下，雪莱的想象力论更注意文本与真实之间的联系，这既是对于柏拉图理论的驳斥也是一种理论创新，可惜雪莱关于想象力代表"永恒真理"的观念在19世纪并没有多少响应者。直到20世纪中期以后，它才重新成为注意的中心。

诗文的"理"比起大而空的"道"来说，虽然有较大的进步，但即使叶燮也不能不把它看作是一种"不可言之理"，实际上默认文学仍然是理，只是不可名言的。这不禁令人想起刘勰相近的观念，在《文心雕龙·序志》中说："敷赞圣旨，莫若注经；而马、郑诸儒，弘之已精；就有深解，未足立家。唯文章之用，实经典之枝条。"视文章为经典之枝条，其中的道理虽然十分重要，但毕竟又经与"圣旨"隔了一层，而且《文心雕龙·原道》也把"文"看作是"德"，与"道"仍然是有区别的。"德"含有种族生命的感性意义，仍然与"道"的理性有差异。可以说，从刘勰到叶燮的理论中，虽然重视文学意义，但仍对其意义与道、理的概念有明确的划分。西方对于文学意义的评价中，变化就更丰富了，针对柏拉图这样文以害道式的主张，除了雪莱等人把诗的想象力看作人类高级能力的，认为诗中含有世界的永恒的真理之外。当代更有海德格尔所说，语言是存在的家园，艺术作为存在者这真理的显现，其本质是诗。目标是理解超语言的真理，即中国人所久已赞扬的"不可名言之理"。对于这个道理，还有意大利维柯、加拿大弗莱（Northrop

Frye)等更是从历时性观念,从语言和隐喻的发生,从文学象征、文学原型(the archetypes of literature)方面进行了梳理。

　　笔者要强调的是,中国与西方各有自己的文化语境,叶燮的理归根结底要从一种诗言志缘情的传统中来看,它对义理的逾越不能不受到这种传统的制约。而西方文化中的理性中心则是另一种语境,从柏拉图到黑格尔的理念无论其显现的方式如何变化,理性的樊篱却是无法越过的。诗的话语可以达到不隔的境界,文化的传统却并非如此轻易能逾越,而这种隔与不隔的探讨可能正是比较诗学的意义所在。

历史语境视域：中西小说的文类学比较①

一、中西小说文类学的源流

俄国 19 世纪批评家别林斯基曾经说过："史诗在当代已经不存在了，小说就是当代的史诗"。史诗是古代社会最重要也是最崇高的文类，别林斯基这里是在强调小说在当代社会的重要性，犹如史诗在古代社会的地位一样高。其实这也可以看成是对西方小说来源的一种见解，虽然事实上西方小说的来源要相对复杂一些。一般的看法是，古代神话、史诗等叙事类文类可以看作后世小说文类的滥觞。

美国当代理论家弗·杰姆逊（Fredrich Jameson）在分析小说与后现代文化的关系时，曾经以苏格兰历史小说家司各特的小说为例，说明小说这种文类的历史起源："卢卡契写过一本重要的著作《历史小说》。他证明了历史小说并不从来就有的小说形式，而是在资产阶级革命时期出现的。"我们这里要进行一点更正，卢卡契的《历史小说》一书中的确是说过这样的话，但是如果从卢卡契文艺观点的整体来看，他不仅将历史小说看成是资产阶级兴起的产物，而且是将整个小说这种文类的兴盛都看成是资产阶级成为社会统治阶层，这一历史时代的必然现象。我们并不完全赞同卢卡契的看法，文学史

---

① 本文发表于《汉语言文学研究》，河南大学主办，2010 年第 1 期。

上的文类流变并非与社会历史阶段完全同一，文类演变有自己的规律，我们在上文中早已经说明了这种看法。但是无可怀疑的是文类演变与时代之间有密切联系，特别是文类与一定时代的历史语境关系，是比较文学的文类理论必须留意的。

小说与欧洲大陆历史语境之间的联系极容易勾勒出一个大致的轮廓。英国哲学家罗素曾经把西方文化总结为古希腊人文精神、希伯来宗教与近代科学三个因素，我们也可以将这种共时分析分解为历史的进程，古代希腊罗马文明终结于中世纪的宗教时代降临，经过千余年的基督教思想文化控制，从14世纪到19世纪末期，近现代科学成为整个时代精神的主体。而科学精神的产生与西方工商业文明的形成密不可分，西方国家的发展在这一时期极为迅速，工商业文明的社会形态与近代科学精神对于文学创作和理论有直接的推动作用，它突出表现在学思想观念的转变。这个时期的显著特色是欧洲大陆上大型的跨国界、跨民族、跨文化的文学思潮的屡次形成。文艺复兴运动、17世纪法国文学中的古典主义、18世纪法、英、德等国的启蒙主义、18世纪到19世纪间的浪漫主义、19世纪的现实主义思潮都是全欧洲的文学运动，甚至后期影响波及到东方各国文学。社会文明形态和文学思潮与文学类型之间存在着深刻的内在联系，每一次文学思潮都对文学类型的演变产生巨大影响。在这一历史时期中，小说这一文学类型的极度繁荣是一种引人注目的历史现象，东西方重要的文学理论家和思想家，如黑格尔、马克思、列宁、梁启超等人都对小说与社会生活和政治之间的关系予以关注，黑格尔在《美学》中把人类艺术发展分为三大类型与阶段的结合，透视艺术类型的历史与审美的内在联系，指出艺术与社会意识形态之间的历史通变关系。马克思在关于莎士比亚、席勒、歌德、海涅等作家的评论中涉及了这一层关系。这种观念影响到马克思主义的一些理论家，如上文所提到的卢卡契等人，就曾经撰文阐释黑格尔关于文学与意识形态之间的关系。但是我们也要注意到，西方学者圣勃夫、丹纳等人则从其他方向，以不同的文学理论观念与艺术哲学观念，解释了小说与历史之间的关系。

小说的兴起是这一时期文学类型最重要的变化之一。从历史与美学的不同视域来看，它不但具有多种风格类型，而且经历了三次大的历史变革。正当西方处于文艺复兴时期之时，中国在元明之际首先创造了近代小说的模式，这就是成于14世纪的中国章回体小说。中国文学研究界往往把这些小说称为"古典小说"。无论从中国文学历史总体发展还是从世界文学史看，产生于中国元明之际的章回体小说《三国演义》、《水浒传》等经历了从唐代传奇、宋代平话等古典文学形式的蜕变过程，形成了代表新兴城市阶层审美趣味和理想的新文类。到了晚清，小说创作犹如火山爆发，梁启超等人称之为"小说革命"，中国现代小说封建社会与殖民主义的抗争中，繁管急弦，谱写了不朽的乐章。如果说中国格律诗的革新是在"米风欧雨"之中，那么中国小说则可以说是"亚铅欧椠"，是结合了中国传统与西方小说菁华的时代产物。

比中国章回体小说稍迟，西班牙首先出现流浪汉小说，其中以《托美思河的小拉撒路》（又名《小赖子》，1553年）为代表，它从中古市民文学中汲取营养，以反映下层人物生活为主，改变传统文学以帝王英雄为人物的模式，艺术形式上以人物的流浪生活为视域，展示丰富的生活场景，对于俗世生活乐趣的欣赏和对人生遭遇荒诞的主题揭示，与西欧等国的文学风格迥然不同。曲折起伏出人意料之外的情节，注重刻画人物形象，它对于社会环境的描绘，人物活动场所的安排，为以后的小说中创造"典型环境"或是"典型形象"提供了雏形。这是近代小说发展的第一阶段。但是，长期以来，世界文学史中只提西方的流浪汉小说，而很少提到中国章回体小说，这是应当予以改正的。其后，世界小说进入以人物形象创造为主的新阶段,塞万提斯的《堂吉诃德》继承和发展了这一传统,但又发展了它,突出了所谓近代小说的结构方式。西方学者把它看作是近代小说类型的开始,这并不是偶然的。我们也同意这一见解,这是近代小说的第一次大的变迁。一些杰出的学者如黑格尔等并没有看到这种变化的意义所在,相反,从文学类型角度,则可以看出其价值,俄国形式主义者什克洛夫斯基看到了这一点,他认为:

> 黑格尔认为伟大的长篇小说《堂吉诃德》只不过是由一根细线勉强联系在一起的一个精彩的系列短篇。但这部伟大的长篇小说之所以是长篇小说,是因为这是由一个运动着、即变化着的主人公的行动联在一起,而他的行动又是在不同环境里进行的。①

《堂吉诃德》正是在这一点上超越了流浪汉小说,开启近代小说以人物形象与社会环境相联系的基本特征。这一特征并非对传统的否决,而恰恰是一种加强,使得一系列的事件被结合为一,使流浪汉小说进入一个新时期。而且这一传统对于以后的西班牙文学类型乃至包括拉丁美洲国家在内的西班牙语系的文学类型,也产生了重要的影响,这就是所谓的"伊比利亚文学"的实例。直到当代南美洲文学中异军突起的"魔幻现实主义"文学流派,从中都可以看到这一传统的存在。这是一种连续的不断的主题,例如关于《小癞子》的主题中,1775 年在秘鲁利马出版了《引导盲人的小拉撒路,从布宜诺斯艾利斯到利马》(*Ellazarillo de ciegos caminantes desde Bue-*

---

① [苏]维·什克洛夫斯基:《散文理论》,刘宗次译,百花洲文艺出版社,1997 年,第 447 页。

nos Aires hasta Lima），这部著作描写了南美洲的风土人情和当时的社会生活场景，但又袭用了西班牙流浪汉小说的形式，从中可以看出它们的历史继承关系。因民族文化差异，欧洲小说演化，表现出类型的丰富性特征。意大利卜伽丘的《十日谈》、法国拉伯雷的《巨人传》等各具千秋，特别是《十日谈》，其实早已创造了一种新的小说形式，这种小说的地点是固定的，叙述时间自由，不受游历过程限制，与西班牙流浪汉小说风格不同，虽然在一定程度上残留着中世纪后期城市文学说故事的特征，但基本上具备了近代小说的结构。世界小说的第二个转型表现于以人物形象特别是人物的心理描绘为主的小说类型的兴起，这种新类型彻底摆脱了流浪汉小说中人物四处游历的结构，把社会见闻的描绘变为以人物为中心，以人的社会关系、人物的精神描写为主。这种变化几乎同时在中国与西方出现。中国小说的代表作是曹雪芹（1715—1764）的《红楼梦》，这不仅是中国近代小说的巨著，同时也是一个艺术类型的转折点，使中国小说跻身于世界近代小说的行列。它创造了"大观园"这样一个具有典型环境意义的社会生活场景，而在当时的欧洲文学中还没有类似的作品，可以说直到19世纪被恩格斯称为"英国一批杰出的小说家"作品中才出现这种小说类型。18世纪英国小说家塞缪尔·理查生（Samuel Richardson，1689—1761）的小说《帕米拉》、《克莱丽莎·哈娄》等则被西方理论家认为是小说类型变化的标志，还有菲尔丁的《汤姆·琼斯》、《阿米莉亚》；法国狄德罗的《拉摩的侄儿》；卢梭的《新爱洛绮斯》、《爱弥尔》等作品，德国歌德的《少年维特之烦恼》、俄国卡拉姆辛的《可怜的丽莎》等，也都属于这一类型。经过这一转型，小说文类的特征显露出来，它与传奇等文类的区别也更突出。经历了1789年的法国大革命后，启蒙主义的社会理想破灭，但是人们对于社会现实认识的深刻程度却加深了。德国哲学把人类理想转换入形而上层次的思维，这是一种超级的浪漫主义观念。与它前后相呼应的一些浪漫主义文学家如歌德、席勒、雪莱、拜伦、雨果等在诗歌和小说中，再现了一种浪漫精神的意象。这种文学意象与康德黑格尔的哲学观念、贝多芬乐章的中的形象一起，为下一次小说类型转换作了准备。

实质性的变化产生于 19 世纪的欧洲文学。19 世纪中期，法国司汤达、巴尔扎克、英国狄更斯、俄国的列夫·托尔斯泰等人形成了一种新的小说流派，人们送给这些新小说家一个古老的名称：现实主义。现实主义本是一种艺术方法，它在伊利亚特史诗中就已经存在，是文学艺术最古老也是最基本的方法之一。19 世纪的现实主义小说中的确存在一种个人对于社会现实的对立性和批判性，相当多的作家和理论家主张把 19 世纪现实主义文学的意义定位于"个人与社会的对立"，以小说主人公在社会生活中的不公平遭遇为典型性格的基础，

以其所处的社会环境为典型环境。由于它所具有的社会批判性，因此它也被称之为"批判现实主义"。我们认为这种概括和这种命名都不完全合适，批判与赞颂从来不可能完全分开，任何社会批判中也都有自己的向往与肯定。但在没有合适的、有普遍性的术语来描述这种类型的小说之前，我们仍然要使用这一术语。

19 世纪现实主义小说的主题和意义虽然很重要，但从欧洲文学的历史看，个人与社会之间的对立并不是新的主题，早在古希腊悲剧中就有着个人性格与命运的冲突，在《俄狄浦斯王》一类悲剧中，神秘莫测的命运之神与主人公的反抗是故事发展的主线。在 19 世纪现实主义文学中，个性主体与代表着必然性力量的社会现实之间的激烈斗争是主要线索。在列夫·托尔斯泰的《复活》中，玛斯洛娃的不幸不是受到神秘命运的支配，命运被社会现实所取代，她的堕落只是人类社会不同阶层和人物冲突的产物。这种冲突是批判性的，但是，正如《俄狄浦斯王》不是对于命运的"批判"一样，

批判只是一种思想观念。它还没有深入到对于文学类型本质的揭示,而且这种批判的出发点也是多种多样的,狄更斯与陀思妥耶夫斯基、托马斯·哈代与屠格涅夫在对于社会的批判之间相距甚远。以批判作为这些新小说家的主要特征显然不能完全概括其特性。卢卡契已经看到这种划分与命名的局限性,他在把这些小说家与自然主义作家左拉等人比较时,宁愿把这些现实主义作家与莎士比亚联系起来,认为它们的共同特征是以现实主义方法表达的一种"智慧风貌",这种风貌的功能是"把非常的情境提高为艺术上普遍的东西,提高为可见可感的特殊的东西,并不止于此种直接的任务。它也有一种间接的功能,即在作品中建立与其他非常事件之间的联系,并使之像实物一般的显而易见。只有这样,动乱的世态,和显示出来的世界的合法则性的全部画图,才能从古典文学名著所给予我们的非常情境的丰富性中形成。"[①]卢卡契的概括虽然不够准确,但基本可以说明,19世纪小说家的批判中含有对于世界合法则性的肯定性,这种肯定性是积极的,它在艺术类型中展现了一种典型的自我意识觉醒的形态,卢卡契在此用赫拉克里特的"觉醒者"来说明这一特征。当然,这种自我意识或主体意识的突现与古希腊和伊丽莎白时代已是大不相同了。这是经过启蒙时代理性观照的自我意识与存在意识,是它们的文学艺术形态的表现。

二、"二西"与中国:小说叙事的交流融合

作为一种产生并不晚的文类,中国小说有着独立起源,而且它的发展主线与中国文明各历史阶段互相对应,具有完整系统明晰的

[①]《卢卡契文学论文集》(一),中国社会科学院外国文学研究所、外国文学研究资料丛刊编辑委员会编,中国社会科学出版社,1980年,第184—185页。

轨迹。从六朝志怪小说、唐传奇、宋元评话直到明清小说，这是世界文学史上历史最久的，发展最充分的小说史。

但是正如笔者所反复申明，世界文学从古至今都是在多元文明与文学之间互相融合的过程中发展的，从来没有任何一个民族的文学能"遗世而独立"，在本文明的桃花源仙境中自生自灭。中国小说的历史发展，也多次与世界各民族文明互相交流。

印度佛经带来异域文学，这种文学的主体特性是非写实性的，寓意性的，神奇与玄思结合的文学，这是中国文学中是不多见的，如鲁迅《〈痴华曼〉题记》中说："尝闻天竺寓言之富，如大林深泉。他国艺文，往往蒙其影响。即翻为华言之佛经中，亦随在可见"。这里不仅指寓言文类，而且指印度文学中所特有的神奇教喻风格。希腊、希伯来等神话甚至庄子、屈骚固然想象奇谲，也有说教寓意，但佛经文学中的奇幻多彩与这些文学风格类型又不相同。它的夸张是一种出世的壮美与严密思维的结合，想象之雄奇与思维之独特令人叹为观止。我们仅指出以下诸端，如彼岸幽界与现实的轮回观念，佛经业因果报，人的变形与异化等，都表现出一种中国历史上所没有的独特风格。正如众多的研究著作已经指出，自汉代以后，中国文学中逐渐有了这方面的内容和特有艺术风格的作品，这不能不归功于译介学的作用。

这也就极大地丰富了中国文类和艺术形式。以文类而言，从先秦时代开始，由于中国古代文学理论中的"德言—文言论"与"诗言志"论的影响，中国文学体裁以抒情诗和散骈体文为主体，这就是所谓的"文"与"诗"，从先秦开始到汉代以后，基本是文类诗、赋、诸子论著、杂文谐隐、封章表奏等。叙事文类则主要是史传。最重要的文学作品选集以梁萧统《文选》与《诗经》为代表，它们也是中国古代主要文学文类的总汇集。引人注目的一个事实是，民族史诗与神话等没有被列为封建社会正宗的文类，只是在《山海经》一类书中保存下来。这些诗文及其流变同样受到佛经影响，叙事诗体中缺乏有影响的大作，《孔雀东南飞》是中国比较长的叙事诗，也只有三百五十多行，总体来看，叙事诗显得比较单薄，不能形成气候。胡适认为：

> 印度的文学往往注重形式上的布局与结构。《普曜经》，《佛所行赞》，《佛本行经》都是伟大的长篇故事，不用说了。其余经典也往往带着小说或戏曲的形式。《须赖经》一类，便是小说体的作品。《维摩诘经》，《思益梵天所问经》……都是半小说体，半戏剧体的作品。这种悬空结构的文学体裁，都是古中国没有的；他们的输入，与后代弹词，平话，小说，戏剧的发达都有直接或间接的关系。佛经的散文与偈体夹杂并用，这也与后来的文学体裁有关系。①

中国传统文学与印度佛经叙事文学相接触后，仅在叙事文类领域，就从雅与俗两个方向开始了一场革命，结束了从《诗经》开始到同光体诗长达三千多年的格律诗统治，千余年来被埋没无闻的叙事文类小说大放光彩。中国传奇与小说，从唐宋之后开始兴盛，明清之后与诗文具有了分庭抗礼的身份，晚清到民国以后，小说已经取代了诗词曲赋的地位。

雅文学是指文学史上的传奇与小说，唐传奇也被称为唐人小说，最初是《古镜记》、无《补江总白猿传》、《游仙窟》等，故事简单粗陋，小说中的白猿、古镜降妖等情节，明显已经与佛教故事有关系。这种题材以后在历代得以继续，最终出现了照妖镜与孙悟空

---

① 胡适：《佛经的翻译文学》，载罗新璋编：《翻译论集》，商务印书馆，1984年，第77页。

等形象。中唐以后的渐趋成熟，但是佛教宗教却更加明显，《枕中记》与《南柯太守传》等直接取材于佛经故事，南柯太守所交战的国家是檀罗国，可以说是来自于印度的国名。《南柯太守传》的作者李公佐的另一部小说《古岳渎经》尤其值得比较文学研究者关注，这部传奇的主人公是楚州刺史李汤，他在龟山看到一个怪物，这就是大禹治水时降伏的淮涡水神无支祁，被镇锁在山下，以保证淮水不泛滥。这是无支祁首次出现在中国小说中，后经季羡林等人考证，这个无支祁来自于佛经与印度神话，是《西游记》中孙悟空的原型。六朝志怪小说其实在艺术成就上未必能超过唐人小说，由于六朝时期中国佛教传播达到了一个高潮，所以佛教的教义宣传在小说中达到了空前未有的程度。《志怪》、《祥异记》、《宣验记》、《冥祥记》等等《灵鬼志》、《神怪录》、《神录》、《幽明录》、《鬼神列传》和《志怪记》等完全成为佛教思想的传声筒，与宋元时期的话本几乎相同。这一趋势直到明代之后才得以扭转，特别重要的是《三言二拍》、《西游记》、《红楼梦》等古典小说的出现，中国小说开始了一个崭新的历史时代。

俗文学以民间故事传说为主，但是这些传说其实往往也是来自于传奇与变文，唐以后的民间故事相当一部分与佛经有关，其中最具代表性的一些故事甚至是在中国、印度与欧洲之间跨越国界流传，是"全球化"的故事类型。唐人段成式的《酉阳杂俎·支诺》有一则故事：

> 南人相传，秦汉前有洞主吴氏，土人呼为吴洞。娶两妻，一妻卒，有女名叶限，少惠，善陶金，父爱之。末岁父卒，为后母所苦，常令樵险汲深。时尝得一鳞二寸余，赪鬐金目，逐潜养于盆水，日日长，易数器，大不能受，乃投于后池中。女所得余食，辄沈以食之。女至池，鱼必露首枕岸。他人至，不

复出。其母知之，每伺之，鱼未尝见也，因诈女曰："尔无劳乎，吾尔新其襦。"乃易其弊衣。后令汲于他泉，计里数百也。母徐其女衣，袖利刃，行向池呼鱼，鱼即出首，因斫杀之。鱼已长丈余，膳其肉，味倍常鱼，藏其骨于郁栖之下。逾日，女至向池，不复见鱼矣，乃哭于野。忽有人被发粗衣，自天而降，慰女曰："尔无哭。尔母杀尔鱼矣。骨在粪下，尔归，可取鱼骨藏于室。所须第祈之，当随尔也。"女用其言，金玑玉衣食随欲而具。及洞节，母往，令女守庭果。女伺母远行，亦往，衣翠纺上衣，蹑金履。母所女认之，谓母曰："此甚似姊也。"母亦疑之，女觉，遽反，遂遗一只履为洞人所得。母归，但见女抱庭树眠，亦不之虑。其洞邻海岛，岛中有国名陀汗，兵强，王数十岛，水界数千里。洞人遂货其履于陀汗国，国主得之，命其左右履之，足小者履减一寸。及令一国妇人履之，竟无一称者。其轻如毛，履石无声。陀汗王意其洞人以非道得之，遂禁锢而考掠之，竟不知所以来，及以是履弃之于道旁，即遍历人家捕之，若有女者，捕之以告。陀汗王怪之，乃搜其室，得叶限，令履之而信。叶限因衣翠纺衣，蹑履而进，然若天人也。始具事于王，载鱼骨与叶限俱还国。其母及女即为飞石击死，洞人哀之，埋于石坑，命曰懊女冢。洞人以为禖祀，求女必应。陀汗王至国，以叶限为上妇。一年，王贪求，祈于鱼骨宝玉无限。逾年不复应，王乃葬鱼骨于海岸，用珠百斛藏之，以金为际，至徵卒叛时，将发以赡军。一夕为海潮所沦。成式旧家人李士元所说。士元本邕洞中人，多记得南中怪事。

杨宪益先生认为这是格林童话中的灰姑娘故事，并指出了其中的叶限名字的来源：

这篇故事显然就是西方的扫灰娘（Cinderella）故事。……根据格灵姆（即格林）的传说，这位"扫灰娘"名为Ashchenbr de。Sschenl一字的意思是"灰"，就是英文的Ashes，盎格鲁撒克逊文的Aescen，梵文的Asan。最有趣的就是在中文本里，这位姑娘依然名为叶限，显然是Aschen或Asan的译音。

当然注意到这则灰姑娘故事的并不只是杨宪益先生一人，美籍华裔学者丁乃通的《中西叙事文学比较研究》一书中就有一篇名为《中国和印度支那的灰姑娘》论文，以30篇异文追溯了这一故事的起源与流传。作者也指出它的流传欧洲，但是认为其起源地在中国南方与越南相邻的地区，可能出自广西南部与越南北部的少数民族，再由中亚或西亚传入欧洲。我认为，最初的故事可能是出自梵文佛经，这由故事人物姓名可得到认证。但是传播的方向肯定不是由法文译为英文再传入中国的，而且是由佛经传入中国后，再传入欧洲的。故事中的一个关键词是"履"，中国记为金履，而按杨宪益先生看法，通行的英文本是由法文转译的，法文本里是毛制的鞋（Vair），英译人误认为是琉璃（Verre）的。我认为，这双"其轻如毛，履石如声"的鞋其实反映了毛纺品进入中国的历史。印度佛教经西域传入中国，同时也带来了波斯胡的毛纺品，波斯地毯早就闻名于世，这是一种毛纺织品。波斯畜牧业发达，在丝绸与棉花传入之前，毛织品是其主要御寒和日常生活用品，毛织品也是传入中国的重要物产，同时，中亚与地中海国家也盛产毛织品，这些毛织品通过丝绸之路进入中国，来自不同产地、不同品种的毛织品一同涌入，汉唐之世毛所用的毛纺品大大增加。毛织品中最贵重的就是所谓的"罽"（jì），指彩色的织品，这个词来源于波斯语的gilim，汉地原少产这类织品，所以借用波斯词，这类织品质料较细，可以作为衣料，进入中国后，成为豪门的新宠，史书记载"安息有五色罽"。

这种产品可能也是所谓"履"名称的来源。

总之,中国小说从传奇与变文等开始,从开端就采用说故事而就没有采用西方小说模式,西方小说早期发展中以"流浪汉"小说的形式为代表,从人物流浪过程中来展示社会生活的画面。中国小说除了明显与佛教有关的《西游记》外,其余如第一部文人小说《金瓶梅》、中国小说的扛鼎之作《红楼梦》都是"家庭生活"的小说模式,以家族生活为主要范围,主题是劝善宏义或批判社会现实。这种模式其实在西方近现代才真正居于主流地位,特别是在19世纪西方小说家狄更斯的《远大前程》、巴尔扎克的"人间喜剧"系列小说、列夫·托尔斯泰的《战争与和平》、《安娜·卡列尼娜》和《复活》问世后,西方小说才完成了现代主义之前的基本转型。这种新型小说以庭生活中心,叙述生活中各种人物的内心和情感世界可以说是从一个讲述流浪生活的"大世界"转向了一个个人内心的世界。外部世界的描绘是受到时空限制的,而内部的世界更为广阔。从世界小说发展史看,中西小说重要差异在这里也初步显露,中国由于佛经故事与中国社会现实相结合,形成了自己独特的小说类型,较早以表达家庭生活,人物情感经历为主体的叙事方式。除此之外,叙事文类中的俗讲和变文,就是佛经翻译的直接产物,这些新文类的产生,才真正使得中国叙事文类发展起来,成为世界文学中的一种引人注目的分支,它不同于西方的叙事方式,体现了一种将中国传统与外来影响结合起来的杰作。

但事实上佛经译介的文类影响方面的研究却不能令人满意,特别是对于叙事文类,始终未能受到足够的重视。近代以来,在文类论方面影响较大的学者如刘师培,在《中国中古文学史讲义》、《汉魏六朝专家文研究》等论著中基本上都是以论文为主,如杨修所言,以文为道,以诗为言,不及于故事小说文类,以为这些文类"出词气鄙倍",不能成为文学史的主流。同时,也由于作者的心态是以儒家诗学观念作为中国文学思想的中坚,而对佛学影响不能及时反映，这可以说是传统文学史家的一个通病。到了"五四"以后，新文学史家如鲁迅、胡适、郑振铎等人可以说已经部分克服了这一缺陷，但尚未能如人愿，关于译介学的文类研究仍然未能有系统的理论。这就使得我们不得不寄厚望于当代新起的比较文学中的文化译介学，希望它能把前人的研究向前推进。

带来审美经验与观念的丰富性，并且把它在文学意象和境界中表现出来。中华民族本是一个务实求真、崇尚理性的民族，它的美学追求是现实的，并且把这种美学精神外化为自然，形成人与自然的和谐，以人化自然和自然的人化为辩证联系。表现于文学中则为抒情诗为主体，把人的情志以自然物象来表达，以兴象为寄托。但是，这种美学精神自魏晋之后，则演变成一种参悟自然的妙道，展现不可言传的"风骨"的写神的艺术。当西方美术力求用透视法来描绘自然和宗教幻想中的天国、圣母，当达·芬奇、伦勃朗等人正努力于画得"栩栩如生"时，中国人则说："论画以形似，见与儿童邻"。当西方人展现人体的美时，中国的画寄情于山水。林语堂说："中国艺术的冲动，发源于山水；西洋艺术的冲动，发源于女人。西人知人体曲线之美，而不知自然曲线之美；中国人知自然曲线之美，而不知人体曲线之美。……中国美术、技术系主观的（如文人画，醉笔），目标却在神化，以人得天为止境；西洋美术，技术系客观的（如照相式之肖像），目标却系自我，以人制天为止境。"① 当然，他所观察的是现象，哲学家会有更深的思索，冯友兰曾经说：

　　正因为如此，难怪中国的艺术大师们大都以自然为主题。中国画的杰作大都画的是山水，翎毛，花卉，树木，竹子。一

---

① 远明编：《林语堂著译人生小品集》，浙江文艺出版社，1990年，第270—272页。

幅山水画里，在山脚下，或是在河岸边，总可以看到有个人坐在那里欣赏自然美，参悟超越天人的妙道。①

世界经济的全球化发展带给文学什么？

这是一个深刻的理论思考，马克思关于"世界文学"的名言是对这一问题的回答，因为人的意识"随着人们的生活条件、人们的社会关系、人们的社会存在的改变而改变"。因此资本和生产力，使得民族之间的交往普遍化，消灭各民族之间的自发的分工，"各民族的精神产品成了公共的财产。民族的片面性日益成为不可能，于是由于许多种民族的和地方的文学形成了一种世界的文学。"②与马克思相呼应，歌德的"世界文学"（Weltliteratur）从另一层次和视域来看待同一现实，使用了几乎相同的语言。如果我们把世界文学置于全球化的大背景下来看，这其实是对于近现代文学发展趋势的概括。尽管如此，我们仍要对这一观念进行必要的辨析。其一，从经济全球化与文学全球化之间的关系来看，主要表现在经济全球化并非立即导致文学全球化，文学全球化是意识形态的发展，与经济发展之间不是完全的对应关系。马克思说意识随着物质存在的条件而改变，韦勒克曾经说：

> 如果人们自由地解释"随着"一词，那就还不会宣布任何完全的经济决定性；人类精神生活随着经济制度的转变而变化。这里所言是一种平行论，一种类推法，而不是单方面的依赖。③

---

① 冯友兰：《中国哲学简史》，引自《冯友兰选集》，上卷，北京大学出版社，2000年，第242页。
② 马克思、恩格斯：《共产党宣言》，人民出版社，1970年，第27—28页。
③ R. Wellek, *A History of Modern Criticism* 1750 – 1950, 3 Volume, Yale University Press, 1968, p.235.

我们认为它们之间不但不是依赖性关系,也不是平行或类推关系。它们之间体现的是一种历史辩证关系,是物质生产与精神产品的有机联系。这种关系是互为反动的作用性,也就是所谓的"互动认知论"(Reciprocal Cognition)。其实质仍是辩证性关系,也就是经济文化之间,东方与西方之间的普遍发展规律。这里具体而论就是文学全球化与经济全球化之间的互相促进与互相限制关系。其二,文学全球化并不意味消灭民族文学特性,恰恰相反,民族文学特性将在全球化过程中成为文学发展的动力。全球化不是一体化更不是单一模式,民族文学特性不会消失,而会成为全球交流的内容。东方的抒情诗等与西方小说等的交流已经产生出既能吸收异族文化特色,又能保持自己民族特征的作品。如美国诗人庞德等对于中国诗的吸收与再创造,中国现代文学的一代名家鲁迅、茅盾、巴金、郭沫若等人都曾不同程度的接受果戈理、左拉、屠格涅夫、惠特曼等人的影响,同时他们又创造出不同于外来影响的、具有民族特色与个人风格的巨著。历史已经证明民族文学在全球化背景下不仅不会消失而且会有新创造。其三,文学全球化并不是文学发展的终结,并非只有一种统一的不变的文学。文学思想与艺术的对立与冲突仍然存在,而且只有这种对立才是世界文学发展的真正动力。只有对立才有和谐,一阴一阳谓之道,阴阳对立与其互生,形成事物不断更新,所谓天行健,君子自强不息,即是如此。人类文学与文化创造的终极追求不是外部世界的物质丰富,而是人与世界的和谐。令人惊叹的是,这种境界在中国先秦和古希腊美学中都已被认为是追求的目标。有的学者如卡西列也已看到人类文化的这种"不断自我解放过程"的特性,即在建设一个"理想"世界中:

> 哲学不可能放弃它对这个理想世界的基本统一性的探索,但并不把这种统一性与单一性混淆起来,并不忽视在人的这些

不同力量之间存在的张力与摩擦、强烈的对立和深刻的冲突。这些力量不可能被归结为一个公分母。它们趋向于不同的方向，遵循着不同的原则。但是这种多样性和相异性并不意味着不一致或不和谐。……不和谐者就是与它自身的相和谐；对立面并不是彼此排斥，而是互相依存："对立造成和谐，正如弓与六弦琴"。①

文学全球化发展必然证实以上观念，因为它们是对于历史与现实思考的结果。

从艺术类型的视域来看，对于自我和世界存在意义的掌握，对于理想世界的目标尽管是合理的，但是，正如上文所说，这种合理中已经存在着辩证的反动，即《易经》所说的"终日乾乾，反复道也"。它预示着一种否定—肯定辩证关系的高级循环，而且它不仅表现于小说之中，同时也在诗歌、戏剧等艺术形式中，表现于东西方互相激发与共鸣中，互相借鉴与学习的新的世界文学发展局面。这就是现代主义文学类型的产生。

三、中国小说章回体与西方小说叙事单元：
再论修热特与法布拉

修热特（сюжет）与法布拉（фабула）这两个词首先是从俄国形式主义理论中发展而来的，但是它们与中国古代章回体小说之间完全可以对话，而且早在俄国形式主义之前，中国小说家们已经发现了两者之间的差异，并且因此而创造了中国章回体小说的表现形式。

---

① ［德］恩斯特·卡西尔：《人论》，甘阳译，上海译文出版社，1985年，第288页。

西方叙事文类研究源远流长，要理解叙事情节与结构之间的关系，首先要回到亚里士多德《诗学》，其实在这本著作中并没有明确区分叙事中的情节与结构，但是亚里士多德用了一对颇含深义的范畴：行动（praxis）与情节（muthos）。我们可以将这两个范畴看成是后世俄国形式主义的"修热特"与"法布拉"这对范畴的前身。

《诗学》第6章定义悲剧时指出："悲剧是对一个严肃、完整、有一定长度的行动的摹仿，……"，第23章定义史诗时说："显然，和悲剧诗人一样，史诗诗人也应编制戏剧化的情节，即着意于一个完整划一、有起始、中段和结尾的行动。"显然作者是将行动作为叙事文类的基本要素的。在第7章中指出情节应该是一个整体。第8章中认为：情节既是对行动的摹仿，就必须摹仿一个单一而完整的行动。考察亚里士多德的两个范畴，可以基本确定，行动是指文学作品中的叙事性结构单元，所以强调它是完整并且有一定长度的；情节具有虚构性，它摹仿行动，但它也要完整。与行动相比，情节与叙事的故事性联系更为紧密。无可讳言，在有的章节中，亚里士多德对行动与情节的区分并不明显，所以未能引起历代理论家们的重视。但是我们仍然可以看出，亚里士多德的行动与情节的区分对于欧洲文学理论有潜在的影响，最终在俄国形式主义文学理论中得到了彰显，形成了一对相对的概念。我们在上文中已经根据什克洛夫斯基、艾亨鲍姆、特尼亚诺夫关于这两个词的用法，指出"法布拉"应当是指故事情节单位，也就是指作品中实际发生的人物故事，相当于亚里士多德的"情节"范畴。而"修热特"则是指叙事结构，即是故事的功能单位，相当于亚里士多德的"行动"。对于形式主义者而言，两者的区分明显，远超过了亚里士多德，前者是具体的叙事环节，如《堂·吉诃德》中，骑士向风车冲击，这是一个具体的情节，是法布拉。相当于中国章回小说中的一回，而骑士冒险的行动则是修热特，是多个情节所起的功能。前者是描述性的，后者是抽象的范畴。区分这两者，是一个重要发展，也是20世纪叙事理论在概念方面的一个贡献。

中国古典小说是章回体为代表，如同戏剧以折子戏为代表一样，这也是一种历史的因素所促成的，从宋元话本开始，特别是一些讲史的话本如《五代史平话》，篇幅较长，不可能一次讲完，因此说话人必须分为小节，会在一定的合适关节断开，下一次再从这里开始。这样，也就对每小节有一个简要介绍，往往一两句话。到了元明时期，章回体小说已经成为中国小说主要的艺术形式，《水浒传》、《平妖传》等话本都是连续讲述，每一次一个小节，用单句标明主要内容。明代中期，《红楼梦》等小说出现后，小节已经取消，文类以章回为划分，每一章回加两句对偶的标题，完成这项工作的是小说批评家毛宗岗，他为《三国志通俗演义》加上了完整的对偶章回题目，从此，中国古典小说章回体成为固定格式，并且受到作者与读者的共同认可。

章回体小说的作用是什么？

是不是因为有了章回标题，便于理解和记忆？这种功能当然是毫无疑义的，一部小说全部叙事情节冗繁，章回标题可以一目了然。对于全书来说，浏览总目即可知道全书的主要内容，如120回本《水浒》，从第一回"张天师祈禳瘟疫 洪太尉误走妖魔"到第120回"宋公明神聚蓼儿洼 徽宗帝梦游梁山泊"，基本上可以看出小说的发展线索与结局。其中每一章的主要内容也可以通过标题看得清清楚楚，纲目清晰，基本上以本章英雄的主要行动为内容，如第十六回"杨志押送金银担 吴用智取生辰纲"，将故事的主要事件表达出来。这种内涵是中国文化所特有的，中国古典诗歌就是以简驭繁的典型，长诗较少，以凝练的字句表达丰富的内容。这种特点不但在长篇中存在,中国短篇小说也是章回体,章回的特点就更为明显了,"三言"中的《卖油郎独占花魁》仅通过诗词一般的标题就将全部故事梗概写出,因为它所表达的是一个完全的行动,它能吸引读者进一步阅读。如果读法国作家莫泊桑的名著《羊脂球》,故事随着旅程徐徐展开,非到结尾处则不能明确作者的意图与小说的大略。西方的小说一般来说重视人物心理刻画与议论抒情,中国小说则故事性强,如果没有能通过章回标题来标明的故事,普通读者无兴趣终其篇。这可以说是中西小说叙事比较的重要差异。但是,章回标题更为主要的功能并不只是提纲挈要,从形式特征与内容的结合而言,它是一种综合性功能单位,是一个独立的叙事结构,也就是所谓的修热特。在短篇小说中,它起一种统摄全篇中心意义的作用,如同折子戏的标题一样。一部长篇小说中有多个中心事件,小说家将多个事件联系起来,成为一个完全的故事。但是中国与西方的叙事方法是完全不同的,西方小说叙事是以人物为中心,人物的行动是法布拉式的情节,人物性格分析带动情节进展。具有悠久小说历史的西班牙小说《堂吉诃德》中,两个主要人物的冒险历程围绕着人物性格描绘展开,小说以三次历险为主要线索,穿插了攻击羊群和风车、被贵族愚弄、桑丘断案、最后的遗嘱等情节。这些情节虽然波澜起伏,但是并不构成小说结构的有机组成。而中国小说则完全不同,每一部古典小说都有几个大的事件或是中心人物,这些大事件通过每一章来组成一个有机体。《水浒》中的林冲故事是通过六回来结撰的,分别为第七回"花和尚倒拔垂杨柳 豹子头误入白虎堂";第八回"林教头刺配沧州道 鲁智深大闹野猪林";第九回"柴进门招天下客 林冲棒打洪教头";第十回"林教头风雪山神庙 陆虞侯火烧草料场";第十一回"朱贵水亭施号箭 林冲雪夜上梁山";第十二回"梁山泊林冲落草 汴京城杨志卖刀"。这六回构成了一个完整的林冲故事，完全可以单独成书，事实上林冲、武松等重要人物都有独立的评书或话本。其中每一回都是一个独立的结构，可以独立讲述，各回之间互相勾连，既可以独立，又可以结合，这就是所谓"修热特"的特点。其中最为精彩的是第十四回到第二十回的"智取生辰纲"故事；第二十三回到第三十二回的行者武松的故事，叙事结构环环相扣，读书如同置身柳敬亭的书场，每当一回结束时，其实已经预先引入了下一回的人物与故事，却又在关键时刻断开，引得听众忍不住要听下去，这就是中国章回小说独特的艺术魅力。

我们以上只是以《水浒》为例来说明，中国古典小说最正统可能也是唯一的艺术形式就是章回体，其他小说中的精彩之处也得益于这种叙事艺术手法，限于篇幅，只需指出《三国演义》中"赤壁之战"的描绘集中于第四十三回到第五十回，从第四十三回"诸葛亮舌战群儒　鲁子敬力排众议"到第五十回"诸葛亮智算华容　关云长义释曹操"，勾勒出一个重大历史事件，其中每一回又都有独立的动人故事，如草船借箭、群英会、连环计等等，都有"修热特"的功能。《红楼梦》中的贾雨村故事、"木石前缘"、王熙凤弄权荣宁府等等，也是如此，相对来说，《水浒》保留话本特色最浓重，《红楼梦》是作者精心写作，这二者在艺术上的成就最大，察其手法，章回体程式运用成功是重要因素。

相对来说，中国研究叙事文类的理论远不如研究诗的诗学发达，但也有李渔与金圣叹等人的探索，可以弥补不足。中国叙事文类理论的一个贡献就是提出关于戏剧的结构理论，这个结构就是凌蒙初《谭曲杂札》中所说的"搭架子"，结构理论最中心的范畴是论"折子"，王骥德《曲律》中所说"毋令一人无着落，毋令一折不照应"。中国戏曲中的一个"折子"相当于中国小说的一回，中国有折子戏，就是章回小说。这是不同于西方的，西方戏剧集中演出，小说集中论述，所以不必要折子与章回。关于这一点，杨绛论文《李渔论戏剧结构》一文已经作了很好的论述。但是更重要的是研究中国戏剧的折子与中国小说的章回体这些民族形式与西方史诗悲剧的本质差异与同一，要进行这种理论研究，则必须从叙事理论角度入手，俄国形式主义理论的两个范畴为揭开东西方叙事文类的奥秘提供了一个理论视域，是一种重要的发现，应当肯定。

最后应当指出的是，为什么西方悲剧与小说的结构与情节之间的关系并没有形式化，悲剧以幕与场景，小说以自然段落划分，悲剧与史诗都没有形成类似于中国的章回或是折子这种与故事情节密切关联的模式？

答案在于，中西戏剧小说形成的历史语境不同，西方戏剧起于祭祀，史诗起于记史，都要求有整体而集中的结构与情节，这两个范畴之间的相对统一的。而中国戏剧与小说与佛经故事、传奇志怪与佛经传讲有关，要求分折子与章回来讲述，以适应评书的节奏，所在形成了不同的形式。事物的差异往往与其起源和历史有关，从这里看得相当清楚了。

四、世界文学格局中的现代小说类型

从 19 世纪末到 20 世纪初期，世界文学进入现代时期。经历半个多世纪的发展，20 世纪 60 年代之后，现代主义文学又有新的变化与发展，形成后现代主义文学。现代主义文学的兴起是一种复杂的历史现象，世界上经济发达国家与落后国家之间的关系演变，从早期的殖民主义到后期殖民主义的多种历史形态；资本主义国家与不发达国家各自国内的社会经济结构的变化，经济一体化的进程,特别是表现于现代社会关系中的世界资本化过程;世界意识形态的多样化等,种种因素都对于现代主义文学有直接作用。再从人类精神生产的整体性来看,曾经在上个世纪中占主导地位的个体与社会之间的对立形态也有变化,个体意识中自我意识与群体意识之间的协调性进一步加强,个性与社会的冲突被以异化形态表现出来。这就使原有的社会批判性的浪漫主义和现实主义文学等主要形态也产生了逆转,人们认识到,社会的不公与强权、暴力是一种社会异化的历史形态的表现,不是个别的现象。对于这种"异化"的解构是现代后现代文学的直接目标。批判的力量不是来自外部,而只能来自人类自身。康德《纯粹理性批判·序言》中曾经对自己所处的时代发表过这样一种见解:"我们这个时代可以称为批判的时代。没有什么东西能逃避这批判的。宗教企图躲在神圣的后边,法律企图躲在尊严的后边,而结果正引起人们对它们的怀疑,并失去人们对它们真诚尊敬的地位。因为只有经得起理性的自由、公开检查的东西才博得理性的尊敬。"①这可以说是对于19世纪的浪漫主义与批判现实主义文学精神的总结,但时过境迁,进入20世纪以来,时代精神发生变化,从批判向消解转变。理性精神不但不再能充当批判者,而且它本身也受到批判。这就是所谓对于理性中心的批判,在这场批判的背景中,才有现代与后现代主义文学的勃兴。

从表面上看,全球化是发达欧洲文学对于世界文学的影响表现得愈来愈强。原本只是欧洲的各种文学思潮也随之传播到世界各地,与本民族的文学互相借鉴与融合,形成了世界范围的文学交流新高潮。浪漫主义、批判现实主义文学与现代后现代文学都有东方

---

① 康德:《纯粹理性批判》,引自[加拿大]约翰·华特生编选:《康德哲学原著选读》,商务印书馆,1963年,第7页。

化的过程，对于中国、俄国、日本、印度以及南美等国的文学有巨大影响。但实际上，这种影响一不是单方面的，二不是消极被动地接受。现代主义的意象派诗就有东方的源流是一个有力的证明。同样，在拉美国家出现的魔幻现实主义、日本的新感觉派小说、中国五四以后新文学发展，都具有独特的民族特色，丰富了世界文学类型，这些都说明新时期的文学仍然是世界文化交流融汇的产物，并不是一种欧洲文学的单向传播过程。

具有象征性意义的是，新旧世纪之交的 1900 年，弗洛伊德《释梦》一书出版，当时虽然并不畅销，但精神分析学对于 20 世纪的文学却发生了较大影响。这种象征意义更在于，在启蒙文学之后，从来没有一个时期，文学受到现代哲学文化思潮如此强烈的影响。马克思主义、柏格森直觉认识论，尼采哲学、达尔文主义、叔本华哲学等，其中每一种思想体系之后都可以开出一大串作家的名单，这些作家不同程度的与这些思想观念有关。这种影响表现于文学作品中的意识与无意识、理性与非理性、道德与败德等之间的分化和对立，也集中体现于一种新审美观念和美感，它必然引导文学类型的自我更新。这便是被称为"现代主义"的文艺思潮及与其相关的后现代主义。当然，这并非断言现代主义与后现代主义是 20 世纪文学艺术的主流，事实上，它们作为思潮的出现与兴盛只是相当有限的时段，整个 20 世纪中占主流的仍然是传统文学。但是，作为一种新的文学类型，现代主义与后现代主义的出现是一种历史现象，有社会历史与文学艺术的内在发展要求，也有其必然性，忽视它的存在是不对的。

现代主义与后现代主义文学是一个宽泛的概念，它包括了众多的文学流派和文学创作方法，如象征主义、表现主义、唯美主义、精神分析派、印象主义、意象主义、形式主义、存在主义、未来主义、达达主义、超现实主义、意识流小说、荒诞派戏剧、新小说派、黑色幽默、结构主义等。其中主要是现代主义众流派，它们之间有一种时代和精神的一致性，但又存在着相当大的差异。这种差异表现于思想观念中，如存在主义文学和结构主义文学都与哲学思想密切相关，因为它们所反映的思想观念不同，它们的文学反映方式如主题、形象和意象、文字与语言等方面也都大相异趣，甚至有一定冲突。因此对于这样一种大的文学历史现象的分析，我们从它的主要文学类型来把握它，展示它的基本特征是最为适宜的。

《锦瑟》的"意识流"批评阐释

李商隐《锦瑟》(亦称《无题》)诗历来被视为诗中之谜,千余年来注家蜂起,众喙不一,评骘几至互为牴牾,为历代诗家所难。要索解其意,我们不妨先看看原诗:

> 锦瑟无端五十弦,一弦一柱思华年。
> 庄生晓梦迷蝴蝶,望帝春心托杜鹃。
> 沧海月明珠有泪,蓝田日暖玉生烟。
> 此情可待成追忆,只是当时已惘然。

我们从常见评注中加以选择和分类,大致可以划分为以下类型:

一是"真瑟乐声说"。宋代诗人黄庭坚、苏轼等人认为这是一首咏物托志诗,物就是瑟,志即诗人对于音乐的见解,从乐器进而论乐音,是诗的主旨。《缃素杂记》中说:"黄朝英曰:山谷道人读此诗,殊不晓其意,后以问东坡,东坡云:'此出《古今乐志》,云:锦瑟之为器也,其弦五十,其柱如之。其声也,适、怨、清、和。'按李诗'庄生晓梦迷蝴蝶',适也;'望帝春心托杜鹃',怨也;'沧海月明珠有泪',清也;'蓝田日暖玉生烟',和也。一篇之

---

① 本文发表于《中国社会科学报》,2010年9月30日,第19版。

中，曲尽其意，史称奇迈占，信然。"

二是"古瑟自沉说"。汪师韩《诗学纂闻》曰："《锦瑟》乃是以古瑟自沉。世所用者，二十五弦之瑟，而此乃五十弦之古制，不为时尚。成此才学，有此文章，即己亦不解其故，故曰无端，犹言无谓也。自顾头颅老大，一弦一柱，盖已半百之年矣，晓梦喻少年时事，义山早负才名，登第入仕，都如一梦。春心者，壮心也。志消歇，如望帝之化杜鹃，已成隔世，珠玉皆宝货，珠在沧海，则有遗珠之叹，惟见月照而泪。生烟者，玉之精气，玉虽不为人采，而日中之精气，自在蓝田。追忆谓后世之人追忆也。可待者，犹云必传于后无疑也。当时，指现在言；惘然，无所适从也，言后世之传，虽可自信，而即今沦落为可叹耳。"

三是"青衣名说"。《中山诗话》中说："刘分曰：李商隐有《锦瑟》诗，人莫晓其意，或谓是令狐楚家青衣名也。"这种专为一人赋诗的说法，赞同者不多，早就遭到胡震亨的反驳："以锦瑟为真瑟者痴，以为令狐楚者，以为商隐庄事楚、淘，必淘青衣亦痴。商隐情诗，借诗中两句为题者尽多，不独《锦瑟》。"（《唐音癸签》）

四是"悼亡说"。朱彝尊曰："此悼亡诗也。意亡者善弹此，故睹物思人，因而论物起兴也。瑟本二十五弦，一断而为五十弦矣，故曰无端也，取断弦之意。一弦一柱而接思华年三字，意其人二十五年而殁也。蝴蝶、杜鹃，言已化去也；珠有泪，哭之也；玉生烟，葬之也，犹言埋香瘗玉也。此情岂待今日追忆乎？只是当时生存之日，已常忧其至此而预为之惘然，意共人必婉约多病，故云然也。"（《李商隐诗歌集解》）

五是"琴瑟夫妇说"。程梦星曰："夫妇琴瑟之喻，经史历有陈言，以此发端，无非假借。诗之词旨，盖以锦瑟之弦柱实繁多且多，夫妇伉俪历有年所，怀人睹物，触绪兴思。"（《李商隐诗歌集解》）

六是"自悔说"。《龙性堂诗话》叶矫然曰:"细味此诗,起句说无端,结句说惘然,分明是义山自悔其少年场中,风流摇荡,到今始知其有情皆幻,有色皆空也。"……晓梦、春心、月明、日暖,俱是形容其风流摇荡处,着解不得。

七是"自伤说"。《李义山诗辑评》曰:"此篇乃自伤之词,骚人所谓美人迟暮也。'庄生'句言付之梦寐;'望帝'句言待之来世;'沧海'、'蓝田'言埋而不得自见;'月明'、'日暖'则清时而独为不遇之人,尤可悲也。"同持此见的尚有《唐诗鼓吹评注》中发表的如下见解:"详玩无端二字,锦瑟弦柱当属借语,其大旨则取五十之义。无端者,言岁月忽已晚也,玩下句自见。顾其意言所指,或忆少年之艳冶,而伤美人之迟暮;或感身世之阅历,而悼壮夫之晚,则未可以一辞定也。"何焯等人也有相同的看法,论述大致相同,不一一罗列。

八是"世事身事说"。杜庭珠《唐诗叩弹集》中说:"梦蝶,谓当时牛、李之纷纭;望帝,谓宪、敬二家被弑,五十年世事也。珠有泪,谓悼亡之感;蓝田玉,即龙种风雏意,五十年身事也"。近人汪辟疆也曾说过:此义山自道平生之诗也。意指义山个人身世。岑仲勉则说:余颇疑此诗是伤唐室之残破,与恋爱有关,是从世事角度来揣摩诗意。

九是"感叹无端说"。薛雪在《一瓢诗话》中说:"全在起句无端二字,通体妙处,俱从此出。……锦瑟一弦一柱,已足令人怅望不说;全似埋怨锦瑟无端有此弦柱,遂致无端有此怅望。即达若庄生,迹迷晓梦;魂为杜宇,犹托春心。沧海珠光,无非是泪;蓝田玉气,恍若生烟。触此情怀。垂垂追溯,当时种种,尽付惘然。对锦瑟而兴悲,叹无端而感切。如此体会,则诗神诗旨,跃然纸上。"

十是"客中思家说"。这是叶葱奇先生提出的,认为"就通篇来看,分明是一篇客中思家之作"。(《李商隐诗集疏注》)但据吴调公研究，此诗当是李商隐在郑州家中时所作，那么叶氏说法就遇到了考据学上的质疑，有待进一步澄清。

此外尚有多种解释，如当代学者钱锺书在《谈艺录》中的"锦瑟喻诗说"，吴调公则认为这是诗人晚年在郑州家中所作，是对生平的回顾，哀叹自己的政治抱负没有实现等等。

笔者曾有感于见解纷纭，而无意弥纶群言，曾提出过一种新解释："梦幻无意识心理描写"，或是一种意识流描写。主要论证为：

诗中最后一句云："此情可待成追忆，只是当时已惘然。"这正是梦中心理的具体描述，诗人处于梦幻心理中，梦中事物当时很模糊，只能在事后追忆中变得清晰起来。从这一观念出发，所有其他疑难可以得到解释。

诗人说"无端"是指诗人在梦中突然发现当时常见的锦瑟由25弦变为50弦，诗人感到奇怪，所以有"无端"的说法。那么这个数字50从何而来呢？当然用精神分析批评梦幻中的"数字法"很容易解释为，诗人无意识中已经联想到自己年已50了，这与诗首句意义是明显相符的。在诗中，数字发生了位移，这是弗洛伊德式精神分析批评的原理之一，即相关的数字或是概念可以从无意识中进入到相关的意识之中，这样就是从年龄的50位移到了锦瑟的50根琴弦。前人已经有关于诗人年龄与弦数的猜测，这种猜测如果置于无意识的角度就更为合理了。

但是弗洛伊德把问题简单化了，实际上是因为锦瑟是"弦丝"，引起了诗人的"玄思"，从而"一弦一柱思华年"，就是这种"思"。这是全诗的主题，也是全诗意识（包括无意识的中心），当然更为重要的是，这也是一个中心词"思"。这是另外一种联系，即隐喻的语言符号联系而不仅仅是无意识的心理关联，这恰是后精神分析学家拉康的创造。他的名言是：无意识其实是一个结构，这个结构并不无序混乱的，恰恰相反，它是"像语言那样构成的"，因此对于无意识的解释其实是对语言结构的解读。拉康并不是个文学批评家，但他也曾小试牛刀，在雨果诗的阐释中表演自己的批评方法。他从雨果诗中的"arbre"（法文的"树"）一词联系到萨土恩之树、狄爱娜之树、血液循环之树等。其实是一种类似于意识流文学现象式的解释。

再进一步以这种无意识批评来深化解释，前人的疑问大多可以冰释。

诗人无意识中的庄生晓梦、望帝杜鹃、月明珠泪、日暖玉烟因为缺乏有机联系而为人所不解，这正是梦中无意识的特征。庄生望帝两典共同之处是它们的内在因素是同一的，因而形成一种"凝缩"。那么为什么会有月明珠泪与玉暖呢？而珠泪与玉烟都是物质状态的变化，也是一种变形方式，象征着生离死别。这种物化状态的描绘正是意识流的特征。在世界文学史上，《锦瑟》这种意识流式描写，其实并不是绝无仅有，我们可以举出两部西方文学的名著与之相比较，一是英国弗吉尼亚·伍尔芙《墙上的斑点》，从墙上的一个斑点联想到众多事物，人生百态，与本诗从锦瑟之"丝"（生死）而及于古往今来的往事，其关注的中心是这个词，当然，由于中国诗是用意象表达的，所以这种意象也就是一种语词结构。但正如美国诗人庞德所指出：这种意象的特点在于它是"表现"而不是"再现"，这种表现是事物自身的呈现。如晓梦、杜鹃、珠泪、玉烟之类，由这种具体的意象而产生隐喻、联想，乃至浮想联翩，不能自己。

另一个是法国普鲁斯特的长篇《追忆逝水年华》，从贡德莱镇一次早饭时的一块小点心引发出40年生活的回忆。总之，无论是墙上的斑点，还是早饭时的小点心，都是一种意象，这种物象感动人，产生感触。这就是《锦瑟》的秘密所在，与此同理，西方的意识流小说也就是一种"无韵之《锦瑟》，西方之义山"。

以上仅是笔者臆会，无意于自立新说，目的在于从现代文艺心理学角度来研究《锦瑟》，却又不以弗洛伊德的理论为规范，寻找更为合理的阐释方式。意识流文学是一种创新，但是意识流的存在却是自古已有，因此，并非只有西方现代小说家可以有意识流的创造，中国古代诗人亦可以有意识流的作品。当然这种批评方法本身并不属于意识流，我们只是借用其名而已。

　　元好问早就感叹："诗家总爱西昆好，独恨无人作郑笺。"其实是历代笺注不断，无一家能独领风骚。如果从后阐释学的角度看，郑笺这样的权威是不可能出现的。如果真是如此，岂非更有利于解释的可持续性吗？

中国古代文论中的"德言"说[①]

20世纪30年代,周作人在《中国新文学的源流》中提出,中国文学史上有两派,一派主张"诗以言志",另一派主张"文以载道"。[②]这种说法引起钱锺书等学者的异议,提出不同看法。虽然主要是对古代文学理论中心观念及其在文学史上的功效进行评价,但是双方却都没有提到,中国古代还有另外一种最早的理论观念,它与"诗言志"一样,源出于六经,是中国文学理论的源流和最重要的观念之一,并且它可能正是后世"文以载道"的前身。所以要评价中国古代文学理论观念,它才是真正可以与"诗言志"相并列的"主张",这就是《诗经》等典中多次提到的"德言"论。可惜的是,这种理论虽然在《文心雕龙》等论著中多次提到,但是它作为中国文学理论起源的观念的意义与价值以及对后世文学理论的影响却一直无人关注,以致尘封千古。这也造成了唐代以后的"文以载道"论未见渊源,出现突兀的现象。

毕竟这一现象也很难逃历史发现的规律,特别是考古学发现如甲骨文与战国简帛的出土,经文字学家的研究,"德言"论已经进入学术界的视野之中,笔者认为,这种理论观念应当在中国古代文学理论中得到应有的承认与评价。

[①] 本文发表于《广东社会科学》,2010年第1期。
[②] 参见周作人:《中国新文学的源流》。邓恭三记录,北京人文书店,1932年。

一、中国文学理论的肇源:"德言"

"德言"论是中国古代文学理论起源时期的观念之一,一般认为,六经之中以《诗经》形成的历史时代最早,而"德言"论就集中出现于《诗经》之中,所以它应当被看成是中国最早的文学理论观念。现行《诗经》刊本出现的是"德音",其具体分布如下:

乃如之人兮,德音无良(《邶风·日月》)
德音莫违,及尔同死(《邶风·谷风》)
彼姜孟姜,德音不忘!(《郑风·有女同车》)
厌厌良人,秩秩德音(《秦风·秩秩德音》)
公孙硕肤,德音不瑕(《豳风·狼跋》)
我有嘉宾,德音孔昭(《小雅·鹿鸣》)
乐只君子,德音不已;乐只君子,德音是茂(《小雅·南山有台》)
匪饥匪渴,德音来括(《小雅·车舝》)
既见君子,德音孔胶(《小雅·隰桑》)
维此王季,帝度其心,貊其德音(《大雅·皇矣》)
威仪抑抑,德音秩秩(《大雅·假乐》)①

首先要说明的是:其一,《诗经》中的"德音"共十二处,根据于省吾先生考证,其中多数其实应读为"德言":

---

① 此处所引《诗经》系根据阮元校刻的《十三经注疏》(中华书局影印本,1979年)中的《毛诗正义》,郑元笺,唐孔颖达疏。

总之,《诗经》中的"德音"凡十二见,其中九处本应作"德言",三处仍旧应作"德音",义各有当,不容相混。言与音初本同文,后来才分化为两个字,但在金文和金文偏旁中往往互用无别。在典籍中也时常通用。自来说诗者,不识言、音二字同源异流,竟把本应作"德言"者也一概译为"德音",于是"德言"与"德音"遂混淆无别了。①

于先生将二词分释,肯定了严粲《诗缉》中区分"德音"一词两种不同意义的做法,一为言语,应为德言;另一种"德音"则指声名,两者是不同的。于先生之论发明千古,是中国文学理论考证中的不刊之论,可惜知道的人不多。其中所说到的三处应读为"德音"的是:"乃如之人兮,德音无良"(《邶风·日月》);"乐只君子,德音不已;乐只君子,德音是茂"(《小雅·南山有台》)。

其实除了于省吾先生之外,郭沫若也曾指出,德音",典籍中的"音"与"言"互为通假,而且在金文中二字也是通用的。郭沫若《释龢言》一文中曾经对此进行过详细的考证:

……《尔雅》云:"大箫谓之言。"案此当为言之本义,《尔雅》以外于《墨子》书中谨一见。《墨子·非乐》上篇引古逸书云:"舞佯佯,黄言孔章。""黄"乃簧之省,"黄言"犹言犹言笙箫也。《墨子》所非者为乐,故举此以为证。伪《孔书》窃此以入《伊训》,而改为"圣谟洋洋,嘉言孔彰",盖不解言字古义,误以为言语之言。考言音古本同类字。……字于古金中每相通用,……罗振玉谓"从言从音殆通用不别"是也。②

---

① 于省吾:《泽螺居诗经新证 泽螺居楚辞新证》,中华书局,2003 年,第 134 页。
② 郭沫若:《释龢言》,《郭沫若全集·考古编1》,科学出版社,1982 年,第 98—99 页。

郭沫若所用的证据与于省吾有相同的，也有不同。古金文中的音与言是通用的，《王孙钟》、《沇儿钟》、《兔簠》等器的铭文如此，段注《说文解字》与甲骨文中都有通用的字例，所以郭沫若与罗振玉二人的见解应当是成立的。

虽然我们已经看到，从语义与文字学角度来看，《诗经》中的"德言"与"德音"本义是有区别的。但是如果从广义的言语与声名来说，二者还是有联系的。根据文字学家们的意见，我们以"德言"取代原刊本中的"德音"，来作为文学理论的主要观念，应当是合理的。这一点在注疏中也可以得到证实：例如"德音莫违，及尔同死（《邶风·谷风》）"句，笺注曰："夫妇之言，无相违者"①。可以看出，这里就是音与言通用的。当然，如果从文学理论视域来看，《诗序》中所谓"情动于中，而形于言"与"情发于声，声成文，谓之音。"德音就是德言，二者之间没有本质的不同。

无论是以音为言之本义的说法，还是根据《诗经》中的具体用法，都可以看出，德言主要有以下意义：

第一，神圣而庄严的话语，这也是诗的定义。对于汉儒或是以后的阐释者来说，特别是指先王之道与教令，如"我有嘉宾，德音孔昭（《小雅·鹿鸣》）"句，笺云："先王道德之教也。②"这可以说是"文以载道"的另一种说法，当然也是其源流。同时，我们也要注意到，这种话语的来源与祭礼的颂辞之类有关，如"威仪抑抑，秩秩德音"等，可以看出，这是祭礼用的音乐与颂诗，以后诗句得以流传，而音乐则丧失了，从德音成为德言。并且用来表示诗，特别是雅颂中的诗句。《左传昭公十二年传》：昔穆王欲肆其心，周行天下。将皆必有车辙马迹焉。祭公谋父作祈招之诗。以止

---

① 《毛诗正义》卷二，《十三经注疏》，上册，中华书局，1979年，第304页。
② 《毛诗正义》卷二，《十三经注疏》，上册，中华书局，1979年，第406页。

王心。……"祈招之音,式昭德音"。很明显,这里的德音就是祈招之诗。

第二,进一步的流传中,德言演化成为美好的言辞或是声名,即所谓"乐只君子,德音不已",甚至男女相悦之辞如"彼姜孟姜,德音不忘"等,这些话语也用来表达民间的讴歌与吟诵,代表了民间话语中诗歌本质的认证。民间话语的认证借用了正统思想的德言说,这是我们所熟知的意识形态的规律,自然不必赘述了。

正式将德言作为诗歌定义的是《礼记·乐记》:"昔者舜作五弦之琴,以歌南风。夔始制乐,以赏诸侯。故天子为乐也以赏诸侯之有德者也。……德者,性之端也。乐者德之华也。"① 舜歌南风,历来被认为是古诗之源。古人诗乐相配,乐是德音,诗为德言,所以德言是最早用来表达诗的功能与价值的范畴之一,德言强调诗的特性与本质是言说,特指先王的道德说教,"性之端"是指有德的诸侯,不是普通人。

近年来发现的上海博物馆藏战国楚竹书《孔子诗论》等文献的研究,意外地为我们理解"德言"提供了新证据。饶宗颐的《上博馆〈诗序〉综说》中曾经指出:

《周礼·大司乐》:
以乐德教国子:"中、和、祗、庸、孝、友"
以乐语教国子:"兴、道、讽、诵、言、语。"
《太师》掌六律六同,以合阴阳之声。
《教六诗》:曰风、曰赋、曰比、曰兴、曰雅、曰颂。
以六德为之本,以六律为之音。

---

① 《礼记正义》卷三十八,《十三经注疏》,下册,中华书局,1979年,第1536页。

这说明以乐语配合乐德,而六诗亦以六德为本,《大司徒》职"以乡三物教万民:一曰六德:知、仁、圣、义、忠、和"①

正像饶先生所说:"出土墜简,可以佐证古籍之可信,而古代以诗耸扬道德伦理学的精微,于兹可见。往日对'诗'之本质是什么?有许多争论,例如必目《国风》为'歌谣',原出于采诗之官,是一回事,《诗》之成为道德伦理教材又是一回事,说《诗》者赋以新意,又是一回事。"②从中可以看出,诗乐之本为六德,诗为德言,从道德伦理来论诗,是从意识形态角度对于诗的一种定义。这种观念在当时有相当大的影响,甚至并不亚于"诗言志",先秦儒家论诗就曾经以德言说为依据。孔子曾经说"不学诗,无以言"(《论语·季氏》),其中就将学诗看成是言说的前提,当然,这是针对先秦时代中的赋诗言志的历史语境而言的。但是其中明显表明了对于诗为言说的肯定。他同时又说"有德者必有言,无德者不必有言。"(《论语·宪问》)强调言说的"道德之教",这当然也可以认为是另外一种意义相近的"德言"论。如果从这种话语产生的时代来看,《诗经》中的"德言"与孔子提出"德言"是有着共同的所指的。"德言"应当看作是中国古代文论最初的观念之一,也是儒家最早关于诗歌的定义之一。

二、"文之为德也大矣"

"德言"论的以"六德"为依托和理论根据,表现出古代诗乐同源的性质,而先秦的"赋诗言志",则又使得"德言"的应用极为

---

① 沈建华编:《饶宗颐新出土文献论证》,上海古籍出版社,2005年,第198—199页。

② 沈建华编:《饶宗颐新出土文献论证》,上海古籍出版社,2005年,第199页。

广泛,特别是"文德"等观念,其实从春秋诸子起一直在使用。在中国古代文论的集大成之作《文心雕龙·原道篇》中,"德言"(音)多次出现,特别《文心雕龙》的第一句"文之为德也大矣",使"德"在文学理论中的意义得以深化,从一般的道德伦理意义进而上升为"自然之道"与人文之元的地位,成为中国古代文论中文学本质论的一个重要观念。

"德言"的关键在于对"德"的理解,这就不能不简略考释一下"德"字的来源。

"德"是先秦典籍中最常见的概念,它出现的频率在当时甚至高于"道","德"属于表达人类社会思想意识的范畴,虽然它不像"道"这样更为纯粹的精神象描述,但仍然具有一定的形而上学性质。作为一种抽象的范畴,一般是在人类思维发展到一定阶段,才可能出现,这就决定了"德"的本字出现较晚。最初出现在甲骨文中的"德"字主要是借用字。根据罗振玉等学者的看法:卜辞中德皆借为得失字。即是"德"字在甲骨文中一般是相当于"得"字的意义。而金文、竹木简与帛书中的"德"字就相对多起来,意义也明显复杂起来,道德、威望、教化等多种意义都有。总体来说,关于"德"的意义一直有不同看法,笔者认为,比较重要的包括如下意义:

其一,受到肯定与赞扬的教令与政治制度,这种意义最为重要,如《荀子·国富篇》中说"不以德为政"句注曰:"德谓教化,使知分义也。"[①]荀子也是在这一意义上说:"其德音足以化之,得之则治,失之则乱。"[②]再如《礼记·月令》中所说"德犹教也"、《大戴记》曰:"德者政之始也"等,都是这一意义。

[①] 王先谦著:《荀子集解》,《诸子集成》第二册,中华书局,1954年,第114页。
[②] 王先谦著:《荀子集解》,《诸子集成》第二册,中华书局,1954年,第117页。

其二,"德"是"道"的不同层次意义的表达,"道"通常用来指规律、道义等精神层次的追求,而"德"则注重实践形态,主要指人的行为、社会的道德伦理等。如《论语·为政》所说"德为道德也",《管子·法法》"德者道所以成者也"。

其三,"德"的文字本义之一是得失之得,表示赋予或给予,这是"得"最基本的意义。从这种意义生发出来生人之本,也就是人类得以生存的条件。如贾子《道德说》中曰"所得以生谓德。"就是根据"德"之本义而来的。人都产生于一定的宗族之中,这个宗族与种姓,也就具有了"德"的含义。这就是《周易·系辞》所说"天地之大德曰生"。《国语·晋语》记司马季子言:"黄帝以姬水成,炎帝以姜水成,成而异德,故黄帝为姬,炎帝为姜。二帝用师以相济也,异德之故也。异德则异类。异类虽近(疑本作远)男女相用及,以生民也。同姓则同德,同德则同心,同心则同志,同志虽远(疑本作近)男女不相及畏黩敬也"。笔者曾经指出,这里的"德"其实具有同一宗亲所共有的崇拜作用,同德属于同一种性。同时,同一种姓不得通婚,以防止近亲繁衍。此即所谓的"黩敬"的含义,表明中国的先祖很早就已经有了禁止近亲结婚的道德规范了,这也是"德"的本义延伸之一。①从这里也可以看出,"德"作为"道"的社会生活层次的解释是有历史内容的。

根据"德"的基本意义的考察可以看出,《诗经》中的"德言"主要是前两种解释的意义,即教令与社会道德话语。这并非说明"德"生的意义与文学无关了。其实有的学者正是从这一意义来解释《文心雕龙》的"文之为德"的含义的,如王元化就认为:

---

① 方汉文:"《文心雕龙》旨在文言而非言道——《文心雕龙》的比较文学理论阐释",《山西师大学报》,1999年第1期,第35页。

《原道》篇列为《文心雕龙》之首，其中第一句就说"文之为德也大矣"，过去注释家多训"德"为"德行"或"意义"，均失其解。德者，得也，若物德之德。言某物之所以得成为某物。"文之为德"也就是说文之所由来的意思。①

如何评价这种观点，笔者在相关论著中已经进行了详细的评论，这里不再赘述，这里要强调的是，这种观点作为一种独特的理解是完全合理的，也是有历史根据的。

我们所要讨论的是"文德"的意义与价值，以及它与"德言"之间有无联系？

章太炎早就关注到这一问题，他的看法很简单，认为文德是指文人的道德。他指出：

> 文德之论，发诸王充《论衡》（《论衡·佚文》篇："文德之操为文。"又云："上书陈便宜，奏记荐吏士，一则为身，二则为人，繁文丽辞，无文德之操，治身完行，徇利为私，无为主者。"）杨遵宪依用之（《魏书·文苑传》：杨遵彦作《文德论》，以为古今辞人，皆负才遗行，浇薄险忌，唯邢子才、王元景、温子升彬彬有德素）。而章学诚窃焉。②

这里将刘勰的"文之为德"解释为文人之德，这种说法虽然也已经遭到许多人的反对。但我们可以看出，章太炎这里正是取用了我们所提出的"德"的第二种意义，即道德行为的概念。

多数学者赞同将"文之为德"解释为文章本质特性的界定，如

---

① 王元化：《文心雕龙创作论》，上海古籍出版社，1979年，第22页。
② 《章太炎学术史论集·文学总略》，傅杰编校，中国社会科学出版社，1997年，第49页。

钱锺书提出：

> 《文心雕龙·原道》："文之为德也大矣"，亦言"文之德"如融"琴德"、刘伶颂"酒德"，《韩诗外传》举"鸡有五德"，指成章后之性能功用。①

这可谓言简意赅，指出"德"是作为文章的性能与功用的说明，也就是我们上文所分析"德"之最重要的意义。当然钱锺书以"文"为"文章"而不是广义的文学。但是并没有明确将"文"与文学对立起来。赞同或是取相近说法的人较多，如范文澜《文心雕龙注》中就已经说过：

> 按《易·小畜·大象》："君子以懿文德"，彦和称文德本此。②

《周易·小畜》"君子以懿文德"句，孔颖达正义曰："懿，美也。以于其时，施未得行，喻君子之人但修美文德，待时而发。"③其实这是从"六经"论"文德"，可以说是从"文德"的历史语境来分析它，我们认为是切合文本语义的。

从以上所论可以看出，文德之说其实在历代文论一直绵延不绝，从先秦经汉唐直到当代，一直有影响。这些观念大多数是文学定义，是对于文学本质特性的看法，如《隋书·文学列传序》所说："文之为用，其大矣哉！上所以敷德教于下，下所以达情志于

---

① 钱锺书：《管锥编》，中华书局，1981年，第1506页。
② 《文心雕龙注》（上），范文澜注，人民文学出版社，1958年，第6页。
③ 《周易正义》卷二，《十三经注疏》（上册），中华书局，1979年，第26页。

上。"①其中将文学的功用定为"敷德教"与"传情志",这就已经是比较完备的文学本质界定了。

尤其要关注的是,一些当代《文心雕龙》学家们对"文德"也从文学本质特性角度有较深刻的理解,如马宏山认为"文德"的意思是对文学本质的定义,即文的"功能或作用之意。"②近年来的《文心雕龙》学者们也指出:"可以相信,《原道》篇'文之为德'之'德'即指具体的客观事物自身所有的特殊本质或规律。"③这个具体的客观事物如果就是文学,那么"文德"则表示文学的本质和规律是无可争辩的了。

可以说《文心雕龙·原道》中的"德"也就是道的实践,文德与天地并生,自然有自然之道,人文有人文之元,"道沿圣以垂文,圣因文以明道",文学产生于自然之道,其显现形式就是德。这是刘勰的文学起源论与文学本质观。这是在唐宋"文以载道"说之前就已经明确的文学本质的"道论"。我们已经指出,先秦典籍中,德与道基本含义是相同的,只是表现层次不同而已。关于这一点,近年来对战国楚竹书等的研究也证实,有学者考察了竹书中道与德两个概念后提出:"……我们可以说,《性情论》所谓'道'基本上泛指'德',它内以修身,外以事君、临民。这和儒学本旨完全相合,儒家的'道'和道家'道'之为形上超越律则明显不同,它通常用以指称'德'等同于'德',《性情论》亦不例外。"④

可以肯定的是,"文之为德"是对德言说的继承,总结了从六经

---

① 《隋书·文学》(列传第四十一),《二十五史》,浙江古籍出版社,1998年,第1145页。

② 马宏山:《论〈文心雕龙〉的纲》,收入其《文心雕龙散论》,新疆人民出版社,1982年,第150—151页。

③ 冯春田:《文心雕龙阐释》,齐鲁书社,2000年,第77页。

④ 陈丽桂:"《性情论》说道",载上海大学古代文明研究中心 清华大学思想文化研究所编《上博馆藏战国楚竹书研究》,上海书店出版社,2002年,第143页。

到汉代的关于德言的理论，《文心雕龙·原道》篇中将"德"提升为一种"自然之道"，即是文学的规律，将德与道结合起来，同时也预示了以后的"文以载道"的兴起，为中国文学理论奠定了起源论与认识论的基础。毫无疑问，这部巨著的"文之为德"观点在中国文学理论观念的发展中，起了承前启后的重要历史作用。

三、从"德言"到"文以载道"

有了对中国文学理论史上与"德言"相关理论主要观念的梳理，我们再回到所谓"诗言志"与"文以载道"的争论，问题就更清楚了。

见解的不同起于周作人在辅仁大学讲演《中国新文学的源流》中的第二讲《中国文学的变迁》，周氏先讲了文学是在宗教中"分化了出来"的，然后认为：

> 分化出之后，在文学的领域内马上又有了两种不同的潮流：（甲）诗言志——言志派；（乙）文以载道—载道派。
>
> 言志之外所以又生出载道派的原因，是因为文学刚从宗教脱出之后，原来的势力尚有一部分保存在文学之内，有些人以为单是言志未免太无聊，于是便主张以文学为工具。再藉这工具将另外的更重要的东西——"道"表现出来。[1]

周作人自己承认："……这讲演里的主意大抵是我杜撰的。我说杜撰，并不是说新发明，想注册专利，我只是说无所根据而已。"[2]这

---

[1] 周作人：《中国新文学的源流》，北平人文书店印行，1932年，第34页。
[2] 周作人：《中国新文学的源流》，北平人文书店印行，1932年，第3页。

并非完全是他的自谦之词,事实上周氏对文学理论素无兴趣,即使讲中国文学史也类似于写小品文,完全是兴之所至,并不一定是他的文学史理论的准确表述。

钱锺书是比较关注周作人的,但是他两次对这种说法提出不同意见,第一次是周作人《中国新文学的源流》(1932年)出版的同年,钱锺书认为:

> 不过,周先生根据"文以载道"、"诗以言志"来分派,不无可以斟酌的地方。并且包含着传统的文学批评上一个很大的问题。"诗以言志"和"文以载道"在传统的文学批评上,似乎不是两个格格不相容的命题,有如周先生和其他批评家所想者。在传统的批评上,我们没有"文学"这个综合的要领,我们所有的只是"诗"、"文"、"词"、"曲"这许多零碎的门类。其缘故也许是中国人太"小心眼儿"(departmentality)罢!"诗"是"诗","文"是"文",分茅设蕝,各有各的规律和使命。"文以载道"的"文"字,通常只是指"古文"或散文而言,并不是用来涵盖一切近世所谓的"文学";而"道"字无论依照《文心雕龙·原道篇》(一篇很重要的参考,而《现代评论》第八卷二○六、七、八期中所载苏雪林女士之《文以载道》一文,竟然没有提到,却引了无数老子、淮南子不相干的东西。)作为自然的现象解释,或依照唐宋以来的习惯而释为抽象的"理"、"道"这个东西,是有客观存在的;而"诗"呢便不同了。诗本来是"古文"之余事,品类(genre)较低,目的仅在乎发表主观的感情——"言志",没有"文"那样的大使命。……这两种态度的分歧,在我看来,不无片面的真理;而且它们在

传统的文学批评上,原是并行不悖的,无所谓两"派"。①

这段话是青年时期的钱锺书的一篇书评,但其渊博与善与分析的特点已经可见端倪。数十年后,钱氏在《中国诗与中国画》一文中再次提到这一旧话题:

> 我们常听说中国古代文评里有对立的两派,一派要"载道",一派要"言志"。事实上,在中国旧传统里,"文以载道"和"诗以言志"主要是规定各别文体的职能,并非概括"文学"的界说。……这些文体就像梯级或台阶,是平行而不平等的,"文"的等次最高。西方文艺理论常识输入以后,我们很容易把"文"一律理解为广义的"文学",把"诗"认为文学创作精华的同义语。②

不过正如他所指出得那样,由于包含了文学批评上的一个"大问题",还是要谨慎对待。笔者也曾撰文谈及这一话题,中国古代文学批评中,"文"与"诗"都可以指文学,"文"的范围相当广泛,包括经史子传,也包括了诗。《文心雕龙》是文学理论的专著,其中列入文学文体多达三十余种,仅从篇目中就已经可以看出:辨骚(楚辞)、明诗(从《诗经》到汉诗)、乐府、诠赋(辞赋)等主要文体,其余是当时的散文文体,如颂赞、祝盟、铭箴、诔碑、哀吊、杂

---

① 钱锺书为周作人《中国新文学的源流》一书写了一篇书评,篇名采用原书名,发表于1932年的《新月月刊》第四卷第四期上。此处引文参见《钱锺书精品集》,作家出版社,2008年,第348页。

② 钱锺书《中国诗与中国画》一文收入其《旧文四篇》(上海古籍出版社,1979年)一书,此书与钱氏《也是集》(香港广角镜出版社,1984年)一书的前半部合并为《七缀集》,以上引文见《七缀集》(修订本),上海古籍出版社,1985年,第4页。

文、谐隐、史传、诸子、论说、诏策、檄移、封禅、章表、奏启、议对、书记等。这种观念直到今天仍然是通行的，如春秋诸子的文章仍然属于散文，史传文章也属于文学传记之类。不仅《文心雕龙》如此，萧统《文选序》中说虽然不选诸子文章与经史子传，但是仍然主张"若其赞论之综缉辞采，序述之错比文华，事出于沉思，义归乎翰藻。故与夫篇什杂而集之。"曾经有不少学者认为刘勰的文体论有缺陷，就是把经史子集放在一起来论。认为这是对于《文选》的标准即"事出于沈思，义归乎翰藻"的一种倒退。其实这是不对的，萧统论文是把六经、诸子、史传排除在外的，他在《文选序》中说明对"姬公之籍、孔父之书"、"记事之史，系年之书"都不收入。而对于其他多种文体仍然视作文学的，其收入的武帝诏书、诸葛孔明出师表、曹子建与杨祖德书、孔安国尚书序……等，举凡表奏箴铭，无所不收。谈到诗、论、表奏之间的区分时，只是简单说：诗者，盖志之所之也。"论则析理精微"，"铭则序事清润……"①所以"文"与诗皆可以视之为文学是肯定的。由此也可见，周作人将"文以载道"与"诗之言志"作为两种文学观念虽然并无大错。而钱锺书认为诗与文两者分属不同种类不可相提并论的看法也是对的，但是文体"区分囿别"并不足以否定文学观念的差异，也是一个事实。

黑格尔有一句名言：熟知的东西却未必真正知道。"文以载道"的观念可能正是如此。说到"文以载道"时一般会认为这是唐代古文运动或是韩柳等人的文学主张。其实第一个提出"文以载道"的人是周敦颐，他说：

> 文所以载道也，轮辕饰而人弗庸，徒饰也，况虚车乎？

---

① ［梁］萧统编：《文选》，岳麓书社，1995年，第3页。

>……不知务道德，而第以文辞为能者，艺焉而已噫。弊也久矣。①

这里所说的"道"就是儒学的道德伦理，对此，张伯行题记解释得很清楚："此犹车不载物而徒美其饰也。或题有德者必有言，则不待艺而后其文可传矣。……然言或可少，而德不可无。"②这里径直用了孔子的"有德者必有言，无德者不必有言"来界说，也可以看到它与先秦的"德言"是一脉相承的。

当然，宋代理学家的这句话成为中国文学千余年的口号并非偶然，它是中国自先秦以来文学理论的一种核心观念的精辟概括，在周敦颐之前或之后，都有人用不同的话语表达过相同的观念。可以说，从先秦至明清，道的观念仍是有相当大的变化的。唐宋之道，如韩愈所说的"因文见道"，李汉曰："文者，贯道之器也，不深于斯道，有至焉者，不也？……千姿万态，平泽于道德仁义。"③直到清代桐城学派乃至清末民国的贵老遗少，文以载道的宗旨一以贯之。综上可见，所谓"文心载道"的"道"其实是一个历史概念，主要有两种基本含义：其一是文心中的"自然之道"，表示文的规律与实质。这种观念在《文心雕龙》中论述得最为充分。其二道德教化，包括了先王教令与圣贤说教等内容，这种观念在唐宋以后最为突出。历代文学理论中是见仁见智，各有不同的表述与理解，但是"道统"仍然是存在的，这就是以先王圣训的道德说教作为认识与行为的准则，文是艺文，道是实体，二者之间有辩证关系。

---

① ［宋］周敦颐：《周濂溪集》六《通书》二《文辞》，商务印书馆，（国学基本丛书），1937年，第117页。

② ［宋］周敦颐：《周濂溪集》六《通书》二《文辞·张伯行题记》，商务印书馆，（国学基本丛书），1937年，第118页。

③ 景印宋本《昌黎先生集·李汉序》，故宫博物院印行，1982年，第1至2页。

四、中国文学理论中的"德言"与"诗言志"

中国文学理论理论体系既是多元起源也是多线索发展的,这是世界主要文学理论体系的基本特性之一。

中国文学理论中,"德言"与"诗言志"同时在六经中出现,这是其起源的多元性特性。从客体再现的、文学实践与社会道德角度来理解文学本质的是"德言",从"德言"到"文之为德"再到"文以载道"是中国文学中一种系统的理论,贯穿了中国文学理论史的不同时代。同时,"诗言志"以文学主体表现为主导,沿着"诗缘情而绮靡"、"物感于外,情动于中,"直到清代袁牧的性灵说等,是另一条线索的历史延伸。一方面,"道"是中国经学与文学共同的最高观念,是从实践上升到形而上学的层次,所以必然有"文以载道"来作为中国文学精神追求的发扬。另一方面,"诗之言志"是文学特性的感性的、直观的把握,它从主体情感倾诉的角度来观察文学,也是一种重要的观念。二者之间并不存在对立,正是由于层次的错位与重心的不同,使它们有一种互为补充的关系。所以古代文学理论中反而经常将二者连用,以"诗言志"的"表情达志"作为以上传上的手段,而以"文以载道"的"德言"作为"下以教下"的方式,可见二者之间关系并非对立的,前人早已看到。

提倡"德言—载道"的孔子、孟子、荀子、韩愈、柳宗元、朱熹等人都引诗作诗,并不反对"诗言志";赋诗言志的建安诸子、杜甫、李白、白居易、苏轼等人也主张"德言"与"文以载道"。载道,就是言志,孔子编次《诗经》,撰《文言》,既以文载道,又以诗言志。庄子曰"道通为一","以谬悠之说,荒唐之言,无端崖之辞,时恣纵而不傥"来抒写胸臆,难道不是载道又言志?实际上,言志亦是载道,《离骚》既有"长太息以掩涕兮,哀民生之多艰",处处充溢着忧民忧民的情志,同时又有"伏清白以死直兮,固前圣之所厚",申述自己对道义的追求,可谓兼有言志与载道之义。杜诗涵复天地,韩诗掣鲸掷鳌,元白诗直写俗世情怀,都是言志又载道。言志与载道何能截然分开呢?由此可见,将二者对立并认为言志胜于载道就更不成立了。当然,对于所谓"钟鼓道志"、将"文以明道"或是"文以载道"作为铁门槛,使文学成为宗教或是政治附庸的做法,我们历来是反对的,只不过这是另文所要讨论的问题了。

诗言志与文以载道的观念,可以总结为中国文学理论中的双线并行,互为补益,同异俱于一。我们指出这一特点的价值在于,证明中国文学理论是一个多元化的理论体系,在理论体系中,可以容纳不同的理论观点,言志与载道,一者从诗人主体性来认识文学创作的特性,另一则是从文学的本体论观念来归纳文学的本质,二者之间的差异存在正是中国文学理论理论多元化的表现。

类似的多元起源与理论建构的多元结构,并不仅仅存在于中国文学理论中,世界其他文学理论体系表现出这种多元性。

西方文学理论起源时间与中国文学理论相近,西方文学理论的代表作亚里士多德《文学理论》成书于公元前4世纪,在希腊雅典时代,这时与中国的春秋时期一样,是多种文学观念竞相争鸣的时代。希腊文学理论最重要的学说是"模仿说"(即摹仿说),早在毕达哥拉斯学派的学说中已经出现了一种思想:现实的世界是对一种本体观念的模仿。希波克拉狄(Hippokratēs)则指出:任何技艺都是摹仿自然的。众所周知,对于希腊人来说,艺术(Art)恰恰就是一种技艺(technē)。柏拉图认为,所有的艺术都是摹仿的艺术,这种摹仿是对于现象世界的摹仿,但由于现象世界是摹仿理念的,所以艺术的摹仿虽然只是一种摹仿的摹仿,却仍然含有对于本体存在意义的再现。①亚里士多德《文学理论》中同样以"摹仿"作为希腊艺术本质的说明。同时我们也要看到,古希腊文学理论中存在与摹仿说相对的柏拉图理念说。与亚里士多德不同,柏拉图既主张诗是一种"摹仿",同时也指出这种摹仿的对象其实是"理念,"理念是神圣的,诗人具有灵感,可以得到理念的启示,这是诗人不同于常人之处,这种理论与亚里士多德的摹仿说也有一定的差异与相对性。

柏拉图所提倡的"理念说"等,从诗人与神示灵感的关系来解释诗,某种程度上可以与中国的"德言"相呼应。②中西文学理论在肇始阶段其实就呈现出了一种奇妙的复合型对称态势,这种对应可以简化地表示为:中西文学理论中有两对相应的文学理论中心观念,一对是中国的"诗言志"与西方的"模仿说";另一对则是中国的"德言说"与西方的"理念说"。前一对概念是现实的与感性的,无论是主体的言志还是对于客体世界的摹仿,都有直观表达的特性。后一对观念则是形而上学的,中国"文以载道"中的"道"(Tao)与西方"理念说"中的理念(Idea),都属于精神范畴,表现出人类对于神启与存在本原的把握,达到这种精神境界的手段是想象与灵感。

再以印度文学理论为例,韵与味是印度文学理论中的中心观念,是印度文学理论的创造。这两种观念不同之处在于,韵是从语言论角度来表达的文学理论观念,诗有客体世界的语言,这是一种客观的物质因素,但是更为重要的是超出于语言之上的文学理论体

---

① 柏拉图的文学理论观念除了我们所熟知的《理想国》之外,还散见于《法律篇》、《蒂迈欧篇》等论著中,可以参见陈中梅著《柏拉图文学理论和艺术思想研究》(商务印书馆,1999年)一书第二章的有关论述。

② 参见方汉文:《从道不可言到文言:中国文学理论的精神奠基》,载《陕西师范大学学报》,1997年第2期,第82—87页。

悟，这就是诗韵。其特点在于强调这种感悟的超验性与不定性。而味则产生于文学的主体感受，从感情角度来表达诗人主体的感悟，同样它也是超验的。两者虽然不同的，但同属于一种形而上学与感性体悟结合的观念。这种多元观念并存的理论模式与中国和希腊古代文论几乎完全相同。

可以看出，多元观念的起源与发展是世界主要文学理论体系的普遍现象，它展示了各民族文明的丰富性与创造力，因此我们完全没有必要将中国古代文论的不同观念看成是冲突对立，而是要理解这种观念的辩证性。

五、关于文学史评价

无论中国文学理论的"德言"或"文以载道"与"诗言志"之间的关系如何认定，以中国文学理论中的这些观点来作为文学历史时期成就高低的评价标准都是不合适的。周作人在批评中国文学史时认为，凡是"言志"的时代，中国文学就是好的，而凡是"载道"的时代，中国文学则没有好作品，这种观念有一定影响，我们也有必要稍作评议。周作人提出：

> 唐朝，和两汉一样，社会较统一，文学随又走上了载道的路子，因而便没有多少好的作品。[①]

汉唐两代是中国古代文明的鼎盛时期，也是中国文学史上的辉煌篇章，汉代的"班马文章"光耀史册，历来是后世为文的典范。唐代

---

① 周作人：《中国新文学的源流》，北平人文书店印行，1932年，第39页。

诗歌更是空前绝后，如前人所评价"李杜光焰千古，人人知之"（王世贞《艺苑卮言》）。关于后者由于文学史早有定评，我们毋庸多言，仅以建安之前的汉代文学而论，贾谊、枚乘、司马相如、扬雄、王褒、张衡、班固、董仲舒、淮南王刘安、蔡邕都邑有鸿篇巨制，"遗风余采，莫与比盛"，是众所周知的评价，说其没有多少好作品很难服人，以其受到"文以载道"观念影响而没有好作品的说法不尽符合事实。

关键在于，一个时期的文学并不由文学理论思想来决定的，更不会说由于存在某种文学理论观点就能使一个时代的文学成功或是失败，"文变染乎世情，兴废系乎时序"，文学的历史变化首先是"与世推移"，随着社会现实而演变。这种世情与时序是指社会文明的总体发展态势，并不是指单一的经济或是社会意识形态，更不是某种文学理论观点。例如建安时期，经历了长期战乱的社会得到基本稳定，出现了文学的兴盛。以诗歌为例，汉魏五言诗是历代诗宗："五言诗以汉魏为宗，用意高古，气体高浑，盖去《三百篇》未远，……，这种兴盛是经乱离之世之后的社会现实所产生的，雅好慷慨，梗概多气，是社会语境。除此之外，文学本体因素也是最重要推动力，诗经楚辞、汉赋唐诗、宋元戏曲直到明清小说，历代文体之间的继承与变革是决定文学历史形态的内部因素，由此所形成的中国文学传统推动历代文学变迁，所谓"枢中所动，环流无倦，质文沿时，崇替在选"就是对这种现象的描述。

因此可以说不是理论话语决定文学历史演变，恰恰是文学实践创造文学理论话语。

中国古代文学创作实践创造了丰富的文学理论范畴，用以联结文本与作家，仅以诗风方面的范畴而论，就有：风骨、韵味、韵外之致、味外之旨、气韵、气象、诗品、妙悟、意境、意象、兴象、神韵、性灵、格调等,这些范畴各有精妙细微的含义,积累了数千年诗歌创作与评论的心血与艰辛,是中国文学理论理论体系大厦的木石砖瓦。

在理论范畴创造的基础上,具有了多元化的观念系统。中国文学理论的"载道"之说的提出,本身就证明了文学史实践是文学理论观念产生的土壤,"德言"产生于《诗经》为代表的文本形成过程中,"文以载道"实际是在总结唐宋文创作特别是唐宋八家文的基础上,在北宋古文复兴的实践中提出的。如果没有唐宋文创作实践就不会有"文以载道"的理论,而不是相反,是"文心载道"产生了唐宋文。同样,"诗言志"也产生于古代诗歌创造实践之中。其中任何一种观念都不可能取代其他不同观念,以"诗言志"为例,虽然其在诗歌理论中的地位相当重要,但并不总是理论纲领,《文心雕龙·明诗》篇论诗时,虽然也提到了"诗言志",但对诗的本质却认为当是"诗者,持也",诗是"持人性情",几近于"文以载道"的道德教令、"上以风化下,下以风谏上"的主张。同样,以"载道"或"明道"为写作的宗旨,任何观念都会随着文学实践而经历兴衰,这是文学史的规律,即使在同一时代中,各种不同的、甚至针锋相对的理论观念会同时存在,互为抵牾,因为它们产生于不同的话语与语境。这并不意味着必须芟裁肃清,独遵一术,才可能有文学的兴盛。相反,多元理论观念可能对文学发展更为有利。清时袁枚提倡"性灵说",提出:"诗之传者,都关性灵,不关堆垛"。他所说的性灵其实就是真实的性情,"以为诗写性情,惟吾所适。"[①]他并不否定人伦日用是人之性情,但是人的喜怒哀乐,人间的爱恨何尝不是性情所寄呢。诗中就是要看到作者的真情感。有人将其归之为

---

① 袁枚:《随园诗话》,卷一,参见上海辞书出版社,2006年,第5页。

"言志"的传统。但同为清代诗人的叶燮的文学理论主张则是"理、事、情",与桐城派的"义理、考据和辞章"三者合一的思想可以对话,再一次证明了从德言到"文以载道"的文学理论思想不会消消亡。如果轻率否定其中任何一种观念,都不利于正确地评价清代文学。

客观地评价应当如此:无论是德言、文之为德还是文以载道,它们与诗言志及性灵说等理论观念一样,都曾经对中国文学有重要作用。无可否认,其中有的理论观念曾经在一定历史时期起了否性定性作用,如"文以载道"论曾经被封建道德的卫道士所利用,企图将文学作为道德伦理的仆从,这是无可否认的历史现象。但是从历史主义观念来看,从历史语境来评价一种文学理论观念的得失。

从德言到文以载道的理论观念,对文学与社会关系、文学认识论方面仍然有其不可替代的贡献。同样,"诗言志"、"诗缘情"和"理、事、情"等观念对文学主客体关系等方面也功不可没。例如"德言"和"文以载道"论曾经成为汉魏以来的文学对抗形式主义特别是齐梁文风的理论依据,这种理论观念之间的纷争总是存在的,《文心雕龙·铭箴》中批评战国文风时说"弃德务功,铭辞代兴,箴文委绝";《谐隐》篇中批评魏晋以来形式义文风与不庄重的戏谑方式时说"曾是莠言,有亏德音,岂非溺者之妄笑,胥靡之狂歌欤?……空戏滑稽,德音大坏。"处处可见德言的历史影响。所以"文以载道"在一定历史时期的作用仍然是要全面评价,特别是它对于唐代复古主义文学运动、明代复古主义等都有推动作用。当然,"诗言志"也有在一定历史语境中曾经占据重要地位,这也是不可忽视的。这正说明,只有从多元共生,互为辩证的视域分析中国文学史,才有可能揭示历史的真相。

"德言"作为中国文学理论起源的标志之一,同时也是重要观念,其历史作用至今尚未得到应有的评价,我们现在不应再忽视其存在与价值了。发现并研究这种理论观念,必然会对中国古代文论的起源与历史演进有新的认证。

中国现当代文学史的"替代言说"[①]

——传统形式的断流与缺位

20世纪以来的中国文学史书写有一种独特的现象迄今仍未受到应有的关注:世界各民族文学传统虽然有盛有衰,但是没有任何一个民族文学的传统形式(特别是主要文体)被完全排除在文学史的视域之外。唯有中国现当代文学史上,中国传统文体却戛然而止:诗词曲赋予章回小说等传统民族文学形式的创作缺位于中国现代文学史。

西方后现代主义批评者们经常引用马克思在《路易·波拿巴的雾月十八日》中的那段名言:"当人们好像刚好在忙于改造自己和周围的事物并创造前所未闻的事物时,……他们战战兢兢地请出亡灵来为他们效劳……用这种借来的语言,演出世界历史的新的一幕"[②]。后现代主义理论家从詹姆逊到斯皮瓦克所说的"替代言说"就是指第三世界作家(包括中国)使用西方文学中"借来的语言"的创作的观念,很可能在中国现代文学史中找到阐释的样本。

一、文学传统形式的断流:新旧文学之对分

中国新文学史家对于现代文学对中国传统文体的断裂毫不隐

[①] 本文发表于《广东社会科学》,2010年第1期。
[②] 《马克思恩格斯选集》第一卷,北京:人民出版社,1995年,第585页。

讳,甚至以此为正统。长期被作为高校教材的《中国新文学史稿》"重版代序"开篇就写道:"由'五四'开始的中国现代文学,人们一向习惯称为'新文学'。这个'新'字的意义是与主要产生于封建社会的'旧文学'相对而言的,说明它'从思想到形式'都与过去的文学有了不同的风貌"①。从这部初版于1952年再版于1982年的论著,直到2010年出版的大量"中国现代文学史"、"中国现当代文学史"或是"21世纪中国文学史",我们可以看到:其一,中国现代文学即"新文学"的概念是指"五四"以后的文学创作,这本书只将其划分到1937年,更有其他同类著作如刘绶松的《中国新文学史初稿》(人民文学出版社,1979年)则延长到1949年中华人民共和国成立。因为大多数院校中都是"现当代文学研究"作为二级学科,简称为"中国现当代文学",所以这一时限就理所当然地扩展到了当代直到21世纪的前十年。其二,现当代文学作为"新文学"与传统文学即"旧文学"之间是相对的,"思想与形式"都不同的。其三也是一种曾经流行的看法:"新文学"即现当代文学是学习了西方文学,包括俄罗斯以列夫·托尔斯泰、契诃夫、屠格涅夫等人和苏联以高尔基、法国雨果巴尔扎克等人为代表的"批判现实主义作家"甚至可以有部分"现代主义"作家(如卡夫卡、里尔克、波德莱尔等),是积极反映现实的,是进步的而值得提倡。而传统文学是封建主义的陈腐文学,是落后的,必须废止。其四,新文学是以鲁迅、胡适之(有的书将其排在外)、郭沫若、茅盾、巴金、老舍、曹禺等人(也有更为开放一些的评论家如夏志清等标举沈从文、张爱玲等)为代表的文学作品,包括了学习西方近现代文体的小说(长篇中篇短篇等各体)、新诗(亦称自由体诗)、白话散文(不同于

---

① 王瑶:《中国新文学史稿——重版代序》,上海:上海文艺出版社,1982年,第3页。

萧统《文选》或是唐宋八大家的"文")也包括了部分新编戏曲或是样板戏。

那么,中国传统的文体包括什么呢?虽然历来认识不一,如《文心雕龙》中划分出 30 多种文体,后世文论中也有不同,笔者简单总结为: 其一,诗词曲赋类主要是格律诗:以《诗经》《楚辞》为起源,经历了汉乐府、魏晋五言诗、唐诗宋词元曲直到明清诗词。其二,传统小说以不同时期的章回体为代表:从传奇志怪到俗讲,代表作品主要是所谓的"四大古典小说"(包括《红楼梦》,《三国演义》,《水浒》和《西游记》,而夏志清认为还可以加上《儒林外史》)为代表的中国叙事文体。其三,中国戏曲,从先秦的古代戏曲雏形直到宋元时代达到兴盛的戏剧。这是传统形式中仍然在舞台上演出而现代文学中所不载或被认为不属于现代文学史的。"样板戏"与"现代剧"等的文体认知也很模糊,不古不今,各种文学史都不多涉及。其四,中国的"文",所指极为广泛而且不统一,《文心雕龙》中将赋、颂、赞、祝盟、铭文到史传皆称之为"文",萧统《文选》中才将"事出于沉思,义归乎翰藻"作为"文"的标准。从文体意义上专指汉赋、唐宋古文及以后的八股文等多种多样的散文体。

在明确了中国传统文学的基本形式与内容之后,我们再将中国现代文学史进行简单划分。中国现当代文学的历史阶段大致可以分为: 一、两段划分: 即分为 1919 年—1949 年的中国现代文学为一阶段,而以 1949 年至今或是 20 世纪末的中国当代文学为另一阶段,这是流行较广的分法(也有人从 1917 年算起,如夏志清的《现代中国小说史》是从 1917 年到 1957 年等,大致如此)。二、一段划分: 从 1919 年(也有从 1917 年起)至今,统称为中国现当代文学,不划分现代与当代。据说是为了适应教育部所设立的"中国现当代文学"学科的要求。三、近年来也有统一为"二十世纪中国文学"

等说法，其实也是从 1917 或是 1919 年开始至 2000 年左右，大约是借鉴了西方文学史分期，特别是在中国影响较大的丹麦文学史家布兰代斯的《十九世纪文学主流》与西方诺顿等出版的"20 世纪"文学批评与论著选集的名目。但反对者也有看法，他们宣布："我们不同意也不使用'中国 20 世纪文学'的观念，就在于这一观念消解了中国现代文学的'新文学'属性和'现代性'属性，而使这一阶段的中国文学性质变得含混不清"①。

无论如何划分，中国现当代文学作为完整的历史阶段是"新文学"的宏大叙事模式，这一根本念没有大分歧，这是国际国内的汉学、中国现当代文学研究界中几乎没有争论的。所以围绕现当代文学史的放诸多争论其实并没有真正展开这个中心课题。近年来即使海内外"雅俗文学之争"与"重写文学史"的讨论，中心是对具体作家如金庸、张恨水或是对张爱玲等作家评价的争论，同样也未能从百年中国现当代文学史与两千年中国文学史传统形式的"通与变"（刘勰《文心雕龙·通变篇》）的视域来考察。所以问题一直悬而未决，这就使得我们必须直接面对中国文学传统形式的中断这一根本问题。

二、传统格律诗的"缺位"

诗词曲赋等文体，是中国文学传统的主体形式，中国文学史一直以诗论、诗话词话研究为主流。但是自 1919 年之后，在中国文学史中，文学史上的诗歌基本上为新诗所垄断。我们所有的中国现当代文学史虽然数量达到数百部，但绝大多数将中国传统的格律诗排

---

① 王嘉良、颜敏主编：《中国现当代文学史·前言·上册》，上海：上海教育出版社，2004 年，第 2 页。

斥在外，当代文学史亦然如此，从50年代到2010年出版的几部中国当代文学史（吴秀明《中国当代文学史写真》、洪子诚《中国当代文学史》、陈思和《中国当代文学60年：1949—2009》等），这是一个共同的立场。虽然近几年有的教材中以附录的方式加入一两个章节，但完全是主流之外的附属品（黄修已《21世纪中国文学史》）。

那么，中国格律诗的创作是否就完全中断了呢？笔者认为完全不是：首先从理论上讲，对格律诗的支持并不缺乏。"五四"运动中虽然提出对八股文、"选学妖孽"等，但是并未公开将格律诗完全作为"封建主义文学"的形式，这是明确的。其原因一方面在于世界各国诗歌包括西方的诗歌都是有格律的，从逻辑上来说，废止中国的格律诗而提倡西方的格律诗是无法立足的，即使是将其指为"旧诗词"或"封建文学"等，而无法回避的是西方的格律诗同样是欧洲中世纪封建社会就存在的，如历史久远的英诗，被中国新文学运动所赞颂的雪莱拜伦等人的诗体本身就是欧洲的"旧体诗"。即使是俄罗斯苏联的新诗人中，相当多的诗人如普希金、勃洛克等人仍然是写本民族的格律诗。五四以后，南社诗人的创作是中国传统的格律诗创作的一个高潮，南社诗人得源唐宋，上接同光诸子，创作了大量优秀诗词。

另一方面，相当多的革命家与革命作家本人就是格律诗作者，格律诗的重要团体南社诗人柳亚子等人是孙中山的民主主义革命的拥护者。此外如毛泽东的诗词曾经在中国历史上发挥过重要作用，如众所周知的重庆谈判期间发表的词《沁园春·雪》。再如1958年7月1日写的《七律二首·送瘟神》，则是"读6月3日人民日报，余江县消灭了血吸虫，浮想联翩，夜不能寐，微风拂煦，旭日临窗遥望南天，欣然命笔"。同样被广泛传播，甚至用作电影的主题歌。

毛泽东提倡"古为今用，洋为中用"，主张发扬民族传统，重视格律诗的创作，他和柳亚子、郭沫若、臧克家、陈毅等人都有格律诗唱和或是讨论诗的信件，成为中国文学史上的佳话。他重视民族文学传统与他对"新文学"批评恰形成鲜明的对比。倒是一位日本学者在评论《毛主席诗词》（1963）出版时作出了较为贴切的解释："也许作者把出版诗集当成是纯粹个人的事，但由于当时的地位和立场，加上周围的希望，才以这种规模出版的吧。不过，包含并超越这种情况，让人感到中国文化中'传统'的根深蒂固。我似乎感到'传统'作用于文化上的力量不仅强大，而且参与创造文化的人想主动融合到'传统'中去的冲动也十分强烈"①。当然并不只是毛泽东，包括是孙中山、鲁迅、陈毅等人都表示过对格律诗作为传统文学代表形式的肯定。

传统格律诗词方面，其他如鲁迅、郭沫若、胡乔木、赵朴初等人都有优秀的格律诗作品发表，而且这些作品都是针对社会现实而发，可谓真正的"现实主义"杰作，如赵朴初1965年2月1日发表于《人民日报》的散曲《某公三哭》，取材国际政治风云，语言幽默、针砭有力，一时间广为流传。其诗句如"一声霹雳惊天地，蘑菇云起红戈壁"成为人人能诵的名句②。

此外还有一批长期坚持格律诗创作的学者和作家，他们是中国格律诗的艺术传统的继承者，以其为主要创作形式，其作品通过各种渠道广泛流传，如钱仲联的《梦苕盫诗存》，《梦苕盫词存》等，著名诗人金天翮说："仲联之诗，其骨秀，其气昌，其词瑰玮而有

---

① ［日］竹内实：《毛泽东的诗与人生——竹内实文集》，第三卷，张会才译，北京：中国文联出版社，2002年，第7页。

② 《赵朴初韵文集·上册》，上海：上海古籍出版社，2003年，第142页。

芒，盖骎骎乎造作者之堂矣"①。香港著名学者诗人饶宗颐的《清晖集》，《选堂诗词集》等专集收入了他的赋和诗词，南京大学程千帆曾经赞曰："硕学罕俦，妙才无对。高情踵谢，暴力追韩"②。季羡林先生在为《清晖集》作序时，借题发挥说到了诗词的创作，他认为："五四运动以来，白话诗兴。羡林平生不为诗，白话诗之成与败，得与失，实不敢赞一词。然而，既称之为诗，必有诗之形式。今之为诗者，实为散文，而必称之为诗，且侈谈理论，滔滔如悬河泻水，意气昂然。以外道如不佞者视之，诚属方凿圆枘，又如丈二和尚，摸不着头脑"③。其他还有钱锺书的诗集《槐聚诗存》、启功的《启功韵语》、沈祖棻的《沈祖棻诗词》等佳作行世。

作为一种喜闻乐见的传统文学形式，群众性的格律诗创作热情历久不衰，特别是20世纪80年代以后，中国文学传统复兴势头猛烈，格律诗的创作成了这种复兴的代表作。这次创作大潮不同于中国现代文学史上的几次所谓"古典主义"浪潮，当年的"学衡派"也提倡古典主义的美学原则，但仅仅一批知识分子的倡导，而且停留于理论上。当代格律诗已经是波澜壮阔的群众性创作，全国各大报刊文学刊物都发表大量的诗词，其数量超过任何一个时期，即是20世纪延安文学和50年代的新民歌运动都无法与当代格律诗创作的量与质相比。

中国新诗是"新文化运动"的产物，也是中国现当代文学中诗歌的绝对主流。从解放区的新民歌运动直到当代的朦胧诗，无疑对

---

① 金天翮：《梦苕盦诗存·序》，钱仲联：《梦苕盦诗文集·上》，黄山：黄山书社，2008年，第4页。
② 程千帆：《涉江词鹧鸪天八首小笺》，饶宗颐《清晖集》，深圳：海天出版社，1999年，第456页。
③ 季羡林：《清晖集序》，饶宗颐：《清晖集》，深圳：海天出版社，1999年，第1页。

中国文学发展有一定贡献。但是无可讳言，新诗的局限性相当明显，毛泽东直到1965年还曾经说过："但用白话写诗，几十年来，迄无成功"①。足见他对新诗的评价其实与季羡林等人大同小异，曾经被新文学史家们高度评价为"民族化样板"的《王贵与李香香》和歌剧《白毛女》都没有得到领袖与著名学者的肯定，这足以使新文学史家们懊丧。其实从郭沫若的《女神》中对西方浪漫主义诗风的接受、李金发的现代主义诗歌直到朦胧诗对印象派和象征主义诗人的模仿，中国的新诗与拜伦、雪莱、华兹华斯、里尔叶芝等人的关系远胜过与"民歌"的联系，当然更不用说风骚李杜了，正可以说明新诗这种来自于西方文学的形式，作为一种"替代言说"，西方诗歌仅从形式角度，如拼音文字讲求音步等格律与中国传统诗律之间有相当大差异，要取代中国诗在其汉语母体中的地位是不可能的，正所谓"刘郎已恨蓬山远，犹隔蓬山一万重。"

综上可见，中国现代文学史对于格律诗的这种"视而不见，听而不闻"其实代表了一种体系性的排异与对抗，这是新文学精神对"旧文学"传统之间的对立，不是个别人物所能左右的。因为一种主流话语不可能允许"非主流"的传统形式在文学史上存在。

三、中国章回体小说："被"阉割"的传统

与格律诗相比，中国古典小说形式在现当代文学史中的命运更是波谲云诡，令人难以理解。如果说中国的格律诗由于有毛泽东、陈毅、郭沫若和鲁迅等处于"革命阵营"领导地位的诗人带头创作，虽然"新文学"运动一段时期的行政领导人物（如被鲁迅称之为"四条汉子"的周扬等文艺界的领导人）对此颇有忌讳，采取的

---

① 《毛泽东论文艺·增订版》，北京：人民文学出版社，1992年，第170页。

"王顾左右而言他"的方式,他们从不多谈中国格律诗的创作,除了对毛泽东、鲁迅、郭沫若的格律诗偶作评价外,对旧体诗创作讳莫如深,从不轻易言及。

当然从另一方面而言,格律毕竟有这些人物的神圣光环之威力,只是被排除在文学史视域之外,为新文学史书所不载,而并未被明令禁止。但古典小说则不同了,没有一位马克思主义者或是新中国的伟大作家是古典小说特别是章回体小说的作者,所以传统的中国古典小说尽管有《红楼梦》等四大名著的光辉,但是现当代竟然完全断流,随着最后一位著名章回体小说家张恨水销声匿迹,整个章回体小为代表的中国传统小说模式从此被"阉割",流传了二千年的中国古典小说,兴盛了四百年的章回体小说在"新文学史"中绝迹。最奇怪的是郑振铎等人还另起炉灶,以"中国通俗文学史"来收入被"现当代文学史"所排除的部分章回体小说之类,造成了中国文学中所特有的雅文学与俗文学、古代近代文学与现当代文学、"新文学"与"旧文学"之间不伦不类的对立和分化。

为什么会有这种咄咄怪事?笔者认为,文化差异通过文体形式的通变起了重要作用,中国现当代文学的主流理论体系来自于西方欧美传统,特别是俄苏文学理论一直占统治地位。虽然毛泽东《在延安文艺座谈会上的讲话》发表之后,对于'言必称希腊罗马"的西方理论有较大冲击,但是无法彻底改变主流方向与结构。季摩菲耶夫等人的《文学理论》与苏联作家的文学史观,以高尔基为代表的"社会主义现实主义"理论直到"文化革命"都是主流,"文化革命"以后则以欧美现代主义、后现代主义理论、甚至被称为后殖民主义活化石的"魔幻现实主义"理论,一直对中国小说有重大影响。现当代文学的作家们如鲁迅、郭沫若、茅盾、丁玲、周立波、沈从文、钱锺书、张爱玲等人直到当代小说家王蒙、王小波等人的"小说"在中国的历史较短,这种文体本身其实与我们的"新诗"

一样，是一种地道的来自西方的"新小说"。世界文学史上，欧洲小说文体一直居于统治地位，16世纪西班牙起源的小说到19世纪已经风行世界（西班牙的小说传统深厚，因此曾经是西班牙人殖民地的南美民族也用西班牙文写小说并且以"魔幻现实主义"而闻名于世），中国人与其他东方民族一样到20世纪初期，才真正接受了这种外来文体。

值得注意的是西方马克思主义理论家卢卡契曾经将影响极大的西方历史小说看成是"资本主义的文体"，詹姆逊说："卢卡契写过一本重要的著作《历史小说》。他证明了历史小说并不是从来就有的小说形式，而是在资产阶级革命时期出现的。……巴尔扎克说，我现在是为18世纪40年代的你们写小说，但20年前情景却不是这样的，我们必须从那里开始，这样现实主义小说中便揉进了一种从前从来没有过的历史发展进程，历史小说和现实主义密切联系起来了"①。把当代小说视为最重要文体的现代评论家们可能会将詹姆逊的说法归之为奇谈怪论，其实只要想到那些将章回体小说视为封建主义文体的理论家们，就不难明白，他们和詹姆逊、卢卡契有着共同的理论基础，其实有着近似的文学观念。共同之处在于将文体看成是时代意识的形式化，因此重复了黑格尔的老话：形式即内容，内容即形式，实际上否认了内容与形式的辩证关系，成为西方"能指中心主义"的牺牲品。

剖析了这种文体观念，就可以明白中国现当代文学其实是对西方小说文体的逆向选择，当然，标准是多元化的。鲁迅将反对俄罗斯封建农奴制度的作家果戈理的《狂人日记》作为自己小说的名称；茅盾《子夜》中的民族工业进程正是以法国工业化进程中的左拉

---

① ［美］《后现代主义与文化理论——弗·詹姆逊教授讲演录》，唐小兵译，西安：陕西师范大学出版社，1986年，第204—205页。

"自然主义"为写作理念;巴金对屠格涅夫与法国卢梭等人的学习是人所皆知的,他的"我控诉"正是师法前二位的写作方略。丁玲等人的《太阳照在桑乾河上》在获得斯大林奖金的同时,这本书与苏联卫国战争和农业集体化小说的联系也显露出来。周立波《山乡巨变》、周而复《上海的早晨》都明显借鉴苏联与欧美小说中对集体农庄化与工业化进程的叙事模式。20世纪80年代以后,直接模仿西方现代派或后现代主义的作品更是兴盛:"伤痕文学"与俄罗斯的"解冻文学"、中国的"后现代派小说"等则直接袭用了西方的名称,中国的"寻根文学"作家几乎无不一把马尔克斯、博尔赫斯与略萨等"魔幻现实主义"作家当成偶像。总之,几乎一个世纪的中国现代小说的模式在接受西方的同时,以一种"现代意识",坚决地摒弃了章回体或是其他笔记小说之类传统形式。

值得深思的是,毛泽东在1947年写给毛岸英的信中,并没有要求自己的儿子读任何现代小说,反而说:"你要看历史小说,明清两朝人写的笔记小说(明以前笔记不必多看),可托周扬同志设法,或能找到一些"。①如果是托周扬找,那当然最方便是找新小说了,可是竟然要找的是"笔记小说",这可能对周扬来说在当时是相当艰巨的任务。中国古典小说自汉代的志怪小说起步,经历了唐代话本,至明清时期成熟,明清以后,中国所独有的章回体小说由于与汉语、中国叙事方式与审美观念的契合,而成为中国小说的正统模式,所谓四大名著都采用了章回体的形式。

但是在现当代文学中,章回体小说首先从内容上就被视为"封建主义"的文学形式,其退出历史舞台的方式不是喜剧也不是悲剧,几乎是可以与中世纪的宗教讽刺剧在文艺复兴中的遭遇相比。明末清初,中国古典小说复兴,这是在近代工商经济兴起的时代背

---

① 《毛泽东论文艺·增订版》,北京:人民文学出版社,1992年,第160页。

景下的一种文学思潮，如同英美工业化初期的世俗小说（或称为通俗小说）复兴并无二致。不过结果却完全不同，欧美的世俗小说作为一种文体成为民族文学的重要成分，而中国的世俗小说却被到最激烈的抨击，直到今日仍然没有被昭雪正名。1922年7—8月，上海的两个以文人为主体的文学社团青社与星社出版一份名为《礼拜六》的杂志，同时出版大量各种题材的作品，包括才子佳人、武侠、侦探等广泛内容。这就是被钱玄同、周作人早已经预先定了名称的"鸳鸯蝴蝶派"，他们的作品以传统小说形式为主，特别是章回体最多。但最终在从钱玄同到沈雁冰等不同立场的新文学作家的一致攻讦下，至20世纪30年代消亡。章回体小说回光返照式的兴盛的代表人物是张恨水，到抗日战争后，他的创作也进入后期，这是最后一位章回体小说的名家，从此这种传统文体突然消失于中国文坛（只有林语堂、琼瑶等半遮半掩的少量作品成为余音）。几乎所有的中国现当代文学史对于鸳鸯蝴蝶派和张恨水都评价不高或是暂付阙如。倒是海外的夏济安说过："清末小说和民国的《礼拜六》派小说艺术成就可能比新小说高，可惜不被人注意"。① 其实当然并不是没人注意，而是受到排斥。张恨水被人称为"封建余孽的小说作家"，其小说形式也被贬抑，茅在《自然主义与中国现代小说》中说："现代的章回体派小说，根本错误即在把能受暗示能联想的人类头脑看作只是拨一拨、动一动的算盘珠"。②

但毛泽东似乎对章回体这类传统形式小说并不是太反感，他在延安时曾经读过李建侯所著的《义昌演义》，这是一部以李自成为题材的历史小说，在给李鼎铭先生的信中说："近日鄙人阅读一过，获益良多。并已抄存一部，以为将来之用。作者李建侯先生经营此

---

① 夏济安：《夏济安对中国俗文学的看法》，《爱情·社会·小说》，台湾：纯文学出版社，1970年。
② 《茅盾文艺杂论集》，上海：上海文艺出版社，1981年，第85页。

书,费了大力,请先生代我向作者致深切之敬意。"他还曾经说过:"小说一定要写章回体,就可以不必;但语言、写法,应该是中国的"。①特别许多人不解的是,毛泽东参加重庆谈判时,还曾专程看望过当时住在重庆的章回小说家张恨水,并赠送从延安带去的礼品,而并没有看望当时远比张恨水声名显赫的一些社会名流和新文学的作家,这一直是中国现代文学史上的一个小小的不解之谜,我们是否可以从对传统文学形式的理解角度来看待这一历史现象?

除了以上两种文体之外,中国传统形式还有戏剧和"文",我们只能作最简略的论述。中国戏曲有深厚的民间基础,一直有新戏的编写,但是无可讳言,新编戏曲与传统剧目之数量是不能相比的,占有统治地位的仍然是"旧戏"而不是新戏,这些旧戏偶然有改编,但是与中国现代文学史没有关系。至于所谓的"文"其实指文言文写作的所有文字,《文心雕龙》中的"文"竟然多达数十种文体,《文选》中也相当多,以至章学诚称其"秽杂"。从先秦诸子、唐宋八大家、明清小品、桐城文章等,无一不可以归入其中。"五四"运动中提出废止文言,推广白话的主张之后,文言文基本绝迹,只有少数作者用以写作学术文章,如鲁迅、章士钊、钱基博、钱锺书等人仍然使用,实属罕见了。而大量的白话"散文"则与西方散文文体相近,效法屠格涅夫、蒙田等散文大家或是其他革命文体的作者相当多。由于篇幅限制,我们就不再赘述,也留给读者一定的思考余地。综上所述,如果从文体角度将中国现当代文学定位为传统文体基本断裂,成为了后殖民批评中的"非主流"话语形式,应当是确定不移的结论。

---

① 《毛泽东论文艺·增订版》,北京:人民文学出版社,1992年,第95页。

四、"第三世界寓言"与"非主流"文学论

文学传统模式的通变是正常的,但是文学史书写中,将本民族的传统文体创作排除,而将西方文化的诗歌与小说来替代,作为一个历史时期的唯一或是主流的形式,至少是不够全面的文学史书写。

《文心雕龙·通变》篇中说:"夫设文之体有常,变文之数无方,何以明其然?凡诗、赋、书、记,名理相因,此有常之体也;文辞气力,通变则久,此无方之数也"。①就是说,由于文学创作中的语言与作品的革新导致了文体的"通"与"变"的辩证规律,它必须"资故实"和"参古定法",才可能演化出本民族传统的新模式。而断裂传统,从西方文化传统中撷取新文体,则不可能推动本土文学的兴盛,而只能形成一种因袭后殖民文学的模式。

这里不得不提到备受推崇的詹姆逊第三世界文学论,这是一种后现代文学批评的代表观念。詹姆逊曾经认为:第三世界文学在殖民主义历史语境下,其叙事方式与民族之间是不自然关系,所以它的文学作品是寓言向度的,称之为"民族寓言",当然是一种"不自然"的叙事模式。而第一世界的文学则是意义与形式的象征关系,是一种在本民族社会生活基础上所形成的具有自然联系的文学。哈佛大学的王德威教授一方面承认:他所赞扬的如夏志清这样的批评家"可能会承认中国现代文小说含有一种'国族寓言式冲动'"。另一方面又批评詹姆逊的理论"泄漏了再现论的迷思"。②其实正是显现了这种观念的存在,当然这里丝毫没有批评王先生的

---

① 《文心雕龙·下》,北京:人民文学出版社,1958年,第519页。
② 夏志清:《中国现代小说史》,上海:复旦大学出版社,2005年,第41—42页。

意思。

首先，詹姆逊的民族寓言论并不仅是对中国而发，他对中国现代文学特别是鲁迅的《狂人日记》和《阿Q正传》等还是有积极评价的。但是无可讳言，他的这一说法作为第三世界文学特性的总概括是包括中国在内的。他的错误只是在于：忽视了中国现代文学的叙事与民族独立解放之间的关系是多元化的，其中既有这种民族寓言式的再现，更多的则是民族文学叙事，这种叙事是独创性的，即使在使用了西方叙事模式的历史语境下，难以掩盖其光辉。当然无可讳言的是，詹姆逊的这种理论有其贡献，在于指出第三世界文学回归本民族文学的途径并不是政治无意思，而是叙事模式的转换。这就有一个可能并非是詹姆逊本意的效果：第三世界文学应当有对于民族文学形式的继承，而不是对西方文体的模仿。可惜的是他这种理论的中心观念却是错误的，因为模式不是第三世界作家自己选择的，他们是处于一种文化霸权的语境之中，是欧美的殖民主义造成了这种语境。五四新文学作家为了国家民族的富强选择了反封建的文学，他们被迫放弃了民族传统，虽然这种放弃被历史证明并不是完全恰当的，但是在当时是有进步意义的。他们引进的西方话语成为统治地位之后，导致后世作家不可能立即返回到传统文学去。我们没有任何理由来否定新文学运动的伟大历史功勋。

斯皮瓦克曾经有一句颇为后殖民论者们所激赏的话，如果用以中国现代文学为佐证极为合适，她说社会是一种"具有话语权的读者，是有文化霸权的群众"他们会把一定的人看成是自己的代表，要求他们执行自己的愿望。[1]这些"一定的人"在中国现当代文学史上，应当相当明确。但是笔者认为，责任并不在于他们，他们只

---

[1] Gayatri Chakravorty Spivak, The Post-Colonial Critic: Strategies, Dialogeues, ed. Sarah Harasym, New Yokr: Routledge, 1990, 60.

是现代文学政策的制定者与执行者,甚至只不过是一些文学史的专家和研究者。从根本上来说,现代文学中的传统断裂绝不是某些个别人的意愿,而是一种历史语境的必然。这种语境使作家不得不选择西方文学思潮与流派,将其移植到中国,在一种后殖民话语下,重述这种叙事。当然由于中国曾经是半殖民地半封建社会,中国现当代文学的语境恰也是"半后殖民主义"的。这种政策的口号是反对封建主义文学的,其实毛泽东《延安文艺座谈会上的讲话》中就已经说过:"所以我们决不可拒绝继承和借鉴古人和外国人,哪怕是封建阶级和资产阶级的东西"。[①]可以说,毛泽东早在20世纪40年代就已经预见到了: 文学艺术完全否定传统是错误的,詹姆逊所没有说出的话,毛泽东早已经指出。

  同时也要看到,对于中国现当代文学的领导阶层而言,封建阶级与资产阶级是势不两立的,后殖民语境中的西方文化霸权话语无处不在,不可能存在中国独特的民族化乐园。即使是毛泽东也无能为力,特别是在五六十年代,他尤其关注文学的"民族形式",除了在"洋为中用,古为今用"等说法之外,他在1956年8月24日《同音乐工作者的谈话》中指出:"艺术的基本原理有其共同性,但表现形式要多样化,要有民族形式和民族风格。……说中国民族的东西没有规律,这是否定中国的东西,是不对的。中国的语言、音乐、绘画都有它自己的规律。……艺术上'全盘西化'被接受的可能性很少,还是以中国艺术为基础,吸收一些外国的东西进行自己的创造为好"。[②]可惜的是,这种提倡为时已晚,对于在受到半世纪欧美与苏俄文学引导的"新文学"主流而言,要想重新拾起诗词曲赋、章回小说、唐宋文来说,无异于返回到封建主义的原点,这样

---

① 《毛泽东论文艺·增订版》,北京:人民文学出版社,1992年,第49页。
② 《毛泽东论文艺·增订版》,北京:人民文学出版社,1992年,第91页。

新文学之新则丧失殆尽,对于他们而言,这是决定存亡的生死之争。受到毛泽东激烈批评的文艺部门领导简直手足无措,不得要领。他们一直以反对"封建文学"为主要斗争目标,完全不理解如何"继承民族形式"这种任务的真髓。即使有这种愿望,在"替代言说"已经成为主流话语时,他们也没有回天之力。这种传统的断裂对于当代作家来说其实是一种失去传统濡养的灾难,从茅盾、巴金、沈从文、张爱玲直到王蒙、莫言和王朔等,他们熟悉托尔斯泰、高尔基、福克纳、康拉德、马尔克斯略萨等人胜过屈原、李、杜、元、白、韩、苏、纳兰性德、曹雪芹,多数作家连格律诗的韵律平仄都不懂,而不谙中国格律诗就无法读懂《红楼梦》、《三国演义》这样的中国古典小说,甚至连章回体的标题中的对偶对相当多的当代作家都相当费力。至于新中国培养出来的作家就更是困难,要他们创作出具有中国传统的作品是不可能的。因为他们生活在五四作家的语境中,他们从中小学就读着鲁迅杂文、巴金、老舍等人的现代小说长大,他们时代是白话文学的时代,诗经楚辞唐诗宋词元曲明清笔记对他们来说是另一个时代的文学话语。如何能要求他们继承民族文学叙事模式并且有所创造。

中国文学史上,以对白话革命和革命文学为追求的新文学,在"半殖民地半封建的中国,完成了反封建的革命,借鉴了西方文学形式的同时,无可避免地引入了后殖民的现代性。因为形式从来不只是形式,詹姆逊说:"倘若我们自己局限于文类问题,那么这种模式隐含的意思是:就其自然出现的、有力的形式而言,文类本质上是一种社会——象征的信息,或者用另外的方式说,那种形式本身是一种内在的、固有的意识形态"。[①] 其实这种观念并不是詹姆逊的

[①] [美]弗雷德克·詹姆逊:《政治无意识》,王逢振、陈永国译,1999年,第127页。

发明,从黑格尔直到海德格尔都一直坚持这一观点,一定历史时段中的俄苏与中国的文学理论教科书上都是这样写着。由此而形成的对民族叙事模式的断送是必然的。因为从本质上来说,中国文体只能是中国的意识形态的积淀,而不可能是西方文体的移植。当代文学史上一个最鲜明的例子是,当拉美民族文学向自己的传统形式——印第安神话——回归时,我们的"寻根文学"也努力向"中国神话"回归,可惜的是忽略了基本的一点:中国文明不是印第安文明,作为世界四大古代文明之一的形态,中国与15世纪才被发现的古代玛雅文明之间的形态完全不同,从民族文学传统而言,它也不具有印第安式的神话与原始崇拜。我们不必去返回中国或是臆造出来的崇拜与民间习俗,中国传统文学形式已经足够作为我们创新的依据,因为它已经是我们的文学之根了。

  在全球化时代的语境中,传统延续是一个无可回避的重要命题,因为在这种语境中,对传统文学形式的断裂或是将其打为非主流都是历史的宿命。这也决定了整个20世纪中国文学少在文体上,其实与两千年传统之间存在着不和谐关系。回归本民族传统文学形式,是一个世界性的潮流,并不仅仅限于"第三世界文学",甚至欧美传统文学内部也正在反思。如加拿大是西方发达国家,其文学传统是英法文学,虽然如此,后殖民文化也是文学家和学者们抨击的重要对象,当代加拿大杰出的女作家玛格丽特·阿特伍德在接受采访时就说过:"我认为有必要再寻找第三种语言……或可以说是另一种语言。……无论是在加拿大或是在澳大利亚,我们都是用英语或是法语写作。这就说明我们的历史传统是另外一个国家所创造的。"[1]这里所表达的是回归加拿大传统文学形式的呼声。当代中国

---

[1] Jim Davison, Where Were You When I Realy NeededYou, In Earel G. Ingersoll ed. Margared Atwood: Conversations, London: Vireago Press Limited, 1992, p. 92.

文学的创作中,在中国传统文学形式基础上的革新与创新正是中国文学与世界对话的重要方式。特别是经历了伟大的"五四"新文化运动之后,对于传统形式的继承应当更具有信心。况且正如上文所述,如果中国现当代文学史上竟然没有陈石遗、于右任、毛泽东、柳亚子、钱仲联等这样有影响的诗人及其作品,没有中国戏曲的传统剧目革新与"新戏",没有张恨水或是金庸等人的章回小说,至少不能看作是一部完整的中国文学史。

中国文学的历史,且不说是从《诗经》与楚辞算起,就只按章太炎的算法,以《汉书·艺文志》与刘歆《七略》而为中国文学史的学科建立之始,至今已有两千年之久,抑或以笔者之见,《梁书·文学列传》与萧统《文选序》以辞采丽文为文学史之始,其传统都是十分久远的。中国现当代文学百年间的历史不足其十分之一,新文学史不能割断与传统关联,文学史视域更要求有一个历史传承观念。这就要求我们写出"复调的"(包括主流文体与多元文体在内)文学史,这是一种全视域的、有文学通变关系的"中国文学全通史"。从这一目标而言,现代文学史的不足之处在于"通变之术疏耳",因为文学史通变的规律是"文律运用,日新其业,……望今制奇,参古定法。"疏于通变,其结果就是传统文学形式之流失,这是令人为之扼腕而叹的。

当代诗学话语中的中国诗学理论体系[①]

——兼及中国诗学的印象式批评之说

一、中国诗学话语、思维与体系的评价

当代诗学对话中,相当流行的一种观点是:中国诗学(这里的"诗学"Poetics 采用国际学术的概念,相当于西方的文学理论 theory of literature 或者是文学批评 Literary criticism)没有独立体系,以感悟式的批评为主,主要形式是诗话词话,与西方诗学的体系性理论形态不同,甚至连成为一个有机的整体都不可能。类似说法相当多,我们先举刘若愚《中国文学理论》中的一段话为代表:

> 事实上,中国批评家通常是折中派或是综合主义者;一个批评家的见解可能散见于本书不同的章节。纵非所愿,实难避免。否则,或是以年代次序讨论所有批评家,而写成一部编年纪或搜集一些批评文萃加以翻译,串以事实的叙述与流水账似的评论,或是耽溺于蒙昧主义(obscurantism),甚至走火入魔(mumbo-jumbo),堆砌野狐禅(zen-my)(若非野人头 zany),以

[①] 本文是国家社会科学基金课题《比较文论与批评的历史阶段与类型学研究》(批准号 01EZW001)与教育部人文社会科学重点研究基地北京大学东方文学研究中心重大课题《东方与西方:文学的交流和影响》(批准号 01JAJZD750.11-4001)的成果之一。曾发表于《兰州大学学报》,2010 年第 2 期。

便使"神秘的东方"与"不可测的中国人"这种神话永传下去。……而且,中国批评家所写的零散评论,通常是前后相隔多年,不可能看成是有机的整体。①

中国批评家是不是"折中派"或是"综合主义者",中国文学理论是不会被人看成是"野狐禅"或是"神秘的东方"的话语,我们暂且不论。但是,中国文学批评话语自己的特性,这是无可怀疑的。关于这种批评特性,有称为感悟性,有称为点悟性、有的称为点评式、有的称为禅悟性、有的称为抒情性等。如叶维廉认为:

　　……中国传统的批评是属于"点、悟"式的批评,以不破坏诗的"机心"为理想,在结构上,用"言简而意繁"及"点到而止"去激起读者意识中诗的活动,使诗的意境重现,是一种近乎诗的结构。②

此外还有黄维梁的总结式的论述:

　　中国历代诗话词话的写作态度和批评方法,值得诟病的地方很多。从章学诚、杨鸿烈、郭绍虞、刘若愚、姚一苇、张健、吴宏一到颜元叔等人,无不异口同声指责过。大家也不约而同地用印象式来指称历代诗话词的批评手法——准确地说,应为历代诗话词话的印象式实际批评手法。③

---

① 刘若愚:《中国文学理论》,杜国清译,凤凰出版集团,江苏教育出版社,2006年,第18页。
② 叶维廉:《中国批评方法略论》,见叶维廉著《中国诗学》,生活·读书·新知三联书店,1992年,第9页。
③ 黄维梁:《诗话词话和印象式批评》,见黄维梁著《中国古典文论新探》,北京大学出版社,1996年,第74页。

限于篇幅，不一一陈述，虽然说法各异，但本质归一，全部是指中国诗话词话所特有的话语特性。为了统一起见，我们采用"印象式批评"这一用得最多的说法。同时由于是从国际学术的视域或是从比较诗学的角度而论，我们将中国的诗话词话文论统一称为中国诗学。这里需要说明的是，第一，所引的观点以海外华人学者为主，并不是说国内学者并无此观点。第二，以上著者只是指出中国诗学的思维与批评方法的特点，并未否定中国诗学的价值，相反，多数学者都是高度评价中国诗学的，只不过是强调其与其他诗学体系（主要是西方诗学体系）的不同话语特性。

为了论述中不至于曲解或是误读而产生不必要的纷争，我们再将这一观念简单归纳：

其一，对中国诗学总体的性质评价，认为其不是一种理论话语，不能归入理论体系，甚至不能称为文学理论或是诗学。

其二，中国诗学的批评话语（包括"写作态度"与"批评方法"等方面）不同于西方的理论话语或是分析式话语，而是一种印象式的话语，所谓"印象式"批评。

其三，这种话语与中国诗学的文化逻辑与思维方式有关，这种逻辑与思维是表象式的、隐语式的、直觉式的（刘若愚语）；而西方诗学则是理性的、分析与归纳的、或是径称为"亚里士多德式"的。

有必要说明的是，以上评价并非全是贬义或是彻底否定的结论，绝大多数学者是从文学批评的本论论与比较诗学出发，对于中国诗学特性的把握。当然也并不是所有学者都认为中国诗学不如西方理性思维与成理论体系的诗学优秀。

但是，关键在于中国诗学是不是一种文学理论体系，是不是可以进入世界"诗学"的范畴。因为世界各民族的诗学话语各有不同，这是由不同文明的性质与语境所决定的，诗学的话语可以是民族性的。但是如果中国诗学根本不是一种理论体系,甚至不是一种理论,只是一种随想或是臆断,那就是根本不属于"诗学",也就没有学术价值。

因此,大有必要进行辨析,笔者在近年来曾经针对以上观念,先后在多部论著中结合具体语境提出了自己的看法,现在则应当相对集中地阐释一下自己的观点。

二、诗话是诗学理论的主流

中国诗学话语是不是一种理论?

这就要对中国诗学话语的构成与历史作一个简略的回顾,然后在此基础上才可能对话语的性质进行认证。我们已经说过,中国诗学指文学理论,主要构成是两大类:文论与诗话词话。

所谓文论,主要指从先秦经典开始的对文章(包括散文与表奏章记等文体),在一定语境中也包括诗词歌赋的文学理论研究,具体有以下内容:1. "六经"中开始出现的关于"诗"(古诗统称,有时特指《诗经》)、舞、乐与"文"的论述,这是中国文学艺术理论的肇始,已经有相当系统的文学艺术特征与性质的相关论述。如《尚书·尧典》中的"诗言志"论、《乐记》中的音乐理论、《春秋左氏传》中关于诗与文的大量论述。2. 先秦诸子关于诗文的主要学说与理论范畴,包括孔子《论语》中关于诗(诗经)的相关论述与近年来出土的上博馆战国楚竹书孔子诗论;孟子荀子墨子韩非等诸子关于诗与文学的相关论述。3. 两汉以降直到清代,以"文"(涵盖广义的文学)研究为主的理论,特别是从建安时期曹丕《典论·论文》、魏晋时期的刘勰《文心雕龙》直到清代桐城派文论、章太炎《文学略论》等代表作。

概而论之,从先秦经典到清末民初的文论是一种系统的理论,具有中国文学理论的鲜明特性,提出了一系列重要的理论观念。主要有《尚书·尧典》《春秋左氏传》《诗大序》中的"诗言志"说《诗经》中的"德言"论先秦诸子中就已涉及,到唐宋以后成为诗学主流的"文以明道"与"文以载道"说。此外还有陆机《文赋》等所说的"诗缘情",《文心雕龙·原道》篇中的"文之为德"说,萧统《文选序》中的"义归乎翰藻,事出于沈思"、清代桐城派文论的"义理、辞章与考据"的学说、阮元的"文言说"到章太炎的文学理论。这是中国文论的大致发展线索,可以看出,这完全是一种有基础理论范畴、核心观点,有理论发展承继关系与脉络的全面理论体系。其文化逻辑与思维方式、批评方法与模式完全可以与西方相媲美。

西方诗学理论从亚里士多德《诗学》开始,以"模仿说"为中心观念,到中世纪时期曾经陷入神学泥淖,直到文艺复兴之后才再度沿着希腊人的理性思维模式发展,在法国古典主义时期,其理性中心的特征极为显著。到浪漫主义兴起后,文学思想经历巨变,从模仿说为主要发展线索一变而为主体情感抒发为中心,用美国学者阿伯拉姆斯(M. H. Abrams)的名著《镜与灯:浪漫主义文论及批评传统》中的比喻来说,艺术模仿世界如同镜子映象,而浪漫主义的主观情感表现则如灯发光一样。但从总体而言,西方诗学是具有相对稳定的范畴及话语、核心观念与发展线索的理论体系,这也是普遍的看法。

第二种是中国的诗话词话,这是被指认为"印象式批评"的主要对象,其中诗话由于延续时间长,数量大,所承担的责任远胜过词话,自然成为众矢之的。

什么是诗话?北宋许顗的《彦周诗话》中认为:

> 诗话者，辨句法，备古今，纪盛德，录异事，正讹误也。①

这可以说是对诗话本质的一种定义，其中所说的"句法"指诗法等形式与内容的规则，"古今"则包括了中国诗歌的历史沿革，"纪盛德"与"录异事"则为历史语境与诗人的行为等方面，基本上合乎孟子所谓"知人论世"的儒家批评原则。所以，从这个定义而言，多数中国学者认为诗话是有理性原则的。当代国学家钱仲联先生就曾认为诗话的范围其实可以包括所谓的理论批评：

> ……厥后诗话之作用逐渐拓展，理论批评、故实考订等俱可阑入。……可知诗话不特有助于知人论世，亦为诗歌理论提供有益之物，《诗话学》之称，非无由也。②

其实以笔者之见，无待于《诗话学》之名立，诗话作为中国诗学的基本构成，其理论性是无可置疑的。中国诗话以锺嵘《诗品》（也有以欧阳修《六一诗话》为最早的诗话的主张）为起始，从魏晋至唐代，诗话与文论并进，但是总体而言，魏晋时发达的文论如《文心雕龙》和《文赋》、唐代复古运动的文论等居于更为显赫的地位。虽然唐代也有司空图《二十四诗品》和释皎然《诗式》等杰出诗话，但诗话仍未能成中国文学理论的主流，这是符合历史事实的评价。这也就引发了前人所谓"唐人不言诗而诗盛，宋人言诗而诗衰"之类的说法。当然这种说法其实是一种偏见，郭绍虞等前辈早已经指

---

① [宋]许顗：《彦周诗话》，何文焕辑《历代诗话》（上），中华书局，1980年，第378页。
② 钱仲联：《梦苕盦诗文集》（下），周秦、刘梦芙编校，黄山书社，2008年，第932页。

出其不实之处，这里不再赘述①。北宋陈师道《后山诗话》可看作是中国文学史上有重要地位的江西诗派的理论代表作，也是中国诗话中最早的理论化倾向的引导潮流者。作者本人即是江西诗派所谓的"一祖三宗"的"三宗"之一，所提出的"以故为新，以雅为俗"观点，"宁拙勿巧"等创作主张，对于诗话的理论化起了决定性作用，至北宋时期人，诗话成为中国诗学诗理论之主流成，并且地位愈加重要。如果从诗学的原则来看，理论批评所强调的义理、词章与考据都已经成为是中国诗话的主要内容，这应当是诗话理论性最有力的证据。从北宋之后直至清末，虽然唐宋八大家的文论持续兴盛、清代桐城派文论兴起，新生的理论形态有戏剧、小说理论等，但是诗话词话这种中国所特有的理论模式在中国文学理论的中心地位已经基本确立，仅从数量而言，就是其他理论文体所难与比肩的，特别是清代，据郭绍虞《清诗话续编序》中所言："诗话之作，至清代而登峰造极。清人诗话约有三四百种，不特数量远较前代繁富，而评述之精当亦超过前人。"②钱仲联说到郭绍虞编选的《清诗话续编》时特意指出："郭丈绍虞复补之为《清诗话续编》，收清人诗话三十四种，所选以理论性者为多。"③至民国时期，虽然格律诗的地位逐渐被新诗所取代，但是张寅彭在其主编的《民国诗话丛编》中指出："民国初至20世纪40年代，此类著作（指诗话）约在百种以上"，并且认为："'诗话'作为我国古典诗学著作之一种体例，

---

① 关于唐代诗话评价不高的问题，郭绍虞在《清诗话·前言》（王夫之等撰《清诗话》，上海古籍出版社，1999年，第5—6页）等处作了详尽而雄辩的论述，指出诗话体在唐代是从完整到分散的发展过程，这是诗话发展的一种特性。

② 郭绍虞：《清诗话续编序》，参见郭绍虞编选：《清诗话续编》，上海古籍出版社，1983年，第1页。

③ 钱仲联：《梦苕盦诗文集》（下），周秦、刘梦芙编校，黄山书社，2008年，第932页。

自北宋成体以后，又迅速发展成为主要之形式，……"①

诗语词话成为中国文学理论的主流至少是主流之一，已经成为无可争辩的事实，直到西方文学理论的译介兴起之后的清末民初，一直未能改变这一历史状况。而且诗话词话的理论性越来越强，到清代与民国初年达到新的高峰，叶燮的《原诗》或是袁牧《随园诗话》与王国维《人间词话》等重要晚近的诗话，不仅重视美学与文学理论观念的建树，而且阐扬辞章，考复史实，具有重要的文学史论价值。所以郭绍虞关于诗话的定义就尤其明晰：

> 诗话之体，顾名思义，应当是一种有关诗的理论的著作。溯其渊源所自，可以远推到锺嵘的作品，甚至推到诗三百篇或孔、孟论诗的片言只语。②

综上可见，中国诗话词话其实是中国诗学中的理论批评的代表，至少从宋代开始就是如此，这是中国诗话理论的历史作用，无可抹煞。

我们再看诗话的理论实绩。以义理辞章而言，历代诗话的贡献相当重要，陈师道之后，张戒《岁寒堂诗话》提倡儒家"诗无邪"与"诗言志"的观念，以《国风》的"不迫不露"含蓄蕴藉诗风来纠正唐代以来的"浅露"诗风，成为明清诗学中"格调说"的不兆之祖。姜夔《白石诗说》中所提出的"自然高妙"论，以后为严羽"妙悟"与王士祯的"神韵"说所继承，是综合了儒家诗学传统注重社会现实与自然之道的传统，同时借鉴了唐代以后对诗学影响极大的佛教禅宗思想，是中国诗学理论的重要创造，笔者认为，甚至

---

① 张寅彭：《民国诗话丛编》（一），上海书店出版社，2002年，第7页。
② 郭绍虞：《清诗话·前言》，王夫之等撰：《清诗话》，上海古籍出版社，1999年，第1页。

可以上接《文心雕龙·隐秀》篇，下达袁枚与王国维等人的诗学理论。严羽《沧浪诗话》之后，明徐崇祯《谈艺录》是一部重要的诗话理论著作，作者提出：情为心之精，情是"诗之源"。这种理论的源流是古代与"诗言志"说并列的名牌理论"诗缘情而绮靡"，并且深化了这一观点，提出要"因情立格"，远胜过李梦阳的循守古法，"因格立情"的旧说。徐氏的文与质的关系论则来自于孔子诗论，进一步提出"由质开文"，主张以质为本，是正统的儒家诗学主张，廓清了台阁体的影响。可惜得是，这部著作与一般诗话相比，文字古奥，理论观念较为艰深，知之者相对较少。钱锺书以《谈艺录》来命名自己的作品，可以看成是数百年后的知音了。明代还有王世贞《艺苑卮言》、胡应麟《诗薮》、陆时雍《诗镜总论》等，都在理论方面提出重要观点，有较大的历史影响。

若涉及考订，诗话词话的成就可能更大。北宋刘攽的《中山诗话》中考证诗事、典故、点化等可以说开启了真正的诗话考据，虽然其中有争议的地方不少，如论杜工部"峡束苍江起，崖排石树圆"与苏子美用"峡束苍江，崖排石树"作七言句等议论，作者对于点化关系的掌握尚不够准确，当然由于诗话考据尚属初起，其中有不当之处，也是正常的。《东坡诗话》考辨作者的身份，一改前人诗话的中泛论轶事与遗事之风，也是具有创造性的。《优古堂诗话》以对前人诗句沿袭与点化这一重要领域的考订其实是有贡献的，如杜诗"身轻一鸟过"与晋张协"忽如鸟过目"、白居易"回眸一笑百媚生"与李白"一笑皆生百媚"、王安石"一水护田将绿绕，两山排闼送青来"与沈彬"地隈一水巡城转，天约群山附郭来"等诗句关系的讨论，由于涉及名篇名句，所以学术价值更为突出，可能正是这种考订催生了诗学中的"夺胎换骨"等理论。胡仔的《苕溪渔隐丛话》是一部集前人考订成就大成的诗话，品藻考辨尤见功力，不仅有用典等前人关注的内容，而且有声韵考证，显示出与中国传统学术的密切关联,此外,文献众多,考备详尽也是其特点之一。《容斋诗话》也以考据见长,特别是唐诗的诗谶、典故与戏谑句的出处,尤其精彩。明末清初吴景旭《历代诗话》是以杂采考证、考辨旧说为主的诗话,被认为是"取材繁富,能以众说互相钩贯,以参考其得失,于杂家之言,亦可谓淹贯者矣。"① 到了以讲求实学与考据的清代,诗话之考订成就更是达到鼎盛时期,几乎所有重要诗话多少都有考订的内容。清初的《蠖斋诗话》等在文字考订方面虽然仍然略显荒疏,但其所考《石壕诗误字》与《惶恐滩》却以观念清新而为人称道,到雍正时期的《诗学纂闻》(汪师韩)等诗话,考订方法已经具有系统性,涉及的诗体如回文诗体、柏梁体等,诗的韵律如通韵、俗语、平仄等方面都有独到见解,显示了作者雄厚的小学研究功底。郭沫若曾经在批评袁枚反对考据的说法时,专门评价了乾嘉时代的考据学:"平心而论,乾嘉人才济济,考据成绩,其功尤不可没。"② 这种成就反映在诗话中,"乾隆三大家"之一的赵翼《瓯北诗话》对陆游诗、白居易诗的考证;鲁九皋《诗学源流考》对诗体的源流与演变进行考释,可谓别开生面;吴骞《拜经楼诗话》中对古乐府《敕勒歌》、沈约《四声韵谱》的真伪的考订都可谓金石之论。此外还有《石洲诗话》、《小石帆亭著录》等杰作,显示了清代考据学的巨大成就。文艺复兴是西方科学精神的起源,梁启超曾经将清代学术看成是中国的文艺复兴,诗学中的考据就是清代考据学中不可或缺的一翼,由此也可以看出其学术与理论价值所在了。

清诗话成为中国诗话的高峰,并不仅在于其数量前所未见,更在于其理论体系创建的努力。其中首屈一指的当然是叶燮的《原

---

① [清]永瑢等撰《四库全书总目》(下册),中华书局,1965年,第1793页。
② 郭沫若:《读随园诗话札记》,北京古籍出版社,2003年,第274页。

诗》,这是中国诗学中《文心雕龙》之后最重要的理论著作,历代备受重视。叶氏所提出的"诗之为道"说,源之于"文之为德也大矣"(刘勰),而与"文以载道"说相呼应,是中国诗话核心理论观念的创造;《原诗》中从文学本质与特性层次进行了阐释,"诗是心声,不可违心而出",并以"理、事、情"三者为诗之源,三者缺一,则不成物。这种观念是对中国诗学千余年理论的一个重要总结,笔者曾经将其与柏拉图诗学相比较,肯定其历史地位。①《原诗》中的文学史观尤其突出,叶氏"诗有源必有流,有本必达末;又有因流而溯源,循末以返本,其学无穷,其理日出。"②不仅是针对明代复古思潮的,而是刘勰《文心雕龙·时序》篇中"文变染乎世情,兴废系乎时序"说的突破。张宗楠辑录的王士祯《带经堂诗话》中的神韵说,从唐代司空图、宋严羽、明徐崇祯、李攀龙等人的学说中蜕化出来,对于明七子、公安、竟陵、清初的宗宋派的传统有极大冲击。此外如叶氏门人沈德潜的《说诗晬语》对于中国形式主义文学理论观念的建构,《随园诗话》的性灵说所反映出的近代以来对于文学主客体关系的理论,翁方纲《石洲诗话》的肌理说对于文学语言理论的推进等。至清一代,中国诗学理论体系建构臻于完善,成为世界诗学中的一朵奇葩。

  从中国诗话词话演变的历史可以看出,这种理论原则是坚持始终的。关于中国诗话何时开始,其实存在不同见解。一种是以魏晋锺嵘《诗品》为起点,如清何文焕辑《历代诗话》收入锺嵘《诗品》至明代顾元庆《夷白斋诗话》共二十七种;民国丁福保《历代诗话续编》继何氏所辑,收唐棨《本事诗》至明陆时雍《诗境总

---

① [清]叶燮:《原诗》之"理"与柏拉图的"理念"(Idea),《苏州大学学报》(哲学社会科学版),2008年第1期,第74—78页。
② [清]叶燮:《原诗》,王夫之等撰:《清诗话》,上海古籍出版社,1999年,第565页。

论》二十八种,收入了清代之前的主要诗话。李详《历代诗话续编·序》中特意指出:

> 诗话之兴,源于作者渐多,弟靡无制,遂昧流别。若防讹滥,必判雅郑,掇之检括,统为一书,则锺仲伟《诗品》是已。①

清代诗话则有丁福保的《清诗话》,收清代诗话四十二种,郭绍虞《清诗话续编》收清人的诗话三十四种,民国以来的诗话有张寅彭《民国诗话丛编》,收入民国时期的诗话三十七种,最晚直到1951年出版的《瓶粟斋诗话》等(重印不计如钱锺书《谈艺录》、杨锺义《雪桥诗话》等)。

另一种看法,中国诗话是从北宋欧阳修《六一诗话》算起,这种计算是从以"诗话"题名者为标准的(也有一种说法是以诗话为独立文体)。这种标准采用也相当广。

我们赞同前者的意见,即以锺嵘《诗品》为起始,即以一种专论诗并且区别于传统"文论"的文体,而不一定以名为"诗话"者计算,因为相当多的诗话类著作其实并不一定使用"诗话"命名。如《诗品》、《诗格》、《诗论》、《诗绎》等不同名称,也可以有《谈艺录》(除钱锺书《谈艺录》之外,尚有明徐崇祯《谈艺录》与陈石遗《谈艺录》等)或其他书名,因此宜就实取例,不能因名取义。

三、诗话的批评话语

"印象式批评"的重心是对其话语的"印象"式表达的批判,

---

① 李详《历代诗话续编·序》,丁福保辑《历代诗话续编》,中华书局,1983年,第3页。

这种批判的始作俑者是清代的章学诚,他袭用前人旧说,以诗话为"说部"之流,认为:"诗话论诗,全失宗旨。然暗于大而犹明于细,比于杂艺,小道可观。……比类则置甲而误联乙丙,摘非则忘衰而核议细缌。剿袭唾余,稍近理者,皆出剿袭,浅显易知。"①章氏这种指摘显然不公,关于所谓剿袭之说,我们已经指出的历代诗话理论贡献可以证明这种说法是不实之词。而"浅显易知"却正可能成为诗话的优势所在,这是前人论诗话时已经指出的。其中真正涉及批评话语特性的只有"比类"方式。章氏的批评流传甚广,成为苛责诗话的肇始之论。但实际上也已经受到历代诗话作者与编者,历代诗学理论家的批评。

笔者认为,在大多数诗话的系统性论述方式之外,中国诗话确实有一些特有的评论方式,体现了中国诗学的特色,主要如下:

1. 类比与譬喻式的论诗方式。
2. "语录"与"禅语体"式的批评话语。
3. "以诗论诗"的独特文体。

中国诗话中运用类比譬喻式说法相当普遍,这种批评中经常将相似的事物或是现象互为参照,指出其类同之处,但是,这种类比方式往往具有比较研究的意义,与近代西方学术中的比较主义(Comparalism)异曲同工,如《六一诗话》中论王建《宫词一百首》,多言唐宫禁中事,皆史传小说所不载者,往往见于其诗,引诗句"内中数日无呼唤,传得滕王蛱蝶图",从滕王的善画而不见史传,类比于:"如公孙大娘反舞剑器,曹刚弹琵琶,米嘉荣歌,皆见于唐贤诗句,遂知名于后世。"②其中就有相当深刻的理论观念,首先是可以与西方文学理论应合,诗胜于史,这是亚里士多德《诗学》中的重

---

① [清]章学诚:《文史通义》,岳麓书社,1993年,第192页。
② [宋]欧阳修:《六一诗话》,见何文焕辑:《历代诗话》(上),中华书局,1980年,第268页。

要观点。《诗学》第九章中的名言是"诗是一种比历史更具有哲学意义和更高的事物"（Poetry, therefore, is more philosophical and a higher thing than history）①以史喻诗，相近的观点可以从宋人刘克庄《后村诗话》中评论杜诗《八哀》时说："杜《八哀》诗，崔德符谓：'可以表里《雅》、《颂》，中古作者莫及'。韩子苍谓其笔力变化当与太史公诸赞方驾。……余谓崔、韩比此诗太史公纪传，固不易之语。"此外，《六一诗话》以舞剑、音乐来喻诗，也是颇有来历的比喻，不但取自唐人诗句，而且也可以与欧洲诗学对话，德国莱辛的《拉奥孔》是世界闻名的理论名著，其中所论诗与画的区分恰从相反的方向与欧阳修的诗话中的论点对应。

诗学中的譬喻不仅表达理论观念，也可能成为文学史评价的重要尺度，王世贞《艺苑卮言》中说："李杜光焰千古，人人知之"，是从韩愈对李杜的评论得来的，韩诗《调张藉》本身就是论诗诗，其中说道："李杜文章在，光焰万丈长，不知群儿愚，那用故谤伤。"用明灯来比喻李杜诗歌，对盛唐诗予以崇高评价的文学史观念，给造在成了深刻印象，这是诗话的特有方式。这种比喻形式的评价同样见之于西方文学理论，我们上文所说到的美国学者阿伯拉姆斯《糠与灯：浪漫主义文化与批评传统》一书中评价西方文学史时同样是用了两个比喻，一个是镜子，一个是灯，他用此二物来评价西方文学史发展的两个主要阶段：

  本书的书名把两个常见而具有相对性的用来形容人类思维的隐喻放到了一起：一个把人心比喻成是反映外部事物的物体，另一个则把人心比喻为一种发光体，认为心灵也属于其所

---

① Aristotle, *Poetics*, Criticism: The Major Texts, Edited by Wa;ter Jacson Bate, Harcourt Brace Jovanovich, INC. 1952, p.25.

感受到的事物的一部分。前一比喻镜子代表了从柏拉图到18世纪的主要思维特征；后一比喻灯则代表了浪漫主义关于诗人心灵的主要观念。①

所以指责中国诗话之类比的批评家们，应当看到这本在西方理论界评价甚高的权威著作中，对于文学史不同历史阶段的评价恰恰同样运用了诗话式的"隐喻"，为何却没有人指责其类比方法的不严格？

中国诗学至唐代曾经有过思维模式的变化，这就是以禅论诗现象的出现。以禅论诗，是以中国佛教禅宗所特的有话语与表达方式来论诗，在唐代相当兴盛，以后成为诗话中的一种重要表达方式。宋明理学兴起后，本来就与佛教思想密切的宋儒们的理学话语也对诗话有所濡染，这就是形成了诗话中的中一种重要话语表达方式——禅话语录体。

六朝诗话中，中国诗歌理论就与禅宗思想建立起密切联系，至严羽《沧浪诗话》中直接提出"论诗如论禅"，认为"大抵禅道惟在妙悟，诗道亦在妙悟"。从禅宗观念出发，提出："夫诗有别趣，非关书；诗有别趣 非关理也。然非多读书，多穷理，则不能极其至，所谓不涉理路不落言筌者上也。诗者，吟咏情性也，盛唐诸人，惟在兴趣；羚羊挂角，无迹可求。故其妙处，透徹玲珑，不可凑泊。如空中之音，相中之色，水中之月，镜中之像，言有尽而意无穷。"②从此之后，以禅论诗成为重要批评方法，从宋直到清代，一直盛兴不衰。宋元以后，理学家们的诗论与之禅学家的诗论在诗话占有一

---

① M. H. Abrams, The Mirror and the Lamp: romantic theory and the critical tradition, 20 Centry Litearary Criticism : A reader, Editted by David Lodge, Longman Group Limited, Longman House, 1972, p.1.

② [宋]严羽:《沧浪诗话》，见何文焕辑，《历代诗话》（下），中华书局，1980年，第688页。

席之地,虽然有强大的反对势力,但是对中国诗话有一定的贡献。值得注意的是,虽然严羽说诗"非关理",其实禅宗也已经发展成为一种理论,故此以禅论诗与宋元理学的诗论一样,都是诗理在其中。这也从反面说明,中国诗话中的看似"野狐禅"或是闲言碎语的话语,其有着渊源的佛教与儒学理论渊源。指责中国诗话为"点评"时,务必不能忘记它只是一种庞大的理论体系采用了禅学悟解与理学语录的特有表达方式,绝不是没有理论观念,而有着极大的理论来头。清代沈德潜《说诗晬语》可谓解得其中三昧:

> 杜诗"江山如有待,花柳自无私"、"水深鱼极乐,林茂鸟知归"、"水流心不竞,云在意俱迟",俱入理趣。邵子则云:"一阳初动处,万物未生时。"以理语成诗矣。王右丞诗不用禅语,时得禅理;东坡则云:"两手欲遮瓶里雀,四条深怕井中蛇"。言外有余味耶?①

如果说中国诗话中的禅悟与理学话语不符合诗学的理论的要求,那么西方诗学就难更符合这一标准了。柏拉图的"理念"说是西方诗学的源流之一,其理念一语来自哲学,如同宋元理学家们的"道"一类观念一样,如果用同一标准来衡量,柏拉图《理想国》中的对话与宋元理学家们的语录近似,都不是系统理论。西方中世纪的奥古斯丁、托马斯·阿奎那等人的基督教神学诗学也可以证明,西方诗学与神学宗教之间的联系紧密并不亚于中国的以禅论诗的诗话模式;现代西方诗学中,从形式义到结构主义、解构主义更是无不受到语言学与哲学的影响,精神分析批评则是以弗洛伊德的心理学为

---

① [清]沈德潜:《说诗晬语》,王夫之等撰《清诗话》,上海古籍出版社,1999年,第555页。

理论基础,如果按照苛责中国诗话的批评家们的标准,以上当然不是文学话语,比起中国诗话来,这些理论根本得不到基本的文学话语的认证,遑论诗学了。

至于"以诗论诗"则更无可指责了,所谓"以诗论诗"的主要是指诗话中通过诗歌的形式来评论诗,或是通过与所评论对象有一定联系的其他诗句来揭橥本诗的意义与价值。诗话家以这种形式来论诗是利用不同诗句之间的差异与同一关系,或是指出其诗句的来源,或是以类比与互比的方式来造成分析与综合的阐释所不能达到的悟解。杜甫的"论诗诗"与司空图《二十四诗品》等类作品都是以诗歌的文体来评论诗作与诗人,是一种特殊的写作方式,在诗话中并不是主流。诗话家们常用的是所谓以诗释诗或以诗论诗,特别是摘取名篇名句,点评细读,互相参照。如《沧浪诗话·诗评》篇比较陶、谢二人的诗句:

> 汉魏古诗,气象混沌,难以句摘。晋以还方有佳句,如渊明"采菊东篱下,悠然见南山",谢灵运"池塘生春草"之类。谢所以不及陶者,康乐之诗精工,渊明之诗质而自然耳。①

谢、陶二人诗句都是名句,早在锺嵘《诗品》的"宋法曹参军谢惠连"节中即已经指出:"《谢氏家录》云:'康乐每封惠连,辄得佳语。后在永嘉西堂,思诗竟日不就,寤寐间忽见惠连,即成'池塘生春草'。故尝云,'此语有神助,非我语也'"。而且锺嵘对陶潜的评价也谈到"世叹其质直"。但经严沧浪摘二句比较,则可以看出二者的功力不同,陶诗的诗质是自然之功的理解就可得而知。其实以

---

① [宋]严羽:《沧浪诗话》,见何文焕辑:《历代诗话》(下),中华书局,1980年,第696页。

诗论诗或是比较诗句是各国诗学中最常见的方法，我们仅举出波瓦洛(Boileau Despréaux)《诗的艺术》(At Poétique)第一章中所引用的诗句就可见一斑，第一章引诗有法国诗人马莱伯、拉坎、斯卡龙、布雷波等人的诗互相比较。类似的诗学论著比皆是，就不一一列举了。

借助于摘句比较可以理解诗句审美意象的来源，这就是所谓的"出处"是诗话摘句的重要方式，如《彦周诗话》中论苏东坡《送子由诗》中的"登高回首坡陇隔，惟见乌帽出复没"句，引《诗经》"燕燕于飞，差池其羽。子之于归，远送于野。瞻望弗及，泣涕如雨！"。其他如对杜甫、白居易、刘禹锡、李贺、陆游等历代诗人的摘句点评，或是摘取秀句，或是引述出处，或是评点妙处，多姿多彩，形成中国诗话的一种博学典雅的话语。

西方古典诗学理论在亚里士多德与柏拉图之后，起了重要作用的是希腊化时代的理论家，这些学者集中于希腊化时代的中心亚历山大里亚，以注释古代经典闻名于世，罗马的古典主义诗学就是起源于亚里山大学派。所以贺拉斯(Horatius)的《诗艺》(Art of Poetry)以诗歌的形式写成，是写给罗马贵族庇伦父子的一封诗体信，其中大量摘引《荷马史诗》的名句，如同中国诗话家们引《诗经》来论诗是一样的。18世纪法国古典主义理论家波瓦洛《诗的艺术》就是以诗歌体写成，其中也所引用的古希腊史诗与法国悲剧也都是诗句，也可以看成是一种以诗论诗。其他西方诗学理论家们采用点评诗句，摘引秀句的做法更是无可计数，如英国诗学的代表人物蒲伯(Alexander Pope)的《批评论》(Essay on Criticism)不仅全篇用诗体，而且大量征引罗马诗人维吉尔与英国当代诗人的名句，作为批评的手段。近现代的诗学理论家如史莱格尔、圣勃夫、艾略特等人的著作中，点评名句或是摘句比较也是最主要的手段之一。

所以没有必要为中国诗学话语的理论性担忧，它作为一种理论话语是完全合格的,并且具有自己的文明特色。

四、中国诗话的文化逻辑与理论体系

对中国诗话所有的误读归根结底在于以占统治地位的现代逻辑与理论思维方式来看待中国传统文明中的诗学,而中国诗学是一种植根于中国文明逻辑上的理论体系,并且具有独特的理论范畴与中心观念。由此产生认识的根本不同,肝胆楚越,万物一马,自其同者与自其异者而视之是谓之两行。

首先简略阐释一下中国诗学的文明与文化的逻辑。20世纪西方文化理论的一个重要贡献就是对文化逻辑的批判,这种批判起于20世纪中期,以所谓的"后现代主义"为代表。在此之前,文明与文化的研究只是集中于东西方同的文化表现形式与思维方式差异研究,中国从明清起到今日的绵延几个世纪的中西文化之争就是其中之一。但是后现代主义理论家提出,不同文明文化的差异关根源在于文化逻辑,西方文逻辑是一种理性中心主义或称为逻各斯中心主义的,文化逻辑决定思维方式与实践模式,并且决定了文化的不同。这种逻辑的自我中心主义与理性主义是批判的主要内容。

由此,西方理论家们展开对西方文化逻辑的猛烈批判。这一批判有两种最为强劲的理论支柱,一种是以法国哲学家德里达(Jacques Derrida)为代表的对西方文明整体性的逻各斯中心论的批判,第二种是以美国詹姆逊(Frederich Jameson)为代表的对西方资本主义文化逻辑的批判。各种理论流派如精神分析、后殖民主义、女性主义、英国文化研究等理论家们则起了推波助澜的作用。

这里主要指出与本文相关的理论观念:德里达以古希腊逻各斯中心论到黑格尔的形式逻辑为对象,指出其主要起源是思维与文字中的言语中心主义:

> ……而逻各斯中心主义也不过是一种言语中心义(pahono-centrisme)：它主张言语与绝对贴近。黑格尔十分明确地指出了声音(son)在理想化过程中、在概念的形成和主体的自我显现过程中所具有的奇怪特权。①

当然，我们也不必附和德里达对西方理性中心义批判中的一种观点：汉字对理性中心与逻各斯中心义具有对抗性。我们只是要指出，世界有不同的民族与各种不同的逻辑体系，不能以西方的理论体系建立的基础理性中心主要来批评中国诗学。笔者曾经指出：世界古代文化有三种主要逻辑，古希腊逻辑、印度佛经逻辑与中国易经为代表的辩证逻辑，中国文化逻辑决定了中国诗学的特性。笔者曾指出：

> ……由于汉字和汉语的特性所形成的中国文化是以与西方不同的思维方式为基础的，中国的思维方式因汉字形象化而具有感悟性强的特性，西方拼音文字符号经过抽象，不利于感性把握，因此会形成理性中心的缺陷，这是文化层次的主要区别。②

文化逻辑决定思维方式，中国诗学是中国文化逻辑的产物，它不同于西方理性中心的理论。

这就使得中国诗学有了与西方不理论话语、理论体系模式。

从理论话语层次而言，中国诗学有最丰富的诗学范畴，这些范畴凝聚了诗学思想与观念，联结文本与作家，既具有中国文学特

---

① [法]雅克·德里达：《论文字学》，汪堂家译，上海译文出版社，1999年，第15页。
② 方汉文：《比较文化学》，广西师范大学出版社，2003年，第190页。

征,又具有世界文学对话的资质。仅以诗风方面的范畴而论,就有:风骨、韵味、韵外之致、味外之旨、气韵、气象、诗品、妙悟、意境、意象、兴象、神韵、性灵、格调等,西方文学理论有"摹仿"、"存在"、"理念"、"表现"、"再现""净化"、"灵感"、"崇高"和"趣味"等。这些不同范畴构成中西不同的理论话语,我们不能以西方的范畴为准则来要求中国诗学,不能将西方范畴看成是理论话语,而将中国诗学范畴看成是"点评"或是"印象"式话语。

中国诗学作为一种理论体系,有重要的中心观念,如六经中就出现的"诗言志"与"德言",以后还有"诗缘情"、神韵说、性灵说、理、事、情说、境界说等。这些理论观念多数其实是在诗话词话中提出的,当然也有"文以载道"等理论观念主要出自文论。这些中心观念是丰富多彩,成为中国诗学理论体系的结构中坚。

在诗学范畴与观念的基础上,中国诗学建立了自己的认识论、本体论、方法论、风格论、以多种理论形态,共同构成了一个体系。中国诗学中的认识论与本体论建构极为突出,特别是叶燮《原诗》中以"诗之为道"和"理事情"论,作为为文学认识论与本体论的结合,提出了具有近代思想的观念。诗学中的诗法、诗风、时序、格律与用字等研究,在历代诗话词话中臻于极致,这是诗学体系的实践成分,也是中国诗学最重要的特色之一,这是一种以文本为中心的诗学理论模式。这一建构模式恰恰又与西方自20世纪俄国形式主义、结构主义与后结构主义、英美"新批评"派、读者接受批评(Reaeder-Response Criticism)、文本批评(Textural Criticism)相应和,这也可以看作是一种历史的巧合,但又谁能否认在世界诗学发展中,存在着这种理论建构模式的推动力量呢?

必须承认,由于批评中国诗学的学者们大多未能见到或是未能完全看到后现代主义对西方文化的理性中心义批判,因此对于西方诗学的理论与理性主义的缺陷，对中国诗学的辩证理性与辩证思维方式及由此所形成的独特的诗学理论体系不可能有较深入的认识，这是时代因素所造成的，本文的目的之一就是弥补这种认识的不足之处，非是君子好辩，实不得已也。

乙丑年立夏日于苏州大学牧鱼楼

结构与解构之分野[①]

——阐释拉康与德里达关于《被窃的信》之争

什么是结构主义与解构主义文学批评之间的真正分歧,一直是国内外学术界所争论不休的话题,以笔者之见,与其复述西方批评家们的纷纭众说,不如采用历史主义的方法,以结构主义与解构思想发展史上的重要事件为切入点,从文本阐释的角度来分析理论分化的实质。如果从这个标准出发,最具有代表性者莫过于发生在法国结构主义重要思想家拉康(Jacques Lacan)与解构主义理论家德里达(Jacques Derida)之间的一场争论,可以说正是在这场争论中,德里达成功地解构了拉康的小说分析结构,宣告了解构主义文学批评理论的诞生。

一、拉康对《被窃的信》的结构分析

事件起于法国后精神分析学家拉康在自己的讲演中对美国作家爱伦坡(Edgar Allan Poe)的一篇小说所进行的分析,这个讲演稿经整理后发表于美国耶鲁大学的《耶鲁法国研究》第 48 期,题目就是《关于〈被窃的信〉的讲演》(Seminaire on the Purloined Letter)。这篇讲演是以文学作品为样本来阐释拉康的精神分析理论,是拉康为

[①] 本文发表于《外国文学评论》,2008 年第 1 期。

数不多的文学批评中的珍品。它采取了文学文本阐释的形式，提供了人物关系的结构，观念新颖独特，比起拉康那些以艰涩著称的讲演来更易于接受，特别是一些对当代文学思想新潮感兴趣的理论家，也把它作为评论拉康文学批评乃至结构主义批评的一个样板。其中最有代表性的当属拉康的同胞，解构主义理论创始人德里达，1975年，他发表了《真理的供应者》(Le Facteur de la Vérité)一文，对拉康的观念和方法进行批评。其后，美国耶鲁大学的比较文学教授波芭拉·约翰逊(Barbara Johnson)又对拉康和德里达的不同见解加以评论，等于有第三者加入这场争论，而且跨越了太平洋，成了国际性的学术之争。当时两位法国人已经是学术界颇有影响的人物，拉康作为法国结构主义的主要代表与列维—斯特劳斯、罗兰·巴尔特和福柯齐名，风头正健。

而德里达于1972年出版了《哲学的边缘》(Marges de la philosophie)、《播撒》(La Dissémination)和《立场》(Positions)三部著作，继续发挥《文字学》(Of Grammatology)中所确立的解构主义立场，争论涉及已经确立了经典地位的结构主义与刚刚兴起的解构主义之间的理论冲突，所以引人注目。

爱伦·坡的小说《被窃的信》写于1845年，是一个侦探故事，用第一人称叙述，除去讲故事人之外，还有两个谈话者，这是讲故事人的朋友杜宾和巴黎警察局局长。小说的结构其实是两场对话，在前一场对话中，王后告诉警察局局长，一封写给她的信被一位大臣窃去了，信的内容是控告这位大臣。王后为了让国王能够读到这封信。所以把它放在很显眼的地方，却不料被大臣发现后偷去。后一场谈话是侦探杜宾设法偷回这封信的经过，大臣为了转移别人的注意力，有意把信放到明显的地方，因为这样不会使人怀疑，反而能躲过人的视线。但是杜宾识破了他的用心，将计就计，趁他不备以假换真偷回了被窃去的信。

无论从思想和艺术水平来看，这部小说都相当平庸，内容和情节也没有任何特殊的地方，甚至可以说是鲜为人知。拉康选择这部作品的主要原因在于它的独特结构，作品中的人物之间具有各自独立又互相关联的关系，它们又围绕着信组成了一个四角形结构，这种结构与拉康学说中主客体之间的"L 图式结构"基本相同，用它来演示拉康的原理颇为合适。同时也有一些其他因素，如小说中的"信"（letter）一词在英语与法语中一样，都是有"信件"与"字母"两种含义，这就使它具有一种隐喻性，信是言辞和语言的代表，这种语言只是一个能指，它的所指是什么，意义何在都不重要，关键是这个能指的流动。由于它所处位置不同，信的持有人不同，各人也就获得了不同的权力和能指的力量，可以说这是拉康所谓语言决定人的原则的一个实例。拉康说：

> 　　我们虚构出来的故事的建构方式表明，他们（即主体们）在场与否，他们各自所扮演的角色，都在受着信件及其转移的支配，如果它稍有不测（en souffrance），承受痛苦的就将是他们。他们一旦陷入这封被偷的信的阴影，就成了它的映射物（reflection）。如果产生对于信——语言所包含的绝妙的歧义（这里指"信"与"字母"的两种意义——笔者注）的占有关系，它的意义也就占有了他们。①

当然拉康这里说的只是他的初衷，他本想以这个字谜式的文字游戏来阐释他的理论，但事实上由于德里达等人的加入，使原来个人的游戏变成了众人参加的追逐，一场围绕着小说进行的"围猎"。这个

---

① Jacques Lacan, *Ecrits*, 此处译文参照［英］约翰·斯特罗克编：《结构主义以来：从列维·斯特劳斯到德里达》，渠东、李康、李猛译，辽宁教育出版社，牛津大学出版社，1998 年，第 163—164 页，译文有所改动。

过程非常相似于《哈姆雷特》中的戏中戏（这也是拉康所喜爱的作品），观看者与参加者彼此难分。拉康、德里达和波芭拉·约翰逊就像小说中的王后、大臣和侦探一样，围绕着一个中心各有各的猜测，各有各的见解。

这场争论的意义是明显的，首先它是结构主义与解构主义代表人物的不同见解，本身就具有强烈的象征意义。进入20世纪70年代以后，法国结构主义的衰落已成定局，德里达的"解构"对于结构主义，正像西方人俗语所说"最后的一根羽毛把驼背的背压折了"，德里达就是这放上最后一根羽毛的人。德里达在这场争论中否定了拉康的能指中心理论，批评了在"信"的语言上所作的文章，解构了逻各斯——菲勒斯中心。当然，这场争论本身就是一个以文本为中心的结构观念的显示，德里达的本意是要破除拉康的文本分析模式，提出文本间的联系甚至互文性的观念。

在这场争论中，无论是拉康与德里达有多大分歧，两者其实是在一个结构主义语言学的"连环套"之中，不但社会现实与人物形象都不在场，甚至连写作、阅读、阐释活动的区别已经被消解了。主体以文本能指的身份进行活动，意义只在能指之中，不但不指向外部世界，而且也没有了所指，能指已经不是它本身，只是一个存在的语词空壳，它在等待着任何一种欲望的再现。总体来说，批评沦落为一种符号游戏，众人围绕着一个文本在旋转，在阅读——写作——阐释的多角关系中兜圈子，所以约翰逊称这种批评为连环套（Roud Robin），其实是道出了后现代批评的真实特色，批评主体已经被批评的话语所左右，将自身依附于能指游戏之中。正像他们自己所说，批评家已经不在场了，当然，早被认为"死了"的上帝——作者——更不会进入结构之中。这场争论的理论线索，用中国古代文学理论家刘勰的话来说，正所谓"条流殊述，若有区囿"，其实乃是"枢中所动，环流无倦"而已。

二、叙事结构与连环套

爱伦·坡的这篇小说虽然在美国文学中地位不高，但它的奇特结构却早已引起了一些批评家的注意，人们称这它为"三角形小说"，因为它的叙事关系已经构成了这种布局，同时，也因为它与坡的另外两个侦探短篇合成了一套，也是一个三角形。如果拉康只是从三角形关系本身来分析这篇小说可以说是没有什么创新，也不会引起德里达等人的重视。拉康是把前人所已经看到的三角形关系与结构主义观念联系起来，把通常意义上的作品"结构"转化为结构主义特有的"结构"概念，使得此结构非彼结构也。拉康认为小说中存在着两个三角形框架，而且是在两个场景之中。第一个三角形是局长G来告诉我们宫中信件失窃的经过，提供了一个三角形结构的悬念。第二个三角形与此相对，是在大臣的办公室，由杜宾窃回了原信，这也是一个三角形场景。拉康抓住这一对三角形的巧合，利用弗洛伊德式的细部分析方法，进入了精神分析与语言学的结构分析。他认为这两个场景有着共同的因素，它们都是由三种因素或称为三个条件（term）所构成，但这种三角形的三因素出现不是偶然的，它们是历时与共时相结合的一个内在结构的显现，这些条件就是结构形成的基本要求，他说：

> 这些条件的特殊地位来自它们同时与三个逻辑时刻的配合，通过这些时刻决定和形成并指定了对于主体的位置，在他们之间才形成选择。①

---

① Literature and Psychoanalysis, Edited by Shoshana Felman, The Johns Hopkins University Press, Baltimore and London, 1982, p.463.

在拉康看来，每一个场景都是一个三角形是不错的，而且人物之间的关系也可以说成是三角形关系。但这不是关键，关键在于人物与主体之间的相对位置，这种位置的不同决定了人物的立场与他们之间关系的实质。这就是说在小说的故事之上有一个固定的结构，这个结构早已经预先决定了小说，而不是小说提供结构，小说只不过是原在的一个语言结构的再现。再进一步说，这种关系表现为每个人由于位置不同就会产生的视域（perspective）的不同，而且由于位置的变化会产生关系和视域的变化。第一个视域是零视域，这是一无所见者的位置，处于这个位置上的是第一场景中的国王，第二场景中的警察。第二个视域是对第一视域的悖反，它自以为看到了隐匿于其中的秘密，并且看到了第一个视域的盲区所在，其实这不过是一种自我欺骗。处于这个视域位置上的首先是王后，然后是大臣。第三个视域是最为有利的，它可以看出前两者遗留在那里的、应当被藏起来的东西，或者是揭示出被谁偷出去的东西，处于这个位置上的是两个人：先是大臣，最后是杜宾。这样拉康说明了每个人的位置与他们之间的关系，整个故事是一个隐喻结构，它是关于"欲望的结构分析"，也就是欲望的主体与客体之间的联系，追索这封丢失信件的过程其实是欲望满足的过程，当然也是一个对于精神病症状的治疗过程，因为处于力比度（libido）作用下的人总是要呈现出某种精神的兴奋状态，是需要得到治疗的。

拉康的文学研究方法主要有多种思想来源，首先，这种分析与弗洛伊德关联明显，弗洛伊德把欲望实现说成是追索一个客体的过程，客体失去会引起人的欲望挫折：

> 丢失东西也是症状性行为的扩展，丢失东西的行为与失主的隐蔽的动机密切联系。这种行为一方面表明人们对这个东西的评价较低，或者反对它的存在，或者对送他这个东西的那个

人有反感，或者通过这种症状行为赋予这个东西特定的意义，丢失贵重的东西也是为了表达一系列的冲动，一方面作为压抑的思想的象征，即发出了一个信号，他很高兴忽略这个东西；另一方面（最普遍的原因）这是对自己的难卜的命运的提供的一种供奉品，以表明现在自己忠诚于自己的命运①。

拉康在《失窃的信》中所表现得心理也是这样，信的丢失与人物的无意识活动有关，它的得与失是主体欲望作用于客体的表现，这是它的心理意义所在。

  拉康同时也受到列维·斯特劳斯等人的结构分析方法的影响，不过拉康在接受他们的影响时并没有照搬一切，而是发挥了自己的独创性。这种影响的中心是结构主义的"视域转换"，热拉·热奈特（Gérard Genette）在《叙事话语》等著作中指出，叙述者的视域是特殊的，可以看到其他人物所看不到的东西，也可以有相反的情况，其他人物看到叙述者所没有看到的东西。这是拉康提出主客体关系的理论前提，但是，在拉康看来叙述者本身并不能决定位置也不能形成特殊视域，因为他早已抛弃了决定论思想，促使人物行动的不是别的，正是无意识的欲望，对于客体的欲望关系形成主客体之间的辩证关系，这种关系才是制约视域的原因。说得更明确些就是，位置是心理的"地形学关系"，处于第一视域的国王和警察一无所见，受制于他们的视域，这是由于他们在欲望三角形中的位置是被动的，无法看到欲望主客体的行为法则。处于第二视域的王后与大臣也并不能看到全局，他们与欲望客体的关系也使得他们不能统观全局，只能从自己的要求出发，管窥蠡测，所以也是被动性的。处

---

① [德]西格蒙特·弗洛伊德：《日常生活心理病理学》，参见车文博主编：《弗洛伊德文集》，长春出版社，1998年，第二卷，第179页。

于第三视域的拉宾的位置使得他能够全面看问题,前两种视域的盲区都可以被他所洞察,这是杜宾能索回信件的有利条件。这样的安排也有拉康不完全满意的地方,那就是拉宾的位置其实是能看到一切的万能者,他成为了解症状并能进行治疗的医生,这是拉康所反对的,没有父亲位上的精神分析专家,只有语言与法权本身才能起到这种作用。

更为重要的是信作为能指的特殊意义,拉康认为:信作为能指的特点在于,它并不只是代表一定的意义,它可以产生意义。能指永远不会等于所指,它与能指之间存在着"空缺"。这些空缺是能指所追求之物,它是"不在场的东西",围绕着空缺产生追逐,也就有了不同的位置的变化。这样,决定性的因素并不在于信中说了什么,而是信本身。关系在于能指之间,而不在于所指,这是拉康所最为关注的。拉康说:

> 这样,既不是个人的主体特性,也不是信的内容,而是信的位置,它在一群人中的位置,决定每一个人下一步要作什么①。

这也是拉康受到一部分人赞许,另一部分人批评,第三种人赞许又批评的原因。拉康强调,虽然信是小说的中心,但实际上信又是无关紧要的,特别是它的内容,因为信的内容往往被肤浅的解释者看成是"意义",这是一种误读,真正的意义并不是由所指提供的。信作为能指代表无意识,起隐喻作用,是它对主体发生作用,于是它也是一种控制力量,对信的角逐有着对权力角逐的意味。比如王后

---

① Jacques Lacan, *Seminar on The Purlored Letter*, Yale French Studies 48, Yale University Press, 1973, p.40.

就想以信作为一种控制力量来对付大臣，大臣则竭力摆脱这种控制，不仅对于他们两人是如此，就是对于杜宾来说也是同样，他在得到信的同时似乎也就得到了一种控制王后的力量。

再者，小说的文本也是一个隐喻，是一个关于阅读行为本身的寓言，是一个纯粹能指的游戏。我们什么要阅读？并不是为了探求知识，这些人文主义的理想早已不复存在。这正是波·约翰逊的看法，她就属于那些对拉康有批评又有赞扬的人，她基本上肯定了拉康对于小说的释读方式，但又对于这种纯粹的能指游戏有所不满，她认为，拉康把爱伦·坡的小说变成了说教性的寓言，但这是一个无"意义"的寓言，一个能指的游戏。但是关于这种寓言性的危害她却没有能深刻认识，与她的态度相比，马尔科姆·鲍伊就显得更为严肃，他看到拉康这种无意义寓言的内在矛盾，认为这是不值得提倡的：

> 拉康在《关于〈被偷的信〉讲演》及其他许多相关文献里，以及发表于《讲演录二》中的早期观点、都以罕见的精致对文本进行了注解。但就其本质而言，拉康的解释难道不是一种寓指性（allegorical）的东西吗？游移不定的能指——即被偷的信（letter Volee），它同时也是某种游移的纸页（feuille volee），——终将在缜密的阅读下得以显露，成为过程中一种不变的所指：能指的流动性就是爱伦·坡这篇故事的"意义"，也就是它"所涉及的"东西。寓言象征作为至高无上的元语言，却必须由那认为不可能有元语言的人来书写和阐明，这难道不是件异乎寻常的事情吗？①

---

① [英]马尔科姆·鲍伊：《雅克·拉康》，见约翰·斯特罗克编：《结构主义以来：从列维－斯特罗斯到德里达》，辽宁教育出版社，1989年，第164页。

他指出的这种内部矛盾的确在拉康学说中存在，不过以笔者之见，对于拉康来说，这倒不是主要的弊病所在。寓言象征由谁来书写与阅读并不在于是他是谁，也不在于他是否具有元语言的能力等条件，而在于阅读和书写的活动总是社会性的。拉康自己也承认这一点，他的符号级设置本身就是对社会和法权的认同。读者和写作者既然在语言系统中活动，这个语言系统代表了社会法权的力量，那么，阅读和写作的意指性是不能不涉及的，如果能指没有所指，那么这个能指及拉康所说的"能指系统"又是如何存在呢？也就是说，拉康的阅读寓言是针对什么呢？如果它没有意义，那它如何能成为一种寓言呢？这是一个最简单又最根本的问题，也是拉康研究中一直没有被捅破的隔膜。即使在法国塞弗等马克思主义者对精神分析所进行的具有相当高的理论水平的批判中，这个方面出也没有得到全面讨论。这个问题的全面解决不仅涉及拉康全部学说的理论基础，而且涉及结构主义的理论根源索绪尔语言学。

三、解构批评的破与立

切中拉康要害而且影响颇大的批判来自德里达，德里达对拉康的批判是他对于整个法国结构主义一代人包括列维—斯特劳斯、福柯等人全面评论的一个组成部分，是对结构主义理论的猛烈冲击。对于拉康，他主要指出了以下几个方面：

其一，在索绪尔语言学与弗洛伊德精神分析学说的结合上，拉康显然有不够完美之处，特别是一些基本概念上，可以有不同的认识与解释。拉康认为：能指与所指之间的关系不一致，存在或"空缺"或是"不在场的东西"。在对爱伦·坡小说的分析中，信的内容秘而不宣，当然也就是"空缺"的表征，德里达则提出，拉康所说"空缺"的真实，就是空缺作为"被阉割的真实"（truth of lacks-as-castration-as truth），因此才使得能指与空缺之间的联系变得模糊不清。这样就说明拉康是用一种象征式方法说明能指,把能指与空缺相认同,能指自身变成不明确的,明显存在自相矛盾之处。所以德里达提出了另一种观点,空缺不能与能指完全对等,他说:

> 大概,我们只需要介绍一个"a",就是不强调的,为了说明如果空缺也在能指的原结构中有它的位置(la manque a sa place),就是说,如果它据有固定区域的特殊地方的一个点,那么序列就不会被打乱了。①

德里达显然是想修改拉康的图式和构架,用一个非强调的客体"a"鱼目混珠,来取代拉康的主客体关系。按德里达的理论,能指并不是缺乏意义,因为"空缺"实际在拉康的级别系统中应当有自己的位置,只不过是特殊的位置而已。能指的本质并不从"阉割空缺"中见到,它还是应当从"差异"中看出,它是"差异的符号"(the mark of difference)。在一定的场合下,差异并不在场,也就是它表现为空缺时,它也已经决定了在场的关系。德里达这就把在场的事物用差异来界定了,这个差异包括综合和指称两个方面,要想形成意指关系,必须有差异。同时,事物的差异又不过是事件的产物,这就有类似悖论,这个悖论不是别的,只是我们上文所说的不同视域。其中每一种视域都会反映出另一种视域的不足,这是与拉康的绝对可见的视域所不同的。德里达所注重的是视域之间的转换,转换形成的原理是那个著名的"延异"(différance)。简略地说,德里达把拉康的固定不变的视域换成了一个可以转换的视域,如果从宏观来看,德里达的工作不过是一种修正,只不过不仅仅是对拉康的修正,而且是对于包括弗洛伊德、索绪尔等非逻辑中心观念思想的修正。德里达企图建立的新的语言理论模式,在他盾来,原书写模

---

① *Yale French Studies* 52, Graphesis, Yale University Press, 1975, p.45.

式并不是要建立一种非逻各斯中心主义的语言学,但同时德里达出也不无悲观地承认,要使形而上学的思维模式所形成的这种"在场"的逻各斯中心主义语言学易弦改辙是不可能的,唯一的可能只是解构它而已。

德里达的观念有他自己未能觉察的疏漏,拉康的图形结构是结合空缺与阉割为一的,如果真按德里达的概念对其进行修正,无疑会使符号象征系统解体。以《被窃的信》为例,信作为能指也是暗指菲勒斯的地位,王后丢失信,这就意味着母亲失去了菲勒斯,空缺的意义也就由此产生了。如果忽略语言能指与菲勒斯之间的关系,则不足以说明拉康理论所特指的"肉身"的意义或"欲望"的意义,而离开这种色调则非但不能够理解拉康,甚至不能与后现代的整个理论倾向保持一种统一。正像美国理论家约翰·W·墨菲所说,后现代主义令人惊讶之处在于:"为什么是肉体或性欲而不是纯粹理性成了哲学界注意的中心?被保留用作表示探索有效知识特点的术语是色情和内欲,而不是稳定性?……换句话说,认识论现在是一种近似情欲高潮的活动。"[①]整个后现代思想的构成都是如此,精神分析素来以力比度等欲望动力为特色,更不可能例外,德里达要对拉康学说进行大修改,那也就不是拉康学说了。倒是波·约翰逊作为一个旁观者看得更清楚,她深知拉康学说中的菲勒斯是必不可少的,所以她批评德里达说,"空缺"并不是真正的没有某物,也不是有某物。空缺的秘密在于,它本身是一个"结"(knot),其中"词、物体、与器官不可分割地结合在一起"。[②]在笔者看来,约翰逊这句话颇值得玩味,从"结构"变为"结",节省了一个字,涵义丰富无比。这使人想起《哈姆雷特》中忧郁的王子的那句名言:"从

[①] [美]约翰·N·墨菲:《后现代主义对社会科学的意义》,见王岳川、尚水编《后现代主义文化与美学》,北京大学出版社,1992年,第171页。

[②] *Literature and Psychoanalysis*, Edited by Shoshana Felman, The Johns Hopkins Press, Baltimore and London, 1982, p.498.

丧宴变成了婚宴,霍拉旭,省得很呐。"

其二,德里达对于拉康的批评中,相当重要的一个方面在于文本阐释。

他指责拉康对待文本的实用主义态度,本来一部小说是血肉丰满的艺术整体,拉康把它变成了一个能指的寓言。德里达并不是真的要从美学和艺术的角度来研究文本,他自己也没有这方面的成功实践。但他批评拉康却理直气壮,因为这是精神分析文本分析的一个传统,从弗洛伊德以来就为人厚非却又改进不大,如果说弗洛伊德在作品中寻找"俄狄浦斯情结",那么拉康可以说是在寻找"菲勒斯—能指"的图像,两人都忽略了作品的审美与艺术意义。所以德里达有如下见解:

第一,根本不存在什么三角结构,因为每一个三角结构中都有讲述人的存在,如果从文学批评观点看,再加上个讲述人,岂非成为了四角结构,即 3 = 4。因此拉康的图式并不是文本的结构,而是拉康自己理论所生造出来的,是精神分析的结构而不是作品的结构,用这种与对象不符的方法来分析作品,等于是对文学施以强暴,目的是说明自己的格局(Scheme)。

第二,小说中所存在的是一种双重性格,讲述者与杜宾互为一对,呈现一种双重性、对偶性。甚至杜宾本人也可以表现出一种对偶性:坡称他为"两半灵魂"(Bi-part Soul),有些近似于中国成语中"解铃还须系铃人"那个制造问题和解决问题的人。大臣 D 有一个弟弟,与他成为一对,也表现出双重性,由于他和杜宾各自有双重性,他们两人又变成一对,再次呈现双重性,这甚至表现在人物的姓名等方面。这些被德里达称为"神秘的双重关系"。他说:这些被监视和控制的东西正是"神秘本身和狂乱的焦虑,它们会被感到没有希望占有、包围,也没有希望真实地,被那无止境地从一个幻影到另一个幻影,从一对把戏到另一对把戏所挑起"。这里,德里达实际上又标举了一种所谓"对偶性"特征,他用这种对偶性来代替拉康的三角形结构，这就走向了另一个极端。正像有的西方学者嘲讽，这是德里达的另一个公式：3 = 2，他用这个公式替代了拉康的公式：4 = 3。人们有理由问：难道德里达的运算结果就比拉康更为正确吗？

德里达在对拉康的文学批评构架（frame）的不满显示了其解构主义思想方法特征，他认为：文学作品中，从作家写下第一个字时就已经把讲述者包括了进去，而且"朝向一些使故事联合体进入一种无穷无尽的漂流过程，这种文本漂流在讲演中并没有讲到"。指责拉康讲演中没有看到这种漂流而是想建立一个构架，这是他所不赞成的。一个漂流体，文本漂流体（textual drifting）怎么能为一个固定的构架所限定呢？德里达的目的也并不完全否定构架，只是强调并非一个不变的构架。他说："我们的目的不是证明《被窃的信》的作用在一个构架之内（讲演所遗漏了，可以由一个活跃的，从元语言出发的观点认为是三角形的内部），而是证明那个构架影响结构的无限性是可能的，构架总是被构成着：是被它所包含的一部分。"①

德里达把《被窃的信》与坡的其余两篇侦探小说放在一起研究，他责备拉康只抓住坡的一篇小说，不能与其余两篇联系起来分析，他提出《被窃的信》形成的是一种"真实写作""（the actual writings），这种写作的特点是建立环绕小说的参照构架，具体就是书、图书馆、引文、前边的故事等。故事的开头是杜宾与讲述者在一个图书馆中相遇，他们都在寻找一本罕见的书，这就意味着故事本身，它处于永久的求索之中，而永久的求索也便是那漂流。所以德里达说："没有什么开始，只不过是一个人从没有离开的漂流和迷失"。杜宾只是一个能走动的图书馆，他在假信中留给大臣的话则是引文，整个故事是段引文的变迁和它的归宿。杜宾所以要在这封换

---

① *Yale French Studies* 52, Graphesis, 1975, Yale University Press, pp. 100 – 101。

回真信的假信上签名，按照德里达的解释，最后说明是故事是自己写的，要标明自己的引号，甚至封签也成为"引号"中的引文。

我们也已经涉及至于第三位参加者波·约翰逊的态度，相对来说她显得比较公允，她对拉康和德里达各有褒贬，并且对于所讨论的问题也有不俗的见解。

笔者认为，围绕《被窃的信》的讨论，尤其是德里达对拉康的批评，可以看出拉康所创造的批评模式和批评话语已经相当流行，德里达从解构主义立场对这种批评进行了一次检验，其中有些概念还比较深刻。德里达批评拉康企图用一个固定的结构来限定千姿百态、各不相同的文学作品，这种看法是有道理的。另外，他也指出，拉康的方法几乎是千篇一律地对于能指作用的寻求，最终不过是一个目标——生殖图像，他为拉康的批评送了一个雅号：菲勒斯中心主义(phalluogo centrism)，这真可谓一语中的。

美国精神分析文学批评家诺曼·霍兰德在《拉康理论的弊病》一文也指出这一点，他指出拉康片面应用本来已是错误百出的索绪尔能指所指理论，造成无意义的能指：

> 拉康用指称代替了联想、记忆、学习，最终代替了所有其他的心理过程。拉康所依靠的是这样一个基本假设：能指的确是有用的。其结果便是创造出一种精神分析，它本质上正是激进的刺激反应行为主义。拉康说，沿着其自身规律运行的能指链决定了"我"，而这种决定论是绝对的。①

霍兰德把拉康的理论归结为语言决定论，也就是他说的能指链决定

---

① [美]诺曼·N·霍兰德：《后现代精神分析》，潘国庆译，上海文艺出版社，1995年，第194页。

主体的行动，这种见解应当说并不错误。而对于这种语言决定论中的能指意义的产生——这个拉康学说中最关键的部分——他的批判却未能尽如人意。他的根据是乔姆斯基对于索绪尔语言学的批判，乔姆斯基把结构主义语言学称之为"激进的行为主义还原论"，因为行为主义和结构主义者没有说明个人的自主能动性。因此他把问题转化为：语词的心理活动有没有自主性？放弃了对于语言心理的符号与意义之间关系的研究，使问题转向语言学本身。

当然，德里达在批评拉康时也暴露出了自己的不少缺点，比如波·约翰逊就曾指出德里在批评中把一切归结为引文，等于把写作（writing），变成了被写（writen）。其余还有一些对解构主义持批评态度的学者如戴维·阿利森（Devid Allison）等，认为德里达和维特根斯坦一样，都是在"玩弄文字游戏"，这些批评当然都是有一定道理的。但是无可否认，德里达正是在与拉康的争论中磨砺了自己的思想，使解构主义文学批评声名远扬，这场争论成为西方文学批评史上重要的一环。

文明史观与多元现代化:爱森斯塔特的理论[①]

一、爱森斯塔特的研究模式与方法

以色列社会学家与比较文明学者爱森斯塔特(S. N. Eisenstadt,1923—)的学说从20世纪后期起引起国内外学术界的普遍关注,他系统论述了现代化的历史文明观,并且综合英国功能主义与德国著名社会学家马克斯·韦伯的学说,建立起一种多元现代化的理论体系。由于他的杰出学术成就,爱森斯塔特在美国被称为"社会学家的领军人物"。

爱森斯塔特出身于波兰华沙的一个犹太人家庭,在耶路撒冷的希伯来大学获得学士、硕士与博士学位,1947—1948年曾经在著名的英国伦敦经济学院进行研究生学习。1948年以色列建国后,他开始关注文明研究。从1959年起,任希伯来大学社会学系教授。他的专业是社会学,研究范围却跨越了社会学、历史、哲学等多种学科,他的学说在多种学科都有一定影响。据他自己回顾,他的学术研究主要受到两个不同方面的影响,第一个是来自社会学与哲学方面,曾经受到马克思、马克斯·韦伯(Max Weber)、马丁·巴伯(Matin Buber)以及一批英国社会学与社会人类学家的影响,这些思

[①] 本文发表于《西北师范大学学报(社会科学版)》,2007年第11期。

想家对于他的研究观念与方法的形成起了决定性的作用。另外一个方面则是比较文明学家们的影响，特别是在伦敦经济学院学习期间，比较文明研究引起了他的兴趣，莫里斯·金斯伯格（Morris Ginsberg）、马绍尔（T. H. Marshall）、雷蒙德·弗斯（Raymond Firth）、伊万斯·普里特查德（E E Evans Pritchard）等一批社会学与人类学家的研究著作成为他学习的内容之一，这些人的研究都与比较文明学有一定联系，他显然得益于这些学者的实证性研究，从中学习到研究方法。当然，这两个方面是密不可分的，两方面的影响主要还是集中在社会学研究这一领域中。

爱森斯塔特著作颇丰，其代表性著作有：《帝国的政治系统》（*The Political System of Empire*，1963）、《现代化、抗拒与变化》（*Modernization, Protest, and Change*，1966）、《社会的革命与转变》（*Revolution and the Transformation of Societies*，1978）、《比较视域中的欧洲文明》（*European Civilization in a Comparative Perspective*，1987）、《日本文明的比较观》（*Japanese Civilization-A Comparative View*，1996）《比较文明与多元现代化》（*Comparative civilizations and multiple modernitics*，2003）。他关注东方文明，其中包括中国文明，曾经发表过研究评价梅格（Thomas Metzger）关于中国社会文明的论文，并且就此与梅格有过争论，不过总体来说，他关于中国文明的论述并不太多，甚至少于日本文明。这与被他视为老师的马克斯·韦伯比起来是不同的，韦伯研究东方文明时是以中国古代文明为源流为代表形态的，其《中国的宗教——儒教与道教》（1915）在欧美学术界影响极大，而爱森斯塔特则是以日本文明的比较受到东方研究者们的关注。

在研究模式与思想方法上，爱森斯塔特深受韦伯学派的影响。马克斯·韦伯与马克思、涂尔干齐名，被认为是西方社会学古典理论的三大奠基人之一，这三位学者都是跨越不同学科，对哲学、社会学、经济学、历史学、宗教学等多领域有重要影响的人物。但是具体而言,每个人都有自己的研究重点,马克思是政治经济学学科的创始人,涂尔干则是以人类学、宗教学理为主要研究内容的,而韦伯师从德国著名史学家蒙森(T. Mommson),以历史学与宗教伦理学方法为切入角度,提倡理性主义精神,主张以"理念型"研究与历史文明相结合,创造出一种重视历史实证精神的文化型研究,特别是东西方文明之间的比较。当然,韦伯不是那种封闭书斋中的学者,他的学术终究是为社会服务的,只是这种服务不同于为某一政权或是组织效力,而是以社会科学的基础理论来影响社会,他尤其以科学分析与实证论的方法见长,正如盖尔特(H. H. Gerth)和米尔斯(C Wright Mills)所指出:[1]

> 他的著作里所呈现的基本的思想风格,是西方的实证主义——这是启蒙运动的一项遗产……"知识乃为了预知,而预知则为了力量"(Savoir pour pr voir, pr voir pour pouvoir)。孔德实证哲学的这个动机,乃是韦伯观点的基础。[1](p.64)

爱森斯塔特继承了韦伯的研究模式,将历史爱森斯塔特继承了韦伯的研究模式,将历史科学作为社会学研究的基础,把西方传统的形而上学思想方法与历史资料、社会现实的调查等方面结合起来。不过也要看到,爱森斯塔特所处的时代已经与韦伯不同,社会学中流派纷纭,其中最重要的有法兰克福学派的西方马克思主义与

---

① [收稿日期]2007 - 07 - 04

[基金项目]江苏省哲学社会科学基金项目/全球化时代的中国比较文学理论研究0(06JSBZW005)阶段性成果

[作者简介]方汉文(1950—),男,陕西西安人,苏州大学比较文学研究中心教授,博士生导师,从事比较文学、比较文化学与世界文学研究

心理分析相结合的模式，其次是韦伯的学生帕森思（T. Parsons）所倡导的历史学为引导的社会历史分析学派，两者之间尖锐对立。爱森斯塔特的学术倾向当然属于后者，他直接从韦伯那里接受了方法观念，重视哲学与形而上学的思考。他的论著以严肃的学术性为特色，语言通俗但是思想深刻，从不为了通俗与普及的要求而降低理论性与学术性，所以虽然有时看起来显得枯燥与艰涩，但在学术界声誉甚高。

爱森斯塔特在评价自己的研究方法与内容时，认为自己主要是社会学理论家，以文明比较特别是政治比较为主要研究手段。我们认为他的这一自我评价是实事求是的，基本反映出爱森斯塔特在社会学研究中的特点。

其具体的研究内容可以分为两个大的方面，一个是社会历史与现实的研究，主要是资本主义社会的产生及其历史作用、现代化的影响与过程、现代化的前景与发展规律等。另一方面是文明比较，包括东西方文明在现代化中的不同地位与影响。他的学术贡献之一是提出所谓"多元现代论"（Multiple Modernities），在西方主流意识的现代化理论中独树一帜，显得与众不同。近年来，我国的比较文明研究与现代化理论都是学术界的焦点，因此爱森斯塔特的学说开始吸引越来越多的关注。

二、文明史观："轴心时代"的新阐释

爱森斯塔特是一位锐意创新的学者，同时他更是一位吸取前人理论菁华，以深厚的学术传统作为自己创新基石的理论家，"旧学商量加邃密"，这句诗用以说明这位学者理论创造中勇于探索的精神，可以说是极为恰当，这一特点突出地表现于其学说的基础理论——文明史观——的阐释中。

与他的老师韦伯一样,爱森斯塔特本人虽然并不是一位专业的历史学家,但是历史观念在他的理论中占有重要地位,他的历史观主要是受到存在主义学者雅斯贝尔斯(Karl Jaspers)的影响。众所周知,雅斯贝尔斯的"轴心时代文明"是西方流传相当广的一种社会历史观,在《历史的起源与目标》(1949)一书中,雅斯贝尔斯认为,人类具有唯一的共同起源和共同目标,虽然人类划分为不同的民族并有不同的文化,但是,在人类历史发展的一个"轴心时期",人类开始最早与最有成效的历史,历史就是人类所能达到的一切。因此,从这个历史时期入手可以理解人类"深刻的共同因素,即人性唯一本源的表现"。[2](p.7)以此为标准,他将人类文明史分为四个阶段:1)史前时代(公元5000年以前的时代),文明的基本要素出现,人类完成了进化。2)古代文明(公元前5000年到公元前2000年),世界三大古代文明形态创立,即苏美尔—巴比伦、埃及与爱琴海文明,印度河流域的雅利安文明与中国黄河流域的文明。这一时期是人类由非历史走向历史的过程,人类成为了具有自觉文明意识的族类。民族与国家形成,世界大帝国建立,语言文字、神话艺术发展,高大的建筑艺术出现,改变了世界的面貌。但是古代文明仍然未能形成精神运动,没有出现精神革命。3)轴心期文明(公元前800年至公元前200年,特别是以公元前500年前后为主要阶段),类精神同时在世界各地独立出现,中国、印度、波斯、巴勒斯坦与希腊文明奠定人类精神的基础。"直至今日,人类一直靠轴心期产生、思考和创造的一切而生存。"[2](p.14)4)科技文明时代(公元16世纪到20世纪),欧洲文明成为世界中心,现代科学技术是欧洲文明的主要特征。经过这四个时代之后,将进入新的更高级的轴心期,人类社会将取得更大成就。

总体而言,与其说雅斯贝尔斯的轴心文明论是一种有创新性的文明史观,毋宁将其看成是一种历史哲学,它对世界文明史发展的过程与规律有自己的见解，成一家之说。但也无可讳言，它是一种以西方文明为自我中心的视域，在所谓"轴心期文明"中，只有希腊文明产生才标志着精神运动的形成，这种观念其实是不符合人类精神发展实际的。此外，这种理论中关于科技时代文明的论述也有一定的偏颇。以这种理论的渊源与性质而言，与黑格尔的《历史哲学》、斯宾格勒的《西方的没落》中的历史哲学理论有大致相同的思路，没有本质的区别。

爱森斯塔特采用了雅斯贝尔斯的文明历史分期，但是却对这种理论进行了新的解释。什么是轴心时代的根本特色？他认为轴心时代(The Axial Age)的本质其实是一种超验视域(transcendental vision)的出现，由此产生了先验的神圣精神与世俗之间的一种张力，这种现象同时出现于古代以色列、古代希腊、早期基督教、波斯、中华帝国、印度文明及其佛教之中，而在轴心时代之后则出现于伊斯兰教之中。这就引起一种新的精神运动，在这些文明之间的关系中，导致了一种内部界限的区分，并且由此改变了历史的推动力量，将人类引入了一个世界史的时代。

为了说明自己的观点，爱森斯塔特引用了西方学者本杰明·斯克沃兹(Benjamin Schwartz)关于轴心时代性质的看法，他认为：

> 如果在所有这些"轴心"运动中确实有些共同的根本冲动的话，那么它就可能被称之为超验性的趋向，我这里是指这个词的语源学意义——一种反观的与超越的——一种批判性的、反映出其超越性问题的实际新视域。……它把我们的注意力引向了超验性，当然，我们所强调的是人类意识生活中的重大变化。我们更要强调的是那些为数不多的先知、聪明人，那些对于他们所处时代只有很小影响的人的意识。[3](pp.3-4)

这里强调的是西方历史哲学中流行最广的一个文明启蒙式的观念，文明起源于理性之光与自由精神的照耀，这种观念本身就有相当浓重的唯心论倾向。但是也必须承认，这里所说的先知与哲人精神对于时代并不是有直接重大影响的看法也是合乎历史事实的。早期基督教、佛教、琐罗亚德斯、包括希腊苏格拉底与雅典诸子、中国春秋诸子，他们的思想都不是当时时代的统治思想，否则也不会有苏格拉底被杀、耶稣被钉十字架的历史。他们是精神启蒙者，是解放者，所对抗的是神秘与蒙昧，当然这个蒙昧不是摩尔根等所说的那个史前时期的"蒙昧时代"，而是相对于精神启蒙的历史时期。开启自由精神之门是他们的历史责任，也是他们悲剧命运的原因，但也正是这种压迫激励精神反抗，会造成思想革命。另外，这里所说的"意识"与"无意识"相对，人类意识的超验性，就是将人类从直接的生活无意识中提升，如阿拉伯人所说：在穆罕默德之前，阿拉伯人生活于愚昧之中。建立了伊斯兰教之后，阿拉伯成为世界性的民族。虽然如此，可能正是这些宗教或是信仰的精神觉醒产生了世俗秩序（mundane orders），这种秩序的建立与精神启蒙有一定的内在关联。这里我们也可以看到，古代宗教启蒙也是包括在超验的理性精神之中的。

爱森斯塔特的阐释中指出，如果说在轴心时代之前，先验世界与世俗世界之间的关系没有明显的高下尊卑之别，那么轴心时代就为两者做了区分。首先出现的是一种知识阶层，他们人数不多，但却是发展出神圣观念的中坚力量。如希腊哲学家、中国的士、佛教与其他宗教的神职人员等，他们也因此成为统治阶层或是次要的统治者的一个组成部分。这些人成为社会的精英，得到国家范围内一定的社会地位与意识形态的肯定评价，但他们仍然要进一步争取对于交流与符号系统的生产与控制，以获得相对于其他精英领域的独立。这就引起了新的竞争，非政治的与政治化的精英集团们为实现自己理想的社会而彼此竞争，将对方看成是潜在的低于自己的对手。

由于事实上不可能所有的精英集团都能实现自己的抱负，于是会形成所谓"在野"与"在朝"的差异。而同时，这些集团又是不同性质的，它们就会发展成为多元的次级文化，其形式成为政治与教育的精英组织。它们各自仍然坚持自己不同的文化与社会秩序的概念。这种分化与多元化形态是从轴心时代开始形成的，以后的历史时代受其影响，呈现一种多元化的历史形态，于是，进入现代以后就有多元现代性与多种现代化形态，这就为其社会学的模式提供了一种比较文明学的历史观念基础。

爱森斯塔特认为，在轴心时代之后的各个历史时代中，世界文明应当说总体上是一致的，但是，每一种具体文明的模式又是从不重复的，从来没有一种文明与其他文明是完全相同的。究其根本，他认为仍然在于宗教与世俗关系的不同形态，他指出：

> 第一在不同源流的文化中，先验的与世俗性秩序间的紧迫关系及解决这种关系的方式中存在决定性的差异，在用世俗词语表达（如在中国儒家或是古典中国信仰系统，或是不同方式的希腊与罗马的词语）与宗教词语（如在伟大一神论传教的印度与佛教）存在一定的差异。
>
> 第二种差异是以后的一神教信仰之中，其中有一个处于世外的并指引世界的神的概念，在这些系统中，如同像印度教和佛教之中，神的系统被认为是非人格化的几乎是隐喻性的词，并且有一种与俗世间的长存的紧张关系。
>
> 另外一种主要差异则存在于先验的张力解决的关注，用韦伯们的话来说就是拯救。在这里的差异是在于纯粹此岸与彼岸之间并且结合二者的拯救的混合物。并非偶然地，这种"世

俗"的拯救,如在中国,一定程度上来说在古代世界,几乎是现世的拯救概念。或是一种隐喻性的非自然神的张力概念,如同在印度教和佛教中那样,是趋于彼岸的拯救。而伟大的一神教则是此岸与彼岸结合为一的拯救。[4](p. 215)

如果要简单概括他的文明史观,从构成而言就是雅斯贝尔斯与马克斯·韦伯的结合体,主要取用雅斯贝尔斯的轴心时代理论来划分历史阶段,用韦伯的宗教伦理学来说明社会经济发展的推动力。

"轴心时代"的前提是黑格尔历史哲学中讨论的"世界历史"与"世界精神"。从18世纪后期到19世纪,德国哲学家康德、赫尔德与黑格尔等人提出"世界历史"概念(马克思也曾经在不同意义使用过"世界历史"的说法),这个概念不是普通的世界历史,而是从形而上学角度对人类社会与世界文明的发展规律与世界历史的本质进行反思,其中已经包括了人类文明向何处去,什么文明模式可能成为人类社会的前程甚至是"终结"等重要问题,这个领域的思考在20世纪中期成为了比较文明学等学科的研究对象。黑格尔等人把西方文明作为世界历史的中兴与终结,在黑格尔的《历史哲学》中认为历史是理性精神的发展过程。世界的历史如同太阳一样,是从东方开始升起,这里的东方主要指中国、印度与波斯,在西方落下,而世界历史终结于"日耳曼世界"。他这里的日耳曼世界包括德、法、英等国。空间与时间具有同一性,东方是世界历史的幼年,罗马是壮年,而日耳曼世界是老年,不过世界与自然界不同,"老年时代"代表了成熟与智慧,是世界精神的统一。[5](pp. 110 - 111)这其实是把西方基督教文明作为世界历史的中心与终结。雅斯贝尔斯与黑格尔所有不同,他认为世界史是有一个轴心的,但这个轴心并不是西方文明或是基督教,而是一个历史时代。但是从以上论述可以看出,他的文明史观念仍然是一种自我中心与唯心论的历史观。爱森斯塔特则进一步将推动历史前进的精神力量实体化,运用韦伯的经济伦理学观念,将清教徒所代表的精神作为资产阶级的思想观念代表,与其他古代宗教与文明进行比较,肯定西方精神启蒙的历史作用与贡献。

笔者认为,这两者之间的结合其实是相当困难的,雅斯贝尔斯的文明发展观与韦伯学说之间有难以调和的理论源流差异,这种差异是内在的,是原理性的,用于历史之中,则具有发生学的意义,特别是在社会历史观中,很难简单地结合为一。特别重要的是,推动历史文明前进的主要动力从来不是"词语"性的,而是社会生产方式的变革等更为重要的力量,这是毋庸赘言的了。

三、现代化中的文化差异

较早提倡"现代化理论"(Modernization theory)的是一批美国社会学家,哈佛大学社会学教授帕松斯(T. Parsons)阐释了现代化与现代性的概念,认为现代化本质上是一个理性化的进程,西方现代社会的历史就是现代化的实践,美国又最具有代表性,但现代化是普世性的,美国的现代化将会向全球扩展,在未来的世纪中,现代化将成为世界不可阻挡的潮流,直到出现一个现代型的社会。[6](pp.139-141)美国的现代化理论曾经产生过世界性的影响,尤其在20世纪50—60年代最为兴盛,而进入70年代之后,它受到理论界的批评。特别是因为美国式的现代化社会模式在现实中暴露出许多问题,这是当初乐观的理论家们所始料未及的。但是,如果认为美国式的现代化理论就此寿终正寝了,也是一种不切合实际的想法。只能说,虽然存在着激烈的批评,但美国式的现代化已经成为西方的一种经典,被相当一部分学者奉为圭臬,特别是对于美国理论家来说,已经根深蒂固,难以改变了。以"文化冲突论"为中国读者所熟悉的美国哈佛大学教授塞缪尔·亨廷顿关于现代化就有一段说法。

> 现代化包括工业化、城市化,以及识字率、教育水平、富裕程度、社会动员程度的提高和更复杂的、更多样化的职业结构。它是始于18世纪的科学知识和工程知识惊人扩张的产物,这一扩张使得人类可能以前所未有的方式来控制和营造他们的环境。现代化是一个革命进程,唯一能与之相比的是从原始社会向文明社会的转变,即文明本身的出现,它发端于大约前5000年的底格里斯河和幼发拉底河流域、尼罗河流域和印度河流域。现代社会中人的态度、价值、知识和文化极大地不同于传统社会。作为第一个实现现代化的文明,西方首先获得了具有现代性的文化。上述论证提出,当其他社会获得类似的教育、工作、财富和阶级结构模式时,这一现代西方文化将成为世界的普遍文化。①

我们可以看出,亨廷顿的理论其实就是帕松斯学说的再现,基本没有改变。这种理论是在一种社会进化论的基础上提出的,是以工业化与科学技术进步为指标的体系,从思想根源上看,不过是当年马克思恩格斯所批评过的启蒙思想家的"资产阶级的理性王国"的再版,可以说是西方文化的一种传统观念在发酵,是把科学主义的物质决定论与人文主义的人定胜天精神结合起来之后所形成的一种理论体系。这种理论体系已经形成了一个理想国度的系列:从希腊人

---

① [美]塞缪尔·亨廷顿:《文明的冲突与世界秩序的重建》,周琪等译,北京:新华出版社,2002年,第58—59页。

的理想国、文艺复兴时代的乌托邦、启蒙主义者的理性统治的王国到现代国家。

爱森斯塔特提出了自己关于"现代"与"现代性"的理解，他曾经说道：

> 当我们说"现代"一词是什么意思？这个问题此刻远比40年前要易于回答。我们且将当下争论不休的"现代"与"后现代"问题搁置不议——这些问题看来紧紧地与现代/传统的两极对立相关。在我看来，在区分现代与传统方面，下面的准则是决定性的。如欲现代化一个社会，必须有一定的技术水平。非常重要的是有一个开放的市场经济以取代一个封建的或是传统的经济类型。在政治与意识形态方面，平等共享是要强调的。我说的绝不是利己主义，例如，如果我们关注日本或是印度，我们就会发现大量的共享与平等方式。但这是植根于西方统治地位的个性自由的不同方式的平等。最后，是基于对于公众负责基础上的政体。这些，在我的观点来看，是现代性的最低准则。①

正如上文所指出，爱森斯塔特以一种实证论的方式对西方现代化标准做了全面论述，他所强调的技术、市场、政体等因素都是西方现代化理论中所常见的，他认为，这些只是现代化的最低标准。但从另一方面而言，现代化并不意味着完全统一的现代性，全球化时代，存在着不同类型的现代性。不同现代性产生的原因是由于有不同的文明，在不同文明基础上产生的现代性自然是各具特色，虽然

---

① S. N. Einsenstad, Comparative civilizations and multiple modernities, Koninklijke Brill NV, Leiden, The Netherland, 2003, p.929.

它们都是现代性。同样是发达国家的经济,美国的经济与日本的经济就有冲突,而这种冲突其实与两国的现代性不同有关,而且从经济贸易到政治民主,不同现代化都有不同的理解与性质,这必然形成"现代化的冲突",爱森斯塔特认为:"例如,印度的民主,就是当代社会研究中一个令人困惑的问题,如果从人数上来看,印度是当今世界上最大的立宪制度国家,但是大多数理论却无法适应印度的状况,可见这些理论是有毛病的。这是另一种民主,它非常强大,但是有别于欧洲与美国的民主类型。我们经常忘记欧洲与美国的民主也是不同的。日本则有另一种立宪民主。所有这些制度都是民主的,但是政治文化、游戏规则(或不如说作为权威基础的规章制度,义务等等)是完全不同的"①。所以现代性是有差异的,如果承认这种差异,也就意味着承认多元现代性这个核心概念,那么也就会深入理解当代世界政治体制与经济发展不同模式存在的合理性。

对于与现代性相关的"发展研究"(Development Studies)概念,他也提出了不同看法。"发展研究"的说法出现于1945—1950年,是二次世界大战后的新一轮世界经济动向的一种概括。爱森斯塔特认为:"发展不仅仅只是一种 pass(过时),是一种历史,它更是一种精神的'留恋'。它曾经被认为是基于某种未经证明的与某种同一类型的社会与政治制度相关的一揽子事物。我们现在知道,这不是真的。不仅有不同程度的发展,特别是经济发展,而且有不同类型"。爱森斯塔特否定西方现代化的唯一性的重要根据之一就是其发展观,这种发展观将现代性看成是社会发展的必然规律,而西方式的现代化只是其中的一种模式。这也表明他受到当代世界经济发展状态的启示,特别是20世纪以来,世界经济与科技发展中,从欧洲工

---

① S. N. Einsenstad, Comparative civilizations and multiple modernities, Koninklijke Brill NV, Leiden, The Netherland, 2003, p.929.

业科技发展的单一模式，转向多种类型发展模式，爱森斯塔特与西方一些经济学家们承认60—70年代亚洲四小龙经济发展与20世纪末期中国经济发展，已经创造了不同于欧洲经济的发展模式这一现实。爱森斯塔特特别重视"现实"，他认为文化本质上就是一种现实，如西方文化就是基督教的现实，而中国、印度与日本的文化就是东方文明的"现实"，这种"现实"决定了现代性与现代化中的差异的存在。无论是"发展研究"还是"现实"概念的理解，我们都能从中看到爱森斯塔特学说的一个重要特点，这就是深厚的历史哲学基础，表明爱森斯塔特从马克思等人的哲学中吸取了营养，把历史与现实联系起来，看到今日的现实就是历史的发展，这种现实终究又要成为历史，所以历史是一种面向现实的历史，任何文明都不会消失，它的传统都与现实紧密相连。

如果比较一下爱森斯塔特与西方其他学者之间关于现代性问题的见解，其间的差异还是相当明显的。西方著名马克思主义理论家、美国杜克大学教授杰姆逊（Frederich Jamson）2002年在中国发表了一篇题为"现代性的神话"的演讲，其中是这样看待现代性与现代化关系的：

> 现代性概念无法逾越的一个方面就是现代化的概念，而现代化概念本身的出现要晚得多，是二次世界大战之后的产物。至少在"摩登时代"，现代性总是这样或那样地同技术发生关系，因此它也就和进步的概念联系在一起。第一次世界大战曾给予"进步"的意识形态以沉重打击，特别是在同技术相关的进步概念方面。更不用说自19世纪后期以来，资产阶级思想家们自己对进步概念有过严肃的、自我批评式的怀疑。第二次世界大战之后出现的现代化理论使资产阶级的"进步"起死回生，获得了第二次生命。同时，在社会主义国家，现代性和现

代化则赋予一个新的、不同的含义，那就是赶超西方，特别是西方的工业。①

爱森斯塔特的现代性与现代化理论与杰姆逊相比可以说是各有特色，在他们之间也有相当多的共同之处，特别是关于现代化的历史实践性、现代性与技术与实践之间的关系方面，他们的立场是大致相同的。从一定程度上来说，杰姆逊更注意对西方传统观念的批判，而爱森斯塔特则努力从社会现实中研究现代化的多种形态，以实证的方法来说明理论的合理性。当然我们也注意到，所谓"赶超西方"的说法，未必确实是当代"社会主义国家"理论发展的真实目标，但是实现现代化是具有普遍性的目标，这是毋庸讳言的。

我们认为，从语义上来说，现代化就是以主体的历史定位所划定的社会主要发展态势，这种态势具有引领时代的普遍性标准，它是相对于旧有的社会生活状态而言的。现代化不是某一个历史时代或某一个民族文明所特有的。世界历史上，东西方民族都曾经在相对的历史阶段达到过"历史的现代化"，并且都曾经引导过当时时代的"现代化潮流"。比如农业文明最早的民族之一埃及，就曾经远比当时的希腊发达。埃及中王朝时代的兴盛所对当时人产生的新生活阶段感，对于当时的社会来说就是一种现代化。尼罗河的纸草使人们有书写的工具，发达的城市、完备的生活设施，实际上很可能当时的埃及文明对于其他民族来说其进步性远超过今天美国对于北非国家民众，这就形成了埃及文明作为一种历史现代化向当时尚处于相对落后状态的地中海文明的传播。从宏观来说，不同历史时期有不同所指的"现代化"。

---

① [美]弗雷德里克·杰姆逊：《现代性的神话》，张旭东译，上海文学，2002年，第76页。

从 16 世纪以后，工业文明崛起，到 19 世纪后期，欧美实现了工业文明语境下的现代化，这一现代化有它的基本特征，它的主要思维方式是理性的、思想观念是启蒙的（当然，也有人认为，较早提出文化现代性观念的马克斯·韦伯的"理性"其实是指一种技术理性，对于这一说法我们在此不再加以具体分析）。18 世纪启蒙主义思想以理性取代宗教思想与封建思想，为新兴的城市居民与工商业者提供了现代化的思想武器。现代化在生产方式上是以工业化为主要标志的，商品生产与工业经济成为社会的主流（也有人认为后现代社会是商品社会，与此说并不完全矛盾），商品经济取代封建经济，这是社会经济领域的主要标志。社会生活中的城市化，政治生活中的民主国家体制、社会法制化，科学革命与技术革命的推广，民众文化水平的提高与主体意识的凸现等等，这些都是当前现代化的主要表现与内容。

四、多元现代化理论体系的建构

爱森斯塔特理论的重要贡献之一就是全面论述了多元现代性的意义，这就意味着，在西方文化传统之外，可以实现多元的现代化。现代性不是一种文明所固有的历史产物，西方文明有西方的现代性，这种现代性的历史起源甚至可以上溯到罗马时代与早期基督教，西方语言中的"现代"这个词就产生于罗马帝国时代，它表明基督教进入西方之后的一个新发展阶段，从历史根源上来看，现代性，它的意义在于世俗与神学的精神确立与其间的互相促进，这才是人类精神觉醒，这才是"普世"的现代性。关于未来文明，爱森斯塔特的看法集中于三点：第一，未来文明发展框架的基本特性是非确定性的，是自然的或是理性的，是进化性的或是革命性的，这些都提供了一种多样文化实践的开端。其次，那些基本的、进展深远的文明模式在大的框架内，发挥影响社会生活的作用而导致各种文明结合体的兴起。最后一点则是，创造性的基于文明多元主义的非确定性可能会在某种文明模式中重现，并且产生悖论性的问题，这正是比较研究所需要纳入自己视域之中的。[4](p.56)

这种多元现代化是如何产生的，它有没有理论根据，这是爱森斯塔特要解决的第二个问题。

20世纪的社会学与人类学中，传统方法受到多种理论形态的挑战，其中最重要的就是结构主义、精神分析等新理论思潮，这些理论以共时分析为主，在社会学研究中形成多种方法，对于孔德以来的社会学观念方法是一种巨大的冲击。而20世纪末期，正在共时研究最为兴盛的时期，历史主义观念又重新兴起，这一次是以比较文明学等观念与方法为代表的新思潮，与传统也是不同的，它不是一次复旧，而是另一形式的革新。从18世纪到20世纪历史学及整个社会科学的巨变，从启蒙主义批判到历史"宏大叙事"的批判，已经使得西方历史主义受到重创。20世纪末，福山（Francis Fukuyama）与卢茨·尼塔默尔（LutzNiethammer）等人的"历史终结论"，宣告世界历史已经不存在。当然，这里所说的"世界历史"其实不过是"西方文明"而已，他们是说再也没有一种宏大叙事来代表历史的"一贯性与意义"。但是这种观念并不是尼采"上帝死了"的重复，恰恰相反，是上帝永恒的资本主义文明大颂歌，是"道成肉身"。福山所欢呼的是西方文明的自由在人类社会中实现，先进的社会为人类社会前进的终点。[9]因此再次提出一种现代化背景上的世界文明史，再次肯定早已经被福柯、拉康等人所否定的历史连续性，已经不可能了。对此，爱森斯塔特认识得十分清楚。

爱森斯塔特认为，现代性的多样性必然表现于多种形式的现代化，这种多元性是由不同文明的历史所决定的，它反映于本民族现代化的进程中，也表现于不同国家的关系中，比如美国与日本之间的贸易冲突,其实是"关于不同的民族性、国际关系,意识形态等方面的不同概念之间的尖锐文化冲突"[4](p.930)。即使在欧洲国家之间,也有不同的现代化模式,它们之间的差异并不是发达程度的高低,同样是历史文化的不相同。他认为最为典型的例子莫过于欧美与日本、欧洲与印度的现代化之间的差异。欧洲从历史传统上长期存在资本主义与社会主义的对立,所以欧洲社会中形成了一种特殊的对于资本主义的反应,而对于美国与日本就不同了,它们都是迅速发展起来的工业化国家,历史上没有长期的资本主义与社会主义运动之间的对立,所以它们的现代化与欧洲是不同的。印度则代表了另一种类型,这里的劳资纷争属于另一种类型,在他看来,欧洲与印度之间不像欧洲与日本、中国之间的关系那样存在西方与东方文明的差异。爱森斯塔特坚持认为,印度与欧洲从历史上就有相近之处,印度与欧洲都是次大陆(这里是指,印度位于南亚次大陆,欧洲则可以看成是伸入大西洋的次大陆——笔者注),它们之间有很强的共同"文明认证",所以它们的政治与经济变化剧烈,不像中国与日本那样有着长期不变的帝国统治。

在印度和欧洲文明中存在不同层次的结合体,不仅仅是地方外围机构的或多或少的自我存在并且构成帝国的类型,而且每一个家庭和地方团体同时被不同范围、不同种类的方式所联结在一起。这完全不同于我们上边所提到的民族国家的结合类型。民族国家在欧洲的发展是近期的,不超过200年的存在。欧洲的中世纪与早期近代有其他的结合类型。国家虽然存在但是并非民族国家。印度的情况与此相同:这里没有一个统一的政治体系,有的只是多样化的持续变换的团体。[4](p.932)27

当然，爱森斯塔特也承认，欧洲国家与印度之间的历史差异也是存在的，如欧洲的文化传统是从统一的罗马帝国而来的，具有一定的统一性，而印度则没有这种统一大帝国的基础等等。无论如何，他认为，欧洲和印度的现代化发展会与中国和日本有所不同：

> 因此我相信，欧洲与印度可能在发展中有相近的方式，与中国甚至和日本相比，它们将会在融合不同水平方面有更大适应性。不同的模式将会发展出不同的融合水平和政治经济类型的多元化。[1]

由于话语语境的差异，爱森斯塔特的许多概念与我们不同，如他经常用"劳资纷争"来代替资本主义与社会主义之间的对立，这当然是不妥当的。同时他关于欧洲、印度的发展优势的预测也并不一定准确，因为他对中国文明的理解是相当浅薄的，只看到了中国古代社会政治的大一统帝国模式，没有看到中华文明中的多元融合传统，在他的学说中，视域限制极为突出，这就影响了他的评价的正确性。不过我们也要承认，对于东西方现代化的不同历史背景、不同的现代化模式、不同道路的分析，是爱森斯塔特研究的独到之处，与其他西方学者相比来说，爱森斯塔特对于东方文明的历史文化相对熟悉，具有独特的研究方法，这是值得肯定的。

须要强调的是，多元现代化已经成为一种当代有影响的理论，它提醒我们，世界文明发展与现代性形成，必须有一种历史观念，这种观念不是外部强加的，而是其历史过程所必然具备的。现代性产生的历史中就已经具有一种传统与革新、自身与他者之间的区

---

[1] Comparative civilizations and multiple modernities, Edited by S. N. Einsenstadt, Koninklijke Brill NV, Leiden, The Netherland. 2003, p.934.

分。当西方基督教以自身的变化区别于其他宗教时,这就唤醒了现代性意识。有意思的是,基督教本身就是从东方进入希腊与罗马的一种新信仰,正是东西方文明的结合产生了现代性。公元1600年之后,欧洲文明依赖殖民扩张进行了第二次现代性的意识唤醒,工业化生产在欧洲兴起,这种文明本身就是依托海上交通发现才形成的,更为重要的是,欧洲借助于东方——这个他人的映象——才开始认识了自己。他们认为东方是非现代的,西方文明所具有的才是现代性。其实这只是再次说明,两种文化的大相遇才再次产生现代化。因此从东西方文明比较角度来研究现代化的不同模式,不同发展类型等,本身就是对现代化理论的丰富与发展。

尽管现代化对于东西方的学者已经不是一个新题目,爱森斯塔特的理论仍不失为一种有参考价值的看法,更为可喜的是我国学术界包括台湾的一些学者已经关注到他的理论,在对于爱森斯塔特尚没有全面深入研究的前提下,我们希望在本文之后能有更多深入的研究论著问世。

后 记

本书中收入的论文散见于学术期刊,内容则全部是关于"世界文学史新建构"这一总标题的。这些文章总的语境是,进入 21 世纪以来,"世界文学史"传统模式面临新的挑战,美国当代学者提出"世界文学史重建"的目标,意在编写多元文化语境中的新世界文学史。

笔者从 20 世纪末期就已经关注世界文学史理论创新,从美国归来后,在国内外多所大学发表这一主题讲演。特别是在韩国全北大学、日本长崎大学、北京大学、首都经贸大学、陕西师范大学与河南大学等校的讲演与授课,与不同国家的师生深入探讨,小叩大鸣,新知转益,旧学商量加遂密矣。于是在 2012 年申请国家社科基金重点课题与教育部重大课题,课题立项后,不敢稍有懈怠,2013 年还在首都经贸大学召开了学术会议。至今课题组已经在《外国文学研究》、《文艺理论研究》、《西安外国语大学学报》、《江南大学学报》、《广东社会科学》等学术刊物发表了 40 余篇论文。其中多篇论文被中国人民大学复印资料所转载,

《中国社会科学报》多次报道了课题所取得的成果,特别是记者撰写的课题研究述评,由北京大学、武汉大学等院校的著名学者追踪研究,引起了巨大反响。

癸巳岁末,北京师范大学比较文学与世界文学学科带头人王向远教授主编的《世界文学名家讲堂》开编在即,向远教授是比较文

学的青年才俊，也是一位目光不俗的学术领军人物，我素来钦佩其胸怀宽广，光明磊落，不务虚名的作风。遵向远嘱，将近几年讲授"世界文学史新建构"的论文选出，勒成一编，加入丛书，希望能得到学术界与广大师生的指正。

从约200篇论文中选出这些论文，经从游王际超帮助整理，我的论文主要发表于《外国文学评论》、《外国文学研究》、《文艺理论研究》、《国外社会科学》、《中国社会科学报》、《光明日报》、《文汇报》、《文艺报》、《中州学刊》、《兰州大学学报》、《苏州大学学报》、《西安外国语大学学报》等刊物，我在《江南大学学报》等刊物长期主持专栏，发表了多篇各界学者的论文，也有自己的论文发表。这里所收入的所有论文发表出处均在文后注明。除了个别文字的修改外，保持了发表时的原文。

中西学术互相融合，这是世界文学新建构的主旨，只有东西方的文学研究融合才可能产生新飞跃。如公元前4世纪的希腊学术与东方学术在亚历山大里亚的融合，《圣经》经过七十二子的翻译为希腊文，西方文明接受了来自东方的基督教，这才彻底改变了世界文明发展的局势。这难道不是对21世纪世界文学发展最好的后事之师吗？

笔固难追，言不尽意，恳切希望来贤俊哲申言诣正。

2014年3月于苏州大学阅世楼

图书在版编目(CIP)数据

艺文挥尘 / 方汉文著. —北京：中央编译出版社，
2014.10
（比较文学与世界文学名家讲堂 / 王向远主编）
ISBN 978-7-5117-2321-5

Ⅰ.①艺… Ⅱ.①方… Ⅲ.①世界文学-现代文学史-
文学史研究 Ⅳ.①I109.5

中国版本图书馆 CIP 数据核字(2014)第 214888 号

艺文挥尘

出 版 人：刘明清
责任编辑：邓　彤
责任印制：尹　珺
出版发行：中央编译出版社
地　　址：北京西城区车公庄大街乙 5 号鸿儒大厦 B 座(100044)
电　　话：(010) 52612345（总编室）　　(010) 52612352（编辑室）
(010) 52612316（发行部）　　(010) 52612315（网络销售）
(010) 52612346（馆配部）　　(010) 66509618（读者服务部）
传　　真：(010) 66515838
经　　销：全国新华书店
印　　刷：
开　　本：787 毫米×1092 毫米　1/16
字　　数：326 千字
印　　张：25.25
版　　次：2014 年 10 月第 1 版第 1 次印刷
定　　价：68.00 元
网　　址：www.cctphome.com　　邮　　箱：cctp@cctphome.com
新浪微博：@中央编译出版社　　微　　信：中央编译出版社(ID:cctphome)

本社常年法律顾问：北京市吴栾赵阎律师事务所律师　闫军　梁勤
凡有印装质量问题，本社负责调换。电话：010-66509618